피천득 평전

"나이를 잃은 영원한 소년"의 이야기

정정호 지음

시와진실

| 일러두기 |

1. 피천득의 작품 인용은 『피천득 문학 전집(전 4권)』(샘터사, 2008)에 의거한다. 시 제목은 『생명』, 수필 제목은 『인연』 그리고 번역시는 『내가 사랑하는 시』와 『셰익 스피어 소네트 시집』에 의거하되 게재 쪽수는 표기를 생략하고 제목만 표기한다. 단, 본문에 작품명이 언급되면 제목 표기도 생략한다.

2. 『피천득 문학 전집』에 실리지 않은 다른 작품과 평설은 일반 표기 방식에 따른다.

3. 2차 자료 인용은 본문 괄호( ) 속에 일반 표기 방식인 저자명, 서명, 쪽수의 순서 로 표시한다. 본문에서 언급되거나 불필요한 경우 표기를 생략한다.

4. 한글 단행본의 서명은 겹낫표 『 』로, 한글 작품(시, 단편소설, 수필, 평론 등), 논문, 기사 등은 낫표 「 」로 표기한다.

5. 외국어 단행본의 서명은 이탤릭체로, 외국어 작품(시, 단편소설, 수필, 평론 등), 논 문, 기사 등은 큰따옴표로 표기한다.

6. 본문 중 짧은 추가 설명이나 현대 철자법 표기 등은 대괄호〔 〕를 사용한다.

7. 한자나 영어 자모의 표기가 필요한 경우 괄호( ) 속에 넣는다.

8. 추가 설명이나 보충 사항이 필요한 경우 본문에 별표(*)로 표시하고 본문 아래 각 주(脚註)에서 기술한다. 같은 면에 각주가 2개 이상일 때는 별표(*)를 추가로 덧붙 인다.

9. 피천득의 호칭은 본문에서 피천득, 금아, 금아 피천득으로 다양하게 표기했고 나 이는 한국식 나이셈법으로 표기했다.

사랑하는 손자 이예준과
그가 앞으로 더불어 살아갈 이웃과 세상을 위하여

산호와 진주 그리고 그 조건

김우창(문학평론가, 고려대학교 명예교수)

　1996년 11월 피천득 선생의 제자 정정호 교수는 호주 동해안의 산호초 밭을 방문하였다고 한다. 이 지역의 산호 밭은 세계에서 가장 넓은 산호 밭이지만, 근년에 와서 지구 온난화로 바다 밑의 산호초 반 이상이 사라지게 되었다고 한다. 물론 정정호 교수가 그곳을 방문한 것은 지구에서 일어나고 있는 그러한 천재지변과는 관계 없이, 당시 호주의 한 대학에 방문 교수로 가 있던 차에 그곳을 찾은 것이다. 그러나 그 방문이 피천득 선생의 시문집의 제목『산호와 진주』에 보이듯이, 피 선생께서 산호나 진주를 그리워하셨던 것과 관계가 있다. 정정호 교수는 이 호주의 산호초에 가, 배 밑바닥에 장치된 유리를 통해서 그것을 보았다. 정정호 교수는 이 이야기를 하면서, 산호와 진주를 두고 피 선생께서 하신 말씀, "파도는 언제나 거세고 바다 밑은 무섭다."는 구절을 인용하고 있다. 정정호 교수는 직접 산호초에 내려가지 못한 것이 마음에 걸렸던 듯하다.

　이번에 정정호 교수가 출판하게 된『피천득 평전』은 피 선생의 시와 산문의 작품 세계에 대한 해독 그리고 그에 관계되는 여러 정보와 시대적 배경에 대한 글들을 망라하여 수록하고 있다. 스스로도 그렇게 생각하셨지만, 산호와 진주의 아름다움을 추구하고 그것을 글로 기록해보시려고 한 것이 피 선생의 문학적 노력이다. 그리고 많은 독자들은 선생의 글에서 산호나 진주가 느끼게 하는 바 맑은 아름다움을 느낀다. 그러나 그전에도 그러한 추측이 없지는 아니하였지만, 그 맑은 아름다움의 의미가 어디에서 오는 것인가를 쉽게 이해하지는 못했다. 우리는 산호와 진주의 내력에 대하여 알게 됨으로써 그것을 조금은 짐작하게 된다고 할 수 있다. 반드시 전부가 그렇다고 할 수는 없지만, 적어도 이 내력의 한 부분은, 거세고 무서운 것인데, 산호와 진주의 아름다움은 그 복잡한 배경으로 하여 더욱 아름다운 것이 된다. 그것은 우연한 낭만적 애착이 아니고 — 물론 그런 애착이 있어서 더 순수한 것이지만 — 어려운 시대 조건에서도 맑은 아름다움의 상징으로 그것을 지켜내려는 것이 선생의 의도였다는 것을 깨닫게 된다. 이러한 내력을 알고 그 의미를 깨닫게 하는 데에 많은 도움을 주는 것이 정정호 교수의 평전이다.

정정호 교수의 평전은 피천득 선생의 삶과 활동을 전체적으로 보아야 한다는 것을 강조한다. 그는 선생을 "시인 – 수필가 – 번역문학의 삼중적 능력을 가진 문인"으로 보아야 한다고 말한다. 여기에 보태야 할 것은 영문학 교수이고 교육자였다는 사실이다. 실제 정정호 교수는 평전에서 선생의 이 점까지 포함한 여러 면에 대하여서도 두루 논하고 있다. 그런데 이러한 여러 활동에서 여전히 중심이 되는 것은 산호와 진주가 상징하는 바 맑고 아름다운 것 그리고 그것이 상징하는 바 깨끗한 삶이다. 새삼스럽게 말하지 않아도 선생의 삶에서 마음의 복판에 있는 것은 따님에 대한 사랑이다. 그리고 거기에 더하여 어머님에 대한 사랑과 그리움도 선생에게 인생이 요구하는 심성의 원형이 된다. 그러면서 선생의 인생을 전체적으로 살펴볼 때 알게 되는 것은 이러한 것이 어려운 환경 속에서 인간의 삶의 의미를 지키려는 노력의 토대를 이루고 있다는 것이다. 그러면서 그것은 산호와 진주로서 삶의 맑은 이상으로 이어진다. 어려운 환경에서 맑음의 이상을 지키려 한 선생의 마음가짐은 선생이 아시게 되었던 여러 어른, 우인(友人), 지인(知人)들에서도 확인할 수 있다. 아시게 된 사람들은 선생의 삶의 길이 그쪽으로 뻗어 나갔기 때문이기도 하고, 산호의 마음이 그러한 분들에게 가까이 하게 한 결과라고 할 수도 있다.

우리나라의 삶의 환경에서 결정적인 조건이 되지 않을 수 없었던 것은 일본 식민지 통치였다. 피천득 선생은 17세에 상하이로 유학하여 예비학교와 대학을 그곳에서 다녔는데, 당시 흔히 하던 일본 유학이 아니라 상하이 유학을 택한 것은, 가까이 지냈던 춘원 이광수 선생의 권유에 따른 것이기도 하지만, 또 상하이 임시정부의 도산 안창호 선생을 가까이서 뵙겠다는 의도가 있었기 때문이라고 한다. 상하이에서 홍사단에 가입하게 된 피 선생은 매주 두 번씩 도산의 가르침을 받는 홍사단 프로그램에도 참가하였는데, 정정호 교수의 인용에 따르면, 선생은 상하이 유학 이전에 이미 서울에서 도산의 강연을 들었던 것 같다. 이 강연이 있던 때에, 도산은 "풍채가 좋고," 음성이 "청아하고 부드럽고 크고 날카롭지 않았"고 "정과 사랑이 넘쳐흐르는 것 같은 인상"을 주었다. 피 선생은 상하이에서 만난 후의 인상을 종합하여, "정치인이라기보다 다만 인간으로서 높은 존재"라고 말하고, "일생을 통하여 거짓말이나 권모술수가 전혀 없던 분"이라고 한다.

그리고 또 피 선생은 첨가하여, "큰일 하는 분들은 작은 일에 주의하지 않는다는 설도 있는데, 도산 선생님은 그렇지 않"았다고 한다. 또 다른 회고담에서는 도산의 가르침에서 중요한 것은 "절대적인 정직"이고 "거짓말은 절대적으로 용납되지 않는다."는 데에 있었다고 한다. 그리고 문학도 같은 자세에서 나오는 것으로서, "자기에게 충실하고 거짓말을 않는 데에서 비롯된다고 한다."(「숙명적인 반려자」) 이러한 것들에 관련하여 보텔 수 있는 도산을 말하는 두드러진 사건의 하나는 도산이 체포된 경위이다. 1932년 도산은 임시정부의 동지 이우필의 아들에게 선물을 약속했다고 외출하였다가 일경에 체포되었다. 그때 도산 선생은 외출을 말리는 사람들이 있었음에도 외출한 것인데, 어린 아이에게 한 약속도 지키지 못하면서 어떻게 큰일을 할 수 있겠느냐고 했다고 한다. 피 선생께서 도산의 "어린이 존중과 사랑"에 큰 감명을 받았고, 일생동안 도산을 "따르려고 노력했다."고 한다. 이러한 사정들을 알리는 것이 정정호 교수의 평전이다.

도산의 인물됨은 한국의 정치 전통에서, 없지는 아니하면서도 특이한 것이라 할 수 있다. 피 선생의 삶에서 도산은 전범(典範)의 하나였을 것이다. 권모술수 그리고 작은 규범의 무시가 정치의 핵심이 되었다고 할 수 있는 우리의 현실에서 상실된 전범이 되었다. 피 선생의 산호와 진주는 이러한 전범에 이어지는 것이라고 할 것이다. 도산과 피선생의 이러한 관계는 선생이 가지셨던 정과 맑음과 깨끗함의 신조의 배경을 이해할 수 있게 한다. 이것은 선생의 신조가 얼핏 보아 정치에서 멀리 있는 듯한 그러면서 거기에 존재하여야 할 그러한 신조가 될 수 있음을 말하여 준다.

정정호 교수가 추적하는 피 선생의 문학에 영향을 끼친 문학들도 비슷한 것을 알 수 있다. 선생에게 중요했던 문학적인 영향은, 물론 다른 사람들도 언급은 되어 있지만, 도연명, 황진이, 셰익스피어와 같은 선행 문학인의 이름들로 요약된다. 그중에도 정정호 교수에 의하면, 도연명의 전원의 이상이 피 선생께 큰 영향을 주었다고 한다. 피 선생은 어릴 때부터 한시를 읽고, 후에도 한시동호인회에 참석하였는데, 처음에 워즈워스의 시 그리고 도연명에게 관심을 갖게 한 것은 춘원이었다고 한다. 그리고 정 교수는, 피 선생이 번역하신, 도연명의 『귀전원거(歸田園居)』를 인용하고 있다. "젊어서부터 속세에 맞는 바 없고 / 성품은 본래 산을 사랑하였다 / 도시에 잘못 떨어져 / 삼십 년이 가버렸다 …" 정 교수가 인용하는 「전원으로 돌아와서―제1수」라는 제목의 피 선생의 번역은 선생 자신의 삶을 이야기하는 것으로 들린다. 물론 선생이 오래 사셨던 곳이 전원은 아니었지만, 마음으로 그리워하던 삶의 방식이 그러한 것이었다. "방택십여묘(方宅十餘苗)", "초옥팔구간(草屋八九間)"은 정

교수가 도연명으로부터 인용한 그의 전원주택을 말한 것이지만, 이것은 피 선생이 사시던 곳의 조촐하고 작은 규모의 아파트와 비슷하다. 도연명의 시를 피 선생이 여러 편을 번역하였지만, 누항(陋巷)의 번거로움으로부터 멀리 살고자 했던 도연명과 비슷한 피 선생의 심정을 담은 시 「어떤 오후」를 정 교수는 인용하고 있다.

오래 쌓인 헌 신문지를
빈 맥주병들과 같이 팔아 버리다

주먹 같은 활자로 가로지른 기사도
5단 내리뽑은 사건도—

나는 지금 뜰에서
꽃이 피는 것을 바라다보고 있다

이러한 전원을 향한 피 선생의 마음 그리고 거기서 나온 인생 태도를 생각하여, 정 교수는 그것을 다음과 같이 요약하고 있다: "피천득은 도연명이나 퇴계처럼 단호하게 전원으로 귀거래하지는 못했다. 하지만 … 서울이라는 대도시의 한복판에서 은둔거사로 지내며 술도 못 마시고 '담박'하고 청빈하게 살았던 진정한 전원시인이었다."

위에서 이미 말한 바와 같이, 정 교수가 들고 있는 피 선생에게 영향을 끼친 선행 문학인에는 도연명에 더하여 황진이와 셰익스피어가 있는데, 이것은 여기에서 길게 논하지는 않겠지만, 피 선생이 난세 속에서 일정한 꿋꿋함을 지키고 세속적 영화에 대하여 "담박하고 청빈한" 삶을 산 분이지만, 이러한 선행 문인들과의 친숙관계는 선생께서 경직된 도덕적 관점에서 인간의 삶을 지나치게 단순화하여 보지는 아니하였다는 것을 새삼 알게 한다고 할 수 있다. 황진이는 말할 것도 없이 조선조의 엄격주의 사회에서도 남녀의 사랑을 강력하게, 그러나 일정한 지적인 기지와 절제로, 접근하였던 시인이고, 셰익스피어는 어떤 서양의 이론가가 말한 바와 같이, 수 없이 많은 인간 유형을 자신의 작품에 등장시키면서도, 어떤 누구도 완전히 나쁜 사람, 용서받을 수 없는 사람으로 그리지는 않았다고 하는 극작가이고 시인이다. 피 선생은 이러한 문학인들이 보여주는 삶의 넓은 폭에 대하여 마음을 닫지 않은 문학인이었다고 할 수 있다.

정정호 교수의 평전은 이러한 문학적 영향 이외에, 피 선생의 생애에서 중요했던 여러 선후배 교우 관계를 언급하고 있다. 그중에 윤오영, 주요섭, 장익봉 선생들과 교우(交友)하였던 것을 말하고 있다. 여기에서도 주목할 수 있는 것은 이 교우도 높고, 맑은 관계였다는 것이다. 정 교수가 이러한 교우 관계를 말하는 것은 거기에서도 그 담박함이 드러나기 때문이 아닌가 한다. 윤오영 선생은 피 선생의 글을 두고, "산곡간에 옥수(玉水)같이 흐르는 맑은 물"이라고 하면서, 다시 "그의 글이 평온하다 하여 안일한 데에서 온 글이 아니"라 하고, "옥을 뽑는 시냇물은 그 밑바닥에 거친 돌뿌리와 아픈 자갈이 깔려 있다."고 설명한다. 정 교수가 인용하는 이러한 구절들은 매우 적절한 표현이라 할 것이다.

이러한 문우들을 거명(擧名)하는 데에도 이미 나와 있지만, 그와 관련하여 밝혀지는 또 하나의 사실은 ― 물론 정 교수는 이것을 별도로도 다루고 있다― 피 선생이 젊어서부터 우리 문학계에 다른 문인들과 함께 참여하고 있었다는 점이다. 그러니까 선생은 우리 문학을 떠나 본 일이 없다고 할 수 있다. 그것은 그의 시에 그것이 많이 비치지는 아니하여도, 나라의 역사적 곤경을 떠난 바가 없다는 말이기도 하다(그러면서 삶의 작은 아름다움을 버리지 아니한 것이다). 그런데도 문단에서의 선생의 역할이 크게 이야기되지 않는 것은 한편으로는 과작(寡作)에 관계되고, 널리 문단 내의 교류에 섞이시지 않은 것 그리고 다른 한편으로 선생이 서울대학교 사범대학의 영문학 교수로서 오래 재직하며 그 직명에 일치하는 분으로 주로 알려지게 된 것— 이런 것들에 관계가 있을 것이다. 그러나 피(천득) 선생의 삶과 문학은 시대와 문학이라는 더 넓은 테두리 안에서 읽어야 한다. 그러면 그 안에서 작은 아름다움을 삶의 한 보람으로 느낄 수 있을 것이다. 피 선생의 삶과 작품에 대한 판독과 이해는 이러한 큰 테두리 안에서 그리고 작은 주의 가운데에 이루어질 수 있다. 정정호 교수의 이 평전은 피천득의 문학을 더 넓고 의미심장한 지평에 놓고 생각하게 하는 데 획기적인 작업이라고 할 수 있다.

평전에는 물론 위에 되풀이해본 것들 이외의 것들이 많이 수록되어 있다. 위에서 말한 것은 정 교수의 평전에서 주로 선생의 시대와 문학적 관심의 넓이에 대한 논의를 다시 요약해본 것이다. 필자가, 평전의 첫 부분에 주로 이야기된 이러한 점에 중심을 둔 것은 피 선생의 삶과 작품 세계의 넓은 의미를 확인하는 것이 우선 필요한 일이라고 느꼈기 때문이다. 이외에 피 선생의 작품 세계를 본격적 탐구·탐색하는 일이 정정호 교수의 평전의 중요한 부분을 이룬다. 말할 것도 없이 시나 다른 문학 작품의 참 의미는 작품을 자세히 읽는 데에서 발견할 수 있다. 거기에서 비로소 문학의 산호와 진주가 건져 내어진다. 이 책에서 정 교수의 해설은 이러한 진주 잡이에 중요한 도움을 줄 것이다. 정 교수가 하는 일은 작품의 주제나 구성을 분석하고, 그에 더하여 그 문학사적·정신적·종교적 의미까지 헤쳐 살피는 일이다. 피 선생을 넓고 깊고 새롭게 알고, 우리 문학의 의의를 파악하는 데 정정호 교수의 기여는 매우 크다고 할 것이다.

2017년 3월

머리말, 서론을 겸한

"나는 아름다움에서 오는 기쁨을 위해 글을 써왔다."

우리의 마음에서 손쉽게 볼 수 있는 상황들과 이미지들은 어떤 특정한 인물들의 삶을 이야기하는 전기(傳記)에서 찾을 수 있다. 따라서 전기보다 탐구할 가치가 있는 글쓰기는 없는 듯하다. 어떤 장르도 전기보다 더 재미있고 더 유익한 것은 없으며, 참을 수 없는 흥미거리로 우리 마음을 확실하게 사로잡을 수 없으며, 또한 복합적인 삶의 상황에 대해 폭넓고 다양하게 가르침을 줄 수 없기 때문이다. 역사에는 하루에 수많은 사건이 한꺼번에 일어나고 하나의 커다란 상황 속에서 다양한 사건들이 복잡하게 얽히면서 발생한다. 역사에서 총체적으로 빠르게 지나가는 이야기들은 우리 각자의 개인적 삶에 구체적으로 적용할 수 있는 교훈들을 별로 제공하지 않는다.

(새뮤얼 존슨, 필자 옮김, 「전기에 관하여」, 『소요자』 60호, 1750년)

시작하며

피천득이 1974년 대학을 1년 먼저 조기 은퇴한 지 20년이 훨씬 지난 1996년, 나는 시집 『생명』, 수필집 『인연』, 번역 시집 『셰익스피어 소네트 시집』과 『내가 사랑하는 시』를 들고 호주의 브리즈번으로 갔다. 당시 나는 안식년으로 그 도시에 있는 그리피스 대학교의 방문 교수였는데, 11월 한여름 어느 날 금아가 그렇게 "소원"하시던 '산호'와 '진주'가 널려 있는 호주 동해안의 그레이트 배리어 리프(Great Barrier Reef)로 가보았다. 남태평양에 있는 이곳은 약 2,000km에 달하는 대 산호초가 펼쳐져 있으며 호주의 해상국립공원이자 유네스코 세계유산으로 지정된 곳이다. 바다에서 몇 시간 배를 타고 나가 무인도 산호섬에 도착했다. 그곳은 대 산호초 지역에서도 최남단인 곳이다.

수평선을 따라 멀리 나가기는 했지만 "파도는 언제나 거세고 바다 밑은 무"서워 산호를 직접 따거나 진주조개를 잡지는 못했다. 그러나 유리로 된 배 밑바닥에 엎드려 꿈꾸듯 코발트색 청정바다 속에 끊임없이 펼쳐져 있는 진기한 산호초들, 기이한 물고기들, 그리고 예쁜 조가비들을 아주 오랫동안 들여다보았다. 그 순간 내 마음속에서 탄성이 울려 퍼졌다.

'그 현란한 산호 밭은 이미 언제나 내 마음 속에 있었던 거야!'
'아아, 금아 선생의 시와 수필 자체가 나의 산호 밭이요, 진주조개들이었구나!'

작은 조가비와 예쁜 조약돌을 몇 개 주웠다. 금아 선생의 시와 수필처럼 언젠가 이 조가비와 조약돌들이 산호와 진주가 되기를 꿈꾸었다.

그로부터 다시 20년이 흘렀고, 또 금아 선생이 돌아가신 지 어언 10년이 지났건만, 그는 "이미 언제나" 나에게 해맑은 눈동자와 인자한 미소를 띤 "나이를 잃은 영원한 소년"이다. 피천득 선생은 스스로 선택한 가난 속에서 단순과 소박, 겸손과 온유, 순수와 청빈으로 향기 나는 삶을 100년 가까이 살면서 한국문단에 산호와 진주 같은 서정문학을 선물했다. 그는 "고상한 사유와 평범한 생활"(워즈워스)이라는 삶의 수칙이 있었다. 나라를 잃었다가 해방 이후 분단된 척박한 민족의 현실, 그리고 개인의 고단한 삶 속에서도 "순수한 동심", "고매한 서정성", "위대한 정신"을 간직하고 삶과 문학을 일치시키며 살았다. 한국문학사에서 매우 희귀한 일이다. 우리는 피천득의 시 문집의 제목이었던 "산호"와 "진주"를 흔히 그의 삶과 문학의 요체로 본다. 결코, 틀린 말은 아니지만 여기에 머물러서는 안 될 것 같다. 피천득의 기나긴 삶과 문학의 최종 목표는 결국 '지혜'이기 때문이다.

금아 선생은 시와 수필을 각각 100편 내외만 창작한 지독한 과작(寡作)의 문인이다. 일부 독자들은 간혹 그의 시와 수필이 너무 짧고 쉬워서 깊이 읽을거리가 없는 것처럼 불평한다. 그러나 이것은 그 겉모습에 속는 것이다. 우리는 산호와 진주를 보기 위해 용기를 내어 잠수복, 스노클, 산소통으로 무장하고 깊은 바다로 들어간다. 마찬가지로 금아 문학의 간결성과 서정성 표면 아래 숨겨진 심층을 들여다보기 위해서는 깊고 넓게 사유하며 읽어야 한다. 그러면 금아 문학의 아름다운 노래 속에서 시대와 민족의 고뇌를 보고 신음을 들을 수 있다. 그리고 금아 감정의 구조와 생명의 사상도 찾아낼 수 있을 것이다.

금아의 시와 수필에서 절차탁마(切磋琢磨)의 언어는 무서울 정도로 절제되어 있다. 그는 손쉬운 비유와 상징이나 수사를 거부하고 상큼하고 싱싱한 시어를 찾아내고자 고심했다. 언어가 우리 존재의 감옥이라면 피천득의 서정문학은 그 감옥을 탈출하는 열쇠다. 피천득의 짧고 쉬운 시와 수필은 서정문학의 정수다. 서정성은 독자들에게 소통의 도구이자 새로운 만남이라는 축복의 통로이다. 서정의 목적은 독자들의 공감이며 주변부 타자들에 대한 '공감적 상상력'이다. 서정의 결과는 독자를 위로하여 비루한 시대에 우리네 삶을 치유하는 능력이다.

금아는 고단하며 척박한 시대에 사랑을 하며 살아왔다. 그의 삶이 우리에게 보여준 단순과 온유와 기쁨에 찬 '세속적 성자(聖者)'의 모습은 그 자체로 아름다우며 감동과 살아있는 교훈을 준다. 하지만 삶과 글이 분리되지 않고 하나였던 금아 선생을 생각할 때마다 항상 죄책감이 드는 것은 무슨 까닭일까. 이 삭막한 신자유주의 천민자본주의 시대에 선생이 100년 가까이 실천하신 청렴과 순수라는 삶의 방식을 머리와 입으로는 칭송하면서 과연 나는 얼마나 금아 선생의 본을 따라 가슴과 손과 발로 실천하며 살고 있는지 생각하면 깊은 자괴감이 든다. 나는 아직도 금아의 지혜 문학을 통해 삶의 기술학(技術學)을 더 공부하고 따르고자 한다. 그럼에도 불구하고 금아 피천득 평전을 상재(上梓)하자니 그저 송구하고 부끄러울 뿐이다!

그러나 필자가 피천득의 평전을 감히 쓰겠다고 용기를 낸 것은 그의 다음과 같은 말에 힘입은 바가 크다.

> 스피노자의 전기(傳記)를 어떤 세속적인 학자가 썼다고 하여 이를 비난하는 사람이 있었다. 이런 비난은 옹졸한 것이다. … 마리아는 창녀의 기도를 측은히 여기고, 충무공은 소인(小人)들의 참배를 허용하시리니.
> (「도산」)

글 '쓰기'는 글 '짓기'와 글 '짜기'와 다르지 않다. 필자가 어떻게 피천득처럼 짧고 쉽고 재미있는 글을 짓고 짤 수 있을까!

평전은 기본적으로 전기와 비평이 합쳐진 것이다. 평전은 단순히 전기가 아니라 평가가 개입된다. 물론 전기 역시 대상에 대한 전기 작가의 평가가 개입될 수밖에 없기에 '전기'나 '평전'은 큰 차이가 없지만 여기서 필자가 굳이 전기와 평전을 구분하는 이유는 평가 부분을 좀 더 강조하기 위해서다. 단순히 역사적, 전기적 사실들을 나열하기보다 필자의 주관적인 평가가 곁들어진 전기를 독자들에게 제시하려고 한다. 또한, 부제에 들어있는 "이야기"라는 말이 평전이란 말과 모순되게 보일 수도 있다. 그럼에도 불구하고 이 평전은 "이야기"를 통해 전문가나 학자를 위한 무미건조한 연구서나 딱딱한 학술서가 아니라 보통 독자를 위해 피천득의 삶, 문학, 사상을 생생하게 살리고자 한다. 또한, 여기저기서 인용도 많이 하고 관련 사실이나 자료들을 하단의 각주로 넣어 평전 텍스트를 다양하게 짜고자 한다.

평전의 서술방법과 구성

피천득 평전을 위해 국내외 여러 전기와 평전을 살펴보았다. 그중에
서 필자 눈에 가장 띈 것은 미국의 영문학자 해롤드 블룸(Harold Bloom,
1930~)이 서구를 대표하는 정전 비평가로 극찬한 18세기 계몽주의 시
대의 영국 문인 새뮤얼 존슨(Samuel Johnson, 1709~1784)의 『영국시인
전 *The Lives of English Poets*』이다. 이 책은 존슨 이전 시대 영국의 시
인 52명에 대한 평전으로 영문학 비평사에서도 비평적 거작으로 꼽힌
다. 필자가 피천득 선생을 생전에 뵈었을 때 한번은 새뮤얼 존슨 얘기가
나왔는데, 그때 선생께서 "우리나라에는 새뮤얼 존슨 같은 대 비평가가
없단 말이야!"하고 아쉬워하시던 게 기억난다. 아마도 선생은 '사실을
있는 그대로' 보고 평론한 위대한 비평가 존슨의 객관성, 용기, 깊이 읽
기를 높이 평가하신 것 같다. 그래서 필자는 생전에 금아 선생께서 가끔
언급하신 존슨의 평전 쓰기에 믿음이 생겼다. 존슨의 평전은 첫째 생애,
둘째 사상, 셋째 작품론 분석 및 비평 3부로 구성되어 있다. 필자도 피
천득 평전에 3부 구성 방식을 순서만 약간 바꾸어 따르기로 한다.*

먼저, 평전의 서술 전략으로 필자는 우선 전기나 평전의 가장 기본적
인 방식인 선형적(線型的)인 연대기(年代記)적 기술을 하지 않기로 한다
(피천득의 생애 전체를 알고 싶은 독자는 이 평전 앞쪽에 배치한 「연보」를 살
펴보기 바란다). 피천득의 생애를 크게 3기나 5기 등으로 나눌 수 있다.
하지만 필자는 어떤 큰 사건에 연루되거나 직책에 메이지 않고 일생 조

---

* 이 평전을 탈고할 무렵 필자는 저명한 독문학자로 현재 베를린 대학교 총장인 페터 안드
레 알트 교수의 실러 평전인 『실러: 생애, 작품, 시대』를 접하게 되었다. 프리드리히 실러
(Johann Christoph Friedrich von Schiller, 1759~1805)에 대한 이 평전은 국내에서 4권으로 나누
어 번역 출간된 기념비적인 대작으로 총 3,300쪽이 훨씬 넘는다. 여기에서 필자는 이 실러
평전 구성이 생애, 작품, 시대의 3개 주제별로 나뉜 것에 주목하여 필자의 평전 구성에 대
한 믿음을 재확인할 수 있었다. 다만, 알트 교수가 '시대'를 강조했다면 필자는 '사상'을 더
중시했다.

용히 지내오신 금아 선생에게는 연대기적 서술보다 주제적 접근이 더 적절하다고 판단하여 선(線)보다 점(点)을 택했다. 점을 잘 연결하면 선이 되리라. 연대기적 서술이 아니라서 어색하고 불편한 독자들도 있겠지만 주제적 접근은 필자가 의도한 피천득의 생애, 작품과 사상의 중요한 주제들을 부각하는 장점이 있다.

바로 앞에 연대기적으로 하지 않겠다고 공언했지만, 제Ⅰ부의 생애 부분은 넓은 의미에서 가능하면 연대기 순으로 배열하고자 노력했다. 독자들은 이 적지 않은 분량의 평전을 통독하거나 주제별로 읽을 수 있다. 피천득의 생애, 문학, 사상을 나누어서 읽을 수도 있고 목차나 찾아보기를 참조하여 특정한 주제나 장르를 찾아 읽을 수도 있다.

둘째로 기록과 자료는 세밀하게 모든 것을 제시하기보다 필자가 중요하게 여기는 것을 취사선택하여 '이야기'로 엮었다. 인간이 '이야기하는 동물'임을 인정한 피천득은 이야기를 끔찍이 좋아하였다. 평전도 물론 이야기이다.* 피천득의 이야기인 이 평전이 독자들에게 무엇보다 재미있었으면 좋으련만!

셋째로 평전 작가로서 필자의 단성적(單聲的) 서술이나 주장을 지나치게 강조하지 않기 위해 다성적(多聲的)인 인용(引用)을 많이 도입할

---

* 필자는 이 평전의 부제에서 "이야기"라는 말을 사용했다. 피천득은 수필 「이야기」에서 시인, 수필가, 번역가로서의 자신을 "이야기하는 사람(homo narrans)"으로 상정하고 있다. 이야기(서사)는 인간과 더불어 존재해 왔다. 인간의 서사적 충동은 인류의 문명과 역사는 물론 개인적인 것까지를 모두 '이야기'로 구성한다. 다시 말해 인간은 이야기를 하거나 만들지 않고는 못 배기는 충동이 있다. 이야기를 통해 인간은 구성하고 창조하고 치유하기도 한다. 인간의 모든 담론 행위와 언어 행위의 본질은 이야기하기(story telling)이다. 19세기 영국 낭만주의 시대 수필가 찰스 램(Charles Lamb, 1775~1834)은 윌리엄 셰익스피어(William Shakespeare, 1564~1616)의 37편 작품 중 20편을 골라 어린이를 위해 짧고 재미있게 풀어서 작은 이야기로 다시 만들어 『셰익스피어 이야기 Tales from Shakespeare』를 펴낸 바 있다. 최근 감성 철학자로 주목받고 있는 마사 누스바움(Martha Nussbaum, 1947~)도 '상상력과 내러티브'의 관계에 대해 설명하면서 스토리텔링이 인간의 상상력을 계발시키는 매우 효과적인 장치라고 언명한다.(조형준 옮김, 『감정의 격동』 1권, 427~430 참조) 필자는 피천득의 생애, 문학, 사상을 너무 깊거나 넓거나 높지 않은 그저 평범한 '이야기'의 틀 속에서 전개하고자 시도할 것이다.

것이다. 즉, 금아 자신이 한 말, 작품의 인용, 연구자들의 글, 금아가 만난 사람들과 그가 읽은 작품에서 다양하게 인용할 것이다. 필자가 지독한 인용애호가이기도 하지만 평전을 좀 더 다원적이고 혼종적인 일종의 콜라주 텍스트로 만들어 독자들에게 풍부한 읽을거리를 역동적으로 제공할 수 있기 때문이다. 서로 다른 다양한 목소리들이 모여서 아름다운 화음은 이루지 못하더라도 적어도 즐거운 소음이라도 되었으면 좋겠다. 또한, 독자들이 이 평전을 통독하면 인용만으로도 피천득의 시와 수필을 한 번 읽는 효과도 기대해본다. 본문 하단에 각주(脚註)를 여러 개 달았는데, 어떤 각주는 본문에 편입시킬 수 있는 내용도 있다. 각주는 본문의 맛과 빛깔을 살려내는 다양한 향신료가 될 수도 있고, 평전 텍스트의 고요함을 흔들어 깨워 지루함을 멈추어 서게 하는 "낯설게 하기"이기도 하다. 또는 이 각주들은 그 자체로 하나의 본문과 평행을 이루는 또 다른 텍스트가 될 수도 있다. 그러나 이 각주가 성가신 독자들은 무시해도 좋으리라.

필자가 결정한 사항들을 독자들에게 일방적으로 말하여 강요하기보다는 보여주어서 의미 구성 논의에 참여시키고 싶다면 무리일까. 확신할 순 없지만, 이 평전이 필자와 독자 사이에 대화가 가능한 공간을 확보할 수 있기를 희망한다. 궁극적으로는 이 평전이 피천득의 글쓰기나 번역의 이상적인 목표인 '쉽고', '짧고', '재미있게' 이야기체로 읽혀서 수용과 생산이 동시에 일어나는 공감의 텍스트가 되었으면 한다.

필자는 피천득의 삶과 문학에 대한 평가에서 균형을 유지하려고 애썼다. 근거 없이 칭송하고자 하는 유혹에 빠져서도 안 되고 비판에서도 신중을 기해 장점을 덮어버리면 안 된다고 생각했다. 그러나 고백컨대 피천득 10주기를 맞아 쓴 이 평전은 금아 찬양집으로 끝난듯 하다. 이 점은 바로 피천득의 제자로서 필자의 한계이리라.

이 평전의 전체 구성을 간략히 소개하자면, 문을 여는 「프롤로그」는 피천득 문학의 원형인 '어린이'로 시작한다. 모든 '시작'은 이미 언제나 윤리적, 정치적이다. 어린이 '되기'는 일생 '나이를 잃은 영원한 소년'으로 순수한 동심(童心)을 간직하고 살아간 피천득 문학의 영혼이며 중추이다.

제Ⅰ부는 생애이다. 엄격한 연대기 방식보다는 금아 삶의 뿌리인 '엄마'와 '딸' 이야기로 시작하여 노년의 삶과 죽음에 이르는 과정까지 그리려고 노력했다. 영원한 스승 이광수와 안창호, 금아가 사랑한 시인 도연명, 황진이, 셰익스피어, 평생의 친구 윤오영, 주요섭, 장익봉을 만나보았다. 그리고 영문학 교수를 하던 시기와 1974년 퇴임 후 타계하기 전까지 33년간 독서, 음악, 미술, 만남에 몰두했던 노년기 삶의 예술적 승화와 기억의 축복에 대해 이야기할 것이다.

제Ⅱ부는 작품론이다. 우선 1930년 전후 문단 진출기의 초기 작품들을 개괄적으로 살폈다. 그런 다음 빼어난 서정 '수필가'로서의 피천득만이 아니라 놀라운 시인이자 탁월한 번역가 피천득을 차례로 이야기한다. 이를 통해 1990년대 후반에 불기 시작한 피천득 류의 서정적 수필문학의 대유행 즉 '피천득 현상'을 짚어볼 수 있었으면 좋겠다. 이 평전의 작품론에서 필자는 수년 전 발표한 피천득 문학론 『산호와 진주』의 상당 부분을 일부 수정 보완하여 다시 사용하였다.

제Ⅲ부는 사상 편이다. 체계적 사상가는 아니었지만 피천득의 삶과 문학의 토대를 이루는 사상을 문학, 철학, 정치, 종교의 4가지 범주로 나누어 이야기한다. "사상을 장미의 향기처럼 느낀다."는 말처럼 필자는 피천득의 사상을 이성적으로 사유하기보다 감성적으로 느끼고 싶다. 또한 "느낌(감정)의 구조"라는 말처럼 피천득의 단순 소박한 삶과 아름다운 서정문학을 구조적으로 느껴볼 것이다. 다시 말해 피천득의 서정시와 수필의 순수미학에 철학적, 정치적, 종교적 개입과 함의가 가능한가 하는 '피천득 문제'를 건드려보고자 한다.

마무리 글 「에필로그」에서는 「프롤로그」에서 '어린이 되기'로 시작한

이 평전을 '나무 되기'로 끝맺는다. 피천득 문학의 중요한 이미지인 '나무'는 광합성 작용을 통해 인간에게 땅(지상)과 하늘(해와 별)을 이어주는 상상력의 사다리다. '나무 되기'란 나무의 감수성으로 웃으며 우주와 조응하고 작은 바람에도 몸을 흔들며 즐겁게 춤추면서 희망이 사라진 듯 보이는 세상을 잠시 살아가는 우리에게 축복의 무지개이다. 어린이 되기와 나무 되기는 필자에게는 궁극적으로 '피천득 되기'다! 그리고 필자는 2007년 서거 후 올해 2017년 5월까지의 추모와 관련된 일들을 묶어 「추기(追記)」라는 작은 코너를 마련했다. 말미에 이 평전을 읽는 독자들의 편의를 위해 적지 않은 분량의 「참고문헌」과 「찾아보기」를 싣는다.

평전 구성을 생애, 문학, 사상 3부로 나누어 기술하다 보니 특히 피천득의 1차 자료 인용이 중복되는 경우가 생긴다. 중복은 가능하면 피하고자 했지만 어떤 맥락에서 불가피하다면 그대로 두었다. 독자들에게 강조의 반복이라 여겨달라는 너그러운 양해를 구한다.

무엇 때문에 필자는 피천득 평전을 쓰기 시작했는가? 모든 읽기는 자신과 잘 맞는 시인, 작가를 찾는 과정이다. 결국 나는 나의 삶과 문학의 표본을 피천득에게서 찾았던가? 그렇다. 피천득 선생님은 내 삶의 스승이며 내 문학의 영웅이다. 모든 글쓰기는 "자서전적"이라는 말도 있다. 모든 비평은 독자나 평론가 자신의 욕망과 이념을 투사하는 작업이기도 하다. 결국 이 평전은 필자 자신의 평전이기도 하다. 필자의 피천득 읽기는 장님들의 코끼리 만지기 우화에서처럼 전체를 보지 못하고 어떤 한 부분만을 읽은 것인지도 모른다. 그렇지만 이 평전이 고단한 세상을 살아가는 독자들에게 '삶을 더 잘 즐기거나 잘 견디어낼 수 있게 만드는' 하나의 지혜서 또는 인생사용설명서가 되기를 바란다.

우리에게 객관적이고 균형잡힌 전기나 평전의 전통이 거의 수립되어 있지 않다. 이런 상황에서 필자가 칭찬이 많은 평전을 내놓은 것은 하나의 작은 겨자씨를 뿌리는 심정에서이다. 이 평전은 불완전하지만 앞으로 나올 비판적 시각도 많이 포함된 좀 더 온전한 평전들의 디딤돌이 되기를 바라는 마음이다.

감사의 말

이 평전을 위해 필자는 실로 많은 분들에게 직간접으로 큰 도움을 받았다. 어떤 분은 쓰신 글로, 어떤 분은 자료 제공으로 도움을 주셨고 어떤 분은 소중한 말씀을 주셨다. 송구하지만 이 자리를 빌려 그 성함을 일일이 밝히진 못하고 몇 분만 소개한다. 시인 김후란 이사장, 김우창 교수, 석경징 교수, 윤형두 회장, 손광성 교수, 이창국 교수, 임헌영 교수, 이해인 수녀, 피수영 박사, 구대회 선생 등이 그분들이다. 특별히 이 평전을 위해 「추천사」를 흔쾌히 써주신 한국 인문학계의 대표적 지성 김우창 교수님께 머리 숙여 감사드린다. 김 교수님은 평소 자신을 피천득 선생의 '명예제자'라 부르면서 오래전부터 피천득의 삶과 문학에 관심을 가지고 탁월한 글들을 여러 편 발표한 바 있다. 이 밖에 국립도서관, 피천득 기념관 등에서 자료 복사 및 촬영에 힘쓴 정일수 선생, 자료 입력에 애쓴 이병석 군, 전체 원고를 꼼꼼하게 읽어준 송은영 박사와 김민중, 박해진 선생 부부에게 고마움을 전한다. 끝으로 나의 피천득 평전의 첫 번째 비판적 독자였던 아내 이소영에게 고맙다. 그는 박이부정(博而不精)한 필자를 항상 흔들어 깨웠다. 어떤 의미에서 이 평전은 아내와 공동저작이라고 해도 과히 틀린 말은 아닐 것이다. 그러나 무엇보다 우리 부부가 대학 시절부터 피천득 선생님에게 가르침을 받은 행운에 대해 나는 언제나 감사하며 자랑스럽게 여긴다.

출판 사정이 어려운 이때에 변변치 못한 난삽한 원고를 받아 단아하고 아름다운 책으로 엮어주시고 여러 가지 조언도 해주신 시와진실사의 발행인 최두환 교수님과 진영랑 편집장님, 그리고 꼼꼼하게 편집해주신

배정옥 선생께 심심한 감사의 마음을 표하고 싶다. 아무쪼록 여러모로 부족한 이 평전이 살아계실 때처럼 하늘에서도 웃고 계실 피천득 선생님께 누(累)가 되지 않기를 간절히 바랄 뿐이다. 이 책이 금아 피천득의 삶과 문학과 사상을 이해하고 타작(打作)하려는 독자들에게 조금이라도 도움이 된다면 더는 바랄 게 없다.

5월에 태어나 5월에 돌아가신
나이 들어서도 꿈꾸기를 계속하신
영원한 5월의 소년
금아 피천득 선생님의 10주기를 맞아

상도동 국사봉 자락에서
2017년 5월을 기다리며
제자 정정호 삼가 씀

:: 목차

제III부 사상

프롤로그: '어린이 되기'

"순수한 동심만이 세상에 희망의 빛을 선사할 수 있다."

나는 젖먹이 아기를 바라다 볼 때 신의 존재를 부인하고 싶지 않습니다.　　　　　　　　　　　　　　　　　　　　　(「서영이와 난영이」)

시인들은 아이들의 영혼으로 삶과 사물을 바라본 이들입니다.
　　　　　　　　　　　　　　　　　　(「서문」, 『내가 사랑하는 시』)

거문고 아이, 피천득의 숙명

어머니가 거문고 연주 대가였던 피천득은 거문고를 잘 켜는 여인의 아들로 어린아이처럼 순수하게 살면서 고고하게 노래하는 시인이 되리라는 아호에 걸맞게 98세라는 장수를 누리면서도 평생을 겸손하고 단순하며 염결하고 검소하게 살았다. 경술국치(庚戌國恥)* 3개월 전인 5월 29일에 태어난 그는 일제 강점기에 일본 대신 중국 상하이로 유학을 떠났고 그곳에서 도산 안창호가 창립한 홍사단에 가입하여 '불령선인(不逞鮮人)'이 되었다.**

---

* 경술년인 1910년 8월 29일 대한제국이 국가통치권을 제국주의 일본에게 빼앗기고 식민지 배가 시작되었다. 국가적으로 수치스런 일이라 하여 경술국치로 불리며, 국권침탈, 일제강점, 일제병탄, 한일병합, 한일합방 등으로도 불렸다.

** 역사학자 이덕일은 『근대를 말하다』에서 불령선인을 '독립운동가'라고 부른다(296). 이 책은 100여 년 전 고종의 대한제국 멸망 시기부터 일제 강점기까지 만주와 상하이 등 해외

시인으로 문인 생활을 시작한 피천득은 지나치게 염결한 과작(寡作)의 작가이다. 작품은 상당수의 시 번역과 단편소설을 포함한 산문 번역, 그리고 발표한 약간의 논문이나 평론을 제외하면 통틀어 시집 1권(시 100편 내외), 수필집 1권(100편 내외)에 불과하다. 이러한 피천득의 작품 수는 100년 가까운 긴 생애로 볼 때 너무 적다. 작품 수뿐만 아니라 주를 이루는 서정시와 서정 수필의 내용이 짧다. 시 형식은 단순하고 시 주제도 거의 모두가 어린이의 이미지와 병행한다. 아무런 편견이 없는 순진무구한 어린이의 시각으로 사실이나 현실을 있는 그대로 진실 되게 묘사하고자 했던 피천득에게 어린이는 삶의 지표이자 문학의 출발점이다.

피천득은 7살에 아버지를 여의고 1919년 3·1운동이 일어났던 즈음인 10살에 어머니마저 잃었다. 회복할 수 없는 상실은 피천득에게 나라를 빼앗긴 망국의 슬픔과 더불어 그의 문학에서 숙명적인 트라우마로 남았다. "엄마"가 돌아가셨을 때 그는 어른으로의 성장을 멈추고 "나이를 잃은 영원한 소년"이 되었다. 그 후 그의 "고아의식"은 끊임없이 엄마의 사랑을 찾아 방황하는 어린이로 남게 했다. 피천득의 문학적 활동은 제Ⅱ부에서 논의되겠지만 번역이든 시든 수필이든 산문이든 모두 어린

에서의 독립운동과 대한민국 임시정부에 관한 역사 평설서이다. 또한, 이 책은 일제 강점기에 중국으로 유학을 떠나 중국과 한국을 오가며 살았던 1920~40년대의 역사적 인간 피천득의 시대 배경을 이해하는 데 매우 유용하다. 이 밖에 역사적 인간 피천득의 시대라 할 수 있는 한일합방 때부터 1960년 4·19혁명에 이르는 시기의 정치, 경제, 문화 등에 관한 참고자료는 방대하다. 여기서 몇 개만 소개하면, 김윤식의 『이광수와 그의 시대(1, 2)』(솔, 2008), 김호일의 『한국 근현대 이행기 민족운동』(신서원, 2000), 공제욱·정근식의 『식민지의 일상, 지배와 균열』(문화과학사, 2006), 소래섭의 『불온한 경성은 명랑하라』(웅진지식하우스, 2011)가 있다. 또한, 이 기간의 시대상을 그린 문학작품들로 이광수의 『무정』, 염상섭의 『3대』, 박태원의 『천변풍경』, 주요섭의 『구름을 잡으려고』, 최인훈의 『광장』, 박경리의 『토지』, 김지하의 『오적』, 박노해의 『노동의 새벽』, 이태의 『남부군』, 김홍신의 『인간시장』, 조정래의 『태백산맥』 등이 있다. 최근에 출시된 영화들 역시 허구적인 내용이 적지 않지만 시대상을 이해하는 데 유용한 「암살」(최동훈 감독), 「밀정」(김지운 감독), 「국제시장」(윤제균 감독), 「인천상륙작전」(이재한 감독) 등을 참고하기 바란다.

이에 집중한다. 아기 시 짓기, 동화창작, 어린이를 위한 외국작품 번역 등을 볼 때 피천득은 거의 아동문학가라고 부를 수 있을 정도다. 우리나라 최초의 현대시로 불리는 최남선의 시 「해에게서 소년에게」(1908)도 어린이로 시작하지 않는가?

그러나 피천득은 어린이들만을 위한 문학을 내세우지 않고 어린이와 어른이 함께 읽는 문학을 추구하였다. 그보다는 어른들이 영원한 고향인 동심의 세계로 들어가기 위해 어린이를 소재로 한 문학작품을 많이 읽어야 한다고 생각했다. 인간의 혼탁한 성장 과정에서 어린이의 가치인 단순성과 순수성을 잃어버리지 않고 유지하는 것이야말로 지혜로운 삶의 방식이기 때문이다. 피천득은 자신의 삶과 문학에서 우리들을 끊임없이 '어린이 되기'로 인도한다. 모든 '되기(becoming)'는 내 자아 밖의 대상인 타자에 대한 공감과 대화를 넘어 그것 자체가 되는 것으로, '동물 되기', '식물 되기', '여·남성 되기' 등 많은 되기를 통해 피천득이 생각한 문학의 정수인 사랑과 정(情)에 이르게 된다. 다시 말해 지혜의 원천으로서의 '어린이 되기'는 궁극적으로 피천득의 삶과 문학의 이정표다.[*]

---

* 여기에 문학평론가 장경렬이 피천득 선생과 함께한 일화를 소개한다: "지난 세기 70년대 후반 당시 대학원생이던 나는 명동에 있는 유네스코 한국위원회에서 촉탁사원으로 일하고 있었다. … 어느 날 [피천득] 선생께서 일이 있어 사무실에 들렀다. 일을 마치자 선생께서는 옆에서 거들던 나에게 함께 가볼 데가 있다 했다. 따라나선 나를 이끌고 선생께서 간 곳은 뜻밖에도 덕수궁이었다. 무슨 일 때문인가 궁금해하는 나에게 선생께서는 그냥 벤치에 앉아 풍광을 즐기자는 것이었다. 의외의 제안에 다소 놀라기도 했지만, 소풍 나온 어린이와도 같은 선생의 표정에 나 역시 마음만으로는 어린이가 되어 함께 덕수궁 한쪽 구석의 벤치에 앉았다. 당시 60대 후반이었던 선생과 20대 중반인 나는 그렇게 벤치에 앉아, 어린이의 마음으로 덕수궁 내의 풍광을 즐기기도 하고 또 근처의 사람들에게 호기심 어린 눈길을 주기도 하면서 이런저런 사소한 이야기를 나누었다."(103~104) 장경렬은 "순수한 어린이 마음"을 피천득 문학의 요체로 보고 그의 시 세계를 살펴본 탁월한 평론을 상재한 바 있다. 장경렬의 지적이 아니더라도 필자는 물론 피천득을 만난 많은 사람들이 이구동성으로 외치며 놀라는 것이 바로 그 '어린이 되기'였다. 어린이처럼 앉아서 지나가는 사람들과 주위 풍경들을 욕망 없이 있는 그대로 바라보면서 일상 속에서 작은 것들의 아름다움을 보고 기뻐하는 것이다. 피천득이 우리에게 최면을 걸듯 동심의 세계로 끌어들이는 것은 이른

피천득 평전

이제 피천득의 문학 활동과 작품들을 중심으로 그의 '어린이 되기'라는 주제를 짚어보자.

문단 데뷔와 초기 문학 활동 ─ '어린이 되기'를 향하여

피천득이 처음으로 문단에 내놓은 작품은 1930년 4월 7일자 『동아일보』에 실린 시 「차즘」〔찾음〕이다. 그 이후 1930년대 초반 『동아일보』에 시와 동시를 꾸준히 발표하였고 『신동아(新東亞)』와 흥사단 계열의 잡지 『동광(東光)』, 『신가정(新家庭)』에도 그의 작품들이 실렸다. 수필가로 주로 알려진 금아는 사실 '시인'으로 문단생활을 출발(시작)하였으며, 초창기에는 「유치원에서 오는 길」, 「어린 슬픔」, 「어린 근심」, 「어머니 사랑」, 「엄마의 아기」 등 아이 또는 어린이 시편들을 계속 발표하였다.*

그러나 피천득이 생애 최초로 발표한 건 번역 작품으로 1926년 8월 19일부터 27일까지 4회에 걸쳐 『동아일보』에 연재된 프랑스 소설가 알퐁스 도데(Alphonse Daudet, 1840~1897)의 단편소설 「마지막 시간」이었다. 이 사실은 지금까지 학계나 문단에 알려지지 않았는데, 필자가 1920년대 후반 『동아일보』에 실린 기사를 검색하던 중 우연히 처음으로 찾았다. 지금까지 알려지지 않은 피천득의 최초 문학저작을 찾아냈다는 기쁨보다는 이 단편을 '천득'이라는 필명으로 발표한 나이가 불과 만 16세였다는 사실에 놀랐다. 당시 경성제일고보(현 경기고등학교) 재학생이었던 그가 어떻게 10대 후반의 나이에 그것도 『동아일보』라는 당시

바 '피천득 현상'의 현묘한 마력(魔力)이 아닐까?

* 1920년대 한반도에서는 새 나라의 주인공이 될 어린이에 대한 관심이 크게 일어났다. 소파 방정환(1899~1931)이 중심이 되어 1923년에 최초로 5월 1일이 어린이날로 제정되었고 1923년에는 어린이 전문잡지 『어린이』가 창간되었다. 1920~30년대 어린이 운동과 아동문학에 관한 논의로는 안경식, 『소파 방정환의 아동교육운동과 사상』(학지사, 1999)과 양소영, 『1930년대 현대시의 아이와 유년기의 상상력』(푸른사상, 2015)을 참조 바람.

대표적인 일간지에 번역소설을 실을 수 있었을까? 아마도 탁월한 번역 때문이었을 것이다.

2년 월반하여 제일고보에 입학한 피천득의 천재성을 알아본 당대 최고의 지식인 춘원 이광수는 고아인 피천득에게 깊은 동정을 느끼고 자기 집에 3년이나 데리고 살면서 문학과 영어를 가르쳤다. 당시 피천득은 프랑스어를 배우지 않았기에 「마지막 시간」의 번역 원본을 영어본으로 삼고 일어번역본을 참고했을 것으로 추정된다. 이 아동 단편소설은 후에 어린이잡지에 실렸다가 나중에 초중고 국어 교과서에 실려 널리 알려졌다. 피천득이 「마지막 시간」을 번역한 것은 일제 식민에 대한 적개심과 모국어인 한국어에 대한 사랑 때문이었다. 훗날 그는 모국어는 결코 억압할 수 없는 한 민족의 영혼이며 한국 시인 작가들의 임무는 모국어인 한글을 빛내고 아름답게 보존하는 것이라고 쓴 바 있다.

피천득은 해방 후인 1947년 1월 주요섭이 주간으로 있던 상호출판사에서 첫 시집 『서정시집(抒情詩集)』을 펴낸다. 전체 4부 49편의 시가 실린 이 시집에서 제2부 9편은 아기와 어린이 시편을 다루고 있다. 피천득은 이 시집의 개정증보판을 여러 번 출간했는데 아기, 어린이 시편은 항상 2부에 배치했다. 제2부의 첫 시는 「아가의 슬픔」이다. 전문을 읽어 보자.

엄마!
엄마가 나를 나놓고
왜 자꾸 성화 멕힌다 그러나?

엄마!
나는 놀고만 싶은데
무엇 하러 어서 크라나?

이 시는 원래 1935년 『신가정』(6월호)에 실렸던 동요로 "옛날 엄마를 생각하며"란 부제가 붙어있었다. 이 초기 시부터 피천득은 엄마와 함께 행복하게 지냈던 어린 시절에 대한 그리움을 노래한다. 그는 시간을 거꾸로 돌려 정지시키고 싶었을 것이다. 성장하지 않고 계속 아기로 남아 영원히 엄마와 놀면서 사랑받고 싶은 바람을 엄마가 돌아가고 15년이 지난 후에도 이렇게 아련하게 표출한다.

이번에는 「아가의 오는 길」을 살펴보자.

> 재깔대며 타박타박 걸어오다가
> 앙감질로 깡충깡충 뛰어오다가
> 깔깔대며 배틀배틀 쓰러집니다
>
> 뭉게뭉게 하얀 구름 쳐다보다가
> 꼬불꼬불 개미 거동 구경하다가
> 아롱아롱 호랑나비 쫓아갑니다 (전문)

이 시는 원래 1935년 『신가정』(4월호)에 실린 동요 「유치원에서 오는 길」이었다. 지금 시는 원시에서 3연이 삭제된 것이다. 아기의 원초적인 생명의 약동(élan vital)이 느껴지는 이 시는 어린 아기들 특유의 의태어인 "타박타박", "깡충깡충", "배틀배틀", "꼬불꼬불", "아롱아롱"을 잘 배치하여서 역동적인 생명감이 넘쳐난다. 나이가 들수록 우리는 이러한 활기 넘치고 생동감 있는 어린 시절의 모습을 잃어버린 채 터벅터벅, 느릿느릿, 비틀비틀 살아가고 있지 않은가.

『서정시집』 제2부 마지막에 비교적 긴 산문시 「어린 벗에게」가 실려 있다. 이 시는 '사막'으로 상징하는 일제 강점기에 우리 민족에 대한 탄압과 억압 속에서 "어린 벗"인 "나무"가 추위와 가뭄의 반복으로 거의 절망적인 상태에 놓여 있다. 그러나 마지막 연에서 확실한 반전이 일어난다.

그러나 벗이여, 이 나무는 죽은 것이 아닙니다. 살아있는 것입니다. 자라고 있는 것입니다. … 그 나무에는 가지마다 부러진 가지에도 눈이 부시도록 찬란한 꽃이 송이송이 피어납니다. 그리고 이 꽃빛은 별 하나 없는 어두운 사막을 밝히고 그 향기는 멀리멀리 땅 위로 퍼져갑니다.

이 시는 절망 속에 있는 "어린 벗"에게 언젠가 되살아날 끈질긴 생명력을 강조하여 희망을 주는 어린이 찬가다. 이 산문시는 피천득이 번역 발표한 인도의 시성 라빈드라나드 타고르(Rabindranath Tagore, 1861~1941)의 시집 『기탄잘리』의 60번 시를 반향하고 있다. 타고르의 시에는 생명의 원형인 '바닷가'에서 생명의 토대인 '아이들'이 장난치며 놀고 있다. 이들의 공통적 주제는 어린이 예찬이다. 어린이야말로 당시 일제 강점기의 한반도뿐만 아니라 세계 어디서나 인간의 미래를 열어주는 희망과 가능성이기 때문이다.

피천득은 제일고보 4학년 재학 중인 1926년 이광수의 권유로 동양의 파리라고 불리던 국제도시 상하이로 유학을 떠난다. 상하이로 간 주된 이유는 도산 안창호 선생을 만나기 위해서였다. 도산을 만난 후 그를 일생의 스승으로 삼고 흥사단에도 가입하였다. 이때 피천득이 도산에게 받은 강력한 인상은 어린이 사랑이었다. 1961년 『사상계』(11월호)에서 주선하여 장이욱, 김병로, 지명관 등이 참여한 도산 탄신 82회 기념좌담회인 「도산을 말한다」에서 피천득은 다음과 같이 말한다.

［도산은］ 퍽 어린애들을 사랑하셨지요. 우아한 분이었습니다. 일경에게 체포당할 때 어떤 어린아이에게 선물을 사준다는 약속을 지키려 나가셨다가 잡혔지요. … 그렇게 어린아이와의 약속도 어긴 일이 없었습니다.

도산 안창호가 상하이 프랑스 조계에 있던 임시정부에서 일제 경찰에게 체포된 것은 동지 이우필의 어린 아들에게 생일 선물을 사주겠다는 약속 때문이었다. 그 당시 주위 사람들이 이구동성으로 일경의 체포 위험이 크니 그 아이를 만나지 말라고 강력하게 권유했지만 안창호 선생은 어린이에게 한 약속도 못 지키면서 어떻게 큰일을 할 수 있는가, 반문하며 선물을 들고 아이를 만나다가 현장에서 잡혔다. 그 후 경성(서울)으로 압송되어 여러 차례 재판을 받으며 고초를 겪다가 1938년 3월 10일 경성제대(후에 서울대학교) 병원에 보석입원 중 별세했다. 어린아이들을 끔찍이 사랑했던 도산의 어린이 존중과 사랑에 커다란 감화를 받은 피천득은 일생 그를 따르려고 노력하였다.

피천득이 동시, 동요는 물론이고 동화도 썼다는 사실은 잘 알려지지 않았다. 1959년 7월 경문사에서 출간된 최초의 문집 『금아 시문선(琴兒詩文選)』에 그는 처음으로 시부와 산문부를 나누어 수필 등을 포함했는데 여기에 어린이들을 위한 동화 「꿀 항아리」와 「자전거」 두 편을 실었다. 피천득은 자신이 직접 동화를 창작했을 뿐만 아니라 어린이를 위한 외국 동화에도 많은 관심을 가졌다. 소설가 주요섭이 번역한 안데르센의 동화집 『미운 오리 새끼』에 대한 서평을 1953년 『동아일보』(1월 26일자)에 썼는데, 그는 동화라는 문학 장르의 중요성에 대해 어린이들에게 다음과 같이 얘기한다.

인류의 문예 사조가 어떻게 흐르든지 『안델센』의 동화는 생명이 길 것입니다. 아이들은 누구나 언제나 이상주의자요 낭만주의자인 까닭입니다. 아이들뿐만 아니라 어른들도 『안델센』의 동화를 좋아합니다. 왜 그런고하니 이 초현실적 상상세계에는 엄연한 현실이 얽혀있는 까닭입니다. … 이런 현실적인 취지를 가지고 찬란한 상상의 궁전을 지었습니다. 그러므로 그의 동화 속에는 심각한 인간 생활면이 숨어 있습니다.

피천득은 아이들뿐만 아니라 어른들도 상상을 통해 우리의 제약된 현실을 뛰어넘어 무한한 가능성의 세계를 꿈꿀 수 있으며, 이러한 동화들은 황당무계한 것이 아니라 그 근저에 현실 세계가 투영되고 있음을 강조한다. 우리는 동화를 통해 상상력을 훈련시키고 작동시켜 현실을 바꾸고 더 좋은 세상을 계획할 수 있는 것이다.

피천득의 동화 사랑은 동화가 어린이들의 상상력 계발과 인성 교육에 필요한 최고의 문학 장르라는 생각과 연결된다. 동화뿐만 아니라 문학의 모든 이야기(서사)들은 우리를 현실의 질곡에서 해방시키고 가르치며 즐겁게 하고, 새로운 세계로 도약시켜 주면서 우리들의 감성을 순화해주고 영혼을 맑게 해준다. 피천득은 상하이 유학 중 잠시 귀국할 때면 춘원 이광수의 집에 자주 들렀다. 1938년 4살 어린이였던 춘원의 둘째 딸 이정화 박사에게 피천득은 그림형제의 동화를 영어로 읽어주고 번역해 주었다(「어린 날 기억 속의 선생님」, 167~68). 후에 물론 자신의 아들딸들에게도 동화를 자주 읽어주었으리라. 어릴 때 엄마 아빠가 어린 아이들에게 동화를 읽어주는 것은 얼마나 소중하고 아름다운 일인가!

후기 시집, 수필집 등에 나타나는 어린이 되기

피천득은 시와 수필을 분리하여 출간해서도 '어린이 되기'를 주제로 한 동심의 세계를 지속해서 탐구한다. 그의 시집 『생명』에서 어린이를 주제로 한 시 몇 편을 읽어보자. 다음은 시 「그림」의 일부다.

나는 그림을 그릴 때면
하늘을 넓고 넓고 푸르게 그립니다.
…
아빠의 눈이 시원하라고
하늘을 넓고 넓고 푸르게 그립니다.

이 시의 화자인 '나'는 어린이다. 그림을 그릴 때 나는 하늘을 넓고 푸르게 그린다. "아빠(어른)의 눈이 시원하라고 / 하늘을 넓고 넓고 푸르게" 그린다. 어린이는 어른들이 답답한 현실에서 벗어나기를 바라며 넓고 푸른 하늘을 그린다.

피천득의 다른 시 「생명」에서 "억압의 울분을 풀 길이 없거든 / 드높은 창공을 바라보라던 그대여"에서 "그대"는 아마 어린아이가 아닐까. 어린아이의 상상력은 어른들이 현실에 매여 미처 그리지 못하는 다른 세상(하늘)을 넓고 푸르게 그림으로써 인위적인 문명에서 벗어난 하늘이라는 자연의 광활함으로 나아간다.

피천득의 시 「교훈」에서는 어린 자식들에 대한 훈육과 사회화 교육, 다시 말해 '아버지의 법'이 지배하는 '상징계'의 여러 가지 이념을 강제하는 교육을 미루기로 한다. 1969년 일조각 간쟁『산호와 진주: 금아 시문선』에서 이 시의 제목은 「가훈」이었다. 또, 이 시는 피천득의 자녀 교육 철학이기도 하다.

> 마음대로 되는 일이 별로 없는 세상이기에
> 참는 버릇을 길러야 한다고 타이르기도 하였다.
> 이유 없는 투정을 누구에게 부려 보겠느냐
> 성미가 좀 나빠도 내버려 두기로 한다 (전문)

여기에서 시인은 아이에게 사회적 자아를 형성시켜 주려는 강요하는 마음을 잠시 미루고 자아(주체성)를 위해 몸부림치는("이유 없는 투정") 아이를 일단 자기 뜻대로 하게끔 내버려 둔다. 세상 법도에 순종하는 "버릇"을 가르치는 일이 연기된다. 자유로워지고 싶어 하는 아이에게 잠시나마 얼마나 다행스러운 일인가? 여기에 '어린이다움'을 존중하려는 시인의 마음이 깊이 배어있다. 피천득이 시 「무악재」에서처럼 "어린 학생", "어린아이", "어린것들"이 "과거는 없고 희망만 있"다고 노래하는 것은 '어린이다움'이 우리 미래에 대한 희망이기 때문이리라.

「이 봄」이라는 시에서 시인은 고목에서 새순이 나오듯이 칠순의 나이에도 이 봄을 "연못에 배 띄우는 아이같이 … 살으리라."고 다짐한다. 시인은 또 다른 시 「어린 시절」에서는 어린 시절이 자기 삶의 뿌리이며 시작임을 드러낸다.

> 구름을 안으러 하늘 높이 날던 시절
> 날개를 적시러 푸른 물결 때리던 시절
> 고운 동무 찾아서 이 산 저 산 넘나던 시절
> 눈 나리는 싸릿가지에 밤새워 노래 부르던 시절
> 안타까운 어린 시절은 아무와도 바꾸지 아니하리 (전문)

어린 시절은 피곤한 몸의 은신처이고 어지러운 마음의 피난처이며 곤고한 영혼의 치료소다. 시인에게 어린 시절은 아름다운 회상의 저수지이자 치유하는 기억의 보물창고이고, 영원한 기쁨의 원천이다. 어린 시절에 대한 작은 아름다운 인연과 기쁜 추억을 많이 가지고 있다면 우리의 인생은 언제나 아름다울 것이다. 시인에게 어린 시절은 언제나 지금의 삶을 지탱해주는 믿음직한 버팀목이다. 그래서 피천득은 수필 「장수」에서 "과거를 역력하게 회상할 수 있는 사람은 참으로 장수하는 사람이며, 그 생활이 아름답고 화려하였다면 그는 비록 가난하더라도 유복한 사람이다."라고 말하면서 고령의 나이라도 "호호옹(好好翁, jolly old man)"이 되어 어린아이들과 같이 지내기를 원했다.

> 이웃에 사는 명호를 데려다가 구슬치기를 하겠다. 한 젊은 여인의
> 애인이 되는 것만은 못하더라도 아이들의 할아버지가 되는 것도 좋은
> 일이다. 무엇보다도 이야기하는 데 힘이 들지 않아 좋다.   (「송년」)

다음으로 피천득의 수필 「서영이와 난영이」를 읽어보자. 그는 1950년

대 중반 1년간의 하버드 대학교 교환교수 생활을 마친 후 귀국길에 뉴욕에 들렀다. 당시 초등학생 딸 서영이를 위해 돌쟁이 크기의 인형을 사기 위해서였는데 그 이름을 '난영'이라고 지었다. 오랜 뒤에 딸이 대학을 졸업하고 미국으로 유학 가게 되어 인형 난영이는 홀로 남게 되었다. 이때부터 "젊고 예쁜 엄마들이 부"러웠던 피천득은 "언제나 웃는 낯"인 난영이의 엄마가 되어 타계할 때까지 날마다 재워주고 목욕도 자주 시키면서 아기엄마 노릇을 하였다. 그는 "난영이는 자라지 않았습니다. 그러나 다행히도 어른스러워지지도 않았습니다. 언제나 아기입니다."라고 말한다.

피천득의 아기 인형 '난영' 돌보기는 사랑의 실천 행위다. 엄마가 되어 무생물인 아기 인형을 이렇게 친자식처럼 돌보는 것은 난영이 "언제나 아기"라 "냉정한 이별을 할 수" 없기 때문이다. 시인은 아기 인형의 돌봄을 통해 나이를 잊고 사는 젊은 엄마로 바뀐다. 육체의 노쇠는 막을 길이 없겠지만 우리도 시인처럼 몸과 마음의 정성을 다하여 어린이들과 함께할 수만 있다면 마음과 영혼이 어린아이처럼 푸르고 싱싱하게 순수성과 단순성을 유지할 수 있으리라. "아가의 머리칼" 만지기를 좋아했던 피천득은 언제나 "어린아이같이 순진"하게 웃을 수 있었다. 어린아이처럼 웃으며 장난치면서 인간 타락 이전의 원초적 본능을 아무런 구속 없이 자연스럽게 수행할 수 있다면 삶과 문학에서 얼마나 크나큰 축복이겠는가.

어린이 되기는 순수한 동심의 회복이다

피천득은 1920~50년대 사이에 어린이들을 위해『동아일보』와『소학생』등 잡지에 외국 단편소설을 번역하여 소개하였고, 번역본을 묶어 수십 년 뒤인 2003년에『어린 벗에게』란 단행본을 냈다. 역자의 말인 '책을 내면서'에서 자신의 아호인 금아에 대해 "우리나라 사람들의 정서, 우리

어머니의 정서, 거기에 내가 닮고 싶은 아이의 마음까지가 아주 잘 어우러진 이름이기에 나는 이 이름을 많이 사랑하고 또 자랑스러워합니다."라고 말한다. 피천득은 계속해서 금아라는 호에 들어있는 '어린이'의 의미에 대해 다음과 같이 말한다.

> 사람이 나이가 들수록 어린이와 똑같아진다는 말이 있습니다. 참으로 진실입니다.
> 한 해 한 해 나이 먹으면서 인생을 어떻게 살아야 하나 생각하다 보면 바로 순수한 아이 같은 마음으로 살면 된다는 해답을 얻기 때문입니다.
> 그리고 그 아이들의 순수함을 닮고 싶다는 소망을 가지고 아이처럼 살려고 노력하기 때문입니다.

이 글을 볼 때 피천득의 삶과 문학에서 어린이의 위치가 얼마나 중요한지 잘 알 수 있다.

피천득은 타계하기 2년 전인 2005년 자신의 번역 시집인 『내가 사랑하는 시』에 "시와 함께한 나의 문학인생"이란 제목의 서문을 새로 붙였는데, 이 글은 자신이 이전에 얘기한 "문학의 본질은 정(情)이다."라는 명제의 각론에 해당한다. 그는 문학에서 가장 중요하게 여기는 것으로 "순수한 동심", "맑고 고매한 서정성", "위대한 정신세계" 세 가지를 꼽는다. 나아가 진정한 시인이란 "가진 것이 많은 사람의 편, 권력을 가진 사람의 편에 서는 것이 아닙니다. 진정으로 위대한 시인은 가난하고 그늘진 자의 편에 서야 하고 그런 삶을 마다하지 않아야 합니다."라고 선언한다. 그리고 시는 "영혼의 가장 좋은 양식이고 교육"이며 시를 읽으므로써 우리의 "마음이 맑아지고 영혼이 정갈해"진다고 덧붙였다. 피천득은 마치 자신의 삶과 문학을 총결산하듯이 시인들은 "아이들의 영혼으로 삶과 사물을 바라본 이들"이고 "시를 통해서 … 독자들이 순수한 동심만이 세상에 희망의 빛을 선사할 수 있다는 믿음"을 가지기를 바란다고 말한다. "순수한 동심"이 있어야 이 혼탁하고 척박한 세상을 웃음으로 살아낼 수 있기 때문이다. 이러한 피천득의 최후진술을 최적의 판단 기준으로 삼아 다시 한 번 그의 모든 문학 활동의 산물인 시(동시, 시조), 산문(수필, 동화, 평론), 번역(시, 단편소설, 한국작품 영역)을 반추하며 그의 지혜의 삶과 문학을 온전히 이해하고 평가해야 할 것이다. 19세기 말 유럽에서 가장 반시대적인 '망치를 든 철학자' 프리드리히 니체(Friedrich Wilhelm Nietzsche, 1844~1900)가 즐겁게 웃고 춤추는 긍정적인 어린아이에게서 축복의 통로를 찾아냈듯이 말이다.[*]

"어린아이는 순진무구요, 감각이며, 새로운 시작, 놀이, 제힘으로 돌아가는 바퀴이며 최초의 운동이자 거룩한 긍정이다."
(정동호 옮김, 『차라투스트라는 이렇게 말했다』, 40)

---

[*] 금아 피천득을 통해 필자는 이미 언제나 웃으며 노래하고 춤추는 "어린아이"가 되었다! 그래서 필자는 70세가 다 된 나이이지만 뒤늦게 본 손자가 해맑게 웃으며 뛰어 노는 모습을 보고 나의 아호를 '웃으며 춤추는 어린아이'란 뜻의 '소무아(笑舞兒)'라고 지었다. 아호대로만 살 수 있다면 나의 노후는 평온하게 지나가리라!

연보

생애	연보	한국	세계
종로구 청진동에서 신상(紳商)이던 아버지 피원근과 서화와 음악에 능하던 어머니 김수성 사이에서 외아들로 태어남(5월 29일).	1910	경술국치(8월 29일), 도산 안창호 국외 망명. 안중근 의사 사형 집행.	쇼팽 탄생 100주년. 영국 조지 5세 즉위, 신해혁명으로 청 왕조 몰락. 톨스토이 사망.
	1911	잡지 『소년』 폐간. 『성경젼셔』 번역 출간.	로알 아문센 남극 도착.
	1912		혁명정부의 쑨원 대통령 취임. 메이지 천황 서거. 다이쇼 천황 즉위. 타이타닉 호 침몰. 윌슨 미국 대통령 당선.
	1913	도산 안창호 샌프란시스코에서 흥사단조직(5월 13일).	중국 위안스카이 대통령 당선. 인도의 시인 타고르 동양 최초 노벨문학상 수상.
	1914	호남선, 경원선 개통.	1차 세계대전 발발. 파나마 운하 개통.
	1915		아인슈타인 일반상대성 원리 발표.
부친 피원근 타계. 유치원 입학(동네 서당에서 한문 공부도 병행하여 2년 동안 『통감절요』 3권까지 배움).	1916 (7세)	유관순 1916년 이화학당의 교비생으로 입학.	아일랜드 부활절 봉기.
	1917	한강 인도교 완공(10월). 춘원 이광수 소설 『무정』을 『매일신보』에 연재.	러시아 볼셰비키 혁명 발발(10월).
	1918	주간 문예지 『태서 문예신보』 발간.	윌슨 민족자결주의 선언. 1차 세계대전 종전.
평안남도 강서에서 요양하시던 모친 김수성 타계. 제일고보 부속 소학교 입학.	1919 (10세)	고종 황제 서거(1월). 3·1 독립운동. 상하이 임시정부수립(4월 13일).	국제연맹창설. 화가 르누아르 사망.

생애	연보	한국	세계
	1920	문예지 『개벽』, 『폐허』 창간. 조선체육회 창립.	인도 간디가 영국에 대해 비폭력 불복종 운동 선언.
	1922	문예지 『백조』 창간(주요한의 산문시 「불놀이」 실림).	아인슈타인 노벨물리학상 수상. 엘리엇의 장시 「황무지」 발표. 제임스 조이스 『율리시스』 출간.
제일고보 부속 소학교 4학년 때 검정고시에 합격. 2년 월반하여 서울 제일고보(경기중학교)에 입학. 당시 동아일보 편집국장 춘원 이광수가 영재 고아인 피천득의 소문을 듣고 찾아와 자신의 집에서 3년간 유숙시키며 가르침. 상하이 후장 대학교 출신 작가 현진건, 주요한, 주요섭, 이해랑 만남.	1923 (14세)	아동잡지 『어린이』 창간.	일본 관동 대지진 발생 및 조선인 대학살. 윌리엄 버틀러 예이츠 노벨 문학상 수상.
당시 양정고보 1학년이었던 친구 윤오영과 시작한 등사판 잡지 『첫걸음』에서 제목 미상의 시 발표.	1924 (15세)	경성 제국대학교 예과 개강.	중국 국민당과 공산당 제1차 국공합작(1924년 1월~1927년 4월).
	1925	조선프롤레타리아 예술가 동맹(KAPF) 발족.	러시아 스탈린 독재. 이탈리아 파시스트 무솔리니 내각수립. 쑨원 사망.
최초의 단편소설 번역(알퐁스 도데의 「마지막 시간」을 『동아일보』에 4회 연재). 이광수의 권유로 중국 상하이로 유학함. 토머스 한버리 고등학교에서 1929년까지 수학함.	1926 (17세)	경성 방송국 설치. 6·10 만세운동(융희 순종 황제 국장 중). 종합지 『동광』 창간(흥사단의 주요한 발행인)	화가 모네 사망. 일본 쇼와 히로히토 천황 즉위.

생애	연보	한국	세계
	1927	신간회 조직. 부녀단체 근우회 조직.	도연명 서거 1,500주년. 베토벤 서거 100주년.
	1928	제1회 아카데미 수상작 전쟁영화 「Wings」개봉.	장제스 국민당 정부 주석으로 취임.
상하이 후장 대학교 예과 입학.	1929 (20세)	여의도 비행장 개설. 광주학생항일운동 사건.	뉴욕 주가 폭락. 세계 대공황 시작.
최초의 시 「차즘」(찾음) 발표 (『동아일보』 1930년 4월 7일자). 도산 안창호 선생에게 사사.	1930	상하이 한국독립당 조직(11월 25일). 읍, 면, 도제 공포.	제1회 세계월드컵 축구 대회(개최국: 우루과이).
후장 대학교 상과에 입학했다가 영문학과로 전과함. 『동광』(9월호, 주간: 주요한)에 소곡 3편 「편지」, 「무제」, 「기다림」 발표. 대학 수업 중단하고 여러 차례 귀국하여 춘원 이광수 집에 유숙함.	1931 (22세)	조선어학회. 신채호가 『조선일보』에 『조선상고사』 연재 시작. 종합지 『신동아』 창간(주요섭 주간)	에디슨 사망.
『신동아』 5월호에 장편(掌篇) 소설 「은전 한 닢」이 실림. 같은 해 『신동아』 9월호에 최초의 수필 「장미 세 송이」 실림.	1932 (23세)	상하이 루쉰 공원에서 윤봉길 의거(4월 29일).	제1차 상하이 사변(1월 28일). 일본의 만주국 건국.
『신가정』 1월호(창간호)에 「브라우닝 부인의 생애와 예술」 발표. 『신가정』 5월호에 첫 동시 「엄마의 아기」 발표. 『신동아』 10월호에 금아의 첫 시조 9수 게재.	1933 (24세)	한국 예수교회 창립. 조선민속학회에서 『조선민속』 학술지 창간. 종합 여성지 『신가정』 창간(1월)	아돌프 히틀러 독일 총통 됨. 미국 금주법 해제. 메리언 쿠퍼와 어니스트 쇼드색이 함께 감독한 영화 「킹콩」의 첫 작품 제작.
나다니엘 호손의 단편소설 「석류씨」 번역(『어린이』 윤석중 책임편집 1924년 1월호에 게재). 금강산 장안사에서 상월 스님에게 『유마경』과 『법화경』을 1년간 배움.	1934 (25세)	진단학회 설립. 시인 김소월 타계.	
『신가정』 4월호와 6월호에 동시 3편 발표.	1935	경복궁 산업 박람회.	필리핀 공화국 수립.

생애	연보	한국	세계
	1936	손기정 베를린 올림픽 마라톤 우승. 일장기 말소 사건.	스페인 내란 발생. 영국 왕 조지 6세 즉위. 중국 작가 루쉰 사망.
상하이 후장 대학교 영문학과 졸업(졸업논문: 윌리엄 예이츠의 시). 서울 중앙상업학교 교원.	1937	수양동우회(흥사단) 사건 이후 이광수 친일 시작. 일본어 사용 강제. 수풍댐 건설 시작.	제2차 상하이 사변. 중일전쟁.
경성 TEXAS 석유회사 입사. 이 무렵 성북동 경신학교 교사 길영희 선생 댁에서 하숙.	1938	도산 안창호 경성제대병원에서 병사. 덕수궁 미술관 개관.	미국 여성작가 펄 벅 노벨문학상 수상.
시인 주요한 부인의 중매와 이광수 부인 허영숙의 강력 추천으로 임진호 씨와 결혼. 장남 세영 태어남.	1939 (30세)	문예잡지 『문장』, 『인문평론』창간.	2차 세계대전 발발. 예이츠 별세.
	1940	창씨개명 시행. 『조선일보』, 『동아일보』 폐간.	이탈리아, 독일, 일본의 3국 동맹 결성.
경성대학교 이공학부 도서관 고원으로 일함(해방 때까지).	1941	'한국 타이어' 회사 설립.	일본 진주만 습격, 태평양 전쟁 발발. 인도 시인 타고르 별세, 버지니아 울프·제임스 조이스 별세.
	1942	조선어학회 사건.	
차남 수영 태어남.	1943	수풍댐 제1기 공사 완료. 카이로 선언(한국자주독립결의).	카이로 회담.
	1944	학병제 실시. 만해 한용운 사망.	노르망디 상륙작전 개시.
인천 중학교(6년제) 영어강사(잠시). 경성대학교 예과 교수.	1945 (35세)	8·15 광복. 미 군정 수립. 이승만 귀국.	얄타회담. 2차 세계대전 종식. UN 설립.
경성대학교 예과 교수 사직(3월 1일자).	1946	'국립 서울대학교 설립에 관한 법령' 공포(8월). 국대안 반대 운동. '국립 서울대학교' 개교(10월).	파리강화 회담. 미소공동위원회 설치. 인도 독립.

생애	연보	한국	세계
첫 시집 『서정시집』(상호출판사 주간: 주요섭 간행). 딸 서영 태어남.	1947	공민증 발행. 서윤복 보스턴 마라톤 대회 우승.	마샬 플랜(유럽부흥계획).
서울대학교 사범대 교수 취임(3월 1일자).	1948	대한민국 정부수립 선포(대통령 이승만). 신채호 『조선상고사』 단행본으로 출간. UN 한국위원장 입국. UN 대한민국 승인.	간디 피살. UN 세계 인권 선언 채택. 이스라엘 공화국 건국.
	1949	백범 김구 암살.	괴테 탄생 200주년. NATO 창설. 중화인민공화국 수립(주석 마오쩌둥).
	1950	북한남침, 6·25한국전쟁발발. 인천상륙작전. 춘원 이광수 북한에서 사망(추정).	윌리엄 워즈워스 서거 100주년. 맥아더 장군 UN군 총사령관이 됨. 중공군 한국전 개입.
	1951	1·4 후퇴. 자유당 발족.	호치민 하노이 대공세.
영어교과서 『Our English Readers』(동국문화사) 발간.	1952	한국 최초 박사 6명 수여.	영국 엘리자베스 2세 즉위. 미국 수소폭탄 실험 성공.
휴전 환도 후 성균관 동재에 거주. 이후 이문동(경희대 근처)에 거주.	1953	6·25전쟁 휴전협정 조인(7월 27일).	에베레스트 등정 성공. 윈스턴 처칠 노벨문학상 수상.
미국 국무성 초청으로 하버드 대학교 연구교수. 시인 로버트 프로스트 만남. 그의 시 「가지 않은 길」 번역(국정교과서에 실림).	1954 (44세)	국제PEN클럽 한국본부 발족. 한국 영어영문학회 창립. 한미 방위조약 조인.	유네스코 민족 위원회 발족.
	1955	미국 잉여농산물 구매 협정.	아인슈타인 사망.
영어교과서 『Evergreen Readers』(동국문화사) 발간.	1956	경제부흥 5개년 계획 수립. 서울시 의회 첫 개회. 한미우통상조약 체결. 어머니날(5월 8일) 제정.	쇼팽 탄생 200주년. 나세르 수에즈 운하 국유화 선언.

생애	연보	한국	세계
『쉑스피어의 이야기들』(찰스 램 외 저) 도서 번역판 간행(한국 번역).	1957	최남선 사망. 한국 비교 문학회 창립. 문경 시멘트 공장 준공.	러시아 세계 최초 인공 위성. 스푸트니크 1호 발사 성공.
『서재 여적(교수수상집)』(공저, 경문사, 1958).「수필」,「봄」,「시골 한약방」,「장수」,「보스톤 심포니」,「나의 사랑하는 생활」이 첫 번째로 실림. 다른 필자들은 양주동, 박종화, 주요섭, 유진오, 이병도, 이양하, 이희승, 박종홍 등이다.	1958	국가보안법, 지방 자치법 개정안 통과.	니키타 흐루시초프 소련 수상 취임. 드골 프랑스 대통령 취임.
『금아 시문선』(경문사) 출간.	1959	재일교포 북송 제1진이 니가타항을 출발.	소련의 우주로켓 달 도착.
	1960 (60세)	3·15 부정선거(이승만 대통령, 이기붕 부통령 당선). 4·19혁명. 이승만 대통령 하와이 망명. 윤보선 대통령 당선. 장면 내각 출범.	두보 서거 1,200주기. 쇼팽 탄생 150주년.
영어교과서 『Mastering English』1, 2, 3』(동아출판사) 간행.	1961	5·16 군사 정변. 박정희 소장 최고 회의 의장. 박정희 – 케네디 회담 (미국 워싱턴).	미국 쿠바와 국교 단절.
	1962	농촌 진흥청 신설. 서울 광화문 우체국 개국. 정약용 탄생 200주년.	알제리 독립. 쿠바에서 소련 기지 철수.
서울대학교 대학원 영어영문학과 주임 교수(1968년까지).	1963 (53세)	제5대 대통령 선거. 박정희 대통령 당선. 최초로 라면 판매 시작.	존 F. 케네디 대통령 피살. 워싱턴 대행진. 마틴 루터 킹 목사「나에게는 꿈이 있습니다」연설함. 미국 시인 로버트 프로스트 사망.
셰익스피어 쏘네트집 번역(정음사판 『셰익스피어 전집』 제IV권에 수록)	1964	한일 굴욕 외교 반대 데모 전국 확산. 박정희 대통령 서독 방문. 한국군 베트남 파병.	셰익스피어 탄생 400주년. 더글러스 맥아더 원수 사망. 노벨 문학상 장 폴 사르트르(수상 거부).

생애	연보	한국	세계
	1965	제2한강교 개통. 한일 협정 조정. 이승만 하와이에서 사망.	중국 문화 대혁명 시작. 베트남 전쟁 확대. 엘리엇 사망.
영어교과서 『New Companion to English』 총 6권(삼화출판사) 간행.	1966	재일교포 법적지위 협정 발효.	중국, 마오쩌둥 지도하에 홍위병 100만 명 톈안먼 광장에서 대규모 문화혁명.
작품영역집 『플루트 연주자 A Flute Player』 출간(삼화출판사).	1968 (58세)	중학교 시험 추첨제 실시. 국민교육 헌장 선포.	인공위성 달 착륙 성공. 중국 문화대혁명. 미국 해군정보함 푸에블로호 원산 근해에서 북한에 피랍. 마틴 루터 킹 목사 피살. 프랑스 학생 운동(1968). 미국 베트남 전쟁 개입.
『산호와 진주: 금아 시문선』(일조각) 출간. 미국의 여러 대학교에서 한국 문학, 문화 순회 강의. 영국 BBC 초청으로 영국 방문.	1969 (59세)	경인고속도로 개통. 교황 바오로 6세가 김수환 대주교를 추기경으로 임명.	미국 유인우주선 아폴로 11호 달 착륙.
회갑기념 논문집 봉정식. 국제PEN클럽 한국 대회(이사장 백철) 참석 논문 「유머의 기능」 발표. 『친구여 내 친구여(공저)』(수레). 국민훈장 동백장.	1970	경부고속도로 개통.	영국 시인 워즈워스 탄생. 200주기. 닉슨 독트린 선포(발표는 69년도).
『삼화 콘사이스 영어사전(피천득, 이종수 공저)』(삼화출판사)	1971	가족 찾기 남북적십자사 예비 회담. 도산 공원 기공(서울 강남구 신사동).	방글라데시 공화국 수립.
	1972 (62세)	박정희 10월 유신 선포. 남북공동성명(7·4공동성명). 통일주체 국민회의. 남북 조정위원회 첫 회담. 주요섭 사망.	닉슨 대통령 첫 중국 방문.
문예월간지 『수필문학』에 「인연」 발표.	1973	어린이 대공원 개원. 새 가정의례 준칙 시행.	베트남 전쟁 휴전협정 조인. 4차 중동전쟁 세계유류파동. 피카소 별세.

피천득 평전

생애	연보	한국	세계
서울대학교 1년 조기 퇴직. 미국 여행.	1974	낙성대 준공. 한글 전용 교육. 육영수 여사 피살. 지하철 1호선 개통. 친구 장익봉 사망.	닉슨 대통령 워터게이트 사건으로 사임.
서울대학교 명예교수.	1975	여의도 국회의사당 준공. 영동고속도로 개통. 민방위대 발족.	찰스 램 탄생 200주년. 대만 장제스 총통 사망. 스페인 프랑코 총통 사망.
수필집『수필』(범우사), 번역 시집『셰익스피어 소네트 시집』(정음문고)출간.『찬란한 기적』(공저)(샘터).	1976	수필가 윤오영 별세. 양정모 선수 몬트리올 올림픽 레슬링 금메달 획득. 초등학교 한자교육 부활 취소.	마오쩌둥 사망. UN 팔레스타인 건국 승인.
『산호와 진주』로 한국 수필문학 진흥회로부터 제1회 한국대 수필문학 대상 수상.『효』(공저)(범우사).	1977 (68세)	의료보험제도 실시. 100억불 수출 달성.	
『인연』으로 제1회 독서대상 수상.『바람으로 왔다 바람으로 가며(공저)』(민음사).	1978	세종문화회관 개관. 자연보호 헌장 선포.	미·중 정식 외교관계 수립. 덩샤오핑 중국 집권. 교황 바오로 2세 즉위.
「새싹 문화상」 수상.『사랑하며 기다리며(공저)』(민예사).	1979	주요한 사망. 박정희 대통령 피격, 사망.	소련이 아프가니스탄 침공.
『금아문선』(수필집),『금아시선』(시집)(일조각) 출간.『사람, 시 그리고 이별(공저)』(민예사),『술(공저)』(도서출판 산하)	1980	중·고생 교복 자율화 발표. 연좌제 해지. 광주 민주화운동. 전두환 대통령 취임. 컬러 TV 첫 방영.	미국 레이건 대통령 당선.
	1981	언론기본법. 테레사 수녀 방한. 한석봉 천자문 초간본 발견.	사다트 이집트 대통령 피살. 살만 루시디 부커 문학상 수상.
	1982	야간통행금지 전면해제. 부산 미국문화원 방화 사건. 한국 프로 야구 출범.	여배우 잉그리드 버그만 사망. 영국과 아르헨티나 포클랜드 전쟁.
『우정을 나누며 사랑을 나누며(공저)』(글수레).	1983	한국 여성개발원 발족. 아웅산 묘역 폭탄 테러 발생.	소련 전투기 KAL기 격추(사할린).

생애	연보	한국	세계
『시간이 쌓이며 슬픔이 고인 자리』(공저)(보성출판사)	1984	88올림픽 고속도로 개통. 폰 카라얀 지휘 — 베를린 필하모닉 오케스트라 초청.	유럽공동체(EC) '유럽시민특별위원회' 설치.
수필집 『인연』 출판문화협회 청소년 도서 선정.	1985	가락동 농수산물 시장 개장. 소고기 수입 개방.	미하일 고르바초프 소련 공산당 서기장 당선.
『인연』 '사랑의 책 보내기' 도서 선정. 『수필의 아름다움』(공저)(열음사)	1986	교수연합 시국선언문 발표. 제10회 서울 아시안 게임 개막. 외국산 담배 시판 시작.	마가렛 대처 영국 수상 방한. 오스트레일리아 백호주의(백인만의 호주) 포기 선언.
『금아 시선』(범우사) 출간.	1987	대한민국 헌법 개정. 6·29 선언. 6월 민주항쟁. 강수연 베니스 영화제에서 「씨받이」로 여우주연상 수상.	소련 교회 활동 자유화 선언.
『행복은 내 가슴에』(공저)(성현출판사)	1988	88서울 하계 올림픽 유치.	조지 부시 미국 대통령 당선(41대).
	1989	서울 롯데월드 완공.	중국 천안문 사건 발생. 새뮤얼 베케트 별세.
『인연』 한국 출판금고(출판진흥재단) 권장도서 선정.	1990	제4대 대통령 윤보선 사망.	넬슨 만델라 석방. 남아프리카 공화국 흑인의 선거권 인정.
대한민국 문화예술상 은관문화훈장. 『피천득 시집』(범우사) 출간.	1991	대구 개구리 소년 실종. 대한민국 UN 가입.	모차르트 서거 200주년. 걸프전 종전. 쿠웨이트 해방.
	1992	한·중 수교, 한국·베트남 수교.	소련연방 해체. 독립국가연합탄생.
시집 『생명』(동학사) 출간. 『자기를 팔 만큼 가난하지도 않고, 남을 살 만큼 부유하지도 않은』(공저)(범우사) 출간.	1993	제14대 문민정부 김영삼 대통령 취임. 금융실명제 실시. 제1차 대학수학능력시험 실시.	우루과이라운드협정체결. 북미 자유무역협정 체결.
최초 번역 시집 『삶의 노래 — 내가 사랑한 시: 내가 사랑한 시인』(동학사) 출간.	1994	북한 김일성 주석 서거. 시민연대 발족. 성수대교 붕괴. 대하소설 『토지』 완간.	일본 작가 겐자부로 노벨문학상 수상.

피천득 평전

생애	연보	한국	세계
제9회 인촌(김성수)상 수상(시부문). 문학의 해 조직위원회 자문위원.	1995	삼풍백화점 붕괴. 최초 위성 무궁화1호 발사 성공. 국민학교→초등학교로 명칭 변경.	세계무역기구 출범.
수필집 『인연』, 번역 시집 『셰익스피어 소네트 시집』(샘터) 출간.	1996	2002년 월드컵 한·일 공동개최 확정. OECD에 대한민국 가입. 백범 김구 암살용의자 안두희, 박기서에 의해 살해.	빌 클린턴 대통령 재선. 천문학자 칼 세이건 사망. 국제원자력기구(IAEA) 북한에 핵사찰 수용 촉구 결의문 채택.
88세 미수 기념 『금아 피천득 문학전집(전5권)』(샘터) 출간(피천득 작은 시집 『꽃씨와 도둑』[그림 김복태] 포함).	1997	김대중 대통령 당선. 북한 노동당 서기 황장엽 한국 망명.	영국 홍콩 중국에 반환.
	1998	한국 최초 여권 선언문 「여권통문」 발표 100주년. 국민의 정부 출범. 현대그룹과 북한 금강산관광사업 계약 체결. 도산 안창호 기념관 개관.	일본 나가노 동계올림픽 개막.
제9회 자랑스러운 서울대인상 수상.	1999	11월 18일부터 금강산 관광 시작. 복제소 영롱이 탄생.	포르투갈 마카오 중국에 반환.
90회 생신 축하연(호텔 신라 5월 15일)	2000	6·15 남북 공동 선언 발표. 김대중 대통령 노벨평화상 수상자 선정.	MS사 Window 2000 출시.
작품영역집(시 48수, 수필 51편) 『종달새 *A Skylark: Poems and Essays*』(샘터) 출간. 『노인 예찬(공저)』(평민사)	2001	현대그룹 명예회장인 정주영 사망. 한일 정상 회담 개최.	뉴욕시에서 9·11 테러 발생.
『어린 벗에게』(단편소설 번역집)(여백) 출간.	2002	한일 월드컵 공동개최(한국 4강 진출). 서해 교전. 김소월 탄생 100주년.	미국 아프가니스탄 침공.

생애	연보	한국	세계
『산호와 진주와 금아』(김우창 외, 샘터), 『인생은 작은 인연들로 아름답다』(김정빈 지음, 샘터) 출간.	2003	대구 지하철 화재. 노무현 대통령 취임. 참여정부 출범. 정지용 탄생 100주년.	
『대화』(피천득, 김재호, 법정, 최인호, 샘터)	2004	KTX 개통.	고이즈미 준이치로 일본 총리 야스쿠니 신사 참배.
상하이 방문(차남 피수영과 70년 만에 첫 방문). 『내 문학의 뿌리』(공저)(답게)	2005 (96세)	헌법재판소 호주제 헌법 불합치 선고. 마지막 황세손 이구 사망.	
『인연』 러시아어판(모스크바대학 한국학 센터) 출간. 『피천득 수필집』 일어판(아루쿠 출판사) 출간.	2006	비디오 아티스트 백남준 사망.	아베 신조 일본 총리 취임.
금아 피천득 타계(5월 25일). 경기도 남양주 모란 공원(예술인 묘역)에 안장.	2007 (98세)		미국 앨 고어 노벨 평화상 수상.

※ 「피천득 작품연보」를 보려면 권말에 붙은 「참고문헌」의 '1차 자료' 부분을 참조하기 바람.

1 아버지 피원근
2 어머니 김수성과
  피천득
3 도산 안창호
4 춘원 이광수
5 소설가 여심 주요섭
6 수필가 치옹 윤오영

1 약혼 사진(부인 임진호)
2 젊은시절 피천득(30대초반)
3 1930년대 상하이

1 하버드 대학교 교환교수 시절
  (1955)
2 부산 피난 시절 전시 연합 사범
  대 영문과 학생들
3 회기동 9평짜리 집(피천득 부부와
  피수영과 서영)
4 어린 시절의 자제들(왼쪽부터 피
  수영, 세영, 서영)
5 피천득과 인형 난영이
6 서영이와 함께

▲ 최초의 시집 『서정시집』(1947 상호
　출판사)
　표지 장정: 청전(靑田) 이상범(李象範)

▲ 최초의 문집 『금아 시문선』(경문사,
　1959)
　표지 장정: 운보(雲甫) 김기창(金基昶)
　표지 제자: 원곡(原谷) 김기승(金基昇)

▲ 하와이 초청 때

▲ 반포동 자택 서재에서

▲ 동료, 제자들과 함께(왼쪽부터 이용재, 피천득, George Rainer, 이종수, 장왕록, 전상범) 1964년

▲ 딸 서영, 피천득, 외손자, 이해인 수녀(오른쪽부터)

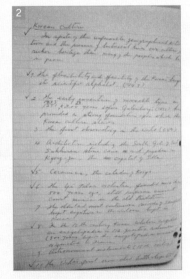

1 금아 필체(한글)
2 금아 필체(영어)
3 환갑 축하연 1970년(오른쪽부터 피천득, 사모님, 딸 서영이)

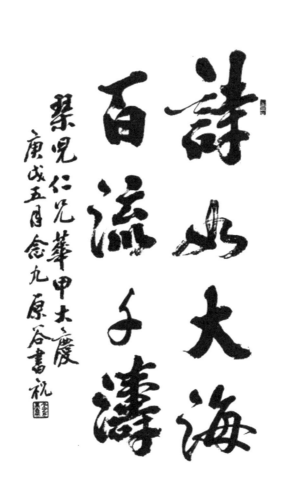

▲ 환갑 축하 휘호 원곡(原谷) 김기승(金基昇)
[시는 큰 바다와 같고 넘치는 물에는 파도가 없다.(필자 옮김)]

▲ 김남조, 윤석중, 피천득, 김재순(왼쪽부터)

▲ 미네소타주 덜루스 교외에서 피천득

▲ 출판기념회에서 제자들과 함께(샘터사)
(오른쪽부터 이창국, 심명호, 김우창, 문상득, 피천득, 문용, 박희진, 전상범)

▲ 인촌상 수상 기념식에서 가족, 친지, 제자들(1995)

▲ 미수(88세) 때 가족 사진(1998)
(오른쪽부터 피수영 부인 홍연선, 피수영, 피수영 장남 대니얼, 피세영,
피수영 차남 데이비드, 그리고 피세영 아들 요섭)

▲ 반포동 자택에서 피천득과 필자(1998년 5월)

▶ 박경리 선생과 함께(왼쪽에서 두 번째가
박경리)

▲ 박완서, 피천득, 김후란(왼쪽부터, 문학의 집 서울에서, 2001)

1 붉은 악마 티셔츠를 입고(2002년)
2 피천득 부부(2003)
3 법정 스님, 피천득, 김재순, 최인호(2003)
4 자택에서 리영희 선생과 피천득(2003)

▲ 김수환 추기경과 피천득

▲ 차남 피수영(왼쪽)과 중국 상하이 방문(2005년 4월)

▲ 장례식장 빈소(서울 아산병원, 2007년 5월)

▲ 남양주 모란공원의 금아 피천득의 묘(부인 임진호 여사와 합장)

▲ 금아 피천득 기념관 입구

1 금아 피천득 기념관
　내부
2 피천득 5주기 기념
　학술대회(중앙대학교
　2012년 5월)
3 금아 7주기 기념 세
　미나(중앙대학교 2014
　년 5월)

▲ 오른쪽부터 차남 피수영, 이정화(춘원 이광수 차녀), 필자(2016년 샘터사)

▲ 왼쪽부터 피수영, 석경징, 김우창, 필자(2016년 샘터사)

'태초에 말씀이 계시니라.'

사람은 말을 하고 산다. … 화제의 빈곤은 지식의 빈곤, 경험의 빈곤, 감정의 빈곤을 의미하는 것이요. … 소크라테스, 플라톤, 공자 같은 성인도 말을 잘하였기 때문에 그들의 사상이 전파 계승된 것이다. … 클레오파트라의 사랑은 말로 이루어지고 말로 깨어졌다. 나는 이야기를 좋아한다. … 나는 이야기가 하고 싶어서 추운 날 먼길을 간 일이 있고, 밤을 새우는 것도 예사였다. … 한밤중에 구워 먹을 인절미라도 있으면 방이 어두워 손을 데더라도 거기서 더 기쁜 일은 없었을 것이다. …

나는 거짓말을 싫어한다. 그러나 이야기를 재미있게 하기 위하여 거짓말을 약간 하는 것은 그리 나쁜 일은 아니다. 정직을 위한 정직은 필요로 하지 아니한다. … 이야기를 재미있게 하기 위하여 하는 거짓말은 칠색이 영롱한 무지갯빛 거짓말일 것이다. …

우리는 이야기를 하고 산다. 그리고 모든 경험은 이야기로 되어 버린다. 아무리 슬픈 현실도 아픈 고생도 애끊는 이별도 남에게는 한 이야기에 지나지 않을 것이다. 그리고 세월이 흐르면 당사자들에게도 한낱 이야기가 되어 버리는 것이다. 그날의 일기도 훗날의 전기도 치열했던 전쟁도 유구한 역사도 다 이야기에 지나지 아니한다.

(수필 「이야기」)

나는 나의 시간과 기운을 다 팔아 버리지 않고, 나의 마지막 십분지 일이라도 남겨서 자유와 한가를 즐길 수 있는 생활을 하고 싶다. …

　나의 생활을 구성하는 모든 작가 아름다운 것들을 사랑한다. 고운 얼굴을 욕망 없이 바라다보며, 남의 공적을 부러움 없이 찬양하는 것을 좋아한다. 여러 사람을 좋아하며 아무도 미워하지 아니하며, 몇몇 사람을 좋아하며 아무도 미워하지 아니하며, 몇몇 사람을 끔찍이 사랑하며 살고 싶다. 그리고 나는 점잖게 늙어가고 싶다. …

(수필 「나의 사랑하는 생활」)

　누구나 큰 것만을 위하여 살 수는 없다. 인생은 오히려 작은 것들이 모여 이루어지는 것이다.

(수필 「멋」)

제 I 부

생애

"인생은 작은 인연들로 아름답다."

제1장 존재의 뿌리와 줄기: 엄마와 딸 서영이

> 내 일생에는 두 여성이 있다. 하나는 나의 엄마고 하나는 서영이다.
> 서영이는 나의 엄마가 하느님께 부탁하여 내게 보내주신 귀한 선물
> 이다.   (「서영이」)

엄마는 피천득 삶의 시원(始原)이며 문학의 젖줄이다. 딸은 피천득 삶
의 방파제이며 문학의 등대이다. 엄마는 피천득에게 하늘의 "별"이 되
었고 딸은 피천득에게 대지의 "나무"가 되었다. 피천득은 엄마의 영원
한 아기였고 피천득은 딸의 영원한 엄마였다. 엄마와 딸은 피천득에게
구원(久遠)의 여상(女像)이며 뮤즈의 여신이었다.

1. 엄마 — 피천득의 삶과 문학의 뿌리

> 나의 간절한 소망은 엄마의 아들로 다시 태어나는 것이다. (「엄마」)

어린 시절 엄마의 죽음은 천득의 비극적인 절망이었다

피천득은 92세 되던 2002년, 문학의 집(서울)에서 행한 최후의 공개
강연 「숙명적인 반려자: 내 문학의 뿌리」에서 지난 70년간의 문인 생활

을 정리하였다. 그는 문학이 평생의 "숙명적인 반려자"가 된 연유를 비교적 자세히 밝힌다. 서두에서 "나는 어린 나이에 큰 불운을 겪고 정신적 방황 끝에 문학을 반려자로 삼고 한평생 같이 지내왔다."고 말한다. 여기서 "큰 불운"과 "정신적 방황"은 무엇인가? 그것은 피천득이 7세 되던 해 아버지가 세상을 떠나고 10세 때에는 어머니마저 저 세상으로 가버린 비극적 사실을 말한다. 피천득은 10세의 어린 나이에 천애의 고애자(孤哀子)가 되었는데, 그때의 심정을 "나는 하늘이 무너져 내리고 땅이 꺼지는 절망과 비통에 몸부림쳤다."고 적고 있다.

> 내가 유년시절에 겪은 비극들은 한동안 나를 걷잡을 수 없는 방황으로 내몰았으나 세월이 흐른 뒤에는 차츰 문학의 길로 이끌어갔다. 이것이 내가 문학을 하게 된 간접적인, 그러나 숙명적인, 동기라고 할 수 있다.　　　　　　　　　　　　　　　　　　　　　(『내 문학의 뿌리』, 353)

피천득이 어린 시절 특히 '엄마'를 여읜 것은 그에게 지속적으로 '아물지 않는 상처' 즉 '트라우마'로 남아 그 이후의 삶과 문학에 결정적인 요소가 되었다. 동시에 엄마의 죽음이 금아에게는 문학의 "시작"이었다. 엄마의 죽음을 통해 시를 쓰고 문학을 하는 것이 피천득에게는 숙명이었다. 그 후 문학은 피천득에게 일생 "숙명적인 반려자"가 되었다.

　아버지의 죽음은 어린 피천득에게 청천벽력과도 같은 비극이었다. 엄마는 지아비를 먼저 보낸 미망인(未亡人)으로 죄스러운 마음을 지니고 조용히 살았다.

> 아빠가 돌아가신 후에 엄마는 얼굴 화장을 아니한 것은 물론 색깔 있는 옷이나 비단을 몸에 대는 일이 없었다. 사람들이 자기를 보고 감히 이쁘다고 하면 그런 말을 듣는 것이 죽은 아빠에게 미안하고 무슨 죄라도 짓는 것 같았을 것이다. 그리고 그의 수절을 의심하며 바라다보는 사람은 하나도 없었을 것이라 믿는다.　　　　　(「그날」)

어린 아들이 보기에도 혼자된 젊은 엄마가 얼마나 안쓰러웠을까? 더욱이 밤마다 남편 꿈을 꾸는 등 엄마의 건강은 날로 나빠지고 있었다. 녹용을 넣은 보약도 먹어보고 용하다는 양의(洋醫)에게도 가보았지만 아무런 소용이 없었다. 그래서 평양 근처 강서에 있는 약수터로 가서 요양하고 있었다. 당시 서울에서 초등학교에 다니던 어린 아들은 어느 날 엄마가 위독하다는 전보를 받고 집안의 아저씨와 함께 기차를 타고 평양까지 가고 거기서는 역마차로 바꿔 타고 강서로 향했다. 가는 도중 어린 피천득은 눈이 퉁퉁 붓도록 울고 또 울었다.[*]

> 강서 약수터, 엄마가 유하고 있던 그 집 앞에서 마차를 내리자 나는 "엄마"하고 소리를 지르며 뛰어 들어갔다. 엄마는 눈을 감고 반듯이 누워 있었다. 내가 왔는데도 모른 체하고 누워 있었다. 나는 울면서 엄마 팔을 막 흔들었다. 나는 엄마를 꼬집었다. 넓적다리를, 팔을, 힘껏 꼬집고 또 꼬집었다. 엄마는 꼼짝도 하지 않았다. 나는 엄마 얼굴에 엎어져 흐느껴 울었다. 엄마의 뺨은 차갑지 않았다.   (「그날」)

엄마는 조금 전 아들의 이름을 부르면서 의식을 잃었다. 어린 아들

---

* 19세기 영국의 소설가 찰스 디킨스(Charles Dickens, 1812~1870)의 『데이비드 코퍼필드』 앞부분에서 주인공이 10살 내외의 나이에 기숙학교에 다닐 때 갑자기 엄마가 돌아가신다. 죽어가는 엄마를 보러 느린 마차를 타고 가는 장면이 있다. 금아의 수필 「그날」에서도 어린 피천득은 엄마가 위독하다는 말을 듣고 하염없이 울면서 경성에서 평양까지 기차를 타고 가고 거기서 강서까지는 느린 마차를 타고 엄마가 요양하는 집까지 갔다. 피천득은 후에 찰스 디킨스의 소설 『데이비드 코퍼필드』를 읽고 다시 울었다. 데이비드의 경우를 보자. "어머니가 돌아가셨어요. 어머니가 돌아가셨다는 이야기를 할 필요가 없었다. 나는 너무도 슬퍼서 소리 내어 울기 시작했다. 이 막막한 세상에서 나는 고아라는 생각을 가지게 되었다. … 잠이 깨면 또다시 울었다. … 나는 다음날 밤에 집에 가기로 되어 있었다. 우편 마차를 타고 가는 것이 아니라 '농부'라고 불리는 육중하게 생긴 밤 마차를 타게 되어 있었다. … 마차가 우리 집에 도착하자 나는 빨리 뒤로 내렸다. … 내가 집으로 돌아와서 어머니 방의 창문과 그 옆방을 보자 나도 모르게 눈물이 쏟아져, 어떻게 해야만 눈물이 나올 것인가 하는 걱정은 필요 없게 되었다."(원정치. 백석영 공역. 178~79, 185~86) 피천득은 강의시간에도 간혹 소설 『데이비드 코퍼필드』의 해당 구절을 학생들에게 읽어주며 자신과 어린 데이비드의 유사한 상황을 대비하고 깊은 감회에 젖기도 했다.

이 도착했을 때 엄마가 의식이 있었는지 없었는지 알 수 없지만 엄마는 "어두운 등잔불 밑에서 숨을 거두시"고 말했다. 피천득은 훗날에 어린 아들을 버리고 가지 않겠다던 엄마의 약속을 시로 썼다.

> 엄마가 아가 버리고 달아나면 어쩌느냐고
> 시집 가는 색시보다 더 고운 뺨을
> 젖 만지던 손으로 만져 봤어요.
>
> 엄마는 아가 버리고 아무 데도 못 가겠다고
> 종알대는 작은 입을 맞춰 주면서
> 세 번이나 고개를 흔들었어요
>
> （「아가의 기쁨」 전문）

어린 피천득은 엄마가 세 번이나 고개를 저으며 아가를 두고 도망가지 않겠다는 약속에 기뻐했다. 그런데 그 약속을 깨뜨리고 돌아가신 엄마가 얼마나 원망스러웠을까? 피천득은 수필 「엄마」에서도 엄마가 나를 버리고 가지 않겠다고 약속한 것을 다시 생각해내며 어린 나이에 여읜 엄마에 대한 사무친 그리움을 다음과 같이 표현한다.

> 그렇게 예쁜 엄마가 나를 두고 달아날까 봐 나는 가끔 걱정스러웠다. 어떤 때는 엄마가 나의 정말 엄마가 아닌가 걱정스러운 때도 있었다. 엄마가 나를 버리고 달아나면 어쩌느냐고 물어보았다. 그때 엄마는 세 번이나 고개를 흔들었다. 그렇게 영영 가버릴 것을 왜 세 번이나 고개를 흔들었는지 지금도 나는 알 수가 없다.

자기를 버리고 달아나지 않겠다고 굳게 약속한 엄마가 얼마나 야속했을까? 이것은 베드로가 예수를 모른다고 세 번 부정한 것을 반향하는 것일까?

그리운 엄마를 구원의 여상으로

피천득은 엄마가 돌아가신 후 젊은 엄마에 대한 단편적인 기억들을 다양하게 기록하였다. 하나만 예로 들어보자.

> 잠자는 것을 바라다보면 연민의 정이 일어난다. 쌔근거리며 자는 아기, 억지 쓰다가 잠이 든 더러운 얼굴, 내가 종아리를 맞고 자는 것을 들여다보고 엄마는 늘 울었다고 한다.　　　　　　　　　(「잠」)

피천득은 아마도 이런 엄마에게서 십자가에 못 박혀 죽은 아들 예수의 시체를 안고 속으로 울고 있는 어머니 마리아를 엿보았을까? 그래서 그에게는 미켈란젤로(Michelangelo Buonarroti, 1475~1564)의 불멸의 미술품 「피에타」가 "내가 가장 아름답게 여기는 것"(「눈물」)이었으리라.

그 후에도 피천득은 엄마를 이상적인 모성을 가진 구원의 여상으로 승화시켰다. 30대에 돌아가신 엄마는 피천득에게는 "언제나 젊고 아름답다."(「엄마」) 엄마는 이제 부모 없이 척박한 시대를 홀로 살아가야 하는 어린 피천득을 높은 도덕적인 경지로 이끈다. "내가 새 한 마리 죽이지 않고 살아온 것은 엄마의 자애로운 마음이요, 햇빛 속에 웃는 나의 미소는 엄마한테서 배운 웃음"(「엄마」)이라고 피천득은 말하지 않았던가?

피천득은 자신의 엄마를 거의 성녀(聖女)로 미화시킨다.

> 엄마는 아빠가 세상을 떠난 후 비단이나 고운 색깔을 몸에 대신 일이 없었다. 분을 바르신 일도 없었다. … 여름이면 모시, 겨울이면 옥양목, 그의 생활은 모시같이 섬세하고 깔끔하고 옥양목같이 깨끗하고 차가웠다. 황진이처럼 멋있던 그는 죽은 남편을 위하여 기도와 고행으로 살아가려고 했다. 폭포 같은 마음을 지닌 채 호수같이 살려고 애를 쓰다가 바다로 가고야 말았다.　　　　　　　　(「엄마」)

기도와 고행의 삶을 사시던 엄마는 끝내 넓은 바다로 가버렸다.

다음은 시 「아침」의 전문이다. '바다'와 또 다른 공중의 바다 '하늘'이 나온다.

> 아침 일찍 일어나
> 해 떠오는 바다를 바라봅니다
>
> 구름 없는 하늘을 쳐다보면서
> 그곳 계신 엄마를 생각합니다
>
> 제풀대로 자라서
> 햇빛 속에 웃는 낯 보시옵소서

피천득은 죽은 엄마가 가신 광활한 '바다'와 '하늘'을 자주 쳐다본다. 이 시에서 '바다'는 떠나가신 그리운 엄마다.

바다로 떠나가신 예쁜 엄마는 어떻게 되었을까? 피천득이 가장 숭모했던 셰익스피어 말년의 걸작인 『태풍』(1막 2장)에 그 답이 있다.

> 깊고 깊은 바다 속에 너의 아빠 누워 있네
> 그의 뼈는 산호 되고 눈은 진주 되었네

이 노래는 이 극에 등장하는 요정 에어리얼이 부른 것이다. 셰익스피어 극에서는 아빠이지만 피천득에게는 엄마일 것이다. 죽어서 바다로 간 엄마는 '산호'와 '진주'가 되었다! 이 노래 구절을 피천득은 수필집 『인연』의 제사(題詞)로 사용한다. 『인연』의 서문은 이렇게 시작되고 끝난다.

> 산호와 진주는 나의 소원이었다. 그러나 산호와 진주는 바다 속 깊

이깊이 거기에 있다. 파도는 언제나 거세고 바다 밑은 무섭다. … 산호
와 진주가 나의 소원이다. 그러나 그것은 될 수 없는 일이다.

여기서 '산호'와 '진주'는 죽어서 바다로 간 엄마의 변형이다. 산호와
진주는 시인이며 수필가인 피천득의 '소원'이다. 산호는 금아의 시이고
진주는 피천득의 수필이다. '엄마'는 피천득의 뮤즈로 올라간다. 결국
피천득 문학의 궁극적인 목표는 '엄마'인 것이다.

피천득의 '엄마'는 계속해서 위로 올라간다.

엄마가 나의 엄마였다는 것은 내가 타고난 영광이었다. 엄마는 우아
하고 청초한 여성이었다. 그는 서화에 능하고 거문고는 도(道)에 가까
웠다고 한다. 내 기억으로는 그는 나에게나 남에게나 거짓말 한 일이
없고, 거만하거나 비겁하거나 몰인정한 적이 없었다. 내게 좋은 점이
있다면 엄마한테서 받은 것이요, 내가 많은 결점을 지닌 것은 엄마를
일찍이 잃어버려 그의 사랑 속에서 자라나지 못한 때문이다. (「엄마」)

엄마는 금아 피천득에게 삶의 목표이자 이정표였다. 피천득은 한때
천득(千得)이라는 자신의 이름이 "그리 점잖은 이름은 못 된다."고 생각
하여 "풍채 좋은 것으로 바꿔 볼까."도 하였지만 "엄마가 부르던 이름"
(「피가지변〔皮哥之辨〕」)이었기에 바꾸기를 포기하였다. 그는 이제 애인도
'엄마 같은' 여자를 꿈꿨고 아내도 '엄마 같은' 여자를 바랐으며 궁극적
인 "간절한 희망은 엄마의 아들로 다시 태어나는 것이다."(「엄마」) 피천
득은 엄마를 통해 다시 태어나는 '부활'까지 꿈꾸었다. 그러면 자연스럽
게 '엄마'도 다시 살아나는 것이 아니겠는가?

다시 살아나 '학(鶴)'이 된 엄마

피천득이 일생 애처롭게 그리워했던 '엄마'는 결국 어떻게 되었을까?

그는 어렸을 때 이미 '엄마'를 다시 살려내어 영원한 존재로 만들어버린다. 이러한 극적인 승화의 과정이 없었다면 그는 어린 시절 받은 '엄마의 죽음'이라는 마음의 커다란 상처를 극복해내지 못하고 정신적으로 짓이김을 당했을지도 모른다. 어느 날 밤 피천득은 꿈을 꾼다. 길지만 그의 꿈 이야기를 들어보자.

어려서 나는 꿈에 엄마를 찾으러 길을 가고 있었다. 달밤에 산길을 가다가 작은 외딴집을 발견하였다. 그 집에는 젊은 여인이 혼자 살고 있었다. 달빛에 우아하게 보였다. … 문을 열고 들여다보니, 거기에 엄마가 자고 있었다. 몸을 흔들어보니 차디차다. 엄마는 죽은 것이다. 그 집 울타리에는 이름 모를 찬란한 꽃이 피어 있었다. 나는 언젠가 엄마한테서 들은 이야기를 생각하고 얼른 그 꽃을 꺾어 가지고 방으로 들어왔다. 하얀 꽃을 엄마 얼굴에 갖다 놓고 "뼈야 살아라!"하고, 빨간 꽃을 가슴에 갖다 놓고 "피야 살아라!" 그랬더니 엄마는 자다가 깨듯이 눈을 떴다. 나는 엄마를 얼싸안았다. 엄마는 금시에 학이 되어 날아갔다.

(「꿈」)

소년 피천득은 사랑하고 존경하는 엄마를 위해 어린 아들로서 그 어떤 일도 할 수 없었다. 이런 일이 너무나 안타까웠던 소년은 꿈속에서나마 죽은 엄마를 자신이 직접 다시 살려내었고 부활한 엄마는 "학"이 되어 하늘로 날아갔다. 이런 과정을 통해 소년 피천득은 마음속 깊은 곳에 묻어두었던 엄마를 떠나보냈고, 엄마는 "하늘(바다)"로 날아가 별이 되어 영생을 누리게 되었다.* 거의 숨도 쉴 수 없을 정도로 억눌렸던 소년

---

* 피천득의 수필 「그날」에서처럼 영문학자이며 소설가인 루이스(Clive Staples Lewis, 1898~1963)의 어머니도 루이스가 아홉 살 때인 1908년 8월 23일에 갑자기 돌아가신다. 몇 년 지나 루이스는 어린 시절 돌아가신 엄마에 대해 "안정된 행복, 평온하고 듬직하던 모든 것들도 내 삶에서 사라져 버렸다."고 한 편지에서 상실과 좌절감을 표현했다(『루이스가 나니아의 아이들에게』, 23에서 재인용). 그러나 먼 훗날 루이스는 그의 나니아 나라 이야기 시리즈의 첫 번째 소설인 『마법사의 조카』에서 자신이 어렸을 때 살려내지 못한 엄마 대신

은 이제야 '치유'를 받았다. 엄마는 부활하여 어린 아들 피천득이 10대 소년에서 90대 노년에 이르기까지 삶을 지탱할 수 있는 힘과 문학을 세우도록 빛이 되어주었다.

여기서 어린 소년 피천득 개인의 꿈 이야기를 『성경』에 나오는 좀 더 큰 이야기와 연계해 볼 수 있다. 어린 피천득이 꿈속에서 "뼈야 살아라!", "피야 살아라!"라고 소리치자 죽은 엄마가 눈을 뜨고 살아나는 장면에서 즉각적으로 강력한 성서적 이미지가 느껴진다. 고대 이스라엘의 구약시대에 선지자 에스겔이 환상 속에서 하나님을 대언(代言)하여 이스라엘 족속을 상징하는 "마른 뼈들"을 향해 살아나라고 말한다. "너희 위에 힘줄을 두고 살을 입히고 가죽으로 덮고 너희 속에 생기를 넣으리니 너희가 살아나리라. … 생기야 사방에서부터 와서 이 죽음을 당한 자에게 불어서 살아나게 하라."(「에스겔」 37장 6절, 9절) 그러자 골짜기 곳곳에 널려있던 마른 뼈들이 다시 살아나는 기적이 일어났다. 피천득 역시 에스겔처럼 꿈속에서 이러한 '기적'을 통해 어려서 죽은 엄마를 다시 살려냄으로써 엄마의 죽음 이후 80년 넘게 자신의 삶과 문학을 평강 속에서 지속할 수 있었던 것이 아닐까?

이 소설의 등장인물인 디고리의 어머니를 살려낸다. 소설 속에서 죽은 엄마를 부활시킨 것이다: "디고리는 1분간 숨을 가다듬었다. 그리고 나서 엄마 방으로 조용히 들어갔다. 엄마는 디고리가 수백 번 보았던 모습 그대로 누워 있었다. 디고리의 엄마는 눈물이 날만치 창백하고 여윈 얼굴을 베개에 기대고 있었다. 디고리는 주머니에서 생명의 사과를 꺼냈다. … 디고리는 사과 껍질을 벗긴 뒤 잘라서 한 조각씩 엄마 입에 넣어 주었다. 엄마는 사과를 먹자마자 엷은 웃음을 띠며 베개에 머리를 묻고 잠이 들었다. … 일주일쯤 지나자, 디고리의 엄마 병은 점차 나아지고 있는 게 확실해졌다. 이주일이 지나자, 엄마는 정원에 나와 앉아 있을 수도 있었다. … 낡은 피아노를 조율해서 엄마가 다시 노래를 부르게 해주었다." (C. S. 루이스, 햇살과나뭇꾼 옮김, 『마법사의 조카』, 238~39, 241)
10세 소년 피천득은 돌아가시는 엄마를 살리지 못했지만 수필 「꿈」에서는 엄마를 하늘로 날아간 '학(鶴)'으로 만들었다. 아니면 엄마는 하늘로 더 올라가 아들과 함께 바라보던 '별'이 되었을까?

2. 딸 서영이 — 피천득 문학의 줄기

> 서영이는 나의 딸이요, 나와 뜻이 맞는 친구다. 또 내가 가장 존경하
> 는 여성이다. (「서영이」)

엄마와 서영이

금아의 딸 사랑은 너무나도 잘 알려져 있다. 서영이는 피천득의 삶과
문학에서 딸 이상의 큰 의미를 지닌다. 한국수필문학의 백미(白眉)인 수
필집 『인연』은 전체가 3부로 나뉘어 있는데, 제Ⅰ부는 종달새, 제Ⅲ부
는 "피가지변"이다. 수필집 한가운데 제Ⅱ부에 "서영이"라는 큰제목이
붙어있고 25편의 수필이 실려 있다. 피천득 삶의 탯줄이요, 금아 문학의
뿌리인 "엄마"에 관한 수필 두 편 「엄마」와 「그날」도 제Ⅱ부 첫 부분에
실려 있다. 그리고 일곱 편이 딸 서영이와 직접 관련된 수필들이고, 나
머지는 피천득의 인생에서 아름다운 인연을 맺은 도산 안창호, 춘원 이
광수, 셰익스피어, 로버트 프로스트, 주요섭, 윤오영 등의 인물들로 채
워져 있다. 이것은 1947년 태어난 딸 서영이가 수필집 『인연』에서뿐만
아니라 그의 삶 전체에서 차지하는 위치를 극명하게 보여주는 예다. 무
엇보다 피천득은 『인연』의 서문 마지막에 "나에게 글 쓰는 보람을 느끼
게 하는 서영이에게 감사한다."고 적지 않았던가! 이런 의미에서 딸 서
영이는 피천득 삶의 파수꾼이요, 금아 문학의 줄기다.

엄마와 서영이는 피천득의 삶과 문학에서 언제나 짝을 이루며 하나가
된다. 피천득이 지독히 사랑하고 존경한 딸 서영이는 미치도록 그리운
죽은 엄마의 부활이며 현현(顯現)이다. 엄마는 꿈이며 딸은 현실이다.
엄마는 기억의 거대한 깊은 호수인 무의식이며 딸은 날마다 솟아 나는
일상의 샘물인 의식이다. 엄마는 영혼이며 딸은 육신이다. 딸 서영이가
'진주'라면 엄마는 '산호'이다. 엄마가 '그때 거기'라면 딸은 '지금 여기'

다. 이렇게 피천득의 삶과 문학에서 딸 서영이의 위치는 그의 엄마를 빼놓고는 제대로 파악할 수 없다. 딸 서영이는 엄마의 에피파니이기 때문이다.[*]

피천득은 하버드 대학교 교환교수 시절에 서울에서 초등학교를 다니는 딸을 그리워하며 하버드 대학교 박물관에서 본 '유리꽃' 이야기를 들려준다.

대학 박물관에는 세계에서 몇 개 안 되는 큰 금강석도 있지만, 그보다 더 유명한 것은 유리꽃들이다. 유리꽃 하면 두껍고 든든한 유리로 꽃을 만들어 놓은 것을 상상하게 되지만, 그런 것이 아니고 정말 꽃잎과 같이 엷고 하늘하늘하며 조금만 흔들면 부서지는 아주 약한 것들이다. 빛깔도 정말 꽃들과 같고, 긴 수술 짧은 수술 암술 잎사귀 줄기들

---

[*] 에피파니(Epiphany)는 기독교에서 하나님의 아들인 예수가 인간에게 구세주로 나타남, 즉 현현(顯現)을 축하하는 데서 나온 말이다. 이것은 또한 한 사람이 어떤 비전이나 영감을 통해 시인이나 사상가로 다시 태어나는 순간을 지칭하기도 한다. 필자가 대학생일 때 가장 감동적으로 읽은 소설 중에 하나가 『율리시스』(1922)를 쓴 소설가 제임스 조이스의 『젊은 예술가의 초상』(1914)이다. 이 소설의 주인공인 소년 스티븐 데덜러스가 아일랜드 더블린의 저녁 바닷에서 한 소녀의 모습을 보고 예술가로 탄생되는 신비로운 장면이 있다. 길지만 여기에 적는다: "한 소녀가 그의 앞에 흐름 가운데에, 혼자 조용히, 바다를 밖으로 응시하며 서 있었다. 그녀는 마술이 이상하고 아름다운 바닷새의 모습으로 바꾸어 놓은 사람을 닮은 듯했다. … 그리고 그녀의 얼굴 또한 소녀다웠고 경이적인 인간의 아름다움으로 느껴졌다. … 그는 갑자기 소녀에게서 몸을 돌리고 물가를 가로질러 나아갔다. 그의 양뺨이 불타고 있었다. 그의 온몸이 화끈거렸다. 사지가 부들부들 떨고 있었다. 앞으로 앞으로 그리고 앞으로, 멀리 밖으로 모래밭을 넘어, 바다를 향해 격렬하게 노래하며, 그에게 소리쳤던 생명의 출현을 맞아 들이기 위해, 부르짖으며 그는 계속 걸어갔다. 그녀의 영상은 그의 영혼 속으로 빠져들어갔고 어떠한 말도 그의 활홀경의 성스러운 침묵을 깨트리지 않았다. 그녀의 눈이 그를 불렀고 그의 영혼이 그 부름에 도약했다. 살도록, 과오하도록, 추락하도록, 승리하도록, 인생에서 인생을 재창조하도록! 한 여성의 천사, 인간의 젊음과 아름다운 천사, 생명의 아름다운 궁전으로부터 한 특사(特使)가, 한순간에 그이 앞에 갖가지 과오와 영광의 문을 활짝 열기 위해 나타났다. 앞으로 앞으로 앞으로 앞으로!"(김종건 옮김, 「젊은 예술가의 초상」, 『제임스 조이스 전집』, 333~334)
필자는 이 소설의 주인공 스티븐처럼 예술가나 작가가 되지는 못했지만 평생 문학을 읽고 즐기면서 해석하고 가르치는 문학 교사가 되었다. 여기에서 피천득에게 엄마의 에피파니이기도한 딸 서영이는 자신의 글쓰는 원동력으로서 에피파니가 아닐까. ("나에게 글 쓰는 보람을 느끼게 하는 서영이에게 감사한다.")(수필집 『인연』의 서문)

도 정말 꽃과 똑같다. 다른 점은 이 유리꽃들은 사철 피어 있고 영원히 시들지 않는 점일 것이다.　　　　　　　　　　　　　　　　(「서영이에게」)

여기서 아빠 피천득은 박물관에 전시된 수백 종의 유리꽃을 보면서 딸 서영이가 유리꽃처럼 흔들면 부서질 정도로 약하고 소중하지만 영원히 시들지 않는 아름다운 꽃이 되기를 바라고 있다.

아빠 피천득은 "해외에 있던 일 년(1954년 9월~1955년 8월)을 빼고는 유치원에서 초등학교를 졸업할 때까지 거의 매일 서영이를 데려다주고 데리고 왔다."(「서영이」) 그는 또한 서영이가 "세수하는 동안에 시간표에 맞추어 책을 가방에 넣어 주었"(「어느 날」)으며 끔찍이 아끼고 사랑하는 딸을 아무런 굴곡 없이 순수하고 천진난만하게 키우고자 했다. "산에 안겨서 잠든 호수와 같이 서영이 숨결에는 아무 불안이 없다. … 서영이 얼굴에는 아무 불안이 없다."(「어느 날」) 피천득은 아주 어려서 아버지, 어머니를 모두 여의고 빼앗긴 나라를 도망치듯 떠나 중국 상하이로 공부하러 갔다. 자신은 상하이 사변 등 중일전쟁과 해방 공간의 격변기, 6·25전쟁을 겪으며 파란만장한 삶을 보냈지만 딸 서영이만큼은 불안이 없는 평화로운 세상에서 키우고 싶었으리라. 이것이 피천득 문학의 핵심적 주제이다.

서영이가 대학에 입학한 1960년대 중반에 쓴 수필에서 피천득은 대학생인 딸에게 완전한 자유를 줄 마음의 준비를 하였다. 서영이는 당시 이화여고를 졸업하고 서울대학교 문리과대학 화학과에 입학한 재원이었고 후에 물리학과로 전과하였다. 학문 선배로서 피천득은 자연과학 전공으로 공부의 길을 걷고자 하는 딸에게 여러 가지 충고를 아끼지 않았다.

　　학문하는 사람에게 고적은 따를 수밖에 없다. 혼자서 일하고 혼자서 생각하는 시간이 거의 전부이기에 일상생활의 가지가지의 환락을 잃어버리고 사람들과 소원해지게 된다. 현대에 있어 연구생활은 싸움이다. … 진리 탐구는 결과보다도 그 과정이 아름다울 때가 있다. 특히 과학은 연구 도중 너에게 차고 맑은 기쁨을 주는 순간이 많으리라. 허위가 조금도 허용되지 않는 이 직업에는 정당한 보수와 정당한 영예가 있으리라 믿는다.   (「딸에게」)

동시에 피천득은 과학을 전공하는 딸이 "온아하고 참을성 있는 푸른 나무와 같은 여성"(「딸에게」)이 되기를 바라며 인문학적 소양의 중요성을 강조한다. 객관적인 학문인 과학은 인간 문제를 다루는 인문학과 조화를 이룰 때 진정한 의미를 가질 수 있기 때문이다.

    과학자에게는 철학 공부가 매우 유익하리라고 생각한다. 현대 과학은 광맥을 파 들어가는 것과 같이 좁고 깊은 통찰은 할 수 있으나 산전체의 모습을 알기 어렵고 산 아래 멀리 전개되는 평야를 내려다볼 수는 없을 것이다. 너는 시간을 아껴 철학과 문학을 읽고, 인정이 있는, 언제나 젊고 언제나 청신한 과학자가 되기 바란다.   (「딸에게」)

딸 서영이는 미국 동부 스토니 브룩에 소재한 뉴욕주립 대학교에서 박사학위를 받고 촉망받는 저명한 물리학자가 되어 지금까지 보스턴 대학교 물리학 교수로 재직하고 있다.

그러나 후일 피천득은 수필가 손광성과의 대담에서 딸 서영에게 문학을 시키지 않은 일을 일생 중 "가장 후회되는 일"로 생각한다고 밝혔다. 이 사실은 딸에게는 불공평한 일로 여겨질 수도 있다. 문학 분야로 나갔다고 해서 반드시 성공한다는 보장도 없거니와 적어도 물리학 분야에서 상당한 성공을 거두었으니 말이다. 다만 피천득은 딸이 혹시 문학을 전공했더라면 한국에서 살게 되어 자주 만나볼 수 있었을 것으로 생각했

으리라![*]

결혼에 대한 충고

피천득은 서영이가 장성해 감에 따라 딸의 결혼 문제에 대해 생각한다. 결혼이란 억지로 할 수 없는 것이고, 부부는 똑같은 의무와 권리가 있으며, 무엇보다 사랑에서 시작해야 한다고 권고한다. 피천득은 노벨 수상 물리학자 퀴리 부인의 예를 들며 여성의 자기 계발과 발전을 위해 도움이 되는 결혼 생활이 가장 좋다고 전제하며 20대, 30대, 그 이상 연령에 결혼해도 행복하게 살 수 있다고 말한다. 그는 또한 딸에게 결혼은 필수가 아니라고도 말한다.

결혼은 사람에 따라, 특히 천품이 있는 여자에 있어서 자기에게 충실하기 위하여 아니하는 것도 좋다. 자기의 학문, 예술, 종교 또는 다른 사명이 결혼 생활과 병행하기 어려우리라고 생각될 경우에는 독신으로 지내는 것이 의의 있을 것이다. (「서영이」)

1960년대에는 여성에게 결혼은 필수였다. 결혼하지 않은 여성은 미혼(未婚)이라 하였고, 결혼 못한 것을 인간으로서 부족한 것으로 여기

---

* 피천득은 『샘터』 창설자이며 국회의장을 지낸 김재순과의 대담에서 딸과 관련하여 후회하는 일에 대해 다음과 같이 소회를 밝힌 바 있다: "나는 딸아이를 너무 편애했어요. 우리 딸아이가 공부를 잘하니까 경기여고와 이화여고 양쪽에서 모두 보내달라고 했지요. … 내가 데리고 공부를 시키려는 생각도 있었고 비가 오거나 몸이 조금만 좋지 않아도 학교에 안 보냈거든요. 과외 공부를 시킨 적도 없고 집에서 내가 가르쳤지요. 결석이 많아 학교 성적은 중간 정도였는데 모의고사를 치르면 그때는 반에서 일 등 하는 아이보다 한 바퀴는 앞섰어요. 서울대학교에도 좋은 성적으로 들어갔고요. 대학 졸업 후 딸아이는 미국으로 유학을 가게 되었지요. 학비도 면제되고 좋은 조건인데 떠나기 전날 울면서 가지 않겠다는 거예요. 간신히 달래놓았는데 공항에서 또 어떻게나 울어대던지요. 그런데 며칠 후 미국에 있어야 할 아이가 집으로 돌아온 거예요. 혼자서는 도저히 못 살겠다는 딸아이를 달래 다시 미국으로 보냈는데 한 달 만에 또 왔어요. 그 짓을 세 번이나 했지요. 그때 포기하고 보내지 않았더라면 일생 딸을 가까이 두고 행복하게 살았을 텐데 말이에요."(피천득 외, 『대화』, 56~57).

던 시절이었다. 피천득은 여성의 결혼에 대해 매우 개방적인 견해를 피력하였다. 딸에게 결혼을 강요할 생각이 추호도 없었다. 요즘에는 여성들이 결혼하지 않은 것을 스스로 결정한 비혼(非婚)이라고 하지 않는가. 그러면서도 피천득은 딸의 결혼을 진심으로 바랐다.

'내가 늙고 서영이가 크면 눈 내리는 서울 거리를 걷고 싶다'고. 지금 나에게 이 축복받은 겨울이 있다. 장래 결혼을 하면 서영이에게도 아이가 있을 것이다. … 그리고 다행히 내가 오래 살면 서영이 집 근처에서 살겠다. 아이 둘이 날마다 놀러 올 것이다. 나는 〈파랑새〉 이야기도 하여 주고 저의 엄마에 대한 이야기도 들려줄 것이다. 그리고 아이들은 저의 엄마처럼 나하고 구슬치기도 하고 장기도 둘 것이다. 새로 나오는 잎새같이 보드라운 뺨을 만져 보고 그 맑은 눈 속에서 나의 여생의 축복을 받겠다.   (「서영이」)

이렇게 서영이와 함께 또는 가깝게 사는 것이 피천득의 소원이었다.

서영이가 미국으로 건너간 후 피천득은 미국 뉴욕에서 딸에게 사다 준 인형 난영이를 데리고 산다. 딸 대신 인형 난영이를 딸처럼 돌보았다. 일종의 대리만족이다. 그러나 피천득에게 엄마 노릇은 그 연원이 엄마에게로 연결된다. 엄마가 일찍 돌아가셔서 제대로 사랑받지 못했던 피천득은 엄마 노릇을 무척이나 좋아했다. 엄마에게 제대로 받지 못한 사랑의 실천이었을까?

나는 아빠입니다. 지금은 늙은 아빠입니다. 엄마 노릇을 해 보지 못한 것이 언제나 서운합니다. 그리고 엄마들을 부러워합니다. 특히 젖 먹이 아기를 가진 젊고 예쁜 엄마들이 부럽습니다. … 나는 젖 먹는 아기를 바라다볼 때 신의 존재를 부인하고 싶지 않습니다. … 이 세상에서 아기의 엄마같이 뽐내기 좋은 지위는 없는 것 같습니다.
                                    (「서영이와 난영이」)

서영이를 미국으로 떠나보내고 허전한 마음을 달랠 길 없던 아빠 피천득은 딸의 인형 난영에게 한층 더 애정을 쏟는다. 피천득은 죽은 엄마와 멀리 있는 딸을 위해 인형을 정성으로 보살펴준다.

> 날마다 낯을 씻겨 주고 일주일에 한두 번씩 목욕을 시키고 머리에 빗질도 하여 줍니다. 여름이면 엷은 옷, 겨울이면 털옷을 갈아입혀 줍니다. 데리고 놀지는 아니하지만 음악은 들려줍니다. 여름이면 일찍 재웁니다. 어쩌다. … 난영이를 재우는 것을 잊어버릴 때가 있습니다. 난영이는 앉은 채 뜬눈을 하고 있습니다. 이런 때는 참 미안합니다. 내 곁에서 자는 것을 가끔 들여다봅니다. 숨소리가 들리는 것 같습니다. 난영이 얼굴에는 아무 불안이 없습니다. 자는 것을 바라보면 내 마음도 평화로워집니다.　　　　　　　　　　　　　　(「서영이와 난영이」)

아들 피천득의 엄마 노릇은 어릴 때 일찍 돌아가신 엄마가 자신에게 충분히 해주지 못했던 엄마 노릇을 계속함으로써 이제야 자신도 엄마의 사랑과 돌봄을 받는 것이다. 아빠 피천득은 딸에 대한 그리움과 사랑을 딸의 인형을 돌보며 달래고 자신이 항상 부러워했던 엄마 노릇을 하며 행복감을 느낀다. 이 세상에 모성애만큼 더 숭고하고 진지한 사랑이 어디 있겠는가? 난영이를 극진히 돌보는 것은 미국에 간 딸을 보살피는 것에 다름 아니다.

딸 서영이의 의미

피천득은 딸을 단순히 자신이 보호해야 할 대상으로만 보지 않는다. 자기 일생의 하나의 반려자로 여기고 같이 보낸 시간을 가장 행복한 순간으로 기록하고 있다.

나는 남들이 술 마시느라고 없앤 시간, 바둑 두느라고 없앤 시간, 돈을 버느라고 없앤 시간, 모든 시간을 서영이와 이야기하느라고 보낸다. 아마 내가 책과 같이 지낸 시간보다도 서영이와 같이 지낸 시간이 더 길었을 것이다. 그리고 이 시간은 내가 산 참된 시간이요, 아름다운 시간이었음은 물론, 내 생애에 가장 행복한 부분이다.　　(「서영이」)

피천득에게 서영이는 장성하여 결혼하고 교수가 되어 완전히 독립한 후에도 언제나 '어린 소녀'이고 '어린 딸'이다. 자식이 장성하여 같이 늙어가더라도 부모의 눈에는 여전히 어린아이로 보이는 것은 어쩔 수 없다. 그러면서도 '어린 딸' 서영이는 피천득 삶의 파수꾼이며 지주(支柱)이기도 하다.

아무려나 서영이는 나의 방파제이다. 아무리 거센 파도가 밀려온다 하더라도 그는 능히 막아 낼 수 있으며, 나의 마음속에 안정과 평화를 지킬 수 있다.　　(「서영이」)

무엇보다 서영이는 작가 피천득에게는 창작의 추동력인 뮤즈이며 구원의 여상이다. 엄마가 부활한 게 분명한 딸 서영이가 없었더라면 피천득의 문학은 '엄마'에서 발원된 상상력이 구체적인 형태를 갖추어 향기로운 꽃으로 피어나지 못했으리라. 딸 서영이는 일찍 죽은 엄마의 '구체적 보편'이다. 엄마라는 뿌리에서 출발한 피천득 문학은 줄기인 딸 서영이라는 통로를 통하여 가지를 치고 잎사귀를 만들고 열매를 맺게 된 것이다. 엄마와 딸은 피천득의 마르지 않는 문학적 영감의 샘이었고 문학적 상상력의 영원한 보물창고였다.

피천득은 단순한 딸 바보가 아니다. 그의 딸은 육신의 분신이자 영적인 분신이다. 그는 딸의 엄마가 된다. 충분한 사랑을 못 받은 피천득은 자기의 분신인 딸에게 죽은 엄마인 자신이 지극한 사랑을 주는 것이다. 딸은 그에게 진주이다. 이러한 엄마 — 피천득 — 딸의 3각 관계는 신비스러운 삼위일체가 되어 피천득 문학의 계보학이 되었다. 이러한 계보학적 작업이야말로 피천득의 삶과 문학의 암호를 푸는 판독 작업이다. 필자는 여기서 엄마 — 피천득 — 딸의 문제를 단순히 정신분석화 하자는 것이 아니라 그것을 훨씬 넘어서는 데까지 끌어올리고자 한다.*

---

* 엄마와 딸 이외에 가족에 대한 이야기를 해야겠다. 우선 부인 임진호 여사에 대해 세간에서 말하듯 피천득이 아내를 잘못 대우했다든지 하는 것은 그의 수필 「금반지」에서 볼 수 있듯이 사실이 아니다. 지나치게 딸을 사랑하는 딸 바보라서 그런 오해를 받았다. 두 아들에 대해서도 물론 딸만큼 사랑하지 않았는지는 모른다. 현재 큰아들 피세영은 캐나다에서의 오랜 이민생활을 접고 귀국하여 경상북도 문경새재에서 동양 최고의 수목원 조성사업에 전념하고 있다. 둘째 아들 피수영은 신생소아학의 권위자로 미국에서 20년간의 의사 생활을 접고, 아산병원에 초빙받아 근무하다가 은퇴하였다. 지금은 하나로 의료재단 고문으로 있으며, '금아 피천득 기념회' 일도 하고 잠실 롯데월드 3층에 소재한 '금아 피천득 기념관'에 관여하고 있다. 딸 피서영은 현재 보스턴 대학교 물리학과 교수로 재직 중이다. 큰며느리는 변미야, 작은 며느리는 홍연선, 사위는 보스턴 대학교 물리학 교수 로만 재키브이다. 피천득의 손자로는 피세영의 아들 피요한과 피요섭이 있다. 피수영의 첫째 아들 피윤범(Daniel)은 현재 조지 메이슨 대학교 법과대학 교수이며 둘째 아들 피윤성(David)은 시카고 소재 법률사무소의 변호사이다. 피서영의 아들 스테판 재키브(Stefan Jackiw)는 저명한 바이올리니스트다.

제2장 영원한 스승: 춘원 이광수와 도산 안창호[*]

> 나는 과거에 도산 선생을 위시하여 학덕이 높은 스승을 모실 수 있
> 는 행운을 가졌었다. 그러나 같이 생활한 시간으로나 정으로나 춘원과
> 가장 인연이 깊다.　　　　　　　　　　　　　　　　　　　（「춘원」）

도산 안창호와 춘원 이광수는 피천득의 삶과 문학에서 등뼈와 같은
중추적 인물이다. 도산과 춘원이 없었다면 역사적 인간 피천득도 없었
다. 고난의 일제 강점기를 살아낸 피천득에게 안창호와 이광수는 빛과
소금 그리고 등대였다.

1. 춘원 이광수
"그의 인간미, 그의 문학적 업적만을 길이 찬양하기로 하자."

> 춘원은 마음이 착한 사람이다. … 그는 정직하였다. … 그는 어린아
> 이같이 순진하였다. … 그는 산을 좋아하였다. 여생을 산에서 보내셨
> 더라면 얼마나 좋았을까. 그는 아깝게도 크나큰 과오를 범하였었다.

---

* 안창호와 이광수와 관련된 역사적 인간 피천득과 그의 시대에 대한 유익한 논의로는 문학
평론가 임헌영이 2016년 10월 13일 「피천득 다시 읽기」의 연속 강좌에서 발표한 글 「피천
득과 그의 시대에 대하여」 (이 발표는 종로 청운 문학도서관에서 진행됨)를 참조 바람.

1937년 감옥에서 세상을 떠났더라면 얼마나 다행한 일이었을까. 지금 와서 그런 말은 해서 무엇하리. 그의 인간미, 그의 문학적 업적만을 길이 찬양하기로 하자. (「춘원」)

춘원 이광수와의 만남 — 문학 공부와 영문학으로의 초대

춘원과 피천득은 처음에 어떻게 만났을까. 춘원이 금아보다 18세 연상이므로 함께할 시공간이 많지 않았을 텐데 말이다. 춘원과 금아는 모두 조실부모한 고아였다. 춘원은 11세 되던 해 당시 평안도에 창궐하던 콜레라(호열자) 때문에 아버지와 어머니를 모두 여의었다. 금아 역시 부모를 일찍 여의고 친척 또는 친지의 집을 전전하며 지냈다. 금아가 춘원을 만난 것은 바로 이때였다. 금아의 회고에 따르면 춘원의 부인 허영숙 여사를 통해 춘원을 만나게 되었다. 피천득은 경성 종로구의 초등학교 4학년 때 검정고시 합격으로 2년을 월반하고 경성제1고보(후에 경기중학교)에 입학한 수재였다.[*] 경성 시내에서 이 소문을 들은 허영숙이 춘원에게 금아 이야기를 하였을 터이고, 자신도 고아이면서 신동 소리를 들었던 춘원은 금아에게 관심을 가졌을 것이다. 금아가 당시 양정고보에 다니던 2년 연상의 수필가 윤오영과 등사판 동인지 『첫걸음』을 내고 시를 발표하였기에 춘원은 조숙한 문학소년 피천득에 대해 더욱 관심을 가졌을지도 모른다. 그 후 피천득은 거의 3년간 춘원의 집에 유숙한다.[**]

일본 와세다 대학교 철학과를 나왔지만 영어를 잘하고 영문학에 대한 관심도 많았던 춘원은 본격적으로 금아에게 문학을 가까이 하게 하고

---

[*] 1916년 7세 때 금아는 "유치원에 입학함과 동시에 근처 서당에서 한문 공부도 함께 시작했다. 2년 동안 『통감절요(通鑑節要)』 3권까지 뗐는데, 양태부(梁太傅)의 상소문을 줄줄 외워서, 주위에서 신동(神童)이라는 칭찬을 받았다." 손광성, 「피천득 선생의 생애」(2010), 7.

[**] 금아의 증언에 따르면 유숙은 무료가 아니었고 매달 당시 쌀 2가마니 값인 10원을 지불했다고 한다. (손광성, 「금아 피천득 선생의 생애와 문학」(대담), 『에세이 문학』 88호, 8)

영어와 영시를 가르쳤다.[*] 금아의 말을 들어보자.

　　나는 춘원 선생의 글과 작품을 읽고 문학에 심취하게 되었다. 춘원
　　선생은 나에게 문학을 지도하여 주셨을 뿐 아니라 영어도 가르치고 영
　　시도 가르쳐 주셨다. 그분 덕에 나는 결국 문학을 업으로 하게 되었다.
　　그러니 그분은 내가 문학을 하게 된 직접적인 동기를 베풀어준 분이
　　시다. 　　　　　　　　　　　　　　　　(『내 문학의 뿌리』, 353~54)

　　금아는 당시 영어와 영문학에 관한 춘원의 관심을 한 대담에서 자세
히 밝히고 있다. 춘원에게는 영어로 된 세계문학전집 하버드 클래식과
톨스토이(Lev Nikolayevich Tolstoy, 1828~1910) 전집이 있었으며, 이광수
의 영어 실력은 당시 국내외에 널리 알려져 있었다. 금아의 회고에 따르
면, 춘원은 상하이에서 귀국한 후『동아일보』편집국장 시절에 정식 학
위는 주지 않던 연구생이나 청강생제도였던 경성제국대학 선과(選科)에
들어갔다. 1926년 입학할 때의 영어 성적과 재학 중의 영어 실력이 어찌
나 출중하던지 영국의 낭만파 시인 존 키츠(John Keats, 1795~1821)를 전
공했던 사또오 기요시(佐藤淸) 교수가 어떻게 이렇게 영어를 잘할 수 있
나, 하고 깜짝 놀랐다고 한다. (석경징과 대담, 312~14, 최종고 논문 참조)
　　춘원은 당시 금아를 데리고 윌리엄 워즈워스(William Wordsworth,
1770~1850)의 「수선화 *Daffodils*」와 19세기 미국 시인 에머슨(Ralph
Waldo Emerson, 1803~1882)의 「콩코드 찬가 *Concord Hymn*」 등 여러 편
의 영시를 읽었다. 춘원은 1924년 『조선문단』에 실린 「문학강화」라는
글에서 「콩커드 기념비 제막식」이라는 제목으로 이 시를 번역해서 싣기
도 했다.
　　영문학에 대한 춘원의 애정은 「문예쇄담 ― 신문예의 가치(1925)」에

---

[*] 필자의 졸고, 「이광수와 영문학 ― 신문예로서의 조선문학 수립을 위한 춘원의 도정(道
　程)」, 『외국학연구』 22집(2012), 317~344 참조.

잘 나타나 있다.

> 나는 힘 있는 좋은 문예가 조선에 일어나기를 바란다. 앵글로색슨 민족의 건실하고 용감하고 자유와 정의를 생명같이 애호하고 진취의 기상과 단결력(국민생활의 중심되는 동력이다)이 풍부하고 신뢰할 만한 위대한 민족성을 이룬 것이 그들의 가진 위대한 문학에 진 바가 많다 하면 이제 새로 형성되려는 조선의 신민족성도 우리 중에서 발생하는 문학에 지는 바가 많을 것이 아닌가.　　　(『이광수 전집』 제10권, 409)

여기에서 서구문학을 통하여 조선의 근대문학을 수립하고자 소망했던 춘원의 생각이 잘 드러난다.

1926년 발표한 글 「중용과 철저 ― 조선이 가지고 싶은 문학」에서 춘원은 섬나라 영국문학의 특징을 아래와 같이 명쾌하게 밝히고 있다.

> 영문학도 상식적이요 평범한 것이 특징이다. 이것은 앵글로색슨족의 가장 중용적·상식적인 민족적 특성에서도 오는 것이려니와, 그 지리적으로 역사적으로 북구민족의 극단의 엄숙과 지둔과 이지적·명상적인 것에 남구민족의 극단의 감정적·쾌락적·경쾌적인 특징을 받아 조화한 까닭이라고도 한다. 위에서도 말하였거니와, 바이런 같은 교격한 시인을 제하고는 셰익스피어, 밀턴은 물론이요, 워어즈워어드, 테니슨, 무릇 오래 두고 英人의 정신을 지배하는 시인은 대개 평범한 제재와 평범한 기교를 썼다. … 영문학은 알맞추 먹은 가정에서 만든 저녁과 같다.　　　(『이광수 전집』 제10권, 434～35)

이렇게 금아는 17세가 되던 1926년 상하이 유학을 떠나기 전까지 영미문학 애호가였던 춘원에게서 영어와 영문학에 대해 많은 것을 배웠다. 그밖에도 금아는 춘원을 통해 도연명의 「귀거래사」, 한시를 비롯하여 많은 책을 읽었다. 특히 프랑스 작가 알퐁스 도데의 단편소설 「마지막 수업」을 함께 읽으며 식민지 지배하에서도 자기 나라 말을 잃지 않는다면 감옥의 열쇠를 쥐고 있는 것과 같다고 믿게 되어 모국어에 대한 애정과 나라에 대한 애국심을 고취하였다. 젊은 시절부터 피천득과 가까이 지내던 아동문학가 윤석중은 금아를 "춘원 댁에서 잔뼈가 굵은 피천득 교수"(김원모에서 재인용, 1118)라고 말했고 김원모는 "춘원을 가까이 모시며 성장한 피천득"(김원모. 1119)이라 말하며 피천득과 춘원의 관계*를 지적하였다.

상하이 유학과 영문학 전공 권유, 그리고 『동아일보』 등단 추천

금아의 생애에서 중요한 사건은 서울에서 다니던 고등학교도 졸업하지 않고 중국 상하이로 유학을 떠난 일이었다. 이때도 결정적인 영향을 준 것은 바로 춘원이었다. 영어와 문학에 대한 교양을 깊이 한 금아는 춘원의 권유로 상하이를 유학지로 정했다. 춘원이 왜 피천득에게 상하이 유학을 권했을까? 이광수가 상하이에서 『독립신문』 주필을 하던 때에 경성에서 살고 있던 장차 결혼하게 될 허영숙에게 보낸 편지를 보자.

상해는 적어도 내게 있어서 가장 적당하고 마음에 드는 곳으로 생각됩니다. 귀찮은 일이 없고, 하찮은 친구가 없고, 언제나 혼자 있을 수 있어, 실로 상해는 은둔을 중히 여기는 사람, 자유를 중히 여기는 사람, 돈벌이를 중히 여기는 사람에게 있어서는 최상의 장소일 것이외다.　　　　　　　　　　　　　　　(『이광수 전집』 제9권, 297)

이광수는 1920년대 초 당시 "동양의 파리"라 불리던 상하이를 좋아했다. 춘원의 강력한 추천의 배경에는 이 밖에도 몇 가지 이유가 더 있었다. 금아는 종로에서 신상(紳商)을 하시던 아버지가 돌아가시고 3년 후

---

* 「피천득 다시 읽기」 강연 시리즈(샘터사)에서 필자는 2016년 9월 22일 춘원 이광수의 둘째 따님 이정화 박사를 모시고 공동으로 「금아와 춘원」을 발표했을 때 이 점에 대해 언급함.

어머니마저 돌아가시게 되어 어린 독자로 남았다. 이때 부모님이 남긴 재산 분배 과정에 친척 어른들 사이에서 어려움을 당했다. 그때 큰돈을 받게 된 피천득은 그 돈을 노리는 사람들이 많았기에 가능하면 빨리 해외로 나가야 했다. 춘원은 16세의 금아에게 가까운 일본이 아닌 당시 동아시아에서 최대의 국제도시였던 상하이를 추천했는데, 그때의 일을 석경징과의 대담에서 금아의 말을 통해 직접 들어보자.

> 그땐 대개 일본으로 공부하러 떠나지 않았습니까. 물론 그 생각도 했죠. 그런데 춘원이 일본으로 간 사람들이 많으니 앞으로는 다른 교육을 받는 것이 좋을 수도 있다고 했죠. 특히 그때는 주요한 씨가 거기 ― 상해 호강〔후장〕대학교 ― 를 졸업하고 와서 동아일보에 취직을 했죠. … 그런데 동생인 주요섭이 있었어요. … 주요섭이가 그 호강 대학 교육학과에 재학중이었죠. 그래서 그이를 믿고 내가 상해에 가려고 마음먹은 것도 있죠. 그이가 나를 돌봐줄 것이라는 생각으로.
>
> (「민족사의 전개와 초기 영문학」, 『안과 밖』 3호, 315)

그러나 무엇보다도 금아가 상하이를 유학지로 택한 것은 도산 안창호 선생을 만날 기대 때문이기도 했다. 물론 여기서도 춘원은 자신도 일생 스승으로 존경했던, 당시 상하이 대한민국 임시정부의 요원으로 계셨던 도산 선생을 직접 뵙고 배우라고 금아에게 강력하게 권고하였다.

1926년 처음 상하이에 갔을 때 금아는 서울에서 고등학교를 졸업하지 못했기 때문에 기독교 계통의 학교인 토머스 한버리 고등학교(Thomas Hansbury Public School)에 다녔다. 그러다 3년 뒤인 1929년에 후장 대학교(University of Shanghai 전신) 예과에, 2년 후인 1931년 본과에 입학하였다. 처음에는 졸업 후 취업을 위해 상업경영과를 다녔는데 적성이 맞지 않아 결국 영문학과로 전과했다. 당시 후장 대학교 영문학과는 모든 게 미국식이었다. 전 과목을 미국인 교수들이 강의하였기에 금아의 영어와 영문학의 깊이와 넓이가 확대되었다.

상하이에서 8년 연상인 소설가 주요섭과의 만남은 금아의 문학적 삶에 커다란 영향을 준다. 주요섭의 형인 시인 주요한은 금아가 유학을 떠나기 전 경성에서 이미 알고 지내던 사이였다. 앞으로 도산 안창호를 흠모하고 따르는 흥사단우인 세 사람 간의 우정은 금아의 작가적 생애에 커다란 영향을 준다. 춘원과의 인연으로 시작된 피천득의 공적인 삶은 춘원을 통해 알게 된 다른 사람들과의 인연들로 새로운 전기를 맞게 된다.

필자가 여기에서 강조하고 싶은 것은 금아의 등단 과정에는 늘 춘원이 있었다는 사실이다. 춘원은 금아에게 본격적으로 문학과 영어를 가르쳤고, 영문학을 소개하고 상하이로 유학을 보내 영문학을 전공하게 하였으며 결국 시인과 번역가로 인도했다고 볼 수 있다. 시인 피천득을 만든 사람은 춘원 이광수였다. 금아는 춘원에 대한 수필 한 편을 썼고, 많은 대담 속에서 춘원에 관한 이야기를 많이 했다. 인생의 시작부터 춘원의 보살핌 속에 문학적 소양을 키워나간 피천득은 이광수로부터 엄청난 가르침과 결정적인 기회들을 얻게 되었다. 그러나 피천득은 춘원 이광수와는 문학적으로는 그 주제나 문체에 있어서 많이 다르다. 일종의 문학적 '부친 살해'를 통해 새로운 문학을 개척한 청출어람이라고나 할까.

춘원은 금아에 대한 기록은 따로 남기지 않았지만 편지를 자주 보낸 것 같다. 그러나 금아는 춘원이 자신에게 보낸 "많은 편지들"을 잃어버렸다고 적고 있다. 아직도 금아가 기억하고 있는 구절은 다음과 같다. "기쁜 일이 있으면 기뻐할 것이나, 기쁜 일이 있더라도 기뻐할 것이 없고, 슬픈 일이 있더라도 슬퍼할 것이 없느니라. 항상 마음이 광풍제월(光風霽月)같고 행운유수(行雲流水)와 같을지어다."(「춘원」) 피천득이 일제 강점기를 출발하여 남북분단이라는 격변의 시대를 거치며 외롭고 어려운 삶의 도정을 살아오면서도 마음의 평정을 지니고 한결같게 단순하고 검소하게 살 수 있었던 원동력은 춘원이 금아에게 보낸 위와 같은 편

지구절의 힘과 지혜였을 것이다.*

2. 도산 안창호
"높은 인격을 나에게 보여주신 분은 도산 선생이시다."

학창시절 나는 도산 선생을 너무도 존경해 그분을 만나 뵈러 상하이
로 유학을 갔다. 그곳에서 나는 10년 가까이 공부를 했다. 상하이는 세
계 각지에서 혁명가, 예술가, 모험가, 돈을 벌고자 하는 사람들이 모여
들었다. 그곳에 안창호 선생을 비롯하여 한때 〈독립신문〉 주필로 계시
던 이광수 선생, 김규식, 서병호 등 수많은 독립운동가들이 계셨다.

(피천득, 「『상하이 올드 데이스』를 읽고」, 『상하이 올드 데이스』, 박
규원 지음, 2004년, 426)

피천득은 1926년 동아시아 최대 국제도시 상하이에 도착했다. 이때부
터 피천득이 후장 대학교 영문학과를 졸업한 1937년까지 상하이 시대가
열렸는데, 그 중심에는 도산 안창호가 있었다. 또한, 상하이에는 소설가
주요섭이 있었고 그 배후에 춘원 이광수가 있었다. 1919년 3·1운동 이후

---

* 그 이후로도 이광수 가족과 피천득(가족)의 관계는 매우 깊게 이어졌다. 피천득에게 임진
호 여사를 중매한 사람은 시인 주요한의 부인이었고, 금아에게 이를 강력하게 추천한 사람
은 여의사였던 춘원의 부인 허영숙 여사였다. 춘원의 둘째 딸 이정화 박사가 필자에게 증
언한 바에 따르면 자신이 3~4세 때 피천득의 효자동 집에 방문할 때마다 피천득은 영어로
된 그림 동화책을 읽어주고 번역해주었다고 한다. 춘원 부부는 금아를 "천득아", "천득아"
라고 다정하게 불렀으며, 이정화 박사도 어릴 때 금아를 "천득 오빠"라고 부르며 따랐다
고 한다. 춘원의 아들 이영근 박사에 의하면 춘원이 경기도 양주시 사릉에 집을 짓고 농사
를 지으며 살았을 때 "마을 사람 이외에는 찾아오는 사람이 드물었다. 친척되는 피천득 형
님이 태릉에 있는 이공학부에서 일을 하셔서 어쩌다 와서 자고 갔다."(이영근(1993), 「이런
일 저런 일」, 『그리운 아버님 춘원(春園)』(부록1), 이정화 지음)는 것을 볼 때 그들이 형제처럼
지냈음을 알 수 있다. 피천득의 둘째 아들 피수영 박사는 최근 필자에게 자신이 어렸을 때
춘원의 아들 이영근을 "삼촌"이라고 불렀다고 증언해주었다. 이와 같이 춘원 가족과 금아
가족 간의 관계는 거의 가까운 친척이라고 할 수 있을 정도로 돈독했음을 알 수 있다.

대한민국임시정부*도 상하이에 있어서 당시에는 독립운동가들 외에도 수많은 한국인들이 그곳에 모이기도 했다. 1932년 일본은 중일전쟁을 일으키며 중국에 진출하였다. 1, 2차 상하이 사변**과 난징대학살이 일어나면서 상하이는 어지러운 상황이었다. 이때 건강까지 악화된 피천득은 2년 가까이 국내에 체류하였다. 춘원의 집에서 유숙하기도 하고, 1년간 금강산에 입산하여 불경을 공부하며 지내기도 하였다.

도산 안창호와의 만남

피천득의 생애에서 '엄마'를 제외하고 가장 중요한 인물은 아마도 민족지도자 안창호 선생일 것이다. 피천득은 이광수가 강력히 추천한 도산 선생을 직접 만날 욕심으로 상하이 유학을 결정하였는데, 1928년부터 흥사단***의 단우가 되어 매주 두 번씩 도산을 만나 가르침을 받았다

---

* 대한민국임시정부는 1919년 3월 1일 경성에서 3·1 독립선언이 선포되고, 3·1운동의 결과로 1919년 4월 13일 중국 상하이에 설립된 망명정부이다. 일본제국의 한반도 침탈과 식민통치를 거부하고 자주독립을 위한 다양한 활동을 전개하는 것이 그 주목적이었다. 그해 9월 11일 경성, 블라디보스토크, 상하이에 나뉘어있던 임시정부들을 상하이에서 통합하였다. 이때 만든 임시 헌법은 광복 후 1948년 만든 대한민국 제헌헌법 전문과 1987년 개정된 대한민국헌법 전문에 반영되어 계승되고 있다. 이승만, 이동녕, 안창호, 김구, 김규식, 이동휘, 양기탁 등이 주요한 역할을 하였고 한때 임시정부 내의 자강파, 무력파, 외교파 등의 분열도 있었으며 상하이 사변, 중일전쟁, 남경대학살 등 중국 내의 정변으로 인해 임시정부 수도를 여러 번 옮기기도 했다. 그러나 독립을 위한 외교적 노력, 광복군 창설 등에 많은 기여를 하였다. 1948년 8월 15일 대한민국 정부가 수립되어 임시정부는 해산하였다. (『글로벌 세계대백과사전』 참조)

** 상하이 사변은 1932년 1월 28일과 1937년에 중국과 일본제국 간에 벌어진 무력충돌사건이다. 일본제국은 괴뢰 정부인 만주국을 수립하고 중국 전역으로 영토 확장을 노리면서 중요 요충지 상하이를 차지하려고 혈안이 되어 있었다. 중국인의 일본인 승려 구타사건을 조작하여 양국 국민들 간의 감정이 악화되어 상하이의 중심인 북사화로에서 군사 충돌이 시작되었으나 중국군이 갑자기 철수하여 일본군이 승리하였다. (『글로벌 세계대백과사전』 참조) 피천득은 이때의 전투 경험을 바탕으로 수필 「상해대전 회상기」를 썼다. 이 수필은 후에 내용이 많이 정리되고 그 제목도 「유순이」로 바뀌었다.

*** 흥사단(興士團)은 도산 안창호가 미국 샌프란시스코에서 1913년 5월 13일에 창립한 민족

(누구든 흥사단원이 되기 위해서는 2시간 정도의 까다로운 문답 구두시험을 안 창호와 직접 치러야 했다). 1960년 10월 1일 『새벽』지가 주관한 우리 민 족의 정신적인 선구자로서 귀한 생애를 바친 도산 안창호 선생의 행적 과 사상을 논하는 좌담회에서 금아는 자신에게 가장 큰 영향을 끼친 도 산과의 인연에 대해 다음과 같이 비교적 소상히 밝혔다.

제가 상해 유학 시절이니 지금부터 32년 전에 선생님을 자주 뵙게 된 셈입니다. 그 전에 서울서 선생님 강연을 들었는데 퍽 풍채가 좋은 분이었다는 인상이 남아 있습니다. 음성이 청아하고 부드럽고 크고 날 카롭지 않았지요. … 그때 강연이 한두 시간 걸렸는데 시종 변함없이 확고부동했고 정과 사랑이 넘쳐흐르는 것 같은 느낌이었습니다. 도산 선생님이 저를 찾아오셔서 상해에서 만나 뵈었습니다. 저는 그분은 무 슨 정치인이라기보다 다만 인간으로서 높은 존재라고 생각합니다. … 일생을 통하여 거짓말이나 권모술수가 전혀 없던 분입니다. … 또한 그분의 정성과 사랑이라는 것은 기독교의 예수나 그럴 수 있으리라고 믿습니다. … 참 단정한 분이었습니다. 간소한 방에는 화병이 있고 늘 꽃이 꽂혀 있었습니다. 참 세밀한 분이어서 꽃을 사실 때도 여러 색깔 로 일일이 검토하셨습니다. 큰일 하는 분들은 작은 일에 주의하지 않 는다는 설도 있는데 도산 선생님은 그렇잖습니다. … 그분을 대할 땐 친할아버지나 보호자를 대하는 것 같은 느낌이었죠. (36)

자강운동 단체이다. 흥사단은 1945년 광복 될 때까지 조선의 자주독립을 위한 인재양성을 제1목표로 하였다. 우선 국민 개개인이 인격자 되는 것이 중요하다고 생각한 안창호는 4대 정신을 강조하였다. 첫째 무실(務實)은 참되고 거짓말 안 하기이고 둘째 역행(力行)은 말보 다 행동으로 실천하는 것이고 셋째 충의(忠義)는 매사를 처리하는데 정성과 대인관계에서 신의를 강조하고 넷째 용감은 불의 앞에서 담대히 맞서는 것을 말한다. 흥사단은 광복 후 에도 활발하게 사회참여 활동을 하였고, 2016년 창립 100주년을 맞아 "민족을 위한 100년, 세계를 향한 100년"의 기치 아래 새로운 시민운동을 전개하고 있다. 서울 강남구 신사동 도산공원에 안창호 묘소와 기념관이 있다.(『글로벌 세계대백과사전』참조) 흥사단 본부는 서 울 대학로에 있다.

피천득은 무엇보다도 민족 선각자이자 독립운동가로서 엄숙할 것 같은 도산의 다정다감함에 감동을 받았다.

금아가 도산을 인간적으로도 얼마나 좋아했는지에 대한 에피소드가 그의 수필 「반사적 광영」에 들어 있다.

> 도산 선생을 처음 만나 보았을 때의 일이다. 선생이 잠깐 방에서 나가신 틈을 타서 선생의 모자를 써 보고 나는 대단히 기뻐했다. 그 후 어느 날 나는 선생이 짚으시던 단장과 거의 비슷한 것을 살 수 있었다. 어떤 친구를 보고 선생이 주신 것이라고 뽐냈더니 그는 애원애원하던 끝에 한턱을 단단히 쓰고 그 단장을 가져갔다. 생각하면 지금도 꺼림할 때가 있다. 그러나 다시 생각하면 그 친구로 하여금 그가 그 단장을 잃어버릴 때까지 수년간 무한한 기쁨을 누리게 하였으니, 나는 그에게 큰 은혜를 베푼 셈이다.

금아는 안창호의 사상이나 인간됨을 존중함은 물론, 도산을 닮고 싶어 도산의 모자도 써보고 지팡이까지도 비슷한 것으로 사서 들고 다니면서 그 후광을 누리고자 했다. 금아는 타계하기 몇 년 전인 2003년 4월 김재순과의 대담에서 "내가 살아오면서 본 것 중에 정말 명성 그대로라고 느낀 것이 … 도산 선생이었습니다."(피천득 외, 『대화』, 15)라고 얘기하였다. 도산 선생은 피천득에게 영원한 '큰 바위 얼굴'이었다.

금아는 1968년 도산 선생 서거 30주년을 맞아 쓴 시에서 다음과 같이 추모하였다.

> 선생을 잃은 지 삼십 년
> 저희는 당신의 동지답지 못할 때가 많았습니다.
> 그러나 햇빛을 느끼고 사는 나무에
> 수액이 흐르듯이
> 저희의 혈관에는 선생의 교훈이 흐르고 있습니다. (제3연)

피천득은 후일 도산 안창호가 자신의 문학에 끼친 절대적인 영향을
다음과 같이 술회하였다.

> 도산 안창호 선생이 나에게뿐 아니라 우리 모두에게 주신 가르침 중
> 에서 가장 으뜸가는 것은 절대적인 정직이다. 거짓말은 절대로 용납되
> 지 않는다. 죽어도 거짓말을 해서는 안 된다. …
> 이것은 문학에 있어서도 마찬가지이다. 문학은 특별한 것이 아니라
> 우리 생활의 일부이다. 문학의 영원성은 작가가 자기에게 충실하고 거
> 짓말을 않는 데서 비롯된다. 이것이 후에 내 문학의 뿌리가 되었고, 근
> 본정신이 되었다. (『내 문학의 뿌리』, 355~56)

도산 선생은 1932년 4월 상하이에서 있었던 윤봉길 의사의 훙커우 공
원 폭탄 투척* 거사 후 일본 경찰에 체포되었다. 이 일로 고국으로 송환
되고 재판을 받다가 석방되었으나 간경화로 끝내 돌아가셨다. 피천득은
1938년 서울에서 있었던 도산의 장례식에 일본 경찰이 두려워 참석하지
못했다.** 후일 피천득은 이것을 두고 예수를 세 번이나 부인한 베드로보

---

* 중국과의 상하이 전투에서 승리한 일본군이 1932년 4월 29일 중국 상하이 훙커우 공원에
서 승전 축하와 일본 황제의 생일 축하를 위한 기념행사를 열었다. 이때 독립운동가이며
교육자, 시인이었던 윤봉길(1908~1932) 의사가 대한민국 임시정부의 지원 아래 기념식 단
상에 폭탄을 던져 일본군 총사령관 등 상당수의 일본인들은 즉사하거나 중상을 입히는 쾌
거를 이루었다. 윤 의사는 체포되어 일본으로 후송되어 재판을 받고 12월 19일에 총살당
했다. 이 사건으로 당시 장제스 국민정부가 대한민국 임시정부를 적극적으로 돕기 시작했
다. 이 사건의 배후 인물 중 하나로 지목된 도산 안창호 선생은 체포되어 국내로 압송되었
고 그 후 대전과 서울에서 복역하다가 출소 후 1938년 경성대학병원에서 지병으로 타계하
였다. (『글로벌 세계 대백과사전』 참조)

** 문학평론가 김우창은 피천득과 도산의 진실한 관계에 대해 다음과 같이 적고 있다: "금아
선생은 어려운 시대에 사신 분이다. 수필에는 어려운 시대의 느낌이 별로 드러나지 않는
다. 그리하여 어떤 평자들은 선생님의 수필의 비정치성을 탓하기도 한다. 필자가 선생님의
수필의 주제가 삶의 작은 아름다움뿐이라는 인상의 발언을 한 데 대하여 선생님 자신이 섭
섭함을 표현하신 일이 있다. 상해에 계실 때, 선생은 도산 안창호 선생의 비서 격으로 일
하신 일이 있다. 도산이 형무소 복역 중 병보석으로 경성제국대학 병원에 입원하였다가 작
고했을 때, 평양에 체류 중이던 금아 선생은 도산의 장례식에 참석할 뜻으로 평양역에 갔

다 더 비겁한 행동이었다고 크게 자책하였다.

> 내가 병이 나서 누웠을 때 선생은 나를 실어다 상해 요양원에 입원
> 시키고, 겨울 아침 일찍이 문병을 오시고는 했다. 그런데 나는 선생님
> 장례에도 참례치 못하였다. 일경(日警)의 감시가 무서웠던 것이다. 예
> 수를 모른다고 한 베드로보다도 부끄러운 일이다.　　　　　　(「도산」)

1930년대 상하이에서의 삶과 학업

피천득은 상하이 사변으로 잠시 귀국해 있을 때 금강산에서 1년간 생
활한 특이한 경험이 있다.

> 그때는 상하이 사변 등 전쟁이 여러 번 일어나 그랬어요. 나는 몸도
> 마음도 약해서 일본과 대항해 싸우지는 못했지만, 친일하는 글은 한
> 번도 쓰지 않았어요. 소극적 저항이랄까, 지조는 지켰습니다. 내가 금
> 강산 장안사에 있었는데, 나는 가족도 없고 하니 절에서 공부하면서
> 지낼 생각이었어요.
> 　　　　　　(손광성, 「금아 피천득 선생의 생애와 문학」(대담), 42)

당시 일본은 식민지 조선을 압제, 협박하였고, 중일전쟁 등 동북아 정
세가 어지러운 상황이었다. 피천득은 나라꼴이 이 모양인데 무슨 글을
쓰랴 싶어 큰 '희망'을 품지 못하고 창작을 중단한 상태였다. 사고무친
의 외로운 신세였던 피천득은 금강산에 들어가 장안사의 상월(霜月) 스
님을 만나 거의 1년 동안 『유마경』과 『법화경』 등을 배웠다. 웬만하면

다가 경찰 단속이 심하여 기차를 타지 못하고, 평양으로부터 몇 정거장 떨어진 시골 정거
장까지 걸어가 기차를 타고 서울로 갈 수 있었다. … 나날의 삶의 진실과 정치의 큰 테두
리는 착잡한 관계 속에 있다. 두 길은 합치기도 하고 갈라지기도 한다. 중요한 것은 한결
같은 마음의 진실에 충실한 것일 것이다."(『다원시대의 진실』(김우창 전집 10권), 1242~43)

그곳에 계속 머물고자 하였으나 그곳의 높은 스님의 친일 행각에 환멸을 느끼고 하산하였다. 이 순간이 그의 인생의 중대한 갈림길이었다. 이때, 이곳에 머물러 승려가 되었다면 그는 고승이 되었을 것이다.

금아는 유학 시절 종종 극심한 외로움과 고국에 대한 향수에 젖어있었던 것 같다. 수필「황포탄의 추석」을 보면 추석 명절에도 피천득은 별다른 계획 없이 당시 불우한 외국인들이 많이 모여들던 황포탄 공원으로 가서 강 항구로 지나가는 큰 기선(화륜선)을 보며 고향 생각에 잠기기도 했다. 이 글을 통해 당시 중국근대화의 관문으로 서구 자본, 과학기술과 문화가 급격히 몰려들어오던 상하이의 풍경을 엿볼 수 있다. 그리고 전 세계의 다양한 인종들이 모여들던 국제도시의 모습이 역동적인 듯 보이면서 어쩐지 소외된 사람들의 고독과 애수가 강하게 느껴진다.

당시 상하이에는 서구 열강의 이주민들을 위한 조계(租界)가 여러 곳에 설치되어 있었다. 청나라는 영국과의 아편전쟁(1840~42)에 패한 후 상하이에 유럽 열강의 이주민들이 자유롭게 거주할 수 있는 일종의 치외법권 지역인 조계의 설치를 허락하였다. 홍수전(洪秀全)이 일으킨 태평천국의 난(1850) 이후 중국의 부유층들도 신변 보호를 이유로 조계 안에 들어와 살고 있었다. 중국인 사이에서도 빈부차가 극심했고 외국 노동자들도 들어와 살았다. 금아의 시「1930년 상해」를 보면 당시 가난한 사람들의 모습이 처절하게 드러난다.

당시 초기 천민자본주의 시대에는 부의 분배가 잘 안 되었을 것이다. 쑨원(孫文)이 이끈 신해혁명(1911년) 이후 청나라는 망하고 사회는 더욱 혼란스러워졌다. 멋지고 새로운 모더니즘으로 화려하게 변신하고 있던 상하이의 이러한 모순적인 상황을 금아는 놓치지 않았다. 이 시에서 팔려 가는 '어린아이'들의 모습은 시적 대비 효과를 극대화하고 있다. 상하이 뒷골목의 어두운 면은 그의 수필「은전 한 닢」에도 잘 나타난다.*

---

* 피천득은 이 당시 자주 들렀던 우치야마 서점 2층에 살았던 중국근대문학의 수립자 루쉰

또한, 그의 수필 「토요일」을 보면 각박한 해외 유학생활이 잘 드러나는데, 이때의 경험을 1997년 한 대담에서 소상히 밝히고 있다.

> 영문과는 학생이 아주 적었어. … 영문과 하는 사람이 여학생 셋하고 나하고 넷밖에 없었어요. 그래서 수업을 대개 선생 집에서 했어요. … 뭐 했나 생각해보면 시는 그냥 제대로 영국 전통시 공부했고 그리고 셰익스피어를 좀 읽은 것 같고 『로미오와 줄리엣』이니 이런 것 했고, 또 기억에 있는 게 소설은 하디. … 그리고 스콧〔을〕 … 했어. … 시는 그냥 뭐 앤솔로지(사화집) 같은 것을 했지. … 디킨즈 것도 좀 했어. 『데이비드 코퍼필드』하고 또 몇 있었어.
>
> (석경징, 「민족사의 전개와 초기 영문학」, 316~17)

금아 선생은 이러한 정규과정 외에 영문 글쓰기, 논문쓰기 훈련에 대해서도 언급하였다.

> 그런 건〔논문이나 페이퍼〕 굉장히 시켰지. 들볶는다 할 만큼. 그리고 영어를 일일이 고쳐주고 했는데, 그거 하나는 아주 열심히 해줬지. … 다시 써오라고 해서 많이 고치고 했지. 난 졸업논문으로 예이쓰를 했는데. … 그때 페이퍼를 어떻게나 많이 쓰게 하고 고쳐주고 했는지. … 그래서 지금도 여기 손가락에 못박인 곳이 아직 있는데.
>
> (앞의 책, 317~18)

영어에 대해서 확실히 배우고 훈련을 받았던 금아 선생은 1937년 영문학과를 졸업하고 귀국한다. 하지만 흥사단원이라 요주의 시찰 인물이라는 꼬리표가 달려 취직하기가 어려웠다. 당시 일본제국주의 당국은

(鲁迅 1881~1936)을 직접 만나지 못한 것을 일생의 "가장 아쉬웠던 일"로 꼽았다.(손광성, 「금야 피천득 선생의 생애와 문학」(대담) 이밖에 당시 상하이의 한인들의 생활에 대해서는 쑨커즈(손과지, 孫科志)의 『상해한인 사회사: 1910~1945』(한울아카데미)를 참조 바람.

식민지 정책에 불만을 품은 불량한 조선 사람들을 '불령선인'이라고 부르고 여러 가지 사회활동에 제약을 두었다. 텍사스 석유회사 서울지점에 겨우 취직한 그는 영어로 편지쓰기를 했고 후에는 광복 전까지 공릉동에 있었던 경성 공업전문학교(현 서울대학교 공과대학의 전신. 지금은 한국과학기술대학교가 들어섰다)의 도서관 고원으로 임용되어 영어로 카탈로그를 만드는 일 등 허드렛일을 했다.

영문학 공부와 문학을 포함해서 금아 피천득을 만든 것의 7할은 상하이라고 말해도 과언이 아니다. 피천득은 「1930년 상해」라는 시를 포함하여 「유순이」, 「황포탄의 추석」, 「도산」, 「은전 한 닢」 외 10여 편이 넘는 수필에서 유학 시절을 보낸 상하이에 관해 언급한다. 이처럼 도산 안창호와의 만남과 상하이 유학은 피천득의 삶과 문학에 지울 수 없는 거대한 흔적을 남겼다.*

---

* 피천득은 1937년 상하이를 떠난 지 68년만인 2005년 소설가 박규원의 안내로 그곳을 다시 방문하였다.

제3장 사랑한 시인: 도연명, 황진이, 셰익스피어

나는 열다섯 살 무렵부터 일본 시인의 시들 그리고 일본어로 번역된
영국과 유럽의 시들을 읽고 시에 심취했습니다.

(「서문」, 『내가 사랑하는 시』)

피천득을 시인으로 만든 것의 8할은 그가 어려서부터 즐겨 읽고 암송
하던 시들이었다. 시인 피천득은 단순한 문인(文人)이기에 앞서 학인(學
人)이었다. 문학인(文學人) 피천득은 청초한 선비 시인이었다. 하여, 그
의 문학 세계를 말하기 전에 그가 사랑한 많은 시인들에 대한 이야기를
먼저 할 수밖에 없다. 그중에서도 도연명, 황진이, 셰익스피어는 빼놓을
수 없는 시인들이다.

1. 도연명

나는 그저 오늘도 도연명(陶淵明)을 생각한다.　　　　　　(「도연명」)

우리는 대다수가 일자리 때문에 복잡한 도시에서 살면서 도시 문명의
다양성과 문화의 기회를 즐기기도 한다. 그러나 많은 사람들은 주말이
되면 대도시를 뒤로하고 산속이나 전원으로 들어간다. 그만큼 도시생활

의 분주함, 번잡함, 자동차 소음과 매연 등에 싫증을 느끼는 것이다. 이런 사람들은 부지런하고 적극적인 사람들이다. 어떤 사람들은 이런 호강도 누리지 못하고 주말에도 도시 속의 집에 갇혀 지내기 일쑤다. 피천득은 장비를 갖추고 이렇게 적극적으로 등산이나 전원으로 나가는 사람은 아니었지만 언제나 복잡하고 시끄러운 도회지를 벗어나 자연으로 돌아가고 싶어했다. 심지어는 도시생활의 삭막한 인간관계에서 소외감을 심하게 느끼는 예민하고 여린 마음의 시인이었다. 그렇다고 피천득이 인간 혐오증을 가진 것은 결코 아니었고 대도시 안에서도 그저 홀로 흘러가는 구름처럼, 공중을 나는 새처럼 홀가분하게 유유자적하기를 바랐다.

피천득은 정월이면 "사람을 대할 때면 언제나 웃는 낯을 하겠다."고 결심하지만 일 년을 통틀어 그러지 못하는 때가 적지 않았다. 그것은 인정미가 메마른 도시의 "교만한 얼굴, 탐욕에 찬 얼굴, 무서운 얼굴"들 때문이었다. 그래서 피천득은 억지 웃음이나 허위의 웃음을 짓거나 "무표정한 사람"이 되어가는 자신의 모습에 눈물이 날 때도 있다고 고백한다(「도연명」). 내성적이고 얌전한 피천득은 도시생활을 싫어하여 전원생활을 꿈꾸기도 했다.

> 나는 도시가 줄 수 있는 향락을 싫어한다. 그 많은 요릿집도, 당구장도, 댄스홀도, 나에게는 아무 관계가 없는 것이다. 찬란하게 차린 여자들도 나에게는 아무 매력이 없다. 영화 구경도 싱거워졌다. 자동차가 연달아 달리는 길을 한 번 걷는다는 것은 큰 고통이요, 버스를 탄다는 것도 여간 끔찍한 노릇이 아니다. 그리고 엄청나게 커다란 간판들이 눈에 거슬리고, 분에 넘치게 사는 꼴들도 보기가 싫다.   (「도연명」)

서울의 종로 한복판 청진동에서 태어나 서울에서 자란 피천득이 도시생활에 적응하지 못하는 것은 특이한 일이다. 고향이라고 할 고향이 없

었기에 오히려 이상향으로서의 전원을 꿈꾸는지도 모른다. 아래 시 「꿈
1」을 보자.

> 숲 새로 흐르는 맑은 시내에
> 흰 돛 단 작은 배 접어서 띄우고
> 당사실 닻줄을 풀잎에 매고
> 노래를 부르며 기다렸노라
>
> 버들잎 늘어진 푸른 강 위에
> 불어온 봄바람 뺨을 스칠 때
> 젊은 꿈 나루에 잠들여 놓고
> 피리를 불면서 기다렸노라 (전문)

　피천득이 꿈꾸었던 전원은 무릉도원은 아니더라도 "숲"이 있고 "맑은
시내"가 있으며 "노래"를 부르고 "버들잎"이 늘어진 "강" 위에서 "꿈"
을 나루에 매어놓고, "피리"를 불 수 있는 그런 곳이다. 그러나 이것들
은 과연 "꿈" 속에서만 가능한가? 피천득은 시끄럽고 번잡한 도시에서
살아가면서도 전원 속의 자연을 꿈꿀 수 있었으니 그나마 다행이다. 유
유자적할 수 있는 자연에 대해 이런 작은 꿈을 지닌 피천득은 자연히 세
계 최고의 전원시인 도연명에게 끌릴 수밖에 없었으리라.
　피천득은 4, 5세기 중국의 동진과 송나라에서 전원시인의 시조로 꼽
혔던 도연명을 어려서부터 알고 있었다. 이광수 댁에 유숙할 때 춘원은
피천득에게 "워즈워스의 「수선화」로 시작하여 수많은 영시를 가르쳐 주
었고, 도연명의 「귀거래사」를 읽게 하였"(「춘원」)다. 1993년 한 대담에
서 "영시뿐 아니라 도연명이라든가 동양적인 것에도 영향을 많이 받으
신 것 같습니다. 은자(隱者)의 사상 같은 것 말입니다."라는 질문에 그
는 "네. 한시도 아주 즐겨 읽습니다."(김재홍, 「청빈과 무욕의 서정」〔피천
득과의 대화〕, 271)라고 대답하였다. 사실상 피천득은 퇴임 후에도 오랫

동안 한시 읽기 동호인 모임에 참여하여 한시를 꾸준히 읽었다고 석경
징이 증언한다. 피천득은 고등학교 시절부터 도연명, 두보를 비롯하여
많은 동양의 한시를 읽은 것으로 보이며 이것은 도연명 류의 전원문학
에 대한 피천득의 관심이 매우 컸다는 사실의 방증이다.*

　도연명의 고향에 있던 '방택십여묘'라는 '네모난 택지(宅地〔대지〕)는
십여 묘(畝)〔구백여 평〕'란 뜻이고 '"초옥(초가집)에는 여덟, 아홉 개의
방이 있다."는 뜻이다. 여기에서 「전원으로 돌아와서 — 제1수」를 피천
득 번역으로 읽어보자.

> 젊어서부터 속세에 맞는 바 없고
> 성품은 본래 산을 사랑하였다
> 도시에 잘못 떨어져
> 삼십 년이 가버렸다
> 조롱 속의 새는 옛 보금자리 그립고
> 연못의 고기는 고향의 냇물 못 잊느니
> 내 황량한 남쪽 들판을 갈고
> 나의 소박성을 지키려 전원으로 돌아왔다
> …
> 집 안에는 지저분한 것이 없고
> 빈 방에는 넉넉한 한가로움이 있을 뿐
> 긴긴 세월 조롱 속에서 살다가
> 나 이제 자연으로 다시 돌아왔도다
>
> 　　　　　　　　　　　　　　　(『내가 사랑하는 시』)

　도연명은 먼지 같은 세상에서 사소한 것을 가지고 명분을 세우며 무

---

* 도연명에게 크게 영향을 끼친 노자와 도교와 문학의 관계를 위해서는 한국고전문학회 편
　『국문학과 도교』(1999), 정재서 『도교와 문학 그리고 상상력』(2000), 정민 『초월의 상상』
　(2002) 참조.

익하게 싸우는 우리들에게 '무위자연(無爲自然)'의 대도(大道)를 따르라고 충고한다. 도연명의 이러한 도교적 사상은 노자의 『도덕경』의 핵심을 그대로 보여준다. 피천득은 "지금 살고 있는 아홉 평 집을 팔면 충청도 어느 시골에다 초옥팔구간 마련할지도 모른다."(「도연명」)는 희망을 피력하지만 그런 꿈은 결국 이뤄지지 못했다.

하지만 피천득은 서울의 작은 가옥에서 살면서도 자그마한 마당에 나무와 꽃을 심기를 좋아했다.

> '이경무다반종화(二頃無多半種花)(2경 밭이 많지는 않으나, 반은 꽃을 심다)'라 하였다. 나는 우리 집 온 마당에 꽃을 심었다. 울타리 밑에 국화도 심었다. 그러나 유연히 남산을 보는 심경은 되어 있지 않다. 나는 그저 오늘도 도연명을 생각한다. (「도연명」)

여기에 도연명의 잘 알려진 대표작 「음주 — 제5수」를 피천득의 번역으로 소개한다.

> 사람들이 많이 사는 곳에
> 작은 집 한 채를 마련한다
> …
> 마음이 떨어져 있으면 땅도 자연히 멀다
> 동쪽 울타리 아래서 국화를 자르다가
> 유연히 남산을 바라본다
> 산 공기가 석양에 맑다
> 날던 새들 떼 지어 제집으로 돌아온다
> 여기에 진정한 의미가 있느니
> 말하려 하다 이미 그 말을 잊었노라
>
> (『내가 사랑하는 시』)

피천득은 "도연명을 읽은 뒤에 국화를 더 좋아하게 되"었다고 적고

피천득 평전

있다(「순례」). 국화와 국화주를 유달리 좋아했던 도연명의 모습이「음주 ― 제7수」에 잘 나타나 있다. 첫 2행만 읽어보자.

> 가을 국화 빛이 아름다워, 이슬 젖은 꽃잎을 따서
> 수심 잊는 술에 띄워 마시니, 속세 버린 심정 더욱 깊어라
>
> (장기근 옮김)

피천득의 시「어떤 오후」전문을 살펴보자.

> 오래 쌓인 헌 신문지를
> 빈 맥주병들과 같이 팔아 버리다
>
> 주먹 같은 활자로 가로지른 기사도
> 5단 내리뽑은 사건도―
>
> 나는 지금 뜰에서
> 꽃이 피는 것을 바라다보고 있다

어느 날 그는 "빈 맥주병"으로 환기되는 도시의 비루한 일상과 "헌 신문지"로 상징되는 허접스런 정치, 경제 정보들을 다 내다 버린다. 그는 "지금" 자신의 아주 작은 "뜰"에서 일상성을 넘어 신비하고 심원한 세계의 환유인 "꽃"을 바라보고 있지 않은가! 피천득은 도연명처럼 실제로 전원으로 내려가지는 않았다. 하지만 서울 한가운데서 "꽃"을 즐겁게 감상하는 그 마음의 여유야말로 바로 전원시인을 꿈꾸는 자가 누리는 작은 사치가 아닐까 한다.

귀거래하지 못한 풍류도인 피천득

　대도시에 살면서 전원을 꿈꾸던 시인 피천득은 서재의 책과 마당의 꽃 외에는 별다른 값나가는 재산이 없으므로 도둑이 들어와도 가져갈 게 없다고 말한다.

　　마당에 꽃이
　　많이 피었구나

　　방에는
　　책들만 있구나

　　가을에 와서
　　꽃씨나 가져 가야지

(「꽃씨와 도둑」)

　헌책을 가져가 봐야 무겁기만 하고 돈이 안 될 것이니 도둑은 그냥 간다. 검소하고 청빈하게 사는 선비 집에 잘못 들어온 도둑이 꽃이 다 지고 씨가 여무는 가을에 와서 "꽃씨"라도 가져가야겠다고 마음먹는 모습이 갸륵하기까지 하다.
　피천득은 마음속에서만은 언제나 시골로 돌아가는 「귀거래사」의 꿈을 접지 못하고 언젠가 시골로 가면 예전에 지은 다음과 같은 멋진 전원 시조를 다시 쓸 수 있다고 자신을 위로한다.

　　짐승들 잠들고
　　물소리 높아 가오.
　　인적 그친 다리 위에
　　달빛이 진해 가오.
　　거리낌 하나도 없이

잠 안 오는 밤이오

(「도연명」)

도연명 하면 술이 연상될 정도로 전원으로 돌아간 도연명이 가장 즐겼던 일은 술 마시는 일이었다. 피천득이 도연명을 부러워한 것이 또 하나 있다면 바로 술을 즐긴 것이었다. 피천득은 체질적으로 술을 입에 대지도 못했기 때문이다. 술에 관한 한 피천득과 도연명은 정반대에 있다. 술과 함께한 주선(酒仙) 도연명을 어째서 피천득은 흠모하는가? 사실 술만 제외하면 두 사람의 삶과 문학에서 유사한 점이 많기 때문이다.[*]

피천득은 술은 전혀 마시지 못했지만 술 향기는 맡기 좋아했다. 수필 「술」을 읽어보면 피천득은 자신이 술을 못하는 것을 늘 안타까워했다. 여기에 그 탄식을 나열해 본다.

> 우울할 때 슬픔을 남들과 같이 술잔에 잠겨 마시지도 못하고, 친한 친구를 타향에서 만나도 술 한잔 나누지 못하고 헤어지게 된다.

> 내가 술을 먹을 줄 안다면 더 많은 친구를 사귈 수 있었을 것이요, 탁 터놓고 네냐 내냐 할 친구도 있을 것이다.

> 남이 권하는 술을 한사코 거절하며 술잔이 내게 돌아올까 봐 권하지도 않으므로 교제도 할 수 없고 아첨도 할 수 없다. 내가 술을 먹을 줄 안다면 무슨 사업을 해서 큰돈을 잡았을지도 모른다.

---

[*] 일생 한시를 즐겨 읽었던 피천득뿐만 아니라 대략 2천 수의 한시를 남긴 이조의 세계적인 성리학자 퇴계 이황(李滉)도 도연명에게 심취했다(퇴계는 피천득과 달리 술을 마실 줄 알았다). 도연명을 즐겨 읽고 「화도집음주」 20수와 「화도집이거운」 2수 등을 지은 퇴계는 주자학을 깊이 연구하면서 "염치를 높이고 절의를 지키기 위해 염담청정한 은퇴"를 몸소 실천했다. 퇴계 이황은 도연명 문집에 나오는 「거처를 옮기며」라는 시의 각운자를 따라 화답한 시 2수를 지었다. 도연명 애호가였던 퇴계는 도연명처럼 일찍이 은퇴하여 자연 속에서 유유자적하게 지냈으며 후일 도산서원을 세우기도 했다. 퇴계는 수시로 산과 시내를 벗 삼아 술을 마시면서 도연명의 시를 읊으며 즐겁게 살기를 실천했다.

나는 술과 인생을 한껏 마셔 보지도 못하고 그 빛이나 바라다보고 기껏 남이 취하는 것을 구경하느라고 살아왔다.

피천득의 말대로 만일 그가 술을 마실 줄 알았다면 전혀 다른 삶을 살았을지도 모른다. 학회 활동이나 문단 활동에서 사교의 폭을 넓혀 학회장도 맡고 문인단체장도 맡아 영향력을 발휘하여 더욱 유명해질 수 있었을지 누가 알겠는가. 그러나 이것은 부질없는 추측이다. 술을 마셨다 해도 피천득은 그러한 명예나 허명(虛名)에 빠지지 않았을 것이다. 아니 그의 문학도 더 호방해져서 그 범위가 더 넓어지고 폭이 더 커지지 않았을까? 글쎄, 아니다. 그의 문학도 지금 이대로가 가장 좋다. 그것이 피천득 능력의 극대치다. 피천득이 술을 못한 것은 자신의 안타까움과는 별개로 우리에게는 하나의 축복일 수 있다.

피천득이 도연명에게 받은 영향을 마무리하는 차원에서 도연명의 대표작을 다시 읽어보자. 도연명의 『귀거래혜(歸去來兮)』는 귀원전거(歸園田居) 5수와 잡시(雜詩) 8수로 구성된다. 그리고 우리가 흔히 알고 있는 「귀거래사」는 그 마지막 편이다. 피천득의 삶, 사상, 문학에 엄청난 영향을 끼친 「귀거래사」의 몇 구절을 제시해보자.

> 정신을 육체의 노예로 만들고
> 그 고통을 혼자 슬퍼하고 있겠는가
> 잘못 들어섰던 길 그리 멀지 않아
> 지금 고치면 어제의 잘못을 돌이킬 수 있으리다
> …
> 동산에 올라 오랫동안 휘파람을 불고
> 맑은 냇가에서 시를 짓고
> 이렇게 나는 마지막 귀향할 때까지
> 하늘의 명을 달게 받으며
> 타고난 복을 누리리라

피천득 평전

거기에 무슨 의문이 있겠는가

(『나의 사랑하는 시』, 피천득 옮김)

자연과 더불어 살아가는 도연명의 이 놀라운 구절들은 피천득의 일상
적 삶과 문학을 비춰주던 거울이다. 도연명과 피천득의 관계가 분명히
드러나고 피천득이 도연명을 그렇게 좋아하고 부러워하고 닮고 싶어 했
던 이유가 여기에 다 들어있다. 일종의 강력한 '텍스트 상호성'이 깊게
느껴진다. 그러나 결국 피천득은 전원으로 돌아가지 못했다. 그는 수필
「도연명」을 맺으면서 탄식한다.

> 도연명은 41세에 귀거래(歸去來)하였다. 나는 내일 모레 50이 되는
> 데 늙은 말 같은 이 몸을 채찍질하며 잘못 들어선 길을 가고 있다.

우리는 안다. 피천득은 도연명이나 퇴계처럼 단호하게 전원으로 귀거
래하지는 못했다. 하지만 20세기로부터 21세기 초반에 이르기까지 서울
이라는 대도시의 한복판에서 은둔거사로 지내며 술도 못 마시고 '담박'
하고 청빈하게 살았던 진정한 전원시인이었다.* 이런 맥락에서 볼 때 필

---

* 신라 말기 당나라 유학 후 관료까지 지낸 고운(孤雲) 최치원(崔致遠 857~?)은 탁월한 유학
  자이며 풍류도인이었다. 그의 시 「우흥(寓興)」을 보자.

  > 원컨대 이욕의 문 굳게 닫아서,
  > 물려 받은 그 몸을 손상치 말라.
  > 어이해 진주 캐는 저 사람들은,
  > 목숨을 가벼이 해 바다 밑에 드는가.
  > 몸이 평화로우면 티끌에 쉬 물들고,
  > 마음이 교만하면 허물 씻기 어렵도다.
  > 담박함을 그 누구와 의논해 보나,
  > 세상 사람 단술만 좋아하는데.

  (정민, 『초월의 상상』, 37에서 재인용)

  이 시의 핵심어는 7행의 "담박(澹泊)"이다. 문필가이며 한국 고전문학자 정민은 담박을 "욕
  망을 버려 부귀에 뜻을 두지 않는 데서 얻어지는 맑고 깨끗한 상태"(38)라고 정의한다. 그

자는 20세기를 중국 대륙과 한반도에도 살았던 피천득의 삶, 문학, 사상에도 풍류도인의 면모가 있다고 감히 생각해 본다. 한반도의 풍류도와 한국종교사상을 깊이 연구한 바 있는 기독교 예술신학자 유동식은 단군 고조선 이래 한국 정신의 뿌리는 '풍류도(風流道)'라 규정하였다. 유동식은 풍류도를 한국인의 영성으로 보고 그 심미적 개념을 '멋'으로 보며 "풍류도의 '멋'은 포월적인 '한'(하나 그리고 크다는 뜻)과 현실적인 '삶'의 창조적 만남에서 형성된다."(310)고 주장했다. 그에 따르면 '멋'과 '한'을 가지고 '삶'을 구성하는 사람은 풍류도인이다. 여기서 최치원의 '담박'과 유동식의 '풍류'가 연결된다. 피천득은 그의 수필 「멋」과 「맛과 멋」에서 '멋'의 의미를 풍류로 잘 그려내고 있다. 그의 두 수필에서 몇 구절 가져온다: "멋은 허심하고 관대하며 여백(餘白)의 미가 있다", "멋은 정서적"이고 "은근"하며, "파격"에 있고 "깊다". "맛에 지치기 쉬운 나는 멋을 위하여 살아간다", "이런 작고 이름 지을 수 없는 멋 때문에 각박한 세상도 살아갈 수 있는 것이다". 학자문인 피천득은 분명히 풍류도인이었다. 문인에게도 인간문화재를 허용한다면 금아 선생은 20세기 한국 풍류도의 인간문화재가 아니었을까?

2. 황진이

황진이. 그는 모드 곤[영국시인 예이츠의 연인]보다도 더 멋진 여성이요 탁월한 시인이었다. 나의 구원의 여상이기도 하다.　　　(「순례」)

는 이어서 "도가에서 지인(至人)의 경계를 말할 때 늘상 쓰는 술어다. 담박의 경계를 더불어 얘기하고 싶지만 단 술맛 같은 이욕에 빠진 사람들은 제 몸을 다 망치도록 헤어나지 못해 안타깝다는 말이다. 쉽게 말했지만, 담긴 뜻은 깊다"(38)라고 설명한다. 최치원은 당나라에서 오랜 기간 지내며 유불선의 영향으로 한반도 문화의 기저에도 풍류도가 있음을 깨닫고 그것을 따르려 했던 것이 아닐까?

황진이와의 만남

피천득이 최고의 시조시인 황진이(1520?~1560?)에 관심을 가진 연원은 시를 막 쓰기 시작한 젊은 시절로 거슬러 올라간다. 1926년 상하이로 유학을 떠난 피천득은 같은 해에 출간된 최초의 근대 시조집인 육당 최남선의 『백팔번뇌』를 당시 후장 대학교에 재학 중이던 소설가 주요섭과 함께 읽었다(「여심」). 여기서 우리는 일제 강점기에 조선의 시인이기를 원했던 피천득이 모국어로 어떻게 '시'를 쓸 것인가에 깊은 관심을 둔 것을 알 수 있다. 당시 국내의 많은 시인들은 한국 고전문학 전통 안에서 서구에서 일본을 통해 들어온 소위 '자유시'를 쓰고자 했는데, 피천득의 문학적 관심의 초점은 민족적 가락(리듬), 정서, 의미를 담을 수 있는 '형식'을 어떻게 만들 수 있는가였다.

한국어는 현대적 의미의 자유시를 쓰기에는 쉽지 않은 매체였다. 한국어는 영어처럼 단어에 강세가 없고 문장에 억양이 있는 여러 가지 음보와 율격도 없으며 각운 등 다양한 압운법도 없다. 그렇다고 중국의 칠언절구(七言絶句)라든지 일본의 하이쿠나 단가처럼 글자 수에 따른 엄격한 율격을 따를 수도 없는 일이다. 그렇다면 새로운 한국의 현대시 쓰기를 위한 돌파구는 없는 걸까?

이런 상황에서 시를 쓰면서 한국인의 정서와 고전문학의 양식을 함께 아우를 방법은 전통시가인 시조(時調)를 시발점으로 삼는 것이었다. 원래 민요나 창과 밀접한 시조는 초장, 중장, 종장으로 된 3행시로 종장 첫 절의 자수를 3개로 규정하는 등의 규칙은 있었지만 엄격한 자수와 율격에 얽매이지 않았다. 시조는 정형시이면서도 비정형이고 비정형이기에는 매우 정형적이다. 이것은 우리 민족의 자유로운 가락과 즉흥적인 흥취에 따라 쉽게 바꿀 수 있는 민요의 자유분방성과도 관계 있다. 더욱이 초, 중, 종 3장의 시행을 나누면 시조의 시각적인 형식의 구속에서 탈피할 수 있다. 1920년대 중후반 일제 강점기에는 시조가 마침 민족의 전통시로 새롭게 조명을 받았고 시조 부흥 운동이 최남선, 이광수, 이병기, 이은상, 정인보 등에 의해 강력하게 추진되고 있었다. 이 운동은 일제의 민족문화말살정책에 저항하여 오랫동안 민족고유정신을 표현해온 정형시, 시조를 지키는 길이었다. 나아가 서구의 자유시 전통에 대항하는 방식의 하나이기도 했다. 형식은 운명이라 하였던가?

지금부터 필자는 피천득이 탁월한 시인으로 여겼던 고전시인 황진이를 선택하여 피천득 문학과의 관계를 살펴보고자 한다. 황진이는 한국 문학사에서 진귀한 존재다. 남긴 작품 수는 10여 편밖에 안 되지만 황진이의 주옥같은 시조는 새벽 하늘의 눈부시게 빛나는 큰 별이다. 고려의 수도였던 개성의 기생 황진이는 미모가 빼어난 천재 시인이었고, 거문고의 명연주가로 절개가 가을서리 같았다. 소설 속 민중의 여인인 성춘향과 함께 조선 중기의 실존 인물 황진이는 오늘날 많은 문학가들의 상상력을 자극하여 최인호 등의 소설가가 연거푸 창작하였고 대중문화의 사랑받는 콘텐츠로 영화, 뮤지컬, TV 드라마에서 끊임없이 재생산되고 있다. 황진이는 한국인의 마음속에 싱싱한 구원(久遠)의 여상(女像)으로 자리매김하고 있다. 서민 출신의 황진이는 한시와 시가에만 집중한 조선시대 일부 사대부 여인들과 달리 남존여비라는 지독한 남녀유별 시대를 넘어 문학, 기예(예술), 고담준론(高談峻論)으로 당시 사대부 남성들과 동등하게 (아니 한 단계 위에서) 지냈던 양성평등주의자였다.

피천득이 황진이를 좋아하는 것은 그의 여성으로서의 '멋'과 시인으로서의 천재성 때문이다. 황진이는 서화담, 박연폭포와 함께 송도 3절(三絶)이라 불렸으며 그녀의 작품으로 현재 전해지고 있는 것은 한시 4수와 시조 6수가 있다. 기녀(妓女)로서 "규범과 타성을 벗어나 개성과 주체적 삶"을 노래했던 황진이 문학의 예술성은 한국고전문학에서 남녀를 통틀어 가장 탁월하다고 할 수 있다.

문정희 시인은 『기생시집』(2000)의 맺음말에서 1920년대 후반 민요시 운동을 했던 안서 김억이 편집한 『꽃다발(조선여류한시선집)』과 『역대여

류시가선』을 언급하면서 기생 시가 한국 현대시에 끼친 영향을 다음과
같이 언명하였다.

　　김안서의 기생 시에 대한 깊은 관심과 애정이 우리 현대시사에 많은
　　영향을 끼쳤다. … 김안서 자신의 시는 물론 그의 제자인 김소월의 시
　　에 기녀들의 작품에서 보여지는 특색이 그대로 녹아 있음을 어렵지 않
　　게 찾아낼 수 있다. 소월의 대표적인 「산유화」는 원래 백제의 민요였
　　고 거기에다 향랑이 가사를 붙여 노래했다는 기록도 보인다(정끝별 『패
　　러디 시학: 전통 장르 계승과 패러디의 보수성』). 소월의 민요조와 여성적
　　정조, 상실감에서 오는 애절한 가락의 대중적 친화력은 기생 시의 특
　　성과 일치한다. 즉 기생 시는 한국 현대시사에 중요한 영향을 끼쳤다
　　는 것을 알 수 있다. (220~21)

　1930년 피천득이 처음 시편들을 발표하기 시작했을 때 안서 김억이
피천득의 시를 읽고 칭찬해서 서평을 했다는 본인의 회고가 있다.(김재
홍과 대담 참조) 안서는 피천득의 초기시를 기생 시의 특징인 상실감이
라든지 여성적 감성과 연결했을지 모를 일이다. 피천득 자신이 김소월
의 시를 좋아한다고 공언하였고 소월의 시 「진달래」를 영어로 옮기기도
했다. 이런 맥락에서 볼 때 기생 시의 대표자인 황진이는 김안서나 김소
월을 통하여 피천득에게 영향을 주었을 것이다.
　사대부건 하류층이건 여성이 문장이나 시사(詩詞)를 짓는 것이 금지
된 시대에 기녀들은 오히려 비교적 자유롭게 문학을 통해 자신들의 고
단한 삶을 예술로 승화할 수 있었는데, 이는 분명 '역설'이다. 문정희는
"조선 시대 시조 가운데서도 가장 빼어난" 시조를 써냈다고 인정받는
기생 황진이가 "성품이 곧고 허식을 싫어해 관이 주도하는 술자리에는
화장을 하거나 옷을 꾸미는 일이 없었고, 아무리 사대부라 하더라도 더
불어 시를 말할 정도가 되지 않으면 천금을 주어도 돌아보지 않았다."
(『기생시집』)고 말한다. 비록 기생이지만 함부로 몸과 마음을 팔지 않은

황진이의 기개에 피천득 역시 큰 매력을 느꼈을 게 틀림없다.

탁월한 시인, 멋있는 여인, 황진이

피천득은 황진이의 기개뿐만 아니라 시에서도 크게 매혹되었다. 2002년 5월 문학의 집에서 있었던 강연에서 한국 최고 시인과 자신에게 가장 큰 영향을 준 시인으로 황진이를 꼽았다. 피천득은 "무서운 재주를 지닌 시인"(『대화』, 김재순과 대담. 30) 황진이의 시조 「깊은 밤(夜之半)」을 세계문학 사상 최고의 시라고 찬사를 보낸다.

> 동짓달 기나긴 밤을
> 한 허리를 둘에 내어
> 춘풍 이불 아래
> 서리서리 넣었다가
> 어른 님 오시는 날이면
> 굽이굽이 펴리라

이 유명한 시에 대한 피천득의 평은 다음과 같다.

> 진이는 여기서 시간을 공간화하고 다시 그 공간을 시간으로 환원시킨다. 구상과 추상이, 유한과 무한이 일원화되어 있다. 그 정서의 애틋함은 말할 것도 없거니와 그 수법이야말로 셰익스피어의 소네트 154수 중에도 이에 따를 만한 것은 하나도 없다. 아마 어느 문학에도 없을 것이다.
> (「순례」)

이 시에서 쓰인 수법이 세계 최고 천재 시인 셰익스피어의 소네트보다도 탁월하다는 피천득의 지적은 단순한 과찬이 아니다. 피천득이 지적했듯이 시간과 공간을 서로 교차시키는 황진이의 수법은 놀랍다. "동짓달 기나긴 밤"이라는 시간 / 추상 / 무한이 "춘풍 이불"이라는 공간 / 구상 / 유한 속에서 만난다. 피천득은 자신의 시 「기억만이」에서 황진이의 이런 기법을 사용한다.

> 햇빛에 이슬 같은
> 무지개 같은
> 그 순간 있었느니
>
> 비바람 같은
> 파도 같은
> 그런 순간도 있었느니
>
> 구름 비치는
> 호수 같은
> 그런 순간도 있었느니
>
> 기억만이
> 아련한 기억만이
>
> 내리는 눈 같은
> 안개 같은

　이 시에서 "이슬", "무지개", "비바람", "파도", "호수", "눈", "안개" 같은 일정한 공간을 표상하는 어휘들이 "순간"이란 시간 속에 겹쳐짐으로써 섬광처럼 지나가는 "기억" 속에서 일시적으로 하나가 된다. 시간과 공간이 일치된 과거의 "기억" 속에서 시인은 에피파니처럼 현재와 미래를 위한 빛나는 비전을 엿볼 수 있었으리라. 시간과 공간이 불안한 동거 상태인 "기억" 속에서 "이슬", "무지개", "비바람", "파도"들이 "순간"적으로 합치된 시공간을 이룬다. 그러나 "기억" 속에서 그것은

"눈" 같이, "안개" 같이 덧없다. 슬며시 사라져 버리는 "이슬", "무지개", "비바람", "파도", "구름 비치는 호수" 같은 "순간"들이 "기억" 속에서 잠깐 공간화 된다.

피천득의 시에서 시간과 공간이 하나가 되는 예는 또 있다.

> 새벽 여섯시
> 너는 지금 자고 있겠다
> 아니 거기는 오후 네시
> 도서관에 있겠구나
> 언제나 열넷을 빼면 되는데
> 다시 시간을 계산한다.
> …
> 어느 밤 달이 너무 밝아
> 서울도 비치리라 착각했다지
>
> 열네 시간은 9천 마일!
> 밤과 낮을 달리한다
> 그러나 같은 순간은
> 시차를 뚫고
> 14는 0이 된다.
>
> (「시차[時差]」)

이 시를 보면 서울과 보스턴의 시간적 차이와 공간적 거리는 소멸되고 한순간 결국 하나인 "0"이 된다!

피천득은 "추풍에 지는 잎 소리야 낸들 어이하리오."라는 황진이의 시 구절 속에서 그녀의 한숨 소리를 들으며 "휘날려 다니는 낙엽들이 내 뺨에 부딪친다. 예전 내 얼굴을 스치던 그 머리카락"(「기행소품」)을 느낀다. 황진이 시의 전문을 읽어보자.

내 언제 무신(無信)하여 님을 언제 속였관데
월침삼경에 올 뜻이 전혀 없네
추풍에 지는 잎 소리야 낸들 어이 하리오.

(김안서 옮김, 『기생시집』, 29)

피천득의 「금아연가」 13번의 첫 연 "오실 리 없는 것을 / 기다리는 이 마음을"과 15번의 마지막 연 "나뭇잎 지는 소리를 / 아픈 가슴 듣노라"에서 황진이의 마지막 행의 메아리가 울려 퍼진다.

「금아연가」 6번은 황진이의 「상사몽(相思夢)」과 비슷한 분위기다.

추억에 지친 혼이
노곤히 잠드올 제

멀리서 가만가만
들려 오는 발자욱은

꿈길을 숨어서 오는
임의 걸음이었소

사랑의 추억으로 고통스러운 시인의 꿈속에 연인이 몰래 나타난다.

꿈길밖에 길 없는 우리의 신세
님 찾으니 그 님은 날 찾았고야
이 뒤엘랑 밤마다 어긋나는 꿈
같이 떠나 노중(路中)서 만나를지고

(김안서 옮김, 『기생시집』, 28)

서로 만나고자 하는 두 연인은 길이 엇갈려서 번번이 만나지 못한다. 그러나 시인은 꿈속에서나마 만나자고 제안한다. 꿈을 매개로 서로 보고 싶은 연인들이 만날 수 있기를 바라는 피천득과 황진이의 시상(詩想)은 결코 거리가 먼 것이 아니리라.

황진이와 피천득의 인연은 특별하다. 피천득은 그의 수필 「멋」에서 황진이를 "멋있는 여자"로 부르며 "결코 나를 배반하지 않는다."(「순례」)고 선언한다. 피천득이 받고 싶은 여성의 편지는 "보존된 것은 없으나 황진이의 편지"(「여성의 편지」)이다. 피천득은 자신의 "엄마"를 "황진이처럼 멋"있다고 견주기도 했다. 일찍 돌아간 엄마가 피천득의 삶과 문학의 뿌리였듯이 조선의 문인 황진이 역시 피천득 문학의 시원(始原)이자 고향이다. 피천득은 황진이의 삶과 문학을 통해 "누구나 큰 것만을 위하여 살 수는 없다. 인생은 오히려 작은 것들이 모여 이루어지는 것"(「멋」)임을 깨닫게 되었다. "작은 것이 아름답다."가 피천득 삶과 문학의 목표가 아니던가?

황진이는 거문고를 잘 탔다. 피천득의 "엄마"도 그림에 능하고 거문고에 조예가 깊었다. 피천득의 아호도 '거문고를 켜는 여인의 아이'라는 뜻이다. 그들은 거문고 안에서 함께 만난다. 금아는 거문고를 켜듯이 시로 노래하는 영원히 늙지 않는 5월의 소년이 되었다. 피천득의 외손자, 사랑하는 딸 서영이의 아들 스테판 재키브는 서양의 거문고인 바이올린의 천재 연주자가 되어 할아버지 나라에 와서 오케스트라 협연과 개인 독주회를 가졌다. 이것을 격세유전(隔世遺傳)이라 하던가.(『조선일보』 2008년 6월 9일자 A 18 참조)

3. 윌리엄 셰익스피어
"(셰익스피어)는 세대를 초월한 영원한 존재이다."

피천득과 셰익스피어의 만남 — 그 천재성과 문학의 요체

16세기 후반 르네상스 시대 영국에서 태어나 52세라는 짧은 생애 동안 불후의 걸작 37여 편에 달하는 시극 작품들을 발표하여 세계 최고의 시인으로 등극한 윌리엄 셰익스피어는 세계문학사의 경이다. 많은 학자들이나 문인들이 이런 현상을 불가사의하게 여기고 셰익스피어의 천재성에 대해 다양한 논의들을 해왔다(심지어 어떤 학자들은 어떻게 배우까지 겸했던 한 작가가 그렇게 많은 작품들을 쓸 수 있는가에 강한 의문을 품고 셰익스피어의 실체와 정체성을 부정하기도 한다).

셰익스피어가 죽은 지 400년이 지난 오늘날까지 전 세계 수많은 일반 독자들, 문인들, 예술가들, 연구자들이 거대한 봉우리와 깊은 바다 같은 셰익스피어 문학에 매료되어 영화나 뮤지컬 등과 같은 각종 매체로 제작되는 바람에 소위 '셰익스피어 산업'이라는 말이 나올 정도다. 그렇다면 셰익스피어는 누구이며 그 문학의 핵심은 무엇인가? 피천득은 셰익스피어 탄생 400주년인 1964년에 쓴 수필 「셰익스피어」에서 세계의 어떤 셰익스피어 학자들보다 더 확실하게 정곡을 찌르는 셰익스피어론을 다음과 같이 제시한다.

> 셰익스피어를 가리켜 '천심만혼(千心萬魂)'이라고 부르기도 하고 한 그루의 나무가 아니요 '삼림(森林)'이라고 지적한 사람도 있다. 우리는 그를 통하여 수많은 인간상을 알게 되며 숭고한 영혼에 부딪치는 것이다. … 그는 세대를 초월한 영원한 존재이다. … 셰익스피어는 때로는 속되고, 조야하고, 수다스럽고 상스럽기까지 하다. 그러나 그 바탕은 사랑이다. 그의 글 속에는 자연의 아름다움, 풍부한 인정미, 영롱한 이미지, 그리고 유머와 아이러니가 넘쳐흐르고 있다. 그를 읽고도 비인간적인 사람은 적을 것이다. … 민주 국가의 지도자가 되려는 사람들은 모름지기 셰익스피어를 읽어야 할 것이다.

위 인용문의 마지막 문장 "민주 국가의 지도자가 되려는 사람들은 모름지기 셰익스피어를 읽어야 할 것이다."는 공자가 『시경(詩經)』을 한마디로 요약한 "사무사(思無邪)"와 부합한다. 셰익스피어의 극과 같은 문학작품을 읽어야만 정치가, 공무원, 공직자들뿐만 아니라 독자들도 민주시민으로서 사특한 생각을 내려놓고 서로 사랑하는 정의로운 사회공동체를 건설할 수 있다는 말이리라.

피천득은 영문학 교수이기는 했지만 셰익스피어 학자는 아니었다. 젊어서부터 시인으로 문학적 생애를 시작한 피천득의 관심은 작품 전체를 시극으로 쓴 시인으로서의 셰익스피어였다. 르네상스 시대는 요즘처럼 산문으로 극을 쓰지 않고 시로 극을 썼다. 그래서 셰익스피어는 탁월한 극작가이면서 위대한 시인이었다. 피천득은 창작하는 시인으로 셰익스피어의 각 극에 나타나는 유명한 독백들뿐만 아니라, 영국의 대표적인 14행 정형시인 소네트에 관심이 많았다. 1960년대에 피천득은 소네트 일반론, 셰익스피어 소네트 시집의 연구와 번역에 관심을 보여 일반 문예지에 짧은 일반 논문들을 발표하기도 했는데, 이 글들은 『셰익스피어 소네트 시집』 말미에 해설로 실려 있다.

피천득의 설명에 따르면 14행의 셰익스피어 소네트에서 4행씩 3연으로 구성된 첫 12행은 전장이 되고 마지막 2행은 후장이 된다. 그 각운(rhyme)은 abab cdcd efef gg가 되고 전장에서 지시된 서술이나 문제들이 후장에서 결론난다. 결국 셰익스피어 소네트는 한시의 절구(絶句)처럼 기승전결(起承轉結)의 구조로 마지막 2행에서 '클라이맥스적인 안정'을 얻는다. 피천득의 소네트에 대한 총평을 들어보자.

> 소네트는 한순간의 기념비(紀念碑)란 말이 있다. 소네트가 단일하고 간결한 시상(詩想)을 담는 형식이므로 이 순간의 기념비란 말에 진리가 없는 바는 아니나, 이 순간적 표현으로 시상이 결정화되기까지에는 뿌리 깊은 상(想)이 오래 숨어 있다가 되나오는 수가 많다.

피천득은 『셰익스피어 소네트 시집』에서 그 구성에 대한 특징을 논하고, 그에 대한 최종 평가를 다음과 같이 내린다.

〈소네트 시집〉은 연가(連歌)이나, 연결된 이야기로는 명료하지 않은 점이 있다. 어떤 시편(詩篇)은 거의 관련성이 없기도 하다. 이 〈소네트 시집〉 각편(各篇)은 큰 우열(優劣)의 차를 가지고 있다. 어떤 것들은 다만 기교(技巧) 연습에 지나지 않고, 좋은 것들은 애정의 환희와 고뇌를 우아하고 재치 있게 표현하였으며, 그 속에는 진실성과 심오한 철학이 있다.

이 〈소네트 시집〉은 같은 빛깔이면서도 여러 종류의 구슬이 섞여 있는 한 목걸이로 볼 수도 있고, 독립된 구슬들이 들어 있는 한 상자라고 할 수도 있는 것이다.

셰익스피어의 소네트 154편 중에서 위대한 걸작품으로 피천득은 12, 15, 18, 25, 29, 30, 33, 34, 48, 49, 55, 60, 66, 71, 73, 97, 98, 99, 104, 106, 107, 115, 116, 130, 146번의 25편을 추천한다.

셰익스피어의 실제 번역 작업

피천득은 찰스 램과 그의 누이 메리 램이 셰익스피어 극 중 대표작을 골라 짧고 쉽고 재미있게 요약해 놓은 『쉑스피어의 이야기들』을 1957년 문교부 발행으로 출간하였다. 먼저 피천득의 「역자 서문」을 읽어보면 이 책을 번역한 이유를 알 수 있다.

쉑스피어의 이야기들은 영국 최대 극시인 쉑스피어, Shakespeare, (1564~1616)가 쓴 37편 극 중에서 20편을 추려 영국 유명한 수필가 찰스 램, Charles Lamb, (1775~1834)과 그의 누님 메리, Mary(1764~1847) 가 이야기체로 풀어서 옮긴 것들이다. 원전(原典)의 맛을 과히 손상시키지 아니하고 산문으로 옮기는 데 있어 이렇게 잘 된 것은 없다. … 그리고 이 이야기들은 장래 원전을 읽는데도 도움이 된다. …

이 번역본에서 피천득은 원서의 목차대로 셰익스피어의 작품을 배열하지 않고 재배치했다. 원서는 『폭풍우 *The Tempest*』를 맨 처음 소개하고, 세계적인 최고의 명작으로 평가받는 『햄릿』을 18번째로 배치했다. 그런데 피천득의 번역본은 비극 『햄릿 *Hamlet*』을 첫 번째로 실었고 맨 끝에는 원서에 없는 셰익스피어의 사극 『안토니오와 클레오파트라』를 램 식(式)으로 직접 요약하여 실었다. 의도는 분명치 않으나 아마도 피천득은 셰익스피어의 대표작을 맨 앞에 내세우고 싶었을 것이다. 이 번역물은 피천득의 셰익스피어 읽기와 비평에 관한 견해를 엿볼 수 있는 좋은 자료이다.

피천득은 또한, 윌리엄 셰익스피어의 소네트 154편 전부를 번역하여 『셰익스피어 소네트 시집』 단행본을 출간하였다. 이 번역 시집 뒤에 피천득이 붙인 세 개의 글, 「셰익스피어」, 「소네트에 대하여」, 「소네트 시집」은 유익하고 재미있는 평설이다. 우리는 이 번역 시집에서 시 번역가로서 피천득의 특징들을 모두 파악할 수 있으며 그의 번역시는 운율이나 흐름은 물론 내용에서도 한국시를 읽는 것처럼 쉽고 자연스럽다. 14행시 소네트들이 완벽하게 14행으로 맞추어 번역되었으며, 일부 소네트는 우리 시조 형식에 맞게 4행시로 3·4조와 4·4조에 맞추어 축약번역(번안)하는 새로운 시도도 이루어졌다. 피천득의 번역시들의 내용과 형식, 기법을 좀 더 연구하여 외국 시의 한국어 번역의 새로운 모형을 마련하면 좋을 것 같다.

피천득이 외국 시를 번역하며 이렇게 과감한 실험을 감행한 것은 영국의 대표적인 셰익스피어의 정형시 소네트를 한국의 일반 독자들이 쉽고 재미있게 즐길 수 있도록 철저하게 한국 고유의 시로 변형시키기 위한 시도였으리라. 영국시형인 소네트의 14행시는 사라졌지만 그 영혼은 그대로 남아 전달되지 않았을까? 피천득은 평생 읽어 온 외국 시 중에서 가장 좋아하는 시편들만 골라 『내가 사랑하는 시』란 제목으로 번역 출간하였는데 그의 번역 철학은 바로 이것이었다.

내가 시를 번역하면서 가장 염두에 두었던 것은 시인이 시에 담아둔 본래의 의미를 훼손하지 않으면서, 마치 우리나라 시를 읽는 것처럼 자연스러운 느낌이 드는 번역을 하자는 것이었습니다. 사실 다른 나라 말로 쓰인 시를 완전하게 옮긴다는 것은 불가능한 일입니다. … 그래서 내가 쉽고 재미있게 번역을 해보자는 생각을 하게 됐습니다.

소네트와 시의 번역에서 피천득은 번역가로서의 재능을 충분히 발휘하고 있다. 수십 년 동안 강단에서 가르치면서 읽고 또 읽고 다듬고 또 다듬은 피천득의 번역은 아마도 한국문학 번역사에 남을 기념비적인 업적일 것이다. 셰익스피어 소네트 번역을 읽고 있노라면 피천득의 탁월한 한국어 시편들을 읽는다는 느낌이 들기 때문이다.

영국 소네트와 한국 시조(時調)의 비교문학적 고찰

피천득의 『셰익스피어 소네트 시집』 번역에서 우리가 놓치지 말아야 할 점은 한국의 대표적인 정형시인 시조와 영국의 대표적인 정형시 소네트의 비교이다. 시조를 "풍월"이라고 하듯이 소네트를 "시의 스포츠", 즉 "가벼운 장난이나 재치 있는 말재주"라고 풀이한 피천득은 우리나라의 연시조(聯詩調)와 견주어 소네트의 특징을 다음과 같이 요약한다.

우리나라 시조(時調)에서 과거에 퇴계(退溪) 도산십이곡(陶山十二曲), 율곡(栗谷)의 고산구곡(高山九曲), 윤고산(尹孤山)의 오우가(五友歌), 근래에 와서 춘원(春園)·노산(鷺山)·가람 같은 분들의 연시조(聯詩調)를 연상케 한다. … 소네트는 엄격한 정형시(定型詩)이기 때문에 시인은 표현에 있어 많은 제한을 받게 된다. 즉 압축된 농도 진하고 간결한 표현을 하기 위하여 모든 시적 기교(技巧)를 부려야 한다. 그리고 소네트는 시상(詩想)의 집중체(集中體)이므로 한 말 한 말이 다 불가결

한 것이라야 하며 존재(存在)의 이유가 있어야 한다. 감정이나 사상의
무제한한 토로가 아니고 재고 깎고 닦고 들어맞춘 예술품이라야 한다.

이어서 피천득은 소네트와 우리의 시조를 비교하여 다음과 같은 유사
점이 있다고 말한다.

1) 둘 다 유일한 정규적 시형으로 수백 년 간 끊임없이 사용되었다.
2) 둘 다 많은 사람들이 써왔다.
3) 둘 다 모두 전대절(前大節)과 후소절(後小節)이 내용이나 형식에
   서 확실히 구분된다. 특히 소네트의 마지막 두 줄은 시조의 종장
   (終章)과 같이 순조로운 흐름을 깨뜨리며 비약의 미를 보여준다.
4) 둘 다 내용에 있어 애정을 취급한 것이 많다.

피천득은 소네트와 시조의 다른 점을 첫째, 엇시조나 사설시조를 제
외하고 평시조 한 편만을 고려할 때 시조는 시상의 변두리만 울려 여운
을 남기고, 소네트는 작은 공간 안에서도 설명과 수다가 많다. 둘째, 시
조와 달리 소네트는 순수한 자연의 미를 예찬한 것이 드물고 시상이 낙
관적이며 종교적 색채가 많지만 시조는 폐정(閉靜)과 무상(無常)을 읊는
것이 극히 많고 한(恨)이 많으며 소극적이라고 말한다.

피천득은 짧은 정형시인 시조나 소네트가 복잡한 현대 생활에서 시의
주류적인 역할을 차지하기가 어렵겠지만 시조와 소네트가 한민족과 영
국민족의 독특한 민족적 생기와 정서에 맞는 전통적인 시 양식이라고
말한다. 『동아일보』에 등단할 무렵인 1930년대 초에 시조 창작에 몰두
했던 경험이 있었던 영문학자 피천득은 셰익스피어 소네트 애호가, 번
역가로서 위와 같이 시조와 소네트의 매우 값진 비교문학적 논의를 개
진하고 있다.

셰익스피어의 모든 작품은 일부를 제외하고 거의 모두가 시(詩)로 이
루어졌다. 피천득이 셰익스피어를 통해 어떤 영향을 받았는지 구체적으

로 가늠하기는 쉽지 않다. 하지만 소네트를 포함한 셰익스피어 읽기와 번역 작업을 통해 피천득은 "언어의 마술사"로서의 셰익스피어의 천재성을 깊이 이해하고, 지금도 인류문화에 큰 영향을 미치고 있는 셰익스피어 문학의 불멸성과 시공을 초월하는 전 지구적인 보편성을 숙지하였을 것이다. 아마도 시인, 수필가, 번역문학가, 영문학 교수 피천득은 셰익스피어를 자신의 문학적 영감과 상상력의 원천으로 숭배하고 사랑하였을 것이다.

이 밖에도 문학인 피천득이 좋아하고 영향을 받은 시인, 작가들이 많이 있다. 19세기 영국의 낭만주의 대표시인 윌리엄 워즈워스, 수필가 찰스 램, 20세기 아일랜드의 애국저항 시인 윌리엄 버틀러 예이츠(William Butler Yeats, 1865~1939), 20세기 미국 시인 로버트 프로스트(Robert Frost, 1874~1963), 중국 현대작가 루쉰, 20세기 초 일본의 낭만파 시인들 그리고 무엇보다도 한용운, 김소월, 이은상, 이상화, 정지용 등의 한국 시인들을 꼽을 수 있다.

제4장 일생의 친구들: 윤오영, 주요섭, 장익봉

> 여러 사람을 좋아하며 아무도 미워하지 아니하며, 몇몇 사람을 끔찍
> 이 사랑하며 살고 싶다.　　　　　　　　　　(「나의 사랑하는 생활」)

　피천득은 일생 어떤 문인 단체나 학술 단체에 공식적으로 가입하지
않고 주로 혼자 집에서 글을 쓰거나 대학에서 강의를 하며 조용히 살아
왔다. 그러나 피천득은 "친구와 향기로운 차를 마시기" 좋아했고 "한결
같이 지내온 몇몇 친구"들이 있었다. 피천득의 친구는 그 폭이 넓고 다
양했다. 그가 좋아한 사람들은 나이에도 구애받지 않았고 성별도 별로
중요하지 않았다. 중학교 시절에는 3년 연상인 윤오영과 사귀었고, 상
하이로 유학 가서도 8년 연상의 주요섭을 처음엔 선생으로 부르다가 후
에는 친구로 여겼으며, 그가 죽은 후에는 간절하게 형이라고 부르고 싶
은 마음이 들었다. 자신보다 연하인 사람들과도 뜻이 맞으면 쉽게 '친
구'라고 불렀다. 국회의장을 지낸 10년 이상 연하의 김재순과도 오래 사
귀었고, 말년에는 나이가 60년 이상 차이 나는 구대회와 친교를 맺고 끔
찍이 아끼며 친구로 지내기도 했다. 피천득은 나이 차나 성별보다 서로
간의 공감과 의리를 중히 여겼다. 그의 시 「시월」에 친구란 무엇인가가
잘 드러나고 있다.

친구 만나고
울 밖에 나오니

가을이 맑다
코스모스

노란 포플러는
파란 하늘에 (전문)

이 짧은 시에 등장한 이미지들은 친구와의 만남이 어떤 의미인지 잘
드러내 준다. 맑은 가을, 다채로운 코스모스, 노란 포플러, 파란 하늘은
친구가 나에게 줄 수 있는 선물들이다.

심지어 그는 이미 죽은 지 오래된 고전 작가나 한 번도 만나보지 못한
먼 나라 사람과도 책으로 친구가 되었다. 이는 혼자 지내기를 좋아했던
피천득의 시공간을 뛰어넘는 독특한 친구 만들기다. 그는 거의 100세
가까이 살아오면서 비록 수는 적었지만 일생 이어온 친구들이 여럿 있
었다. 그중에서 윤오영, 주요섭, 장익봉과의 우정에 대해서만 이야기해
보자.

1. 수필가 윤오영
"그는 정으로 사는 사람이다."

그는 정(情)으로 사는 사람이다. 서리같이 찬 그의 이성이 정에 용해
되면서 살아왔다. 세속과의 타협이 아니라 정에 용해되면서 살아왔다.
때로는 격류 같다가도 대개로 그의 심경은 호수 같다.　　　(「치옹」)

피천득의 친구 치옹(痴翁) 윤오영(尹五榮, 1907~1976)은 동아시아 전

통의 소품문(小品文) 고전 수필을 토대로 하여 한국 수필의 새로운 경지를 개척했다. 두 사람이 만날 당시 윤오영은 2년 월반한 피천득보다 3년 연상이었는데 두 사람은 『첫걸음』이라는 등사판 동인지를 출간하며 시를 발표했다. 윤오영은 1970년 5월 피천득의 회갑을 축하하는 글의 서두에서 어린 시절을 아래와 같이 회고한다.

> 오늘이 금아의 회갑이다. 구룡산에 모여서 놀던 소년 시절이 어제 같다. 그때의 얼굴들이 지금 몇이나 남았는가. … 못나고 용렬한 덕분에 둘이 대과없이 험준한 그 길을 넘어, 오늘 평온한 몸으로 축배를 나누니, 이미 다행인지라 이 위에 감히 무엇을 덧붙여 말하랴.
>
> (「壽琴兒回甲序」, 『고독의 반추』, 222)

양정고보를 졸업한 윤오영은 학창시절의 출중한 문학적 재능을 발전시키지 않고 보성고보에서 국어 교사로 오랫동안 교편생활을 했다. 학창시절 시인 파인(巴人) 김동환으로부터 큰 칭찬을 받았던 윤오영은 1959년 『현대문학』에 「측상락(厠上樂)」이란 수필로 등단하였으며, 그 후에는 폭발적인 창작열로 주옥같은 수필들을 발표했다. 이 무렵에도 윤오영과 피천득은 문우로 자주 만났다. 피천득의 회고를 들어보자.

> 근래 그와 나는 자주 만났다. 갑자기 전화를 걸고 '귀거래'나 덕수궁에서 만나자고 한다. 마음에 드는 글이 씌어진 것이다. 그는 집안 살림살이 같은 잡담을 하다가 좀 계면쩍은 웃음을 웃으면서 안 호주머니에서 원고를 꺼낸다. 그는 이때 가장 생의 환희를 느끼는 것같이 보였다. 한 뭉텅이 꺼내 놓는 수도 있었다. 그리고는 나에게 읽어주기 시작한다. 신바람이 나기 시작하면 옆에 있는 사람들에게 민망할 정도의 큰 소리로 폭포수같이 읽어 내려간다. … 다 읽고 나서 정말 내 눈치를 살피는 것이다. "이대로 주어도 될까" 물론, 대개가 일품이다. (「치옹」)

1976년 윤오영이 타계했을 때 피천득은 어린 시절부터 유지해온 윤오영과 자신의 관계를 자세히 밝힌다.

그와 나는 학교는 달랐으나 중학 1학년 때에 복된 인연으로 문우(文友)가 되어 지금까지 같이 늙어 간다. 소년 시절, 그의 지혜와 지식에 눌려 나이로는 그가 겨우 三年 장(長)이지만 나는 그를 형같이 여겼다. 「낭만주의」란 말을 처음 그에게서 듣고 신기해했으며 이태백(李太白)만 알았던 내가 두보(杜甫)의 존재도 알게 되었다. … 그는 애국심에 불타 있었으며 황매천(黃梅泉)과 단재(丹齋)의 이야기를 들려주기도 했다. 나는 그가 있으므로 속된 생각 천한 행실을 하지 못하는 때가 있었으리라. 그로 하여 외우(畏友)라는 말이 무슨 뜻인지 나는 알고 있다.

「윤오영, 그 인간과 문학」, 『수필문학』[1976년 7월호], 54)

공부나 독서 배경이 많이 다른 윤오영과 피천득은 서로의 수필 세계에서 서로 다른 정체성을 의식적으로 구축하기로 작정했을까? 윤오영은 피천득의 수필 요체를 다음과 같이 요약하고 있다.

금아의 글은 … 도도하게 구비쳐 흐르는 호탕한 물은 아니지만, 산곡간에 옥수(玉水) 같이 흐르는 맑은 물이다. 탁류가 도도하고 홍수가 밀리는 이때, 그의 글이 더욱 빛난다. 그의 글이 곱다 하여, 화문석같이 수월한 무늬가 아니요, 한산 세모시같이 곱게 다듬은 글이다. 그의 글이 평온하다 하여 안일한 데서 온 글이 아니다. 옥을 쫍는 시내물은 그 밑바닥에 거친 돌뿌리와 아픈 자갈이 깔려 있다.

(「壽琴兒回甲序」, 『고독의 반추』, 222~23)

윤오영은 회갑을 맞은 인간 피천득을 "정"의 사람, "청빈"의 사람, "관조"의 사람, "진솔(眞率)"의 사람이라고 규정지으며 "늙지 말고 그 맑은 바람, 그 향기를 멈추지 말라."(223)고 격려한다. 윤오영은 널리 알려진 자신의 저서 『수필 문학입문』에서도 친우 피천득 수필 문학의 장

단점에 대해 상세하게 논하였다.

피천득도 이에 질세라 친구 윤오영 수필의 특징을 「치옹」에서 다음과 같이 논한다.

> 그의 수필의 소재는 다양하다. 그는 무슨 제목을 주어도 글다운 글을 단시간에 써낼 수 있다. 이런 것을 작가의 역량이라고 하나 보다. 평범한 생활에서 얻는 신기한 발견, 특히 독서에서 오는 풍부하고 심각한 체험이 그에게 많은 이야깃거리를 제공한다. 그리고 이 소득은 그가 타고난 예민한 정서, 예리한 관찰력, 놀랄 만한 상상력, 그리고 그 기억력의 산물이다.
> 옥같이 고루 다듬어진 수필들이 참으로 많고 많다. …
> 금강석같이 빛나는 대목들이 헤아릴 수 없을 만큼 많다.

한국 고전문학자 정민 교수는 윤오영과 피천득을 비교하는 글 「피천득과 윤오영, 한국수필의 새 기축(機軸)」에서 두 사람의 인간성과 수필세계를 다루었다. 정민 교수에 의하면, 한학을 전공한 윤오영과 영문학을 전공한 피천득은 한국 수필의 마당에서 동서양 고전의 향기를 온축해냈으며 "다른 뿌리에서 나온 두 분의 수필세계는 다르면서 아주 같고, 같지만 전혀 다르다."(『피천득 문학 연구』, 332)

> 두 분의 글은 서로 기미(氣味)와 기맥이 통한다. 두 사람은 같은 말을 다르게 했다. 피천득은 수필이 개성과 무드로 누에가 실을 뽑듯 자연스레 쓰지만 향기를 지닌 차와 같은 것이라고 했다. 윤오영은 문장기를 버리고 껍질을 깎아 시득시득 말릴 때 곶감의 표면에 하얗게 내려앉은 분꽃 같은 시설(柿雪)이 수필이라고 했다. …
> 상동구이(尙同求異)라고나 할까? 두 사람이 걸어간 길은 같되 같지가 않다. (위의 책, 337~38)

50여 년 이어진 윤오영과 피천득의 문학적 우정은 한국 현대수필사에서 큰 발자취를 남겼다. 서로 다른 문학 배경에서 출발한 두 사람이 서로를 의식하며 각자 독특한 수필의 세계를 구축한 것은 아마도 한국문학사에서 가장 아름답고 창조적인 문학적 우정의 희귀한 본보기로 남을 것이다. 이 두 사람의 관계는 독일문학에서 괴테(Johann Wolfgang von Goethe, 1749~1832)와 실러, 영문학에서 워즈워스와 새뮤얼 테일러 콜리지(Samuel Taylor Coleridge, 1772~1834), 영미문학에서 칼라일과 에머슨처럼 가까운 문우이자 문학의 도반(道伴)이었다.

2. 소설가 주요섭
"형은 나의 이상적 인물이요."

형은 나에게 친형보다 더한 존재입니다. 나에게 친형이 있더라도 그러할 것입니다. 이 글을 쓰고 있는 내 눈에 눈물이 가리어 무슨 말을 쓰고 있는지 모르겠습니다.   (「여심」)

피천득은 1927년 상하이 후장 대학교 유학 시절에 여심(餘心) 주요섭(朱耀燮, 1902~1972)을 처음 만났다. 주요섭은 17세밖에 안 된 소년 피천득에게 많은 도움을 주었다. 피천득은 1972년 주요섭이 타계했을 때 쓴 수필 「여심」에서 처음 만났을 때의 장면들을 다음과 같이 그리고 있다.

내가 형을 처음 만난 것은 열입곱 살 나던 해, 내가 상해(上海)로 달아났을 때입니다. 나보다 8년 연상인 형은 호강대학에 재학 중이었습니다. 학교로 찾아간 나를 데리고 YWCA 식당에 가서 저녁을 사 준 기억이 납니다. 나는 상해 시내에 방을 얻고 고등학교를 다니게 되었습니다. 형은 주말이면 기숙사에서 나와서 나하고 영화 구경을 갔습니다. … 육당의 〈백팔번뇌(百八煩惱)〉를 같이 읽은 것은 사천로에 있는 어떤 광동 음식점이었습니다. 형이 나보고 영화 구경하고 저녁 사 먹을 돈만 있으면 돈 걱정 안 하고 살아도 된다고 말한 것이 기억납니다.

주요섭과 피천득의 인연은 주요섭이 미국 스탠퍼드 대학원에서 교육학 석사학위를 받고 귀국한 1930년 이후에도 계속 이어졌다. 이 무렵 주요섭과 피천득의 친밀한 관계는 수필 「여심」에 잘 나타나 있다.

형은 상해 대학을 마친 후 중국인 국적 여권을 가지고 미국으로 가서 스탠퍼드 대학에 다녔습니다. 그 후 귀국하여 《신동아(新東亞)》를 편집하셨습니다. 그때부터 나하고 방을 얻어 같이 살았습니다. 겨울 아침에 형은 우물에 가서 물을 길어오고 나는 난로에 불을 지폈습니다. 추운 아침 물을 길러 가는 것이 힘이 든다고 나더러 불을 지피라고 그랬습니다. 이 무렵 노산(鷺山), 청전(青田) 같은 분이 늘 놀러 왔습니다. 당신이 가정을 갖게 되고 내가 상해로 다시 가게 될 때까지 몇 해 간을 이 하숙 저 하숙으로 같이 돌아다녔습니다. … 내가 북경으로 형을 찾아갔을 때 북해공원에서 밤이 어두워 가는 것을 잊고 긴긴 이야기를 하였지요. 그때 조지프 콘래드 이야기를 한 것이 기억납니다.

피천득은 춘원과 주요한, 주요섭 형제를 통해 당시 문단의 저명한 선배 문인들을 직접 만날 수 있었다. 주요섭이 1934년부터 1943년까지 베이징의 푸런(輔仁) 대학교 영문학과 교수로 재직할 때도 피천득은 베이징에 가서 그를 만나기도 했다.

문학적으로 피천득이 주요섭으로부터 받은 영향은 여심의 인도주의적인 '정(情)'의 문학일 것이다. 주요섭이 강조했던 한국적 의미의 情은 기독교적 사랑과 맥을 같이 한다. 주요섭은 1902년 평안도에서 태어나 목사인 아버지 밑에서 기독교의 영향을 받았고 이름도 구약에 나오는 요셉의 이름을 따왔다. 그는 1921년 상하이로 가서 형 주요한과 도산을 스승으로 삼고 흥사단에 가입했는데, 여기서 주요섭은 정(情)의 의인

(義人) 도산에게서 큰 감화를 받았다. 1920년대 초에는 사회주의에 기울기도 했지만 주요섭의 정 윤리는 기독교적 사랑의 원리로 승화되었다. 1925년 발표된 단편 「인력거꾼」에서처럼 가난하거나 억압받은 사회적 약자들에 대한 각별한 관심과 돌봄의 문제를 다루는 주요섭 문학은 情의 문학이라고 볼 수 있다.

피천득은 주요섭의 작품 세계에 대해 앞에서 설명한 것과 유사한 맥락으로 말한다.

> 당신의 잘 알려진 작품 〈사랑 손님과 어머니〉의 어느 부분은 나와 우리 엄마의 에피소드였습니다. 형이 상해 학생 시절에 쓴 〈개밥〉 〈인력거꾼〉 같은 작품은 당신의 인도주의적 사상에 입각한 작품이라고 봅니다. 형은 정에 치우치는 작가입니다. 수필 〈미운 간호부〉에서 보는 바와 같이 형은 몰인정을 가장 미워합니다.　　　　　　　(「여심」)

피천득은 후일 자신의 문학론을 피력한 수필 「순례」에서 주요섭과 같은 맥락에서 문학의 본질을 情이라고 선언한다.

> 사상이나 표현 기교에는 시대에 따라 변천이 있으나 문학의 본질은 언제나 정(情)이다. 그 속에는 "예전에도 있었고 앞으로도 있을 자연적인 슬픔 상실 고통"을 달래 주는 연민의 정이 흐르고 있다.

주요섭이 1920년대 초에 좌파적 경향을 보이지 않았느냐는 질문에 대해 피천득은 "글쎄요, 좌익적이라고 할까, 인도주의적이라고 할까 그런 면이 다분하지요. 「개밥」, 「도토리」도 그렇고."(김재홍과 대담, 264)라고 답하며 그의 인도주의적인 면을 강조하였다.[*]

---

[*] 필자의 졸고 「주요섭 문학에 나타난 情의 윤리와 사랑의 원리」, 『비교문학』 제61집(2013), 303~328 참조 바람.

피천득과 주요섭의 인연은 광복 후에도 계속되어, 1947년 피천득의 최초 작품집인 『서정시집』이 주요섭이 주간으로 있던 상호출판사에서 출간되었다. 이 시집은 시조 16수도 수록하고 있어서 피천득의 초기 작품 세계를 살펴볼 수 있는 좋은 자료이다. 훗날 6·25전쟁이 발발하여 부산으로 피난 갔을 때에는 피천득 가족 전체가 주요섭의 집에서 함께 기거하였다. 주요섭은 후에 국제PEN클럽 한국본부 이사장과 영자신문사장을 역임한 후 경희대학교 문과대 영문학과 교수로 지내다가 은퇴하였으며, 은퇴 후에는 소설가로 다시 돌아와 소설 창작에 불꽃을 튀기며 몰두하던 중 지병으로 갑자기 세상을 떠났다.

주요섭 타계 후에 피천득은 추모의 글 「여심」에서 주요섭이 자신에게는 영국 시인 알프레드 테니슨(Alfred Tennyson, 1809~1882)의 절친한 벗이었던 "'아더 헬름'과 같은 존재"였다고 말하며 테니슨이 헬름의 이른 죽음을 깊이 애도한 추모장시 『인 메모리엄』의 한 구절을 바친다.

> 어떠한 운명이 오든지
> 내 가장 슬플 때 나는 느끼나니
> 사랑을 하고 사랑을 잃은 것은
> 사랑을 아니한 것보다는 낫습니다.

피천득의 마음속에서는 8년 연상의 주요섭이 누구보다도 친한 '친구'였던 게 틀림없다. 만일 피천득이 상하이 유학 시절에 주요섭을 만나지 못했더라면 그의 문학 도정은 달라졌을 것이다.

3. 영문학자 장익봉
"스피노자, 칸트, 아미엘을 연상케 한다."

그는 … 희랍어로 성서 문학을 가르치고 단테의 〈신곡(神曲)〉을 이

탈리아어로 강독한 때도 있었다. 그는 밀턴을 … 셸리와 키츠를 사랑
하였으며 에머슨을 존경하였다. 만년에는 어떤 책보다도 성경을 애독
하였다. … 고적(孤寂)을 사랑하며 살았다. 스피노자, 칸트, 아미엘을
연상케 한다.   (「어느 학자의 초상」)

　　장익봉(張翼鳳, 1904~1978) 교수는 평안북도 용천에서 출생하여
1928년 일본 와세다(早稲田) 대학교 영문학과를 졸업했다. 졸업 후 7년
간 일본에서 영국문학연구를 했고 그 후 5년간 일본 도쿄아카데미 프
랑세즈에서 고대 그리스어, 라틴어, 프랑스어를 공부하고 연구하였다.
그 후 1940년까지 유럽 고전문학과 중세문학을 공부했고 광복 직후인
1945년 11월에 경성대학교 예과 교수가 되었다. 이때 같이 부임했던 피
천득은 6년 연상의 장익봉을 만났다. 피천득이 "내 일생에 제일 행복한
시절"이라고 말한 예과 교수 시절에 두 사람은 입사 동기로 만나 일생
절친하게 지냈다. 피천득은 후에 서울대학교 사범대로 자리를 옮겼고
장익봉은 서울대학교 문리과대학에서 근무하다가 1954년 성균관대학교
영문학과로 자리를 옮겨 1970년 2월에 정년퇴임하였다. 그 후 소중한
장서 1,732권을 성균관대학교 도서관에 기증하여 장익봉 문고를 설치했
다. 이 문고에는 친구 피천득의 시와 수필 영역본인 『플루트 플레이어:
시와 수필 A Flute Player: Poems and Essays』이 '영문학'으로 분류되어
소장되어 있다.
　　「장익봉 문고 목록」(1979)의 간행사를 쓴 당시 도서관장 천혜봉 교수
는 장익봉에 대해 "무릇 학문의 길이란 끝이 없고 이루어지기 어려운
과정이다. 이러한 학문을 천착하기 위해 한평생 오로지 학문만을 사랑
하고 외길을 걸어오신 분이 있다면, 바로 고 장익봉 박사를 손꼽아 마땅
할 것이다."라고 칭송하였다. 피천득은 친구 장익봉이 세상을 떠난 뒤
「어느 학자의 초상」이란 수필을 남겼는데, 그는 친구 장익봉이 "고적을
사랑하"고 "스피노자, 칸트, 아미엘을 연상케 한다."고 회상하였다.

그는 적은 생활비 외에는 돈에 욕심이 없었고 지위욕은 물론, 명예욕도 없었다. 불의와 부정과는 조금도 타협하지 못하였다. 중학교 때 독립 만세를 부르다가 일본 경찰의 칼자루에 맞아 상처를 입은 일도 있었다. … 그는 섬세한 정서와 높은 안목을 가진 학자로 일생을 책과 같이 살았다. 칠순이 넘도록 독신으로 살다가 간 그는 책을 애인과 같이 아내와 같이 사랑하였다.

장익봉은 서양의 종교와 철학에 관해 많이 알고 있었고 그리스 고전 문학, 이탈리아문학, 불문학, 영문학 등 서구문학에 대하여 정확하고 광범위하게 알고 있었다. 고대 그리스어로 성서 문학을, 이탈리아어로 단테의 『신곡』을 강독하기도 했던 그는 존 밀턴(John Milton, 1608~1674), 퍼시 셸리(Percy Bysshe Shelley, 1792~1822), 키츠를 사랑하였고 에머슨을 존경했다. 그러나 만년에 그가 무엇보다 가장 애독한 책은 성경이었다.

그는 관습이나 편의 때문에 결혼하지 않았다. 두 사람의 결혼에 관한 하나의 에피소드가 있다. 이 일화를 남긴 사람은 피천득이 성균관대학교에 출강했을 때 「영문학사」 과목을 수강하였고 후에 독립기념관장을 역임한 교육학자 이문원 교수이다. 피천득이 성균관대학교에 출강한 것도 친구 장익봉과 자주 만나 우정을 나누기 위해서였다.

피 선생님은 가슴이 따뜻하고 장난기가 있어 보였으며 별로 꾸밈이 없는 것 같으면서도 엄격하신 분으로 기억된다. 한번은 젊을 때 친구 셋이서 평생 독신자로 지내자고 약속했다고 하신다. … 피 선생님이 결혼을 하게 되어 장익봉 교수에게 결혼의 변을 적어 보냈다. 나는 떨어진 양말과 단추를 달기 싫고 꿰매기 싫어 결혼을 한다며 초청장을 보냈더니 장익봉 교수로부터 축전이 왔는데 "너의 결혼을 장송한다"는 전문이 쓰여 있더라며 계면쩍은 웃음을 지어 보이시는 것이었다.
(정정호 엮음, 『인생은 작은 인연들로 아름답다』, 185)

독신남 장익봉과 유부남 피천득은 평생 동안 절친한 친구로 지내다가 장익봉이 먼저 이 세상을 떠났다. 피천득은 장익봉이 누구보다 고매한 인격과 깊은 학문의 경지에 이르렀음에도 불구하고 아무런 저술 활동을 하지 않는 것에 늘 아쉬움을 표현하였다. 그러나 장익봉은 기쁨을 위해 책을 읽지 써먹기 위해 읽지 않는다고 말하며 "나는 아는 게 없고 누가 내 글을 읽겠느냐."고 겸손하게 반문하였다. 그러나 그는 일기를 매일 썼는데, 일기에서는 "사랑에 굶주린 자를 마음대로 사랑하고 가난한 자에게 많은 도움을 줄 수 있고, 나쁜 짓을 한 사람은 마음대로 벌할 수 있다."면서 시적 정의(詩的 正義)가 가능하다고 했다. 수십 년간 써온 일기를 6·25전쟁 통에 대부분 분실하여 그 이후로는 일기 쓰는 일도 그만두었다고 한다. 일기도 하나의 문학 장르로 간주할 수 있기에 장익봉의 일기가 발굴된다면 척박한 시대를 살아간 한 탁월한 학자의 면모가 잘 드러날 수 있을 텐데 매우 안타깝다. 더욱이 그 일기에는 분명히 피천득에 관한 언급도 있을 터인데 어떠한 기록도 남지 않아 아쉽다.

피천득은 학자 장익봉에 대해 다음과 같이 높게 평가한다.

> 그의 생애가 우리 문화에 얼마나 기여하였는지는 모르겠다. 그러나 이 시대에 그렇게 순결한 존재가 있었다는 사실만으로도 우리에게는 큰 축복이라 하겠다.   (「어느 학자의 초상」)

피천득은 학자이자 친구인 장익봉의 순수성이 이 혼탁한 시대에 빛과 소금의 역할을 담당했던 것으로 여겨 그의 존재 자체가 우리 모두에게 '큰 축복'이라고 단언하고서 학자 장익봉을 타산지석과 정면교사(正面敎師)로 삼았음에 틀림없다.

피천득은 환갑을 지나고 1974년 대학을 1년 먼저 조기 퇴직하였다. 이번에 소개한 피천득의 친구 세 명 모두가 공교롭게도 1970년대에 세상을 떠났다. 퇴직한 후의 허전함에다 그토록 좋아하는 절친한 벗들이

연달아 세상을 떠나니 피천득의 상실감은 어떠했으랴. 다음은 그의 시
「친구를 잃고」의 전문이다.

생(生)과 사(死)는
구슬같이 굴러간다고

꽃잎이 흙이 되고
흙에서 꽃이 핀다고

영혼은 나래를 펴고
하늘로 올라간다고도

그 눈빛 그 웃음소리는
어디서 어디서 찾을 것인가.

피천득은 「우정」이란 수필에서 "정말 좋은 친구는 일생을 두고 사귀
는 친구다."라며 "나무는 심는 것도 중요하지만 기르는 것이 더욱 어렵
고 보람 있다."고 말한다. 좋은 친구란 거저 얻어지는 것이 아니다. 우
정은 정성을 다해 가꿔나가야 한다. 그는 먼저 간 친구들을 생각하며 다
음과 같이 적고 있다.

마음 놓이는 친구가 없는 것같이 불행한 일은 없다. 늙어서는 더욱
그렇다. 나에게는 수십 년간 사귀어 온 친구들이 있다. 그러나 하나둘
세상을 떠나 그 수가 줄어 간다. 친구는 나의 일부분이다. 나 자신이
줄어 가고 있다.

그러나 피천득의 평생 친구들은 그의 시 속에서 수필 속에서 피천득
자신과 함께 지금도 우리 곁에 남아 있고 앞으로도 영원히 살아 있을 것
이다. 여기에서는 대표성이 있는 친구로 윤오영, 주요섭, 장익봉만 다루

피천득 평전

었지만 피천득이 오랫동안 사귄 친구들은 더 있다. 그러나 여기서 더는 열거하지 않겠다. 피천득이 소수의 친구를 만들어 깊게 사귀었다는 것만은 분명한 사실일 테니까.[*]

---

[*] 피천득은 해방된 후 6·25전쟁에 이르기까지 몇몇 문우(文友)들과 가깝게 지낸 적이 있다. 석경징과 대담에서 몇 마디 추려본다: "이인수 선생[당시 고려대 교수]은 정지용, 김동석 등과 사귀었죠. 교과서도 나하고 같이 하게 되었어요. 이인수 선생이 영어를 원체 잘하니까 중학교 교과서를 맡았고 … 나는 고등학교 교과서를 맡아했어."(325) 이인수(1916~1951)를 통해 피천득은 시인, 평론가 김동석(1913~1950?)과 시인 정지용(1902~1950?)과도 가까이 지냈다. "김동석은 … 경성대학을 다녔고 그후에 무슨 잡지[문예지, 『상아탑』을 가리킴]에 주간인가로 있었는데 … 이인수 선생, 김동석, 정지용 뭐 그렇게들 했을 거야."(328) 피천득의 시 「생명」이 『상아탑』에 실리기도 했다. 계속 피천득의 말을 들어보자. "김동석은 대단히 재주가 있는 사람이었어. 김동리와 논전을 한 적이 있죠."(328) 피천득은 그 후 진보적인 색채를 띤 문학단체인 조선문학가동맹에 가입하고 첫 모임에도 참석한 것으로 되어 있다. "그것도 아마 김동석, 정지용 그런 사람들 때문에 그렇게 됐을 겁니다."(328) 피천득은 가까운 친구들 때문에 이름은 올려놓았으나 실제로 활동은 거의 하지 않았던 것으로 보인다. 친하게 지냈던 정지용의 문학에 대해 매우 호의적인 평가를 하였다: "정지용 선생의 「향수」라는 시 있잖아요. 난 그 하나는 뛰어나다고 생각해요. 또 그의 짧은 시가 하나 있는데 「유리창」인가 그런 시도 참 좋은 시죠. 내가 보기에 이분한테는 아주 뛰어난 시가 많이 있다고 생각해요."(「민족사의 전개와 초기 영문학」 337) 그러나 이인수, 김동석, 정지용은 6·25전쟁이 터진 후 월북 또는 타계하여 안타깝게도 그들의 우정은 더 이상 지속되지 못했다.

제5장 영문학 교수, 피천득

"나는…영국의 문학을 읽고 가르치느라고 반생을 보낸 사람이다."

나에게는 세 가지 기쁨이 있다. 첫째는 천하의 영재에게 학문을 이야기하는 기쁨이요, 둘째는 젊은이들과 늘 같이 즐김으로써 늙지 않는 기쁨이요, 셋째는 거짓말을 많이 아니하고도 살아 나갈 수 있는 기쁨이다.   (「금반지」)

피천득과 영어

서울대학교 사범대학 영어과에 입학한 후 필자가 처음으로 수강한 피천득 강의는 1970년 봄 학기에 개설된 영미시였다. 당시 금아의 나이는 회갑이었고 나는 20대 초반이었다. 그 후 졸업 때까지 금아의 강의를 영문학사 등 세 과목을 더 수강했다. 강의실에서 처음 뵌 금아는 자그마한 키에 단아하고 꼿꼿한 모습이었고, 노년의 나이에도 맑은 눈과 평화스러운 동안(童顔)을 가지신 게 무척이나 인상적이었다. 낭랑하고 부드러운 그의 목소리는 강의실을 언제나 활기차게 했다.

금아의 강의를 들으며 놀라지 않을 수가 없었다. 영어 발음과 낭독이 그의 나이에 비해 매우 자연스러웠고 영어 교재의 설명이 매우 효율적이고 탁월했다. 금아에게 영시나 영문학 이전에 무엇보다도 "영어"라는 언어 자체를 배웠다. 어디서 영어를 배우고 공부하셨기에 저렇게 잘할까 당시에 나는 매우 궁금하였다. 아주 한참을 지난 후에야 영어를 처음 배웠던 그의 어린 시절에 대해 알게 되었다.

금아 선생이 영어를 처음 배운 것은 1923년 13세 때 경성제1고보에 입학한 후였다. 고리야마라는 일본인 영어교사로부터 영시를 처음 배우면서 흥미를 느꼈으며 영시 「누가 바람을 보았을까요」도 이때 배웠다. 또한, 한국 최초의 근대 소설가였던 춘원 이광수 선생과 교분을 맺게 되면서 영어를 폭넓고 깊이 있게 배웠다.

그 후 1926년부터 중국 상하이의 토머스 한버리 고등학교에서 수학한 후 1929년에는 상하이 후장 대학교로 진학하였고 영문학 전공으로 1937년에 졸업하였다. 4년제 미국식 대학인 후장 대학교 영문학과에서 피천득은 전 과목을 영어로 진행하는 강의를 들으며 미국인 교수들로부터 철저한 어학 훈련을 받았다. 이때 이미 당시 한국인으로서는 최고 수준으로 영어 말하기와 쓰기에 통달해 있었던 것 같다.

1930년 후반 귀국 후 일제에서 광복된 1945년까지 금아는 제대로 취직도 못 하고 있었지만 탁월한 영어 작문 실력을 인정받아 일본인이 운영하던 경성의 텍사스 석유회사에서 3개월 동안 주로 영어로 편지 쓰는 일을 하였다. 광복 직전에는 경성제국대학 이공학부에 임시 고원으로 취직하여 영어 카탈로그 만드는 일도 했다. 광복 직후 9월 초순 미군정이 시작되자 살림이 무척이나 어려웠던 금아는 문교부장관직을 수행하던 오천석 씨의 소개로 미군정청의 문교책임자 얼 라카드의 보좌역을 하면서 영어공문을 많이 썼고 고등관까지 되었다(피천득 외, 『대화』, 53). 금아 선생은 영자 신문에 정기적으로 기고를 했는데 이 일로 일제 당국의 미움을 사기도 했다.

1945년 10월 문을 연 서울대학교 예과에 초대 예과부장인 현상윤 선생의 추천으로 금아는 영어를 가르치는 예과 교수가 되었다(훗날 금아는 이 예과 시절 1년이 그의 인생에서 가장 행복한 시절이었다고 회고했다). 경성대(서울대) 예과 교수로 있을 때 피천득은 영국의 수필가 찰스 램의『셰익스피어 이야기』를 교재로 쓰기도 했다. 그 후 국대안 파동으로 학교가 혼란스럽자 금아는 사직서를 낸다. 하지만 얼마 후 국대안 문제는 해결되었고 장리욱 학장의 추천으로 서울대학교 사범대학 영어과 교수가 되어 주로 영문학과 영미시를 가르치게 되었다.

6·25전쟁 중인 1951년 초 일사 후퇴 때에는 영어 덕분에 생긴 몇 가지 에피소드가 있다. 서울을 떠나 충청북도 성환에 머무를 때 영국군 부대원들이 영어를 잘하는 금아와 가깝게 지내면서 도움을 주었다. 그 후 대전으로 가는 피난길에서도 영어 덕분에 미국 공보원 직원의 도움을 받기도 했다. 대전에서 서대전 성결교회의 목사 댁에 머물 때에는 미군의 도움으로 금아의 가족과 성결교회 목사 가족과 교인들이 미 군용차를 타고 부산까지 안전하게 내려가기도 했다. 이 모든 것은 금아의 탁월한 영어 실력으로 가능했다.

피천득과 영문학

서울대학교 사범대학에서 금아는 영미시와 영문학사 강의를 주로 하였다. 교재는 당시 전 세계적으로 유명했던 시선집『위대한 시 사화집 *Treasury of Great Poems*』을 사용하였고 영문학의 시대적 흐름에 따른 시 작품 중심으로 읽으면서 영문학사를 가르쳤다. 이 당시 고려대학교에 있던 이인수 교수 등과 공동으로 중고등 영어 교과서도 집필하였다. 1954년에는 미국 하버드 대학교에 연구차 1년간 가 있었는데, 당시 미국의 대표적인 시인 로버트 프로스트를 만나 친구가 되어 각별한 우정을 나누기도 했다. 금아는 프로스트의 시를 좋아해서 이미 그의 시「가지 않은 길」등을 암송하고 있었고 번역하여 우리나라 국어 교과서에 싣기도 했었다. 이 무렵 금아는 번역과 창작을 통해 많은 작품을 남겼는데, 특히 셰익스피어 소네트 번역과 다른 영시 번역도 주로 이 무렵에

한 것으로 보인다.

금아는 외국인으로서 영어를 배우고 영문학을 하는 것이 자신에게 어떤 특별한 의미가 있는지에 대해 1997년 석경징과의 대담에서 다음과 같이 정리하고 있다.

> 내가 보기에는 영문학이란 것이 풍부한 문학이라고 생각하거든요. 아주 풍부하기가 한정 없는. 다른 문학에 비해서도 난 그렇게 말할 수 있으리라 생각하는데. 우리가 영문학을 하게 된 것은 자연적으로 가까워서 했던 거라고 하더라도. 영문학은 다른 나라 문학보다도 상당히 품위가 있고 질이나 양으로 보아 훌륭한 문학이라고 생각해. 나 개인적으로 봐서 영어가 친숙하여 영문학을 하게 된 것도 자연스러운 것이고 또 그 분야가 다양하고 질적으로도 좋고 해서 혹시 내가 다시 직업을 가지게 된다면, 통속적으로 말해서 다시 태어나서 뭘 한다고 하더라도 나는 영문학을 한다 해도 조금도 후회가 없을 거야. 난 그렇게 생각해.　　　　　　　　　　（「민족사의 전개와 초기 영문학」, 336~37)

금아 선생은 앞서 밝힌 대로 어려서부터 영어 교육을 받았고 좋아했다. 특히 1926년부터 1937년까지 상하이에서 고등학교와 대학 영문학과를 다니며 영어권의 원어민 교수들로부터 철저한 영어교육을 받았다. 광복 후에는 대학에서 영어 영문학을 연구하고 가르치는 교수로서, 나아가 번역가로서 영문학에 대한 사랑과 확고한 자부심을 가지고 자신의 일을 감당했다. 이러한 영어 자체에 대한 금아 자신의 철저한 학습과 훈련 그리고 그의 영문학 연구에 대한 긍지는 강의 시간에 학생들에게 그대로 전달되었고 그 이후로도 제자들과 후학들에게 계속 커다란 영향을 끼쳤다.

금아는 강의 시간에 해설보다 번역을 강조하였다. 자신이 직접 번역한 시행들을 우리에게 들려주기도 했고 수업시간 중에 우리에게 그 자리에서 번역해보라고도 했다. 금아가 후일 영문학 관계 학술논문을 남기기보다 역작인 『쉑스피어의 이야기들』, 『셰익스피어 소네트 시집』, 『내가 사랑하는 시』 등을 펴낸 것만 보아도 그가 번역을 얼마나 중요시하였는지 잘 알 수 있다. 그러나 번역이란 출발어인 영어만 잘한다고 할 수 있는 것이 결코 아니다. 현대 한국어가 확립되기 이전인 1910년에 태어난 금아의 시와 수필을 살펴볼 때, 금아의 모국어이자 도착어인 한국어 능력이 비슷한 세대의 사람들에 비해 얼마나 섬세하고 탁월했는지 알 수 있다. 우리말에 대한 금아의 애착과 그 훈련은 대단했다.

금아는 모국어로서 우리말의 중요성에 대해 말이 곧 조국이며 영혼이라는 말로 강조하고 있다. 이렇게 볼 때 금아는 외국문학 전공자로서만이 아니라 영시 번역가로서의 자격이나 자질이 누구보다도 출중했다. 영시 번역에서 외국어인 영어(출발어: 손님의 말) 실력이 필요조건이라면 모국어인 한국어(도착어: 주인의 말) 실력은 충분조건일 것이다. 그렇지만 금아의 경우 문학 교육, 창작, 번역 모두 타고난 재능 덕분으로 치부할 일이 아니다. 탁월한 그의 성과는 후천적인 교육을 통한 끊임없는 훈련과 지독한 연습으로 이루어졌다고 보아야 한다.

영문학 교육의 방법과 내용

금아는 일반 문학론이나 비평을 많이 남기지는 않았지만 자신의 수필인 「순례」에서 자신의 문학론을 개진하고 있다. "문학은 금싸라기를 고르듯이 선택된 생활 경험의 표현이다. 고도로 압축되어 있어 그 내용의 농도가 진하다. 짧은 시간에 우리는 시인이나 소설가의 눈을 통하여 인생의 다양한 면을 맛볼 수 있다. … 저속한 현실에서 해탈되어 승화된 감정을 갖게 된다." 오랜 시간 거친 풍랑에 시달리고 조실부모하여 철저히 외롭게 살았던 자신의 삶에서 문학에 대한 사랑과 본질이 나왔다. "문학의 본질은 언제나 정(情)이다. 그 속내는 '예전에도 있었고 앞으로도 있을 자연적인 슬픔 상실 고통'을 달래주는 연민의 정이 흐르고 있다."고 피력하는 것을 볼 때 금아 문학관의 토대는 정임을 알 수 있다.

금아는 영문학의 여러 장르 중에서 특히 시를 좋아하였는데, 시에 관한 그의 견해를 들어보자.

> 대학에서 영문학을 공부하게 된 것도, 실은 영국 시인들의 시 작품을 제대로 감상하고 싶었기 때문입니다. 영국은 알다시피 시를 숭상하는 나라입니다. 세계에서 영국만큼 시를 숭상하고 시인을 우대하는 나라도 없을 것입니다. 영국에서 위대한 시인들이 많이 나온 것도 다 그 때문입니다.　　　　　　　　　　　　　　　　　　　（『내가 사랑하는 시』）

금아는 우선 시인이나 작가의 시를 읽고 논의하기 전에 일화 등 재미있고 유익한 배경 지식을 소개한다. 학생들을 준비시키고 흥미를 유발하기 위한 것이리라. 그래서 학생들은 새뮤얼 테일러 콜리지의 이른바 "불신하는 마음을 기꺼이 연기하기"를 통해 시 세계로 진입할 준비를 한다. 그런 다음 선생은 작품을 직접 소리 내어 읽어주신다. 문자문학을 눈으로만 공부하는 시각 중심의 문학 교육 대신에 입으로 낭독하여 "구두성(口頭性)"과 귀로 듣는 "청각적 상상력"을 자극하기 위함이다. 그리고는 핵심구절을 뽑아서 음률부터 구문, 그리고 기법 등을 길고 자세하게 설명하신다. 이런 방법은 매슈 아널드(Matthew Arnold, 1822~1888)가 「시의 연구」에서 주장하듯이 시의 최고 특질인 "높은 진리"와 "높은 진지성"을 가진 구절을 기준 삼아 시의 나머지 부분과 다른 작품, 또는 다른 시인들의 시와도 견주는 방식인 '시금석 이론(touchstone theory)'의 방식이 아니었나 싶다. 금아는 시의 암송을 매우 중시하였는데, 필요할 때 암송할 수 있어야 일상생활에 문학을 적용시킬 수 있기 때문이다. 시험 문제에는 시를 암기해서 쓰는 문제가 반드시 출제되었다. 이러한 영시 암송 훈련은 영시를 내 것으로 만드는 매우 효과적인 방법이다.

다음으로 선생은 학생들에게 번역 연습을 많이 시켰다. 1971년 1학기에 '영문학사' 과목에서 배운 구체적인 예를 들어보자. 당시 교재는『영국의 문학: 사화집과 역사*The Literature of England: An Anthology and a History*』(1967)로 1,287쪽짜리 사화집이었다. 40년이 지난 지금도 나는 이 책을 간직하고 있다. 금아는 영문학사로 기술된 책을 강의 교재로 사용하지 않고 시대 배경에 대한 설명과 삽화 자료까지 들어간 사화집을 택하여 철저하게 작품 중심으로 진행하였다. 이 교재의 목차를 다시 살펴보니 그가 선택했던 시인 작가들과 작품이 표시되어 있다. '영시의 아버지'로 불리는 제프리 초서(Geoffrey Chaucer, 1340~1400)『캔터베리 이야기』의 "서시", 르네상스 시대의 몇몇 소네트 작가들, 그리고 무엇보다도 윌리엄 셰익스피어의 소네트를 여러 편 공부하였다. 금아가 선택한 소네트는 18, 29, 30, 66, 73, 104, 106, 116번 등이었다. 피천득은 소네트 강의에서 번역 연습을 시키며 우리 시형에 맞게 자신이 번역한 것을 소개하기도 했다. 금아는 소네트 116번을 다음과 같이 한국시로 번역하기도 했다.

변화에 변심 않고
사랑만은 견디느니

폭풍이 몰아쳐도
사랑만은 견디느니

입술빛 퇴색해도
사랑만은 견디느니

이 생각 틀렸다면
사랑하지 않으리

(『내가 사랑하는 시』)

셰익스피어의 소네트가 번역(번안)을 통해 이렇게 아름다운 3, 4조의 우리 정형시로 다시 태어난 것이다!

또한, 17세기 초 형이상학파 시인들에 대한 언급이 있었고 존 밀턴의 기독교 대서사시 『실낙원』의 서시 앞부분을 읽었다. 지금 생각하면 무척 아쉽지만 존 드라이든(John Dryden, 1634~1700)에서부터 시작되는 신고전주의 시대는 뛰어넘고 곧바로 윌리엄 블레이크(William Blake, 1757~1827)를 읽었다. 특히 블레이크의 시 「타이거」는 우리 모두 암송하였다. 금아 선생께서 중점을 둔 시인들은 역시 윌리엄 워즈워스로부터 시작되는 영국 낭만주의 시인들이었다.* 금아는 또 장시보다 짧은 서정시를 좋아하여 「외로운 추수꾼」, 「그 애는 인적 없는 곳에 살았다」를 비롯하여 10여 편을 읽었다. 새뮤얼 테일러 콜리지의 경우는 워즈워스와 공동으로 출간한 『서정가요집』에 실려 있던 「늙은 수부의 노래」를 읽으면서 이 시가 환상적인 요소와 사실적인 묘사가 어우러져 조화를 이룬 점에 감탄하기도 했다. 지금도 이 시를 보면 금아가 전편에 걸쳐 설명한 내용과 해석이 교재에 빼곡히 적혀있어 감개가 무량하다. 바이런 경의 시 「시용성에 부친 소네트」와 퍼시 셸리의 「오지만디아스」를 열정적으로 읽으며 설명하시던 기억이 아직도 생생하다.** 금아는 셸리와 존 키츠

---

* 피천득의 서정은 낭만과 깊이 연결되어 있다. 피천득이 영문학 중에서도 낭만주의 시를 주로 공부한 것이 그의 문학의 서정성과 낭만주의와의 긴밀한 관계를 설명해 준다. 서정은 낭만과 가깝고 서정은 시와 가깝다. 서정은 따라서 낭만시와 친연관계를 맺을 수밖에 없다. 18세기 말부터 서구에서 낭만주의가 일어난 것은 억압적인 절대왕정하에서가 아니라 프랑스대혁명 후 민주주의 시민 개인의 자유와 연관된다. 이것이 낭만주의가 가지는 정치적 함의이다. 낭만은 '이성'을 넘어 감성을 토대로 한 상상력 세계의 문을 열었다. 낭만은 규제나 속박이 없는 자유정신으로 가는 다리이다. 낭만은 구별이나 편견을 넘어 모두 하나가 되는 공감의 지대인 박애주의적 세계시민주의(사해동포주의)를 목표로 한다. 피천득의 시와 수필의 서정성은 이와 같은 낭만주의에 토대를 두고 있다. 특히 일제 강점기의 억압된 생활에서 벗어나려는 시인의 강렬한 욕구의 출구는 낭만주의다. 그의 해방의 많은 심상들이 하늘, 별, 바다, 물, 종달새, 꽃 등 자연에서 온 것이 많다. 서정주의는 근본적으로 자유와 해방을 뜻한다.

** 문학평론가 김봉군 교수는 피천득 교수에게 대학 재학 시 「교양영어」 과목을 수강했는데

를 매우 좋아하여 여러 편의 시를 꼼꼼히 읽었는데, 정작 금아가 번역하여 펴낸 『내가 사랑하는 시』에는 한 편도 실려 있지 않은 것이 이상하기만 하다. 금아가 믿고 있는 미학의 토대는 키츠의 「그리스항아리 송가」의 "아름다움은 진실이다. ─ 이것이 너희들이 이 지상에서 아는 전부이고, 그리고 알아야 할 전부이다."라는 마지막 구절이기 때문이다.

빅토리아 시대의 시로는 알프레드 테니슨 경의 「샬롯 부인」과 「율리시스」 등 주요 시편들을 읽었고 「인 메모리엄」 중에서도 여러 편을 골라 읽었다. 로버트 브라우닝(Robert Browning, 1812~1889)의 경우 「포필리아의 연인」을 비롯하여 「나의 마지막 공작부인」 등을 읽었다. 매슈 아널드의 「학생 집시」, 크리스티나 로세티(Christina Rossetti, 1830~1894)와 가브리엘 로세티의 시도 다루었고, 낭만주의 시대의 산문으로는 찰스 램의 「꿈 ─ 어린이들 ─ 하나의 몽상」 등을 읽었다.

20세기에 들어와서는 토머스 하디와 알프레드 하우스만의 시 몇 편을 읽었다. 그러나 무엇보다도 금아는 좋아하던 예이츠의 시를 많이 설명해주었다. 특히 수업 시간에 금아는 시인들의 연인에 관한 이야기도 많이 해주었는데, 셸리와 키츠는 물론 예이츠의 영원한 애인 모드 곤에 대해서도 자세히 말씀해주셨다. 토머스 스턴스 엘리엇은 20세기 초 영미 시단에서 예이츠와 쌍벽을 이루는 시인이었으나 금아는 열광하지 않았다. 선생은 철저하게 자신의 문학적 취향에 맞는 시인 작가들을 골라 집중적으로 가르쳤다. 덕분에 학생들은 아름다운 시 세계로 빠져들 수 있었다.

피천득은 이 세상을 떠나기 4년 전인 2003년 4월 김재순과의 대화에서 다시 태어나도 영문학자의 길을 걷겠다고 다음과 같이 말한 바 있다.

영미 단편소설의 어떤 감동적인 장면을 설명하면서 피천득 교수가 눈물을 흘렸다고 필자에게 증언한 바도 있다. 피천득은 문학작품을 강독하면서 이렇게 시인 작가와 독자들인 학생들과의 정서적 교감을 강조했다.

저는 다시 태어나더라도 영문학자가 되어 지금의 생활을 되풀이하고 싶어요. 그 첫째 이유가 구속받지 않는 삶이기 때문이고, 돈에 집착하지 않고도 생활할 수 있기 때문이지요. 또 남하고 무슨 경쟁을 하거나, 남을 딛고 내가 일어선다든지 남에게 해를 끼치고 내가 잘 된다든지 그런 생각을 안 하고도 살 수 있으니까요. 내 직업이든 살아온 환경이든 아무 불편을 못 느끼고 살았으니까요.　　(피천득 외, 『대화』, 51)

피천득에게 영문학 교수직은 천직(天職)이었다. 교수직은 자신의 말과 생각을 지키면서 비교적 자유롭게 살아가는 것을 가능케 한다. 더욱이 문인으로 창작하고 번역하면서 즐겁게 살아가는 교수직은 그에게 가장 합당한 직업이었으리라. 자신이 좋아하는 영미시를 마음껏 읽고 그 일이 자신의 창작에도 도움을 줄 수 있으니 금상첨화가 아니겠는가?

금아의 회갑을 기념하여 제자들은 1971년 6월 화갑기념논총을 출간했다. 논문을 제출한 25명의 문하생들이 쓴 헌사에는 교수로서 피천득의 모습이 잘 집약되어 있다.

교육자는 그 본연의 자세로서 신사요 학자요 애국자이다. 금아 피천득 선생님은 도산 선생을 따라 중국으로 건너가 상해에서 대학을 마치신 분이다. 그곳에서 연마하신 학문에 더하여 부단한 노력으로 수십년 간의 강단생활에서 제자들에게 깊은 감명을 주셨고, 소년 시절부터 심취하신 시와 수필의 창작으로 하여 많은 독자의 공감을 얻으셨다. 품위 있고 단아하며, 고려자기와 같이 청초한 선생님의 글은 곧 인격의 표현이다.

이것이 피천득 선생 회갑 당시 제자들이 본 선생님의 그림이다: "청초한 선생님의 글은 곧 인격의 표현이다."

피천득 문학 강의의 유산

금아 선생에게서 내가 받은 가장 큰 유산은 무엇보다 "문학" 자체에 대한 애정과 관심이었다. 영문학 교수라면 영문학을 애호하는 것이 당연한 일이다. 그러나 때에 따라서는 작품 해석을 위해 지나치게 이론이나 비평에 경도되어, 하나의 생명체로 우리의 삶 속에서 구체적으로 작동하는 문학 자체를 즐기기보다 문학을 하나의 분석 대상이나 학술 논문의 주제로 전락시키는 경우가 있다. 더욱이 요즘 같은 "이론과 비평의 시대"에는 더욱 그러하다. 이것이야말로 주객이 전도된 것이다. 문학 전공자가 오히려 학술 논문이나 비평에 빠져 문학 작품 자체를 향수하지 못하고 문학에서 감동을 받지 못한다는 것은 하나의 아이러니이다. 필자는 1980~90년대 새로운 문학이론과 비평에 경도되어 그 강력한 유행을 따랐을 때도 언제나 잊지 않았던 것이 있다. 문학 연구자 또는 영문학자로서 문학 자체를 이해하고 감상하고 즐기는 일이었다. 이것은 모두 금아가 필자에게 남겨준 소중한 유산이다. 필자 자신도 요즈음은 이론과 비평 중독(?)에서 많이 벗어난 상태이지만, 금아의 전범이 없었다면 자연 과학자처럼 문학을 분석의 대상으로만 삼고 무미건조한 학술 논문만 생산하는 한심한 학술논문 제조공이 되었을지도 모른다. 문학(작품)으로 다시 돌아가자는 것이 문학주의자 금아가 남긴 문학교육의 유산이다.*

---

* 이 대목에서 피천득의 제자로 서울대학교 영문학과 교수를 지낸 박희진의 감성적인 회고를 들어보자: "'금쪽같지?'를 연발하며 정열적으로 강의하시던 영시 수업은 지금도 기억에 생생하다. 선생은 키츠의 시를, 그 가운데서도 특히 「그리스 항아리에 바치는 송가」를 사랑했다. 항아리에 그려진 남녀는 비록 가까이에 있으면서도 입맞춤은 못 하지만 대신 영원히 젊고 아름답게 남아 있을 것이다. 선생님은 항아리에 그려진 아름다운 그리스 여인에 너무도 일찍이 세상을 떠난 어머니의 모습을 겹쳐 보았을지도 모른다. 사무치게 그리운 어머니는 아름다운 사진 한 장으로 선생의 책상 위에서 영원히 새파란 청춘으로 선생을 지키고 있었다. 그 옆에는 복건을 쓰고 있는 어리디어린 선생님이 변함없이 서 있었다.

담대한 연인이여, 그대 그녀에 가까이 있으나

피천득의 수업시간은 하나의 독특한 순간들이었다. 당시는 유신 헌법을 만들어 영구집권을 노리던 박정희 정권에 맞서 싸우는 대학생들의 교내외 거리시위로 어지럽던 시절이었다. 학기가 시작한 후 한 달도 못 돼 휴업이나 휴교령으로 학기를 마치기가 일쑤였다. 그 당시 모든 과목을 한 학기를 꽉 채워서 배우고 공부할 수 있었으면 얼마나 좋았을까? 한마디로 척박한 시대의 고단한 삶이었다. 금아는 강의 시간이면 최면을 걸듯 우리를 영시의 세계로 이끌어갔다. 그것은 사회적으로 집단 우울증에 빠져있던 우리들에게 하나의 탈주하는 시공간이었다. 어렵게 고학생활을 했던 필자는 암울했던 시절에 이것마저 없었다면 그 고달픈 생활이 어땠을까 하는 생각마저 들 때가 있다.

금아는 영미 강의 시간에 우리를 일종의 몽상의 지대로 이끌어갔다. 몽상의 지대는 꿈도 현실도 아닌 중간 지대이다. 이러한 중간 지대에서 우리는 제정신으로 살아갈 수 있었다. 금아는 어지럽고 광포한 한국근대사를 몸소 체험한 분이다. 필자 또한 '구체적 보편'으로써의 문학 세계 속에서 1960년대 말과 70년대 초의 대학 생활을 그런대로 균형감각과 방향을 잡으면서 보낼 수 있었다. 문학은 궁핍한 시대에 우리들의 삶을 지탱시켜주는 하나의 도구이다. 엄청난 고난의 시대를 몸으로 살았던 금아로부터 우리가 전수받은 것이 바로 이것이다. 문학은 생존전략이자 탈주의 선이며, 이것은 『시경』에 관해서 공자가 말한 "사무사(思無

결코 그녀에게 입맞춤할 수 없을 것 ─ 허나 슬퍼하지는 말라.
그대 뜻은 이루지 못했으나 그녀는 색이 바라지도 않을 터.
그대 영원히 사랑하고, 그녀 또한 영원히 아름다우리.
(키츠, 「그리스 항아리에 바치는 송가」)

어쩌면, 정말 어쩌면, 이 늙지 않고 영원히 아름다운 어머니 때문에 선생님은 평생 다른 여인은 사랑할 수 없었는지도 모르겠다.
그럼에도 불구하고 때로는 눌러도 눌러도 고개를 쳐드는 외로움과 아픔을 선생은 울음소리 같기도 하고 신음 같기도 한 어조로 드러내곤 했다. 지금까지도 그 소리가 이따금 내 귓전에서 울린다"(112~113).

邪)"이고 아리스토텔레스(Aristoteles, B.C. 384~B.C.322)가 『시학(詩學)』에서 말한 "카타르시스"일 것이다. 금아는 시의 효용에 대해 다음과 같이 말한다.

> 높은 차원의 시는 동서를 막론하고 엇비슷합니다. 모두가 순수한 동심과 고결한 정신, 그리고 맑은 서정을 가지고 있으니까 말입니다. … 남을 누르고 이겨야 살 수 있는 세계에서 시는 사실 잘 읽히지 않습니다. 하지만 이럴수록 오히려 시를 가까이 두고 읽어야 할 필요가 있습니다. 시는 영혼의 가장 좋은 양식이고 교육입니다. 시를 읽으면 마음이 맑아지고 영혼이 정갈해집니다. 이것은 마른 나무에서 꽃이 피는 것과 같은 일입니다.　　　　　　　　　　　(「서문」, 『내가 사랑하는 시』)

우리는 지금 후기 자본주의의 맹목적인 이윤 극대화와 과학기술주의의 성과 제일주의가 결탁한 무한 경쟁이라는 인간 문명의 막다른 골목으로 돌진해가고 있다. 게다가 생태계 파괴와 교란으로 기후의 변화가 급격해지고, 민족과 종교 간의 분쟁으로 새로운 국가주의라는 험악한 상황에 처해 있다. 이런 시대에 문학이 어떤 역할과 기능을 할 수 있을 것인가? 우리는 문학 교사로서 위와 같은 거창한 난제들 앞에 놓여 있다. 19세기 후반 영국의 시인, 비평가, 교육자였던 매슈 아널드는 시(詩)가 종교를 대체할 수 있다고까지 말한 바 있지만, 문학만으로 이 문제들을 해결하기에는 너무나 역부족이다. 그렇지만 우리는 21세기를 위해 문학의 오래된 힘을 다시 소생시켜 새롭게 작동시켜야 한다. 이것이 오늘 우리가 금아 피천득의 시와 문학에 대한 열정과 영시 교육 방법에 주목하는 이유다.

제6장 노년기 삶의 기술학:
예술적 승화와 기억의 부활
"잘 늙는 경지에 이르면 노년도 아름다울 수 있[지요]."

늙으면 아무리 똑똑하던 사람도 허수아비가 된다는 말이 있습니다. 하지만 늙는다는 것도 생각하기에 따라서 그렇게 나쁜 것만은 아니죠. 사람이 오래 산다는 건 과거의 좋은 기억과 인연을 많이 가졌다는 뜻 이기도 해요. 그런 것들은 우리 머릿속에 다 저장되어 있다가 어느 순 간 되살아나거든요. 나이가 든다는 건 젊은 날의 방황과 욕망, 분노, 초조감 같은 것들이 지그시 가라앉고 안정된다는 의미이지요. 인생을 관조하고 지난날을 회상할 수 있는 기쁨을 누릴 수도 있고요.

(피천득 외, 『대화』, 63)

피천득은 97년간의 긴 생애 중 1974년 퇴임 후부터 2007년 작고하기 까지 33년간의 기나긴 노년기 삶을 보냈다. 그 긴 세월을 피천득이 어떻 게 지냈는가는 시 「만남」에 잘 나타나 있다. 여기서는 음악, 그림(회화) 과 조각, 문학과 만남의 순서*로 잠시나마 그의 노년의 세계로 들어가 보자.**

---

* '문학'과 '만남'에 대해서는 앞에서 부분적으로 논의했으므로 중복을 피하기 위해 이 6장 에서는 이에 관한 이야기는 생략한다.

** 피천득이 일상생활에서 문학, 음악과 미술에 관심과 실천을 중요시한 것은 노년기의 삶뿐

그림 엽서 모으며
살아왔느니

쇼팽 들으며
살아왔느니

겨울 기다리며
책 읽으며—
고독을 길들이며
살아온 나

너를 만났다
아 너를 만났다.

찬란한 불꽃
활짝 피다 스러지고
찬물 같은 고독이
평화를, 다시 가져오다.

만 아니라 전 생애를 통해 중요하다. 마사 누스바움은 최근 인간의 "감정"에 근거한 상상
력, 언어사용, 공감, 연민 등 도덕적 감정을 주장하는 감정철학자이다. 그동안 감정은 서
양에서 객관주의와 이성주의만을 강조하는 순수철학에서 비이성적인 것으로 받아들여졌
다. 그러나 감정은 논리와 이성을 넘어 맥락, 연계, 공감을 강조하여 인간의 온전한 생활
에서 균형과 조화를 이루는 복합적 능력이다. 이러한 혼합 능력을 배양하는 것은 무엇보
다도 예술이다. 그의 말을 직접 들어보자: "이것은 이미 인간의 자기 이해에서 예술이 핵
심적 역할을 함을 암시한다. (음악작품이든 시각 예술작품이든 문학작품이든) 다양한 종류의
내러티브적 예술작품은 우리가 다른 방식으로는 쉽게 얻을 수 없는 이 감정—역사〔내력〕
에 대한 정보를 제공하기 때문이다. 인간의 감정에 관한 몇몇 진리는 오직 내러티브적 예
술작품에 의해서만 언어적이고 텍스트적인 형태로 전달될 수 있다는 프루스트의 주장은
이 의미로 이해되어야 한다."(427) 인간의 삶은 육성, 감성, 이성, 영성이 혼합된 다면체이
다. 이 네 가지 인간의 성정(性情)의 조화와 균형을 위해 역동적으로 작동시키는 추동력이
바로 감정(emotion)에서 시작된다는 것이다. 피천득의 노년기의 삶은 이러한 "예술적 상상
력"을 복원하고 지속시키는 노력이었다. 『감정의 격동』(조형준 옮김, 2015) 참조 바람.

피천득 평전

음악,
"음악이야말로 신이 인간에게 준 최고의 선물이라고 생각합니다."

피천득은 거문고에 조예가 깊었던 어머니의 깊은 영향으로 음악성이 가장 강한 서정시를 쓰는 시인이 되었고 가장 시적인 수필가가 되었다. 가장 사랑하는 딸 서영이의 아들이 세계적으로 유망한 바이올리니스트가 된 것도 우연은 아니리라. 그의 음악에 대한 사랑을 들어보자.

> 오래지 않아
> 내 귀가 흙이 된다 하더라도
> 이 순간 내가
> 제9교향곡을 듣는다는 것은
> 그 얼마나 찬란한 사실인가
>
> (「이 순간」, 2연)

베토벤(Ludwig van Beethoven, 1770~1827) 만년의 대작 교향곡 제9번 "환희"는 인류를 사랑하는 위대한 음악이다.

이렇게 피천득은 독일의 악성(樂聖) 베토벤을 가장 좋아했다. 2007년 5월 25일 피천득은 이 세상을 하직했고 장례식은 그가 태어난 날인 5월 29일에 치러졌다. 장례식장에는 베토벤 소나타 31번이 울려 퍼졌다.* 영정사진에서처럼 피천득은 그 음악을 들으며 조용히 명상하듯 이 세상을 떠났다. 하루에 세 시간 이상 FM 방송과 음악 CD를 들었던 피천득은

---

* 피천득은 만년에 깊이 사귄 자신보다 60년 이상 젊은 친구 구대회에게 자신의 장례식에 베토벤 피아노 소나타 31번이 울렸으면 좋겠다고 부탁했다고 한다.(「나의 어린 왕자」, 138) 석경징이 필자에게 개인적으로 전한 말에 따르면 피천득이 자신의 장례식에 베토벤 음악을 부탁한 연유는 다음과 같다. 피천득이 1954~55년 하버드 대학교 교환교수 시절 한 낭만주의 문학 교수의 강의를 듣고 가까이 사귀었다. 그 후에도 피천득이 보스턴을 방문하면 그 교수를 만났고 한 번은 석경징 교수와 함께 만나기도 했다. 그 후 그 교수가 세상을 떠나자 그 부인이 피천득에게 엽서로 장례식에서 베토벤 음악을 틀었다고 알려주었다. 피천득은 아마도 이때 자신의 장례식 음악으로 베토벤을 정한 것이 아닌가 여겨진다.

김재순과의 대담에서 음악에 대해 한마디 덧붙였다.

　　음악에는 기도와 희망이 있지요. 그것을 표현하는 연주에는 즐거움
　이 있고요. 음악은 고뇌하는 사람에게 밝은 내일이 오도록 희망을 주
　고, 즐거워하는 사람에게는 내일도 즐겁도록 소망하게 합니다. 또 음
　악 속에서의 교감, 음악을 통한 감응은 신이 주는 은혜라고 생각합
　니다. 　　　　　　　　　　　　　　　　　(피천득 외, 『대화』, 27)

　언어 예술인 시(문학)는 오래전부터 다른 예술 분야인 미술, 음악, 건
축, 조각, 무용 등과 매우 밀접했다. 이것들은 인류의 어린 시절인 원시
시대에는 원래 하나의 종합된 활동이었지만 인간의 사회와 삶이 더 복
잡해지고 정교해지면서 각각 독자적인 영역을 구축하여 독립하기 시작
한 것이다. 서구에서도 르네상스 시대에 다양한 영역들의 예술들을 '자
매 예술(sister arts)'이라 부르고 그들은 상호 간에 영향을 주고받으며 단
일한 예술의 수행보다 둘 또는 그 이상의 예술 분야들이 융합하는 작업
들을 해왔다. 예를 들어 고대 그리스 신화와 셰익스피어 극들은 화가나
음악가에게 영감을 주어 얼마나 많은 그림과 음악과 조각이 만들어졌던
가. 역으로 시인 작가들이 음악에서 영감을 받는 것도 당연하다. 일례로
프랑스의 시인 폴 발레리는 "모든 시는 음악으로 향한다."고 언명하였
고 영국시인 엘리엇은 그의 장시 「황무지」와 「사중주」에서 음악 양식을
차용하였다. 이것은 16세기에 이탈리아에서 처음 생겨난 오페라 장르를
보면 한층 더 분명해진다. 오페라는 음악(성악과 기악), 연극, 미술(무대
장치), 무용 등이 등장하는 종합 무대 가극 예술이다. 동서양의 몇 가지
역사적 사례를 통해 시와 음악의 관계를 살펴보자.
　18세기 독일의 철학자 임마누엘 칸트(Immanuel Kant, 1724~1804)는 흥
미롭게도 그의 3대 비판서의 마지막 권인 『판단력 비판』에서 미적 예술
들을 구분하고 상호간의 미감적 가치를 비교하였다. 그는 시 예술이 모

든 예술 가운데서 최상의 지위에 있다고 주장한다.

> 시예술은 상상력을 자유롭게 함으로써, 그리고 어떤 주어진 개념의 경계 안에서 이 개념에 부합하는 무한히 다양한 가능한 형식 중에서, 이 개념의 현시를 어떠한 언어적 표현도 그에 온전히 충전되지 못하는 충만한 사상내용과 연결시키고, 그러므로 미감적으로 이념들로 고양되는 형식들을 제시함으로써, 마음을 확장시켜준다. 시예술은 마음으로 하여금 자유롭고 자발적이며 자연규정으로부터 독립적인 자신의 능력을 느끼게 함으로써 마음을 강화시켜준다. (백종현 옮김, 365)

칸트는 소리 예술(음악)이 "언어예술들 가운데서 시예술에 가장 가깝고 또한 그것과 아주 자연스럽게 합일할 수 있는 것"으로 간주했다. 우리는 여기에서 시와 음악의 합일을 논할 수 있으리라.

칸트는 계속해서 음악의 매력에 대해 다음과 같이 말한다.

> 연관된 언어의 모든 표현은 그 표현의 의미에 적합한 음조를 가진다. … 그리고 이 음조는 다소간에 화자의 정서를 표시하며, 반대편으로는 또한 청자에게도 그러한 정서를 만들어내, 이 정서가 거꾸로 청자 안에 그러한 음조를 가진 언어로 표현되는 이념 또한 환기한다. … 그리고 변조(變調)는 이를테면 어떤 사람에게나 이해되는 보편적인 감각의 언어인바, 소리예술은 이러한 변조를 그것만으로써 전체적으로 강조하여, 곧 정서의 언어로 구사하고, 그렇게 하여 연합의 법칙에 따라 이 변조와 자연스럽게 결합되어 있는 미감적 이념들을 전달한다.
> (앞의 책, 368)

칸트의 시 예술과 음악에 관한 논의를 종합해 보면 두 예술이 가장 가깝고도 쉽게 결합할 수 있음을 알 수 있다.

공자는 「주남(周南)」「소남(召南)」에서 시와 음악이 인성 교육에 매우 중요하다고 말했다. 「주남」과 「소남」의 이야기는 "수신제가"를 위해 시교(詩教) 못지않게 악교(樂教)를 강조했던 공자의 『논어(論語)』「양화편」
에 나오는데, 「주남」과 「소남」은 중국의 가장 오래된 시선집 『시경』 맨
처음에 나오는 이야기이다. 정약용의 해석에 따르면 악기를 연주하고
노래할 때 남음(南音, 주남과 소남의 음)은 『시경』에 나오는 일반적인 노
래들과 음조와 현격하게 다르다. "주남과 소남은 당시 사람들에게 교양
의 세련도를 재는 척도였다. 당시에는 예약[예법과 음악]을 익히는 것
이 필수적이었는데 노래를 읊조리고 거문고를 타면서 주남, 소남을 제
대로 하지 못하면… 구석 자리나 차지하게 되었다."(『논어』 동양고전연구
회편. 247에서 재인용) 공자에게 시와 음악은 모두 인간의 심성과 사회의
패악을 순화시키고 교화시킬 수 있는 최상의 수단이요, 목표였다. 그러
므로 시를 거문고 등과 같이 악기로 연주하며 낭송하고 노래하는 것이
좋은 것이리라. '거문고 아이' 피천득에게 시와 음악은 숙명과 같은 것
이었다.

피천득은 1954년 가을부터 그 이듬해 여름까지 하버드 대학교 교환교
수로 있었을 때, 가을부터 봄까지 매주 금요일마다 보스턴 심포니를 들
으러 갔다. 거장 지휘자 찰스 먼치, 하이든 심포니 B플랫 메이저, 「무지
개」 같은 하이든 심포니 제1악장을 먼 훗날까지 기억하였다. 그의 노년
은 이렇게 음악으로 점철된 삶이었다. 그의 시 「고백」을 들어보자.

정열
투쟁
클라이맥스
그런 말들이
멀어져 가고

풍경화
아베 마리아
스피노자

이런 말들이 가까이 오다 (1, 2연)

시인은 노년기에 이르자 젊음의 상징인 "정열", "투쟁", "클라이맥스"보다 좀 더 정적이고 차분한 "풍경화", "아베 마리아", "스피노자"를 선호하게 된다.

노년에 피천득은 특히 고요하고 안정감 있는 제2악장을 좋아했다.

모차르트 피아노 협주곡 제2악장
베토벤 운명 교향곡 제2악장
브람스 2중협주곡 제2악장
차이코프스키 현악4중주 제2악장
그리고
비올라
알토는
나의 사랑입니다.

（「제2악장」 전문）

노년의 피천득은 고전음악에서도 비교적 단조롭게 전개되는 1악장과 4악장, 그리고 절정인 3악장보다 관조적이고 조용한 제2악장을 좋아했다. 화려한 음색의 바이올린보다 수수한 비올라, 테너보다는 저음의 알토를 좋아하였다. 이 시에 대한 신문수의 설명을 들어보자.

서양 음악의 형식에서 대개 제1악장은 빠르고, 격정적이고, 때로는 웅장하게 선율의 문을 연다. 그러나 제2악장은 도입의 흥분이 가라앉으면서 차분하고, 느리고, 명상적인 경우가 많다. 시가 예거하는 운명 교향곡을 생각해 보라. 그 2악장은 폭풍이 지나간 다음에 구름 사이로 비치는 햇살처럼 맑고 평온하지 않은가. 선생님의 삶과 문학 자체가 바로 이런 제2악장과 같은 것이다. (195~96)

피천득은 수필 「플루트 플레이어」에서 자신은 여러 악기들의 협주를 통해 조화의 극치를 이루는 오케스트라 연주에서 독주하는 부분이 거의 없고 연주하는 부분이 얼마 되지 않더라도 플루트 플레이어가 되고 싶다고 말한다.

> 자기를 향하여 힘차게 손을 흔드는 지휘자를 쳐다볼 때, 그는 자못 무상의 환희를 느낄 것이다. 어렸을 때 나는 공책에 줄치는 작은 자로 교향악단을 지휘한 일이 있었다. … 토스카니니가 아니라도 어떤 존경받는 지휘자 밑에 무명(無名)의 플루트 플레이어가 되고 싶은 때는 가끔 있었다.

지휘자와 여러 악기의 연주자들의 협업과 조화를 통해 아름다운 음악이 탄생되는 오케스트라는 우리가 모여 사는 세계이다. 여기에서 내가 우리를 벗어나 불협화음을 일으킨다면 조화는 깨진다. 그러므로 아름다운 화음의 세상을 만들어가기 위해서는 내가 작은 악기를, 작은 역할을 맡고 있더라도 "우리"와 세상을 위해, 전체와의 조화를 위해 최선을 다해 연주해야 한다.

그림과 조각, "시는 말하는 그림이다."

> 오래 된 유화가 갈라져
> 깔렸던 색채가 솟아오른다
>
> 지워 버린
> 지워 버린 그 그림의
>
> (「어떤 유화」)

1954년 보스턴의 하버드 대학교 교환 교수로 가있던 피천득은 주말이면 보스턴 심포니홀뿐만 아니라 보스턴 박물관을 방문했다. 박물관은 대체로 미술관을 겸하는데, 보스턴 박물관에는 유럽에서 구입한 "수많은 명화들, 조각들, 루이 16세가 쓰던 가구들"(「호이트 컬렉션」)이 있었다. 뉴욕에 가면 피천득은 뉴욕현대미술관에 들렀다. 이렇게 그는 어느 곳을 가든 미술관 들르기를 좋아했고 유명 작품의 그림엽서를 구입해서 모으고 자주 들여다보기를 좋아했다. 어떤 그림엽서는 거실에 내걸기도 하고 어떤 엽서는 가까운 지인들에게 나누어 주기도 했다.[*]

뉴욕의 메트로폴리탄 미술관에서 본 "아름다운 여인상"이라는 부제가 붙은 "피그말리온과 그의 조각상"에 대한 그의 이야기를 들어보자.

안기려는 포즈의 여인상, 조각가는 자기의 작품을 포옹하고 있다.
그리스의 이야기를 소재로 한 프랑스 화가의 이 그림에는 '피그말리온과 그의 조각상'이라는 제목이 붙어 있었다.
피그말리온의 여인상은 처음부터 포옹의 자세로 제작한 것은 아니었으리라. 긴 세월을 두고 수시로 오래오래 안겨 왔기에 자연히 여인

---

[*] 문학평론가 김우창은 어느 해 피천득 교수가 주신 미국의 인상파 화가들의 그림들로 만든 달력을 보면서 피천득의 "전형적인 삶의 표현"으로서의 문학 세계와 서양화의 인상주의를 매우 설득력 있게 연결시키고 있다. 김우창의 글 「피천득 선생님에 대하여」를 보자: "인상파는 최초로 보통의 삶에서의 보통의 이야기 ─ 이야기랄 것도 없는 순간들을 그대로 화면에 포착했습니다. 이것을 미국의 작가들이 한결 두드러지게 깨닫게 합니다. … 이러한 그림들의 기능은 삶의 한순간을 혼란으로부터, 또 덧없음으로부터 구출해 내는 일인 것처럼도 보이는 것입니다. 또는 거꾸로 이 그림들은 우리를 싣고 가는 시간의 혼란한 급류 속에도 얼마나 많은 아름다운 구도가 숨어 있는가를 생각하게 합니다. 그런데 이 그림들은 단순히 우리의 흩어지는 순간들을 고정시키는 것이 아니라, 그것으로부터 의미와 의식 그리고 사회적 삶의 내적 질서를 태어나게 하는 것이라고 저는 생각합니다. … 그러나 선생님의 문학 전부 또한 이 비슷한 생각을 하게 합니다. 선생님의 작품에 대해서는 … 저는 금아 선생의 문학 세계가 작은 것들을 존중하는 세계라는 것 또 그것이 마음의 섬세한 기미에 주의하는 세계라는 말을 한 바 있습니다. 이런 의미에서 선생님의 문학 세계는 인상주의와 비슷한 바가 있습니다. 또는 인상주의에도 나타나는 예술의 근원적 충동에 충실한 것입니다. … 그러나 선생님의 문학 세계를 인상주의적이라고 말하는 것이 꼭 적당한 것은 아닙니다. 어쩌면 어떤 면에서 비슷한 점이 있고, 또 그것도 단순히 그들의 예술적 의지의 어떤 면에서만 일치하는 것이라고 말하는 것이 더 적절한 것인지 모릅니다."(『다원 시대의 진실』(김우창 전집 10권), 1230~31)

의 두 팔은 눈에 띄지 않게 조금씩 조금씩 들리고, 그러다가 어느 순간 갑자기 안으로 휘어 포옹의 포즈를 하게 되지 않았나 한다.

아마 화가 제롬도 나 같은 상상을 하면서 그 그림을 그렸을 거다. 차디찬 대리석, 그러나 배반하지 않는 여인. (「기행소품」)

한편 피천득은 뉴욕 미술관에 대한 뼈아픈 경험을 소개한다.

나는 뉴욕 미술관에서 수백이 넘는 그림을 하루에 본 일이 있다. 그런데 지금 회상할 수 있는 그림은 하나도 없다. 그중에 몇 폭만을 오래오래 감상하였더라면 그것들은 내 기억 속에 귀한 재산으로 남았을 것을…. 애석한 일이다. (「너무 많다」)

이 수필에서 피천득은 미술관의 많은 그림들을 시간에 쫓겨 주마간산 격으로 훑어본 어리석었던 경험을 이야기하고 있다. 아마 중요한 약속이나 비행기 시간 때문에 그림들을 찬찬히 감상할 수 없었나 보다. 아니면 좋은 그림들이 너무 많아 한정된 시간 내에 다 음미하기가 어려웠을 수도 있다. 중요한 것은 마음속에 회상할 만한 그림이 남아 있느냐이다. 우리의 기억 속에 각인된 그림은 마음의 재산이다. 먼 후일 어디에서나 그 아름다운 그림을 떠올릴 수 있어 무료함이나 우울감을 달래줄 수 있기 때문이다. 음악과 마찬가지로 미술 역시 우리의 마음과 영혼의 값진 자산이다.

피천득은 한때 딸 서영이의 미술 선생님을 짝사랑한 적이 있었다. 토요일 오후 비원에 가서 그녀와 함께 걸었던 일들을 회상한다.

이 순간에 그대는 화실 캔버스 앞에 앉아 계실 것입니다. 아니면 튀율르리 공원을 산책하고 있을 것입니다. 그렇지 않으면 루브르 박물관에 계실 것입니다. 언젠가 내가 프린트로 보여 드린 세잔의 정물화 〈파란 화병〉 앞에 서 계실지도 모르겠습니다. …

헤어지면 멀어진다는 그런 말은 거짓말입니다. 녹음이 짙어가듯 그리운 그대여, 주고 가신 화병에는 장미 두 송이가 무서운 빛깔로 타고 있습니다. 그러나 그것은 될 수 없는 일입니다. 주님께서는 엄격한 거부로서 우리를 지켜주십니다. 우리는 나이를 잃은 영원한 소년입니다.

(「파리에 부친 편지」)

피천득은 한때 사모했던 여류화가에게 "나이를 잃은 영원한 소년"일 뿐이다. 그는 한 지인에게 이 수필이 자신의 대표작이며 제일 좋아하는 글이라고 언명했다고 한다.

피천득은 「눈물」이란 수필에서 "미술품으로 내가 가장 아름답게 여기는 것은 미켈란젤로의 「피에타」('자비를 베푸소서.'라는 뜻의 이탈리아어)이다. 거기에는 마리아의 보이지 않는 눈물이 있다. 저 많은 아름다운 노래들은 또한 눈물을 머금고 있"다고 말한다. 미켈란젤로는 24세의 젊은 나이에 이 숭고한 조각품을 제작했으며 유일하게 자신의 사인을 남겨놓았다. 이 미술품은 어머니 마리아가 33세로 십자가에 못 박혀 죽은 아들 예수를 안고 앉아있는 모습인데, 죽은 아들을 안고 있는 어머니의 모습이 숭고한 비장미로 가득하여 신비스러운 분위기를 자아낸다.

미켈란젤로 역시 어머니를 일찍 여의었다. 그를 정신분석 하는 것은 아니지만 자신은 엄마 없이 이미 커버렸지만 아마도 자신이 기억하고 있는 그리운 엄마의 품에 안기고 싶었을 것이다. 어릴 때 엄마였으니 항상 젊을 수밖에 없다. 이 작품을 바라보는 피천득 역시 이제는 다 큰 성인이지만 아직도 젊은 엄마의 팔에 안겨 있는 모습을 상상했을 것이다! 피천득의 삶과 문학의 요체가 이 조각상에 고스란히 들어있지 않았을까? 엄마의 눈물을 느끼며 '아물지 않은 상처'가 치유되는 것을 경험했을 것이다.

"시는 그림이다."라는 오래된 명제가 있다. 다시 말해 시는 문자로 이루어진 그림(조각)이며 그림은 물감으로 그린 시이다. 우리는 이 조각

미술품에서 감동적인 이야기를 만들어낸다. 미켈란젤로는 화가와 조각
가였지만 돌로 조각한 시(이야기)를 쓴 셈이다. 피천득은 이「피에타」를
하나의 완벽한 시로 읽어냈기에 "자신이 가장 아름답게 여기는" 미술품
이 되었을 것이다. 피천득은 리영희 교수와의 대담에서 다음과 같이 말
한다.

> "마리아상말입니다. 이 모습을 보면 예수님이 33세에 돌아가셨는데
> 마리아님이 어디든지 이렇게 젊게 나온단 말입니다. 그건 마리아님이
> 될 수 있는 대로 예쁘게 보이고 젊게 보이려고 하기 때문입니다. 그러
> 니까 예술은 초월한다는 것입니다. 마리아를 젊게 만든다 이거예요."
> (「리영희와의 대담」, 299)

 이야기가 그림이 되는 경우도 있다. 피천득은 같은 수필「눈물」에서
"성경에서 아름다운 데를 묻는다면"이라고 말을 꺼낸 다음 "'누가복음'
7장, 한 탕녀가 예수의 발 위에 흘린 눈물을 자기의 머리카락으로 썼고,
거기에 향유를 바르는 장면"이라고 소개한다. 정확한 성경 구절을 찾아
보자.

> 그 동네에 죄를 지은 한 여자가 있어 예수께서 바리새인의 집에 앉
> 아 계심을 알고 향유 담은 옥합을 가지고 와서 예수의 뒤로 그 발 곁에
> 서서 울며 눈물로 그 발을 적시고 자기 머리털로 닦고 그 발에 입 맞추
> 고 향유를 부으니
> (「누가복음」, 7장 37~38절)

 죄지은 여인이 매우 비싼 향유로 가득 찬 최고급 옥합을 깨뜨려 자신
의 눈물로 예수의 발을 썼고 머리카락으로 닦고 예수의 발에 입을 맞추
는 이 이야기는 『성경』 전체에서도 가장 감동적인 이야기 중 하나이다.
이 이야기는 그 장면이 그림으로 쉽사리 그려진다. 내가 화가라면 미켈
란젤로가 공을 들여「피에타」를 대리석 조각으로 시를 만들었듯이 이

장면을 그림(회화)으로 만들고 싶다. 이 이야기의 까만 글자들은 금세 그림물감이 되어 죄 사함 받은 죄 많은 여인이 예수의 발에 귀한 향유를 뿌리는 한 편의 아름답고 성스러운 그림이 되리라!

피천득의 시 「그림」을 소리 내어 읽어 보자.

　　나는 그림을 그릴 때면
　　하늘을 넓고 푸르게 그립니다

　　집과 자동차를 작게 그리고
　　하늘을 넓고 넓고 푸르게 그립니다

　　아빠의 눈이 시원하라고
　　하늘을 넓고 넓고 푸르게 그립니다 (전문)

이 시의 화자인 "나"는 매연이 가득한 복잡한 도시에서 바쁜 일상 때문에 하늘도 제대로 보지 못하는 아빠를 위해 "하늘"을 그려준다. "나"는 화가의 상상력으로 하늘을 "넓고 넓고 푸르게" 그린다. 집과 자동차는 "작게" 그린다. "나"가 그린 이 하늘 그림을 보고 "아빠"는 많은 건물들과 자동차들로 비좁아진 거리를 넓게, 회색빛 하늘을 푸르게 느낄 것이다. 이것이 문학의 기능이며 축복이다. 동시에 이것이 그림의 예술적 역할이며 기쁨이다. 여기에서 시와 그림은 다시 만난다.

앞서 잠시 소개한 피천득이 자주 들르던 보스턴 박물관의 "작은 방"으로 다시 가보자. 여기에는 한국에서 외교관을 지냈던 미국인 고(故) 호이트 씨가 수집해놓은 한국미술품들이 전시되어 있었다.

　　3백 년, 5백 년, 7백 년 전의 우리나라 흙으로 우리 선조가 만들어
　놓은 비취색, 짙은 옷색, 백색의 그릇들, 일품(逸品)인 상감포도당초
　문표형주전자(象嵌葡萄唐草文瓢形酒煎子)를 위시하여 장방형에 네 발이

달린 연지수금향로(蓮池水禽香爐), 화문매병(花文梅瓶), 윤화탁(輪花托) 등 수십 점이 한 방에 진열되어 있었다.

피천득은 수십 점 중에서 가장 한국적인 주전자 하나를 잊을 수가 없었다.

> 이것들 중에도 단아한 순청주전자(純靑酒煎子) 하나는 시녀들 속에 있는 공주와도 같았다. 맑고 찬 빛, 자혜로운 선, 그 난초같이 휘다가 사뿐 머문 입매! 나는 만져 보고 싶었다. 그러나 그것은 될 수 없는 일이었다.　　　　　　　　　　　　　　　　　　　　　　　(「호이트 컬렉션」)

이 박물관에서 호이트 컬렉션을 처음 보고 10년 뒤인 1965년경에 쓴 이 수필에서 피천득은 한국미술품들의 "순결(純潔), 고아(高雅), 정적(靜寂), 유원(悠遠)"을 그 특징으로 들고 있다. 그리고 바로 그 옆방에 있던 일본실에는 "'사무라이' 칼들이 수십 자루나 진열되어 있었다."는데 "무서운 동화를 읽은 어린아이같이 나는 자다 깨어 불안을 느낄 때가 있다."고 끝맺는다. 한국적인 것과 일본적인 것의 격렬한 대비를 통한 불안 속에서 피천득의 일제 강점기에 대한 고통스러운 상처가 덧난 것일까?

피천득은 생전에 르누아르(Auguste Renoir, 1841~1919), 모네(Claude Monet, 1840~1926) 등의 화가들을 좋아했고 한국화가 천경자의 그림을 좋아해서 그녀와 자주 만났다고 전해진다. 피천득의 그림 이야기를 마무리하며 그가 만년에 쓴 시 한 편을 소개한다.

한여름
색깔 끈끈한 유화(油畵)
그런 사랑 있다지만

드높은 가을 하늘
수채화 같은 사이
이런 사랑도 있느니

(「이런 사이」 전문)

　이 시는 젊은 시절의 사랑과 장년의 사랑을 "유화"와 "수채화"로 비교 대조하고 있다. 피천득은 다시 한 번 시와 그림을 하나로 만들고 있다.

　금아와 문학에 대해서는 여기서는 자세히 말하지 않겠다. 피천득은 독서의 폭이 넓어 문학 교수라는 직업상 읽는 것 이상이었다. 그에게 음악 듣기, 그림 보기, 문학 읽기는 삼위일체였다. 필자가 노년기의 '예술화'라고 칭하는 과정을 통해 피천득은 자신의 삶의 목표인 "평범한 생활과 고상한 사상"(윌리엄 워즈워스)을 일치시키며 퇴임 후의 기나긴 시간을 살아내면서 100년 가까이 청아한 삶을 지속시킬 수 있었다.

　피천득이 노년에 만난 사람들을 다 열거할 수는 없지만 분명한 것은 퇴임 후에도 그는 몇몇 가까운 친구들과 적지 않은 제자들, 그리고 수많은 후배 문인들과 자신의 문학을 좋아하는 사람들과 즐겁게 만났다. 문인 중에는 김종길, 박경리, 김남조, 김후란, 박완서, 김우창, 윤형두, 조정래, 최인호, 이해인 등과 교분이 있었고 말년에는 진보성향의 학자 리영희 교수, 임헌영 교수 등과도 만나 대담을 하였다.*

---

* 피천득과 여성들에 관해서는 심명호 교수의 「금아 피천득 선생님의 연인들」, 『샘터』 1997년 7월호, 145~154와 『대화』의 김재순과의 대담(32~37)을 참조. 또한 1999년 피천득과 대담한 수필가 박미경은 "끊임없이 누군가를 연모하고 사랑하는 선생의 가슴에는 일곱 살에 아버지를 잃고, 열 살에 어머니마저 잃은 고독과 그리움이 있었으리라 짐작케 한다. 어쨌거나 '플레이보이'라는 애칭이 무색하지 않을 이력에도 불구하고 그분의 사랑이 한결같이 순수하게만 느껴지는 힘은 어디서 기인한 것일까."(「세기를 넘어, 문학을 넘어 — 피천득」, 218~221)라고 적고 있다.

기억의 문화윤리학 또는 회상의 축복

피천득은 수필 「봄」에서 음악을 듣고, 미술을 보고, 문학작품을 읽는 행위가 가져오는 기쁨에 대해 다음과 같이 말한다.

> 나는 음악을 들을 때, 그림이니 조각을 들여다볼 때, 잃어버린 젊음을 안개 속에 잠깐 만나는 일이 있다. 문학을 업으로 하는 나의 기쁨의 하나는, 글을 통하여 먼발치라도 젊음을 바라볼 수 있다는 것이다.

친구들, 제자들, 문인들과의 만남도 기억 속에 저장되었다가 회상으로 다시 살아난다면 그것 또한 피천득에게는 기쁨이었다.

그가 만년에 쓴 시 「기억만이」에 기억의 문화윤리학의 요체가 들어 있다.

햇빛에 이슬 같은
무지개 같은
그 순간 있었으니

비바람 같은
파도 같은
그 순간 있었으니

구름 비치는
호수 같은
그런 순간도 있었으니

기억만이
아련한 기억만이

내리는 눈 같은
안개 같은 (전문)

　노년에 남아있는 것은 과거의 "기억"이다. 이 "순간"처럼 사라져버리기 쉬운 기억들을 되살려낸다면 노년에도 젊음이란 축복이 찾아올 수 있다. 이 시는 물의 이미지로 가득하다. 핵심 단어들인 "이슬", "무지개", "비바람", "파도", "구름", "호수", "눈", "안개"는 모두 사라지거나 변형되는, 견고한 형태를 지니지 못하는 물의 이미지들인데 그런 이미지들이 쉽게 사라질 수 있는 "순간"과 연결되어 있다. 기억이란 과거의 어떤 순간이 응고되어 남아 있는 시공간의 복합체이다. 그래서 노년의 삶에서 기억을 되살려낼 수 있는 기술학이 필요하다.

　인간 존재는 수많은 작은 점(点)들이 하나로 연결된 가냘픈 선(線)이다. 이 불안한 선을 지속가능한 삶의 든든한 끈으로 이어주는 것이 궁극적으로 시가 아니겠는가? 문학, 음악, 미술이 아니겠는가? 피천득의 노년기 삶의 기술학은 바로 문학, 음악, 미술 위에 놓여 있다. 노년의 예술화는 생명력 있게 작동된 이슬과 같은 인간 존재의 '순간들'이 삶 전체의 커다란 원을 그리며 굴러가게 하는 "구슬"이다. 노년기 삶의 예술화는 삶과 문학과 사상을 순수와 단순, 겸손과 온유, 가난과 무욕 속에서 일관성 있게 하나로 응집시키는 삶의 기술학의 탁월한 작동원리이다.

　피천득은 20세기 벽두부터 한반도를 둘러싸고 숨 가쁘게 돌아가는 척박한 역사와 개인적으로 고단한 현실 속에서도 강인한 생명력과 희망의 원리를 가지고 삶을 유지하고 지탱하면서 거의 1세기를 살아남았다. 이런 모습이 그의 산문시 「어린 벗에게」에서 잘 나타난다.

　가을도 지나고 어떤 춥고 어두운 밤 사막에는 모진 바람이 일어, 이 어린 나무를 때리며 꺾으며 모래를 몰아다 뿌리며 몹시나 포악을 칠 때가 옵니다. 나의 어린 벗이여, 그 나무가 죽으리라고 생각하십니까,

아닙니다. 그때 이상하게도 그 나무에는 가지마다 부러진 가지에도 눈이 부시도록 찬란한 꽃이 송이송이 피어납니다. 그리고 이 꽃빛은 별 하나 없는 어두운 사막을 밝히고 그 향기는 멀리멀리 땅 위로 퍼져갑니다.

어려서 일찍이 부모를 여의고 외롭고 춥게 살아오면서 생긴 피천득의 몸과 마음의 깊은 상처(scar)는 끈질긴 생명력을 가진 어린 벗 "별(star)"로 변형되었다. 피천득은 이러한 삶의 고난 속에서 굽어질 때가 있었지만 결코 변절하거나 포기하여 부러지지는 않았다.

금아의 후반부 삶은 고요한 호수이다. 인생의 황혼기에 접어들면서 그는 자신의 삶을 자주 반추하기 시작한다. 노년의 첫머리에서 어느 정도 마음의 평정을 이룩하고 불혹(不惑)을 경험하였다.

너는 이제 무서워하지 않아도 된다. 가난도 고독도 그 어떤 눈길도
너는 이제 부끄러워하지 않아도 된다. 조그만 안정을 얻기 위하여
견디어 온 모든 타협을
고요히 누워서 네가 지금 가는 곳에는 너같이 순한 사람들과 이제는
순할 수밖에 없는 사람들이 다 같이 잠들어 있다   (「너는 이제」)

노년에 이른 이제 모든 두려움과 비겁함에서 벗어나는 자유함과 해방감이 느껴지지 않는가? *
금아는 나이가 들면서 차분하게 갖추어야 할 것을 준비하며 '해탈'을

---

* 피천득은 가난을 선택하고 무욕의 생활을 했다. 그러나 수필가 이창국이 필자에게 밝힌 바에 따르면 피천득의 유일한 약점은 '명성'에 대한 미련을 버리지 못했다는 것이다. 국내의 명성보다 그 이상의 세계적인 명성까지 염두에 둔 듯하다. 피천득은 살아있을 때 작품선집을 영어로 2회 발간했고 러시아어와 일본어로 번역한 수필집을 현지에서 출간한 바 있다. 수녀 시인 이해인이 추모시 「금아 피천득 선생님께」에서 "고령의 노인이 되어서도 인간에게 / 명예심은 가장 큰 유혹인 것 같애."라고 전하듯이 문학적 명성에 관한 욕심만은 피천득도 어쩌지 못했던 것일까?

기다리면서도 아직도 젊은 꿈을 향한 미련을 완전히 버리지 못한다. 그렇지만 늙어감에 대해 슬퍼하거나 허무한 마음을 품지는 않는다. 시 「나의 가방」에서 금아는 자신의 오래된 가방을 만져보며 "늙었다 / 너는 늙었다 / 나도 늙었으면 한다 / 늙으면 마음이 가라앉는 단다."고 자신을 위로한다.

우리에게 과거의 기억과 회상은 역사의식의 원천이기도 하다. 과거는 그대로 지나가버린 시간들이 아니다. 그것은 언제나 되살아나 다시 살 수 있는 잠재된 세계이다. 과거는 현재의 어머니이다. 과거는 기억과 회상이라는 재생장치를 통해 다시 환기되어 쓰일 수 있다. 아무리 슬프고 고통스러웠던 과거라도 소금처럼 시간에 오래 절여 다시 발효시키면 오늘을 위한 새로운 기쁨과 즐거움의 원천으로 부상할 수 있다. 이런 의미에서 과거는 현재이며 나아가 미래이다. 인간의 노후에 자주 찾아오는 치매 현상은 무섭고 끔찍한 비극이다. 과거와 기억이 말살된 삶이란 결코 상상할 수 없는 일이다. 그것은 결국 죽음이란 망각이기 때문이다.

우리가 지금 살아있다는 것은 회상을 통해 과거의 생명을 현재에 되살려내어 미래의 부활을 위해 문을 활짝 열어두는 게 아닐까? 기억을 통해 과거를 다시 사는 것은 단순한 향수적 감상이나 호고(好古)의 취미가 아니다. 그것은 니체가 말한 "영원회귀"라는 문학이 언제나 지향하는 생명의 근원을 향한 하나의 깃발이며 푯대이다. 피천득에게 기억과 회상은 지속적인 삶을 위한 장치이다. 역사는 기억과 망각의 투쟁이다. 피천득의 삶의 역사는 언제나 기억이다. 과거를 되새김질하여 나오는 작고 아름다운 삶의 파편들이 봄날 고목나무에 새순 돋아나듯 싱그럽다. 어디 이뿐이랴? 피천득에게 기억은 깊은 저수지이다. 그의 기억의 저수지는 오래전 육당 최남선이 「불함문화론」에서 주장하듯 한민족의 시원(始原)인 대호수 바이칼이다. 가장 깊은 곳이 1,600m나 되는 신비스러운 바이칼 호수에서 건져 올린 싱싱한 생선의 반짝이는 비늘처럼 피천득의 기억은 생명의 도약이다.

금아 선생은 자신이 "노대가(老大家, grand old man)"는 못되더라도 "호호옹(好好翁, jolly old man)"이 되겠다고 그의 수필 「송년」에서 다짐한다. 하지만 그는 작고 사소한 것 중에서 아름다움을 찾아낸 "작은 거인(little big man)"임에 틀림없다. 그는 서정적 숭고미를 가진 자신의 문학에서 남들이 견주기 어려운 독보적인 영역을 개척하여 확고하게 자리를 잡았다. 금아의 후속세대인 우리는 그를 쉽게 따르거나 닮기가 쉽지 않다. 마치 셰익스피어를 제아무리 잘 모방한다 해도 흉내 내는 아류(亞流)가 될 수밖에 없듯이 그는 우리가 넘어서기에는 너무나 "강한" 시인이며 수필가이며 무엇보다도 "순수한" 생명의 인간이다. 이것이 금아 피천득이 한국문학 나아가 동양 또는 세계문학사에 남을 수 있는 최소한의 조건이다.

그러나 무엇보다도 그의 삶과 생활은 우리가 따라 하기 어려울 것 같다. 20세기 역사의 소용돌이 속에서 그는 여러 전쟁의 전환기와 혁명의 변혁기를 거의 한 세기 동안 몸으로 통과하며 단순과 소박, 용서와 사랑, 절제와 승화라는 삶의 기본적 원리들 사이에서 균형과 조화를 잃지 않은 보기 드문, 거의 종교적 경지의 실천적 생활인이었다. 금아 선생은 삶과 문학을 일치시키려고 무척이나 노력하였다. 흔히 아는 것을 실천하는 것을 '지행합일(知行合一)'이라 하고 말과 행동이 일치할 때 '언행일치(言行一致)'라 한다. 믿음과 행동을 일치시키는 것을 '신행일치(信行一致)'라 하는데 주체적 삶의 현장에서 그대로 실천하는 것은 지극히 어려운 일이다.

금아의 경우, 그의 문학(사상과 창작)과 일상적 삶이 하나가 되는 '지행합일(知行合一)'의 경지가 어느 정도 이루어졌다고 하겠다. 문학사를 다 뒤져보아도 문학과 삶을 일치시키며 살아가는 사례를 찾아보기가 쉽지 않다. 바로 이 점이 금아가 우리에게 감동을 주는 부분이다. 이것은 대학교수직도 거부하고 평생을 렌즈를 깎으며 조용히 살았던 16세기 네덜란드의 혁신적 철학자 스피노자와 한국근대사에서 가장 정직하고 뛰

어난 민족지도자 안창호 선생의 절대적 영향을 받은 결과일 것이다. 이
것이 삶과 문학에서 피천득이 우리에게 남겨놓은 유산이자 숙제이다.

최근 작고한 시인이며 영문학자인 김종길은 피천득의 9순(90세)을 위
해 1999년에 쓴 칠언절구 한시 「기금아선생구순연(寄琴兒先生九旬筵)」에
서 피천득을 다음과 같이 송축하고 있다.

> 「琴兒 선생 九旬 잔치에」
>
> 이 세상에 귀양 오셔 아흔 해인데
> 동안(童顔)은 청수(淸瘦)하셔 신선(神仙) 같아라.
> 청운(靑雲)의 뜻을 품곤 바다에 뜨고
> 선비의 비운 마음 떳떳하셨지.
> 영재(英才)를 기르는 건 천고(千古)의 기쁨,
> 이따금 읊은 시(詩)는 만금(萬金)짜리.
> 이 세상 탁하다고만 말하지 말라.
> 아직도 선생께서 살아 계시니.
> (정정호 엮음, 『인생은 작은 인연들로 아름답다』, 165~166)

죽음의 자리에서 — 유언장과 묘비명

피천득은 격월간지 『한국문인』 특집 「가상유언장」에 수필집 『인연』의
마지막 두 편인 「송년」과 「만년」을 함께 실었다. 이렇게 볼 때 이 마지
막 두 편의 수필을 그의 유언장으로 보아도 좋을 듯하다. 다음은 마지막
수필 「만년」의 끝부분이다. 피천득 삶의 대주제는 '사랑'이다.

> 하늘에 별을 쳐다볼 때 내세가 있었으면 해 보기도 한다. 신기한 것,
> 아름다운 것을 볼 때 살아 있다는 사실을 다행으로 생각해 본다. 그리
> 고 훗날 내 글을 읽는 사람이 있어 '사랑을 하고 갔구나' 하고 한숨지

어 주기를 바라기도 한다. 나는 참 염치없는 사람이다.

피천득은 2007년 5월 25일 서울 아산병원에서 폐렴과 관련된 후유증으로 영면하였다. 장례식은 그가 태어난 날인 5월 29일에 이루어졌고 경기도 남양주군 모란묘지공원에 묻혔다. 금아가 만년에 쓴 시 「너」는 경기도 남양주군 모란묘지공원, 그의 묘소 앞에 세워진 시비(詩碑)에도 쓰여 있다. 이 시는 금아의 일생을 요약한 묘지명이다.

> 눈보라 헤치며
> 날아와
>
> 눈 쌓이는 가지에
> 나래를 털고
>
> 그저 얼마동안
> 앉아 있다가
>
> 깃털 하나
> 아니 떨구고
>
> 아득한 눈 속으로
> 사라져 가는
> 너 (전문)

피천득이 좋아해서 번역한 미국의 여류시인 사라 티즈데일(Sara Teasdale, 1884~1933)의 시 한 구절을 보자.

> 누가 묻거든 잊었다고
> 예전에 예전에 잊었다고,

꽃과 같이 불과 같이 오래전에 잊혀진
눈 위의 고요한 발자국같이
　　　　　　　(피천득 옮김,『내가 사랑하는 시』,「잊으시구려」, 2연)

　위의 두 시에서 볼 때 피천득은 죽어서 아무 흔적도 남기지 않고 조용
히 사라져 영원히 잊히기를 바랐다.

　피천득은 그러나 아무런 흔적도 없이 사라지거나 잊히지 않았다. "아
름다움〔美〕"과 "진리(진실)"를 위해 살다가 죽은 금아가 애송하던 미국
의 여류시인 에밀리 디킨슨(Emily Dickinson, 1830~1886) 시의 일부를 읽
어본다. 그의 묘비석의 옆이나 뒤에 새겨 넣어도 좋으리라.

　　"무엇 때문에 죽었느냐" 그는 가만히 물었다.
　　"미(美)를 위하여" 대답하니
　　"나는 진리를 위하여, 둘은 같은 것, 우리는 형제요"
　　　　　　　(피천득 옮김,「나는 미〔美〕를 위하여 죽었다」, 2연)

　이 시는 또한 피천득이 끔찍이 사랑했던 존 키츠의 장시「엔디미온」
의 첫 행 "아름다운 것은 영원한 기쁨이다."와 시「그리스 항아리에 부
치는 송가」의 "미(美)는 진리이고 진리는 미이다."라는 시행과도 완벽
하게 일치한다. 피천득은 비루한 현실 세계에서 미와 진리의 순교자
였다.

두뇌가 기능을 멈추고
내 손이 썩어가는 때가 오더라도
이 순간 내가
마음 내키는 대로 글을 쓰고 있다는 것은
허무도 어찌하지 못할 사실이다.

(시「이 순간」 마지막 연)

오 사랑아, 진실하자 우리는 서로
꿈나라같이 우리 앞에 놓여 있는 이 세상은
그렇게 다양하게, 아름답게, 새롭게 보이지만
사실은 기쁨도 사랑도 광명도 없고
신념도 평화도 고통을 구할 길이 없나니
그리고 우리들이 있는 이 세상은
밤에 무지한 군대들이 충돌하는 곳,
싸움과 도주의 혼란한 아우성에 휩쓸리는
어두운 광야와도 같고나.
(매슈 아널드 저, 피천득 옮김, 「도버 해변」, 5연〔마지막 연〕, 『내가 사랑하는 시』)

문학

"문학은 금싸라기를 고르듯
선택된 생활 경험의 표현이다."

제1장 1930년 전후 문단 진출기의 창작 활동

나는 열다섯 살 무렵부터. … 시에 심취했습니다. … 그리고 나 자신
시인이 되고 싶었고, 직접 시를 쓰기도 했습니다.

（「서문」,『내가 사랑하는 시』）

피천득은 주로 수필가로만 알려져 있어 그가 시인이었다는 사실을 모
르는 독자들도 있다. 한국 문단에서 시도 잘 쓰고 수필도 잘 쓰는 문인
은 많지 않다. 대개는 한 장르 쪽으로 기울고 나머지는 부수적인 작업에
머무른다. 필자는 여기에서 한걸음 더 나가 문인으로서의 피천득 정체
성을 시인 - 수필가 - 번역문학가의 3중적 능력을 가진 문인으로 보아야
한다고 생각한다. 양으로 보아도 그의 문학 번역이 각 100편 정도에 불
과한 시나 수필보다 훨씬 많다. 무엇보다 아주 탁월하게 번역된 셰익스
피어 소네트만 보더라도 번역문학가로서의 대우를 받아야 마땅하다. 그
의 번역 작업은 시와 수필 창작에도 상당한 영향을 미쳤다. 작가 피천득
은 이제부터 다중적 정체성을 가진 시인 - 수필가 - 번역문학가로 보아
야 한다.

1930년대 조선의 문화 상황

피천득의 등단 시기는 언제이며 어떤 장르의 작품들이 발표되었는가? 필자는 지금부터 피천득 등단기에 일간신문 『동아일보』와 월간지 『동광』, 『신동아』, 『신가정』, 『어린이』에 발표한 작품들을 집중적으로 읽으며 초창기 작품들의 수와 발표 시기를 논의하고자 한다. 이에 앞서 그가 1930년부터 어떻게 이 잡지들을 통해 작품을 발표하였는지 알아보기 위해 1930년대 초 식민지 조선사회와 문단의 상황을 간략히 살펴보자.

30년대 초 한국 사회는 일제 식민 지배를 통해서 자본주의 근대문명의 확산과 대중문화의 출현이 이루어지던 시기였다. 철도, 기차, 전차, 도로, 버스, 학교, 병원 등은 19세기 말 개화기 때부터 계속 변형되었다. 피천득은 이미 1920년대 후반에 도시 근대화와 소비자본주의 문화의 선봉을 달렸던 상하이에서 서구적 양식당, 카페, 다방, 극장 등에서 '모던 보이'나 '모던 걸'을 경험한 바 있었다. 한국 근대 역사학자인 장규식에 따르면 당시는 "식민지의 억압과 차별의 현실에 소비문화의 매혹이 뒤얽힌 근대생활의 파노라마가 도시 일각에서 펼쳐지는 가운데, 신문·잡지·영화·음반·라디오 등 미디어의 발달과 맞물리며 등장한 대중문화가 꽃을 피우기 시작"(257)한 때였다.

'식민지 근대화'와 '식민지 수탈'이라는 이중적 모순 구조 속에서 문학은 어떤 얼굴을 하였을까? 이러한 양가적인 문화 상황에서 문인들은 어떤 활로를 모색하였는가? 한국현대시의 시대 구분을 논의하는 자리에서 오세영 외 학자들은 1930년부터 1945년 광복까지를 한국 '현대시의 형성기'로 합의한 바 있다. 이렇게 되면 피천득의 등단 시기인 1930년대 전후는 한국 현대시의 형성 초기에 해당한다. 국문학자 남기혁은 1930년대 시인들이 "서정시의 현대성"에 더 다가가고 "1920년대 시인들에 비해 훨씬 성숙된 언어의식과 세련된 언어감각을 보여주었을 뿐만 아니라 도시적 감수성과 문명 비평의식을 바탕으로 새로운 시대의 현실을 포착"(152)하였다고 전제하고서 1930년대 시단의 주요 경향을 "리리시즘의 다양한 표정들: 순수 서정시 계열"과 "문명 비판의 언어 실험: 모더니즘과 아방가르드 계열의 시"로 나누었다. 이 두 가지 주요 경향 중에서 피천득은 전자 계열에 속한다고 볼 수 있다. 남기혁은 이 계열에서 피천득의 이름을 직접 거론하지는 않았지만 피천득의 시는 이 시기 시의 특성인 '서정주의'를 공유하고 있었다. 그가 당시 한국문단의 경향에서 벗어날 수 없었음은 너무나 당연한 일이다.

1930년 최초의 시 3편 읽기

피천득이 첫 작품을 발표한 때는 언제일까? 이제부터는 피천득이 1930년부터 작품을 발표하기 시작했던 『동아일보』와 월간 잡지들에 관해 간략히 살펴보고 실린 작품들을 일별해보자. 『동아일보』는 1920년 4월 1일에 창간된 종합 일간지로, 당시의 편집국장은 피천득을 어려서부터 돌보아 준 보호자이자 그의 문학적 스승이던 춘원 이광수였다. 피천득 생애 최초의 문학저작물은 번역 문학이었다. 1926년 8월 19일자부터 4회에 걸쳐 알퐁스 도데 「마지막 시간」을 『동아일보』에 번역하여 소개하였다.

그동안 피천득은 1930년 『신동아』에 「소곡」 등을 발표하며 문단에 등단한 것으로 알려져 있었다. 하지만 실제로 『신동아』 시단에 실린 시들은 「선물」, 「가신 님」으로 1932년 6월호였고, 같은 시단에 모윤숙의 「광야로 가는 이」와 노천명의 「밤의 찬가」 등이 실려 있다. 이렇게 사실관계가 다른 것은 피천득 자신의 착오였거나 아니면 누구도 피천득이 1930년에 발표한 첫 작품을 확인해보지 않은 결과다. 확언하건대 피천득이 처음으로 발표한 시는 1930년 4월 7일자 『동아일보』에 실린 「차즘」〔찾음〕이다. 이 시의 필자는 금아(琴兒)로 되어 있다. 우선 이 시의 전문을 살펴보자.

마치고 기다림도
못견딘다 하옵거든

말업시 찾는심사
아는이나 아올것이

십년은 더살목숨이
줄어든듯 하여라

모습이 귄양하야
하마귄가 딸웁드니

닥치니 아니로세
애꾸저 봣횡세라

아쉬워 정가시랴만
구지미워 합니다.

오늘밤 달뜨거든
그빛을 타고올라

이골목 저거리로
두루두루 찾삽다가

살멋이 님자는곁에
나려볼까 합니다

위 시는 물론 자유시처럼 보이지만 자세히 보면 연시조 형식으로 3·4조와 4·4조를 비교적 엄격히 지키는 시조의 율격을 따르고 있다. 초장, 중장, 종장을 각각 2행으로 나누어 하나의 연으로 만들고 있어서 이 시는 결국 평시조 3편인 연시조에 해당하나 각 2행을 연이어 붙여 9개의 연을 만들고 있다. 피천득은 전통시인 시조의 율격을 따르고 형식만 자유시를 따르는 시를 창작한 것이다. 이 시는 한자나 외래어가 전혀 없이 순 한글과 일상 토속어로 쓰였다. 조동일 교수가 한국의 현대시를 창작하는 방식 중 「현대시에 나타난 전통적 율격의 계승」을 논하는 글에서 한용운, 김소월, 이상화, 김영랑, 이육사에 대해 말했던 것처럼, 피천득도 첫 번째 시에서 "음보의 분단과 중첩에 의한 방법, 기준 음절수의 증감에 의한 방법, 상이한 음보를 결합시키는 방법 등"을 통해 시조의 "전통적 율격에 대한 깊은 이해를 가지고 전통적 율격을 새로운 창조를 위해 변형시켜 계승"(170~171)했다고 말할 수 있다.* 이 첫 시에서 피천득이 찾은 것은 무엇일까? 매우 '그리운' 어떤 존재일 것이다. 10살 때 돌아가신 '엄마'를 찾는 것일까? 어린 시절 엄마와 함께 다니던 서울 종로구 청진동 일대에서 엄마의 흔적을 "말없이 찾"아 본다. 시인은 밤의 달빛을 타고 올라가 이 골목 저 골목 살피다가 찾게 된 님 옆에 "살며시" 내리고자 한다.

다음은 피천득의 두 번째 시 「다친구두」(『동아일보』, 1931년 7월 15일자)의 전문이다.

> 새로신은 구두를
> 심사낫븐 아이가
> 코를 밟아주엇세요
>   ×   ×

---

* 한국 전통시 운율과 근대시와의 관계에 관한 소상한 논의를 위해서는 윤덕진, 『전통지속론으로 본 한국 근대시의 운율 형성 과정』(2014) 참조 바람.

겹질벗은 구두를
옷소매로 닦아도
자죽없어 안저요
　　×　　　　×
아파하는 구두를
곱게벗어 안고서
울며달아 왔세요
　　×　　　　×
암만다친 구두도
엄마입김 쐬이면
덧나지 아니 하지요?

　이 시는 시조형식에서 벗어나 음수율이 4·3조로 3행 4연시이다. 각 행의 음보수가 짧은 2개뿐으로, 이 시는 발표 당시 동시(童詩)로 분류될 만큼 짧고 단순하다. 이 시도 작자의 이름이 금아로 되어 있다. 당시 피천득은 "피천득", "금아", "천득" 3개의 필명을 사용하였다. 심술궂은 친구가 새 구두의 코를 밟아 껍질이 벗겨졌다. 어릴 때 엄마는 만사 해결사이다. 코가 깨진 이 구두도 엄마가 계셨으면 그 입김으로 고칠 수 있을 텐데, 하는 아쉬움이 드러난다.

　다음은 피천득이 세 번째로 발표한 시 「달」(『동아일보』, 1931년 7월 18일자)이다.

달은나만 눈에띄우면
조하라고 딸하주지요
내가엄마 쫓아다니듯
가라해도 딸하옵니다

한발한발 걸러가보면
느즉느즉 딸하오고요

깡충깡충 뛰어가보면
얼신알신 쪼차옵니다

달은아마 어린애라서
남만자꾸 쪼차다녀요
내가무슨 엄마이라고
염치조케 딸하옵니까 (전문)

　이 시는 완벽한 정형시로, 4·5조를 엄격하게 유지한 4행 3연시이다.
시각적으로 정형시이고 청각적으로는 한국 고유의 전통적 가락을 살리
고 있다. 이 시는 특히 "따르다", "쪼차다니다" 반복 구조를 통한 리듬
감각을 시도하였다. 2연처럼 의태어도 있고 전체가 순 한글이다. 『동아
일보』에 발표된 초기 시편을 살펴볼 때 신인 피천득의 시 쓰기 전략이
잘 드러나고 있다고 볼 수 있다. 달밤에 걸어가면 그림자와 함께 '달'이
계속 따라온다. 살살 걸어도 빨리 뛰어도 계속 따라온다. 아이가 엄마를
졸졸 따라다니듯이 달은 시인을 엄마로 생각하고 따라다니나 보다. 이
시에서 피천득은 자신을 엄마로 달을 어린애로 묘사한다. 엄마와 동일
시한 자신은 그리운 엄마가 되고 또 다른 어린이인 달로 변형된 자신이
졸졸 따라다니는 즐거운 환상을 만들어내고 있다. 이 시는 많이 수정되
어 후에 피천득의 첫 시집 『서정시집』(1947)에 실렸다.

1930년 전후 작품 활동 개관

　피천득은 1931년에는 7월 15일자에 발표된 동시 「다친 구두」를 비롯
해서 5편의 시를 발표했다. 1932년에도 계속해서 『동아일보』에 「기다
림」(4월 12일자)을 비롯하여 동물시 시리즈 등 14편의 작품과 평론을 발
표했으며, 1933년에는 시 「여름밤의 나그네」(7월 23일자)를 발표하였다.
　1926년 5월 창간된 『동광』지는 『개벽(開闢)』지와 더불어 한국의 대

표적인 잡지였다.『동광』지는 도산 안창호가 창시한 홍사단과 국내 조직인 수양동우회의 기관지 성격이었고, 춘원 이광수가 창간을 도왔으며 편집 겸 발행인은 주요한이었다.『동광』창간호에 창간사와 창간 취지문은 없으나 그 사상적 뿌리는 도산의 '무실역행(務實力行)'으로 독립자주 국가를 위한 올바른 민족정신 함양에 있었다. 1931년 피천득은「편지」,「무제(無題)」,「기다림」이란 시 3편을 현대 문학 발전에 크게 공헌한 바 있는『동광』에 발표하였고, 이듬해『동광』5월호에 또다시「불을질러라」라는 시를 발표하면서 시인으로서의 위상을 정립하기 시작했다.

『동아일보』사에서 1931년 11월 창간한 월간종합잡지『신동아』와 피천득의 인연도 결국은 춘원 이광수와 여심 주요섭에서 시작되었다.『신동아』는 모든 방면에서 국내외의 다양한 의견과 이론들을 소개하면서 새로운 잡지 시대를 열어갔다. 문예란 역시 큰 비중을 두고 당시 많은 시인 작가들의 작품들을 실었다. 피천득이『신동아』에 처음 실은 작품은 1932년에 발표한 매우 짧은 단편소설「은전 한 닢」이었다. 그리고 같은 해 6월호에 소곡(小曲)으로 시 2편「선물」,「가신 님」이 실렸는데, 그중「선물」은 최종 시집『생명』에 수록되지 못했고,「가신 님」은 약간 수정되어「달무리 지면」이란 제목으로『생명』에 들어있다. 같은 해 9월 호에 피천득은 본격적인 수필 장르로는 처음으로「장미 세 송이」를 발표하였다.

피천득이 등단 시기에 적지 않은 수의 작품을 발표한 여성잡지『신가정』은『신동아』의 자매지로 1933년 1월『동아일보』사가 창간하였다. 당시『여자계』,『신여성』의 여성 잡지가 있었으나 양과 질 면에서『신가정』이 가장 우수하였다. 피천득이 처음으로 창간호에 발표한 글은 시나 수필이 아니라 여성잡지의 취지에 맞추어 19세기 여류시인 브라우닝 부인에 관한 해설 논문이었다. 같은 해 2월호에 피천득은 처음으로 시조 3수를 묶은「만나서」를, 4월호에는 시조「이 마음」을, 5월호에는 수필「엄마」를 실었다. 잡지의 성격 때문이었겠지만, 이때부터 1935년 6월까지 피천득의 아기에 관한 여러 편의 동시와 동요가 『신가정』에 실렸다. 피천득은 『신가정』에 시조, 시, 동시, 수필, 영국 작가 소개 논문에 이르기까지 다양한 장르의 작품들을 발표하였다.

피천득은 등단 초기부터 번역에도 관심이 많아서 대표적 아동잡지 『어린이』를 통하여 번역물을 발표하였다. 1932년 3월 소파 방정환 선생이 창간한 『어린이』는 1934년 7월 통권 122호로 폐간된 잡지다. 방정환이 타계한 후 1933년부터 윤석중이 주간을 맡은 『어린이』(1933년 1월호)에 피천득은 미국단편소설 「석류씨」(나다니엘 호손)를 번역하여 실었다. 아동문학가 윤석중과의 교분도 이때부터 시작되었다.

피천득은 1931년 『동광』지 9월호에 발표한 「편지」, 「무제」, 「기다림」이라는 시편들은 조금 수정되어 시집 『생명』(2008년 최종 확정판)에 그대로 실렸다. 여기에서 다시 지적하고 싶은 것은 피천득이 문단에 시(詩)로 등단했다는 점이다. 또한, 피천득 연보에는 1930년 『신동아』에 처음으로 시 3편을 등재한 것으로 되어 있는데, 필자의 조사에 따르면 이것은 오류이다. 피천득이 처음 등단한 때가 1930년인 것은 맞지만 게재지는 『신동아』가 아니라 『동아일보』였다.

피천득이 처음으로 수필을 발표한 잡지는 1932년 『신동아』 5월호로 목차에 장편(掌篇)소설 「은전 한 닢」이라는 제목으로 실렸다(이 글은 후에 수정하면서 수필로 분류되어 그의 수필집 『인연』에 실렸다). 여기서 「은전 한 닢」이 장편으로 분류된 게 아주 흥미롭다. 장편이란 짧은 이야기란 뜻으로 일부에서는 이 작품을 소설로 분류하기도 하지만, 작가 자신의 뜻대로 수필로 분류하는 게 무난할 것이다.

1932년 『동광』 5월호에는 금아의 시 「불을 질러라」가 실렸으나 시집 『생명』에는 포함되지 않았다. 같은 호 시 부문에 모윤숙, 황순원, 장만영 등이 이름을 올렸고, 소설로는 김동인의 「논개의 환생」(Ⅰ), 이무영의 「두훈시」 그리고 춘원 이광수가 추천한 박화성의 소설 「하수도 공사」 등이 실려 있다.

같은 해『신동아』6월호에 금아의 시 두 편「선물」,「가신 님」이 실렸는데, 여기에 실렸던 시「선물」은 제목만 남고 전혀 다른 시로 창작되어 『생명』에 실렸고,「가신 님」은「달무리 지면」으로 제목도 바뀌고 내용도 일부 수정되어『생명』에 포함되었다. 같은 해『신동아』9월호에 발표된 금아의 수필「장미 세 송이」는『인연』에「장미」라는 제목으로 많이 수정되어 실렸다. 같은 호 수필 란에 실린 작가들은 이은상, 김동환, 채만식, 이태준, 이하윤, 김안서, 김기림, 김동인, 주요섭 등 당대의 쟁쟁한 문인들이었다.

1933년『신동아』2월호 수필란에 금아의「상해대전 회상기」가 단독으로 실렸고, 이 수필은 후에「유순이」로 개명되었다. 소설란에는 박화성, 강경애 등이, 시 부분에는 김안서, 김동명 등의 작품이 실렸다. 같은 해『신동아』5월호에는 수필란에 금아의「눈바래치는 밤의 추억」이 실렸고,『신동아』10월호에는 수필「기다리는 편지」가 김동인, 박화성, 나혜석, 전영택, 유치진 등의 수필과 함께 게재되었다. 특이하게도 같은 10월호에 금아의 아홉 편의 시조 작품인「시조 9수」가 실렸다. 1933년『신가정』11월호에는 처음으로 크리스티나 로세티의 시「자장가」,「이름 없는 귀부녀」,「내가 죽거든 님이여」,「올라가는 길」4편의 번역이 각 작품의 소개 논문과 함께 실렸다. 1933년『신동아』12월호에는 금아 시조「무제」,『신가정』12월호에는 시「호외(號外)」가 실렸다. 1934년『신가정』1월호에는 금아의 시 두 편「편지 사람」과「우리 애기」가, 2월『신동아』에는 수필「나의 파잎」이 실렸다. 1935년『신가정』4월호와 6월호에는 동요「유치원에서 오는 길」,「아가의 슬픔」,「아가의 근심」3편이 실렸다.[*]

---

[*] 위와 같이 금아 피천득은 1930년 4월부터 1935년 6월까지 시, 시조, 수필, 동요, 번역시 등 작품을 꾸준하게 발표하였을 뿐만 아니라 김동인, 김안서, 채만식, 모윤숙, 박화성 등의 대표적인 작가들과 어깨를 나란히 했다. 〔금아가 집중적으로 작품을 발표한 1930년 가을부터 1935년 봄까지의 등단기 작품 목록은「참고문헌」에 연도순으로 제시되어 있다.〕

등단 초기 작품 활동의 의미

피천득은 제일고보 재학 당시 윤오영을 만나 등사판 잡지 『첫걸음』을 만들었다. 이를 볼 때 고등학교 시절부터 이미 문학 소년으로 문인의 길을 걸어갈 가능성이 있었다. 하지만 20대 초반이던 1926년부터 1935년까지 등단 습작기라고도 할 수 있는 문단 데뷔기에 『동아일보』, 『동광』, 『신동아』, 『신가정』, 『어린이』에 투고했던 작품들을 집중적으로 고찰해 보면 다음과 같이 몇 가지 사실을 알 수 있다.

첫째, 피천득이 문예지에 창작시를 처음으로 게재한 것은 1930년 4월 『동아일보』임이 밝혀졌다. 결정적인 단서로는 『신동아』가 1931년 11월에 창간되었으므로 1930년에는 금아의 시가 게재됐을 수가 없다. 그러므로 1930년 『신동아』에 소곡 3편을 발표했다는 대다수 연보에서의 표기는 수정해야 한다. 이것은 아마도 금아 선생의 잘못된 기억 때문이 아닐까라고 추정할 수 있는데, 이후 연구자들도 이를 그대로 따른 듯싶다.

둘째, 1930년 데뷔 초기부터 금아의 작품 활동은 무엇보다 '시'가 중심이었다. 1930년대 초 작품의 발표순서나 양을 보아도 금아에게 시가 산문(수필)보다 우선이라는 사실을 알 수 있다. 처음 출간한 책이 수필이 포함된 작품집(『금아 시문선』〔1959년〕)이 아니라 시집인 『서정시집』(1947년 출간)인 걸 보면 알 수 있다. 작가의 습작기에는 대체로 그런 경향들이 나타나지만 금아도 다양한 장르의 글을 썼다. 하지만 결국 귀착된 장르는 시와 수필이다.

금아는 작가로서 시와 수필 분야 모두에서 성공하였다는 특이한 점이 있다. 다만 시보다는 수필로 더 많이 알려졌을 뿐이다. 그럼에도 우리나라 문단이 '시'와 '수필'의 양쪽 분야에서 활동한 피천득을 그대로 인정해주는 데 인색한 것일까? 우리 문단은 피천득의 시작(詩作)에 대한 관심이 낮은데, 피천득에 대한 국내 석박사 논문의 숫자에서도 나타난다.

피천득의 시는 그의 수필보다 결코 수준이 낮지 않다. 필자는 오히려 시가 한수 위일 수도 있다고 생각한다. 그의 수필은 시를 토대로 삼고 있다고 보아야 한다. 어떤 의미에서 피천득 수필의 특성은 그것이 시적이라는 데 있으므로, 그의 수필은 일종의 '산문시'로 보아도 무방하다. 모든 극을 시로 쓰던 시대에 살았던 셰익스피어는 시와 극을 구분하지 않은 시인이자 극작가였다. 이런 맥락에서 피천득도 시인이며 수필가라고 부르는 것이 마땅하다.

셋째, 피천득은 등단 초기에 한 장르에 매이지 않고 시, 시조, 동요, 동시, 수필, 번역시, 번역 단편소설을 두루두루 발표했다. 그러나 역시 시, 시조, 동시, 동요가 발표 숫자 면에서 압도적이었음을 알 수 있다.*

넷째, 피천득은 이광수, 주요한, 주요섭에게서 직접적인 영향을 받았고, 그들을 통해 많은 당대 문인들과 교류할 수 있었다. 피천득이 주로 투고 게재한 지면이 흥사단을 중심으로 한 잡지『동광』그리고 일간지『동아일보』와 잡지『신동아』와『신가정』인 점이 이채롭다. 이 잡지들은 당대의 저명한 시인 작가들이 함께 투고했던 중요 잡지들이다.

다섯째, 데뷔 초기에 발표했던 작품들과 후에 수정, 윤문하여 작품집에 포함시킨 작품들 그리고 게재를 포기한 작품들을 비교 분석해 보면 작가로서 피천득의 성장 과정은 물론 문학관의 변모도 엿볼 수 있다.

여섯째, 초기 작품에서 피천득 문학 기법과 주제들이 이미 대부분 드러났음을 알 수 있다. 동시에 이 시기에 피천득이『동아일보』(1932년 5월)에 시조시인 이은상에 관한 최초의 평론(서평)을 3회에 걸쳐 발표했다는 사실도 특기할 만하다.**

---

* 피천득이 1959년 경문사에서 출간한『금아 시문선』에 동화(童話)「꿀 항아리」와「자전거」가 실려 있다. 이 동화 2편은 그 이전에 다른 잡지나 신문에 실리지 않고 이곳에 처음 실린 것으로 추정된다.

** 이후 피천득은 몇몇 서평과 평설을 발표했다. 눈에 띄는 것은 제자인 김남조 시인의 시집『목숨』을 읽고 시로 쓴 평론「찬사(讚辭)」가 있다. 김후란의 수필집『태양이 꽃을 물들이듯』과 정목일의 수필집『침향』에 대한 서평도 있다. 특히 엘리엇의 초기 장시에 대한 긴 평론「J. 알프레드 프루프록의 연가: 시 분석」이 주목할 만하다.

제2장 시

시에 대한 사랑이 내 문학인생의 출발이었던 셈입니다.

「서문」, 『내가 사랑하는 시』)

시(詩)에서 출발한 금아 문학

피천득은 본질적으로 '시인'이다. 시는 금아 문학의 뿌리이며 정수이다. 이미 밝혔듯이 10대에 이미 시를 쓰기 시작한 피천득은 1930년 처음으로 『동아일보』에 시 「차즘」을 발표했고 1931년 9월 『동광』에 「편지」, 「무제」, 「기다림」 등의 시를 발표했다. 이렇듯 금아 문학은 시로부터 출발하였다. 피천득의 말을 직접 들어보자.

나는 열다섯 살 무렵부터 일본 시인의 시들 그리고 일본어로 번역된 영국과 유럽의 시들을 읽고 시에 심취했습니다. 좀 세월이 흘러서는 김소월, 이육사, 정지용 등 우리나라 시인들의 시를 애송했습니다.

「서문」, 『내가 사랑하는 시』)

이렇듯 금아는 무엇보다도 시를 사랑했기에 그의 시를 가장 먼저 살펴보려 한다. 피천득의 유일한 시집인 『생명』에 나타난 물, 여성, 어린아이란 주제를 중심으로 그의 시 세계에 접근해 보자.

본격적인 주제적 논의에 앞서 금아 시의 형식 또는 양식의 특징을 잠깐 이야기해보자. 피천득이 전공하고 가르친 영시는 영어라는 강세 언어의 특성상 운율을 맞추는 것이 어렵지 않다. 그러나 피천득은 영어와는 전혀 다른 음운 체계를 가진 한글로 시를 써야 한다. 시조처럼 엄격한 정형시형을 가진 시들도 있지만, 시조 역시 종장의 자수율이 3자로 고정되는 것 외에 완벽한 정형시는 못된다. 그러나 중국의 칠언절구나 일본의 하이쿠는 완전히 정형시다. 피천득의 고민은 어떻게 하면 개화기 이후 본격적으로 시작된 일정한 음악성을 유지하는 '조화로운 운율'을 지켜낼 것인가 하는 문제였다. 그렇다고 전통 민요시풍의 시조 형식에만 의존할 수도 없었다. 결국 피천득은 창작의 '자유로움과 우아함'을 최대한 살리기 위해 정형시와 자유시의 중간지대 또는 제3지대를 선택한다. 총 100여 편 남짓한 피천득의 시에는 시와 산문의 구별이 불가능할 정도로 완전한 자유시는 없다. 거의 시조에 가깝게 쓰면서 행수만 늘린 변형된 시조도 있고, 완전히 자수율을 맞추어 정형시에 가까운 것도 있으며, 내재율을 가진 자유시에 가까운 것들도 있다.

피천득은 1930년대 초반 여러 편의 시조를 썼다. 1933년『신가정』2월호에「만나서」라는 제목으로 시조 3편을 처음으로 발표하였고, 두 달 후 4월호에「이 마음」이라는 제목으로 시조 2편을 발표하였다. 이렇게 피천득은 평시조 총 18수, 연시조 12편을 발표하였다. 최남선, 이은상 등의 영향으로 피천득은 시인 생활 초기에 한국의 전통적 정형시인 시조에서 새로운 가능성을 모색하려한 것 같다. 피천득의 첫 번째 시조인「만나서」는 3편의 평시조로 구성된 연시조이다. 두 번째 시조「이 마음」은 엄격한 형식의 시조가 아니라 '변형된' 시조 형식을 취한다.

　　떨어져 사는우리
　　편지조차 못하리니
　　같은때 별을보고

서로 생각하자했네
깊은밤 흐린하늘에
샛별찾는 이마음

늦도록 문틈으로
불빛새는 밤이면은
불끄고 누어서도
그와 함께새우노니
찾아가 님없는밤에
불켜놓은 이마음

(『신가정』 4월호, 1933년)

이 시는 평시조 3행을 6행으로 늘린 연시조 형식이나 1연의 종장 첫
구절의 "깊은 밤"과 2연 종장의 첫 구절 "찾아가"는 엄격하게 3자를 지
키고 있다. 이 시조는 시행수를 늘려 자유시처럼 꾸민 것이다. 이러한
변형이 시조의 전통성에서 벗어나는 자유시의 새로움을 시도한 것일
까? 다른 형식의 시를 살펴보자.

짐승들 잠들고
물소리 높아지오

인적 그친 다리 위에
달빛이 짙어가오

거리낌 하나도 없이
잠 못 드는 밤이오

(「산야[山夜]」)

원래 이 시는 피천득이 시조로 썼다가 행을 2개로 늘리며 시조가 아

닌 자유시 형식으로 만들어버린 감이 있다. 피천득은 실제로 시조 10편을 써서 발표했지만 모두 이런 방식으로 변형시켰다. 정형적인 시조의 한계에 봉착했던 것일까 아니면 시조 형식이 우리 시대에 잘 맞지 않아 고리타분하게 느껴졌던 것일까? 사실상 1920년 대가 지난 이후에도 현대 시인들인 서정주, 박목월, 조지훈 등의 많은 시인들이 변형된 시조 형식을 애용하였다. 대부분의 피천득 시는 정형시에 약간의 자유로움을 허락한다.

> 설움이 구름같이
> 피어날 때면
> 높은 하늘 파란 빛
> 쳐다봅니다
>
> 물결같이 심사가
> 일어날 때면
> 넓은 바다 푸른 물
> 바라봅니다
>
> (「무제」)

2연으로 된 이 시는 1연 첫 행의 3·4조가 2연 첫 행에서 4·3조로 바뀐 것 이외의 나머지 부분에서 1·2연이 완전히 동일한 자수율로 이루어져 있다. 피천득은 「어린 벗에게」와 「1945년 8월 15일」과 같은 자유시에 가까운 산문시도 썼다. 그러나 피천득의 다른 대부분의 시들은 3·3조, 3·4조, 4·5조 등 일정한 음수율을 지키고 있다. 피천득은 한국어로 가능한 한 운율을 맞추어 시의 생명인 리듬을 유지함으로써 독자에게 기쁨과 만족을 주려고 최대한의 노력을 기울였다.[*]

---

[*] 문학비평가 이경수는 피천득 시에서 일종의 장르 혼합적 성격을 장르 의식의 부족으로 보

피천득의 시 세계를 탁월하게 논의한 글 「진실의 아름다움」에서 석경 징은 '절약'을 통해 오히려 '여유'를 가질 수 있다고 말했다. 또한, "언 어의 극단적 절약, 기법의 정확성만으로는 서술 자체를 철학적 추상성 이나 논리적 기호성으로만 지탱하는 것이 되기 쉬워 시에서 윤기나 여 유를 빼앗아가는 수가 많습니다. 절약과 여유를 함께 이야기한다는 것 은 모순되는 것 같기도 합니다만 언어의 절약과 정서의 여유가 공존할 수 없는 것이 아님"(141~2)을 주장하였다. 석경징은 계속해서 피천득의 언어, 형식, 주제를 동시에 연결하면서 그 상호관계에 대해 다음과 같이 쓰고 있다.

> 시가 진실을 담아낸다면 그것은 아마도 세 가지 측면에서일 것입니 다. 시의 재료인 언어, 또 시의 모양인 형식, 그리고 시에서 말하고 있 는 내용으로 말입니다. "비에 젖은 나비"나 "잉어같이 뛰는 물살"이 보여주는, 절제되었으나 정확하기 이를 데 없는 비유를 비롯하여, 뛰 어나고 진실된 언어 구사가 있음에도 불구하고, 또 진실되고 고매한 경지에 이른 삶을 짐작케 하는 내용이 담겨있음에도 불구하고 여전 히 해결되지 않고 남아 있는 문제는 바로 시의 모양에 관한 것입니다. (149~50)

석경징이 해결되지 않았다고 말하는 "시의 모양"은 다름 아닌 금아 시 형식의 비밀일 것이다. 다시 말해 시와 산문이 함께 호흡하며 춤추는 수필 같은 시, 또는 산문시일 수도 있고, 이야기가 있는 시, 혹은 리듬이 살아있는 서정시일 수도 있다.

고 있다: "시작 활동을 시작한 1930~1932년에는 현대시와 현대시조, 동시 및 동요를 엄밀 히 구별하지 않고 동시에 창작했는데, 초창기의 피천득은 시장르에 대한 엄격한 의식을 가 지고 있지는 못했던 것으로 보인다."(정정호 엮음, 『피천득 문학 연구』, 162) 그러나, 이러한 경향은 신체시가 지나간 당시 한국 현대시에 일반적인 것이었다. 그 이후에는 피천득을 비 롯해 대부분의 한국 현대 시인들은 장르에 대해 좀 더 '엄격한 의식'을 갖게 된다.

피천득 평전

피천득은 "이야기"를 삶과 문학의 중요한 부분으로 인식하였다. 그의 시의 서사성(이야기)은 여기서 연유한다. 수필 「이야기」에서 금아는 "사람은 말을 하고 산다.", "나는 이야기를 좋아한다."고 전제하고서 인간은 이야기하는 동물이 될 수밖에 없다고 결론짓는다.

> 우리는 이야기를 하고 산다. 그리고 모든 경험은 이야기로 되어 버린다. 아무리 슬픈 현실도 아픈 고생도 애끊는 이별도 남에게는 한 이야기에 지나지 않을 것이다. 그리고 세월이 흐르면 당사자들에게도 한낱 이야기가 되어 버리는 것이다. 그날의 일기도 훗날의 전기도 치열했던 전쟁도 유구한 역사도 다 이야기에 지나지 아니한다.

금아의 서정 소곡들의 토대는 이야기이며 이것은 이야기로서의 금아의 수필과 시가 만나는 지점이기도 하다. 수필가 이창국은 색다른 제안을 한다. 그는 금아 시의 양식적 특징인 '이야기성'에 주목한다. 짧은 서정시들이 대부분인 금아 시에서 서사성을 발견한다는 것은 뛰어난 식견이 아닐 수 없다.

> 이 시인이 가장 좋아하고 또한 이 시인을 가장 기쁘게 만드는 일이 있다면 그것은 다른 사람과 이야기를 하는 일이다. 그는 어떤 종류의 이야기에도 진지하고 비상한 흥미를 보이며 그 이야기에 항상 새로운 의견과 통찰력을 보탠다. 그에게 흥미 없는 이야기는 없으며, 그런 것이 있다 하더라도 그것을 재미있는 것으로 만드는 재주를 그는 갖고 있다. 정 이야기가 없을 때에는 … 몇 마디 재미있고 아름다운 이야기를 만들어 우리에게 들려준다.　　　　　　　　　（「시인 피천득」, 145)

그러나 피천득의 짧고 단순한 시에서 서사성을 찾아내는 일은 더 논의해야 할 주제이다.

생명의 노래 ─ 물, 여성, 어린아이

이제부터 금아의 시를 구체적으로 읽어보자. 무엇보다도 필자는 그의 유일한 시집 『생명』과 제목이 같은 「생명」이란 시에 주목해보려고 한다. 우선 1연과 3연을 보자.

> 억압의 울분을 풀 길이 없거든
> 드높은 창공을 바라보라던 그대여
> 나는 보았다
> 사흘 동안 품겼던 달걀 속에서
> 티끌 같은 심장이 뛰고 있는 것을
> …
> 살기에 싫증이 나거든
> 남대문 시장을 가보라던 그대여
> 나는 보았다
> 사흘 동안 품겼던 달걀 속에서
> 지구의 윤회와 같이 확실한
> 생(生)의 생의 약동을!

'생명'은 금아의 시 세계에서 가장 중요한 주제다. 금아는 무엇보다도 생명 현상에 놀라움을 금치 못한다. 이 시에는 살아있음의 축복과 고마움, 생(生)의 약동과 신비에 대한 경탄, 생명에 대한 근원적인 숭고한 감정이 들어있다.

삶의 순간순간들이 '점(点)'이 되어 '영원'으로 이어지는 '선(線)'이 되니 어찌 '화려'하고 '찬란'하며 '즐겁'지 아니할까? 별(자연) 보기, 제9교향곡(음악) 듣기, 친구들(인간)과 웃고 이야기하기, 자유롭게 글쓰기는 점을 연결하여 선을 만드는 영원회귀의 구체적 작업이다. 규칙적으로 숨을 들이쉬고 내쉼, 심장과 맥박의 끊임없이 박동하는 순간들이 삶과 생명의 표상들이다.

'생명'을 노래하는 시인 금아는 이 글에서 논의하고자 하는 세 가지의 지배적 주제 또는 이미지를 「이 봄」에서 온전히 보여주고 있다.

봄이 오면 칠순(七旬)
고목(古木)에 새순이 나오는 것을
들여다보고 또 들여다본다

연못에 배 띄우는 아이같이
첫나들이 나온 새댁같이
이 봄 그렇게 살으리라 (전문)

금아는 70세가 되던 해인 1980년 봄에 이 시를 썼다. 첫 연에서 그는 70세 노인이 된 자신과 같은 "고목" 나무에서 새싹이 돋아나는 것을 보고 너무나도 놀라워 둘째 연에서 새로운 각오를 한다. 둘째 연의 시인은 "연못"에서 배 띄우며 노는 "아이"처럼, 시집간 후 첫나들이 나온 "새댁"처럼 그렇게 신명나게 사랑하며 살겠다고 결심한다. 바로 이 지점에서 금아 시의 대주제가 부상한다. 그것은 '물', '어린아이', '여성'이다. 금아 시의 핵심요소인 물, 아이, 여성은 금아의 시편들을 관통하여 흐르는 지배적 심상(心像)이고 금아 시집 『생명』에서 끊임없이 반복되고 변형되는 영원 회귀적 생명과 사랑의 뿌리들이다.

(1) 물: 생명의 원천, 정화 그리고 변형

노자(老子)는 『도덕경』에서 "최고의 선은 물과 같다."(上善若水)고 선언하였다.

목이 마르면 엎드려 시내에 입을 대고 차디찬 물을 젖 빨듯이 빨아 마셨다. 구름들이 놀다가 가는 진주담(眞珠潭) 맑은 물을 들여다보며 마냥 앉아 있기도 했다. (「수상 스키」)

위의 인용은 피천득이 1930년대 초 금강산에 머물면서 만폭동에 가던 경험을 쓴 수필의 한 대목이다. 그는 금강산 계곡을 따라 흐르는 맑은 시냇물을 젖 빨듯 마시고는 오랫동안 물가에 앉아 물에 대한 몽상을 하고 있다.

수필가 치옹 윤오영은 금아 선생이 회갑을 맞은 1970년에 쓴 축하의 글에서 금아 문학의 핵심을 '물'로 보고 있다.

> 문학은 사람에 따라 호사도 될 수 있고, 명예도 될 수 있고, 출세의 도구도 될 수 있지만, 사람에 있어서는 인생의 외로움을 달래는 또 하나의 외로움인 동시에 사랑이다. 금아의 글은 후자에 속한다. 도도하게 구비쳐 흐르는 호탕한 물은 아니지만, 산곡간에 옥수같이 흐르는 맑은 물이다. 탁류가 도도하고 홍수가 밀리는 이때, 그의 글이 더욱 빛난다. … 옥을 쫍는 시내물은 그 밑바닥에 거친 돌뿌리와 아픈 자갈이 깔려 있다.　　　　　　　　　　　　　　(『고독의 반추』, 222~23)

금아는 물의 시인이다. 그에게 물은 물질적 상상력의 뿌리이다. 그래서인지 그의 시 세계는 온통 물바다이기도 하다. 금아의 몽상(꿈)의 밑바닥(무의식)을 살펴보아도 그곳에는 언제나 시내, 강, 호수, 바다가 있다. 그런 의미에서 그의 꿈과 시는 물의 이미지로 가득 차 있다고 볼 수 있다.

우리가 '물'을 떠올렸을 때 가장 먼저 생각나는 것은 생의 약동이다. 이러한 심상을 담고 있는 그의 시 「비 개고」를 읽어보자.

햇빛에 물살이
잉어같이 뛴다.
"날 들었다!" 부르는 소리
멀리 메아리친다. (전문)

소낙비가 내리고 난 후 개울의 "물살"이 힘 좋은 잉어같이 뛰어오른다는 표현에서 우리는 빠르게 흐르는 개울물을 "잉어"로 비유하고 있음을 알 수 있다. 여기서 물살은 생명의 충동이며 원천의 이미지다. 펄쩍펄쩍 뛰는 잉어는 생(生)의 충일함 그 자체이다. 전통적으로 잉어는 출산 직후 산모들이 원기회복을 위해 먹었던 보양식으로, 수필「춘원」에서 역동적인 이광수의 모습도 "싱싱하고 윤택하고 '오월의 잉어' 같았다."고 묘사하고 있다.

금아의 시에서 바닷물은 정열의 표시이기도 하다.

> 저 바다 소리칠 때마다
> 내 가슴이 뛰나니
> 저 파도 들이칠 때마다
> 피가 끓나니
> 아직도 나의 마음
> 바다로 바다로 달음질치나니
>
> (「바다」)

이 시에서 화자의 가슴은 바다(물)와 조응하고, 화자의 피는 파도(물)와 감응한다. 바다로 시작된 몸(가슴)의 작동이 "마음"을 움직여 "바다"(물)로 달려가게 한다. 몸과 마음이 공명과 울림의 상태를 이루고 있다.

금아의 시 세계에서 물은 감정의 정화제 역할도 맡는다. 그의 시 속 화자는 때때로 물을 통해 설움과 울분 등을 다스리는 모습을 보인다.

> 설움이 구름같이
> 피어날 때면
> 높은 하늘 파란 빛
> 쳐다봅니다

물결같이 심사가
일어날 때면
넓은 바다 푸른 물
바라봅니다

(「무제」, 전문)

이 시에서 물은 마음의 안정과 몸의 평정을 가져오는 평강의 이미지
이지만, "설움"이나 "심사"는 어지럽고 뜨거운 불의 이미지이다. 이러
한 불의 열기가 "넓은 바다 푸른 물"로 다스려지니 물이 불을 삼키는 형
상이다. 물이 불을 삼키자 "파란 빛"의 [또 다른 바다인] "높은 하늘"
과 "푸른 물"의 "넓은 바다"가 몸의 평정과 마음의 안정을 가져다준다.
화자는 마치 세례 요한처럼 물로 치유된다. 서러울 때도 심사가 일어날
때도 화자는 자연("높은 하늘", "넓은 바다")과 조응하고 순응하며 살아
간다.

　자연의 순환적 원리에 따라 물은 변형된 송(頌)의 주제이기도 하다.
금아의 시 「기억만이」를 읽어보자.

햇빛에 이슬 같은
무지개 같은
그 순간 있었느니

비바람 같은
파도 같은
그 순간 있었느니

구름 비치는
호수 같은
그런 순간도 있었느니

피천득 평전

기억만이
아련한 기억만이

내리는 눈 같은
안개 같은 (전문)

　금아는 기억의 치유력을 물의 이미지로 풀어내고 있다. 그에게 시는
기억이며, 기억은 물이다. 기억은 물처럼 모든 것을 닦아주고 씻어주고
살려주는 생명수다. 기억과도 같은 물의 이미지가 마지막 연에서는 "눈
(물의 결정체)"과 "안개(수증기로 변한 물)"로 나타난다.
　이 얼마나 놀라운 물의 조화이며 변형인가. 물의 아름다운 변형 신화
다. 하얀 "눈"은 악취, 더러움, 고통, 슬픔 등을 덮음으로써 새로운 은
빛 세계를 만들어낸다. 이 눈 덮인 세계는 물이 만들어내는 몽상의 세계
이자, 금아의 시 세계이다. 몽상의 세계는 중간지대이기도 하다. 금빛도
구리 빛도 아닌 은빛의 중간지대는 차디찬 이성의 '현실'도 아니고 놀라
운 비이성의 '꿈'도 아니다. 그러나 금아는 이 시의 마지막 행을 "안개
같은"으로 끝낸다. 안개는 태양광선이 내리쬐는 광명의 세계도 아니고,
먹구름에 뒤덮인 암흑의 세계도 아니다. 이것 역시 그 중간 세계라고 말
할 수 있다. 그 세계는 "안개 같은", 분명하지 않고 희미하며 신비스럽
다. 물의 이미지로 가득 찬 금아의 시 세계는 "안개"라는 몽상의 세계이
다. 안개의 세계는 우리에게 '위안'과 '휴식'을 준다. 안개의 미학은 광
속과 같이 빠른 우리 시대에 '느림'의 윤리학을 가져다준다.
　이 시에서 물의 변신은 다양하다. 이슬로 시작하여 무지개, 비바람,
파도, 호수, 눈, 안개로 이어진다. 삶이 순간들의 연속적 기억이듯이, 화
자의 기억은 영롱한 "이슬" 같이 생겨나 "무지개"빛 희망을 가지고 살
아가다가 거친 "비바람"과 일렁이는 "파도"가 닥치기도 하고, 맑은 "호
수"처럼 잔잔해지기도 하며, 결국에는 고요한 "눈"이 되고, 어렴풋하여

신비스러운 "안개"가 되어버린다. 이는 한때 정열적이던 비바람과 파도같은 사랑이 점점 사라져가는 안타까움을 노래한 것일까? 이 시는 삶과 사랑의 아픔을 치유력이 있는 "물"의 이미지 기억으로 잘 풀어내고 있다.

다음 시에서는 삶 자체를 물처럼 자연스럽게 흐르는 삶으로 살아내겠다고 결심한다.

> 저 내를 따라서 가려네
> 흐르는 저 물을 따라서 가려네
>
> 흰 돌 바위틈으로 흐르는 물
> 푸른 언덕 산기슭으로 가는 내
>
> 내 저 내를 따라서 가려네
> 흐르는 저 물을 따라서 가려네
>
> (「시내」, 전문)

피천득은 흐르는 물을 따라가며 우리 마음의 정경과 조응하는 자연에 순응하면서 살아가겠다고 두 번 세 번 반복해서 마음먹는다.

최근에 다시 주목받고 있는 『도덕경』에 나타나는 무위자연은 노장철학의 핵심으로 그 요체는 무(無)와 도(道)인데, 이는 무엇을 상징하는가? 시인이자 비교문학자였던 송욱은 노자가 자연의 토대로 물, 여성, 갓난아이를 들고 있음을 지적하였다. 여기서는 물의 예만 들어보자. 물은 부드럽고 약한 것의 상징이자, 생명의 근원인 무(無)의 상징이기도 하다.

> 으뜸가는 선(善)은 물과 같다. 물은 곧잘 모든 것을 이롭게 하지만, 다투지 않고 뭇사람이 얕보는 곳에 자리 잡는다. 그러므로 물은 道에

가깝다. 道에 가까운 사람이 있는 터전은 높지 않아 물처럼 곧잘 낮은 땅에 자리 잡고 마음은 못물처럼 곧잘 깊고 고요하게 갖는다. 그가 남에게 줄 때는 물처럼 곧잘 어질게, 맑은 물이 흐르는 곳을 따르는 것처럼 곧잘 믿음을 따라 한다. 나라 일은 높고 낮은 곳을 물처럼 공평하게 잘 다스리고, 일은 물처럼 경우에 알맞게 곧잘 능하게 처리하며, 움직이면 곧잘 때를 맞춘다. 물은 오직 다투지 않는다. 그러므로 허물을 쓰지 않는다.   (8장, 송욱 옮김, 이하 동일)

물의 특징이 인간적으로 구현된 것이 노자의 이상적 성인(聖人)이다. 노자는 후에 "이 세상에서 가장 부드러운 것이 이 세상에서 가장 단단한 것을 마음대로 부린다."(43장)고 말했다. 물은 어떤 구체적 물질의 형태를 갖추고 있기에 무(無)인 도(道) 그 자체는 아니지만, 그래도 물은 도(道)에 가장 가깝다. 인간 중에서도 성인(聖人)은 물처럼 부드럽고 다투지 않으며 무리 없이 일을 처리한다는 의미에서 도(道)에 가까운 형상이다.

금아 시의 '물'은 노장사상의 요체인 무위(無爲)와도 연결된다.

오늘도 강물에
띄웠어요

쓰기는 했건만
부칠 곳 없어

흐르는 물 위에
던졌어요

                                          (「편지」, 전문)

이 시에서는 어떤 목적이 있어서 써둔 편지를 수취인의 이름도 잃어버린 채 흐르는 물이 인도하는 대로 내던져버린다. 이와 같은 모습 속에서 무위 사상이 발견된다.

산다는 것은 때로 풀잎 위의 "이슬"처럼 찰나에 스러져버리는 것이기도 하다.

> 그리도 쉬이 스러져 버려
> 어느제 맺혔던가도 하시오리나
> 풀잎에 반짝인 것은 이슬이오니
> 지나간 순간은 의심치 마소서
>
> 이미 스러져 없어진 것을
> 아모레 여기신들 어떠시리만
> 그래도 그 순간이 가엾사오니
> 지나간 일이라 의심치 마소서
>
> (「이슬」, 전문)

풀잎 위에서 이슬이 반짝이던 순간만은 사실이며, 이는 분명 시 속 화자의 기억 속에 남아있다. "순간"을 저장하여 '영원'으로 이어주는 것이기에 기억이나 추억은 중요하게 여겨진다. 이런 의미에서 '물'은 영원회귀의 원소이다. 물은 이슬처럼 "순간"도 되지만 지나간 일로 영원히 살아남는다.

금아는 문학의 본질을 '정(情)'이라 했다. 여기서 정은 물론 파토스(Pathos)이다. 우리가 흔히 말하는 정은 감정, 정서, 동정이다. 금아의 문학 속에서 정은 물이라는 물질적 특성으로 나타나며, 물은 생명의 필수적이고 가장 기본적인 물질이다. 그의 시집 『생명』은 물로 가득하다. 『생명』의 기본적인 물적 구조는 물의 이미지로 가득 차 있어서 이 시집은 물에 대한 몽상이며 물의 상상력이자 물의 문학이라고 말할 수 있다.

금아의 물의 시학은 「꿈 1」, 「꿈 2」에서도 계속된다. 금아의 꿈(몽상)의 세계, 즉 시의 세계는 물이라는 물질적 상상력의 토대를 지니고 있

피천득 평전

다. 금아의 몽상 근저에는 언제나 시내, 강, 호수, 바다가 있다.「꿈 1」
부터 살펴보자.

> 숲 새로 흐르는 맑은 시내에
> 흰 돛 단 작은 배 접어서 띄우고
> 당사실 닻줄을 풀잎에 매고
> 노래를 부르며 기다렸노라
>
> 버들잎 늘어진 푸른 강 위에
> 불어온 봄바람 뺨을 스칠 때
> 젊은 꿈 나루에 잠들여 놓고
> 피리를 불면서 기다렸노라 (전문)

　물의 이미지로 가득한 「꿈 1」에서도 물이 금아의 상상력을 촉발하여
꿈(몽상)의 지대로 이끌어간다. 금아는 꿈(몽상)속에서 "맑은 시내" 가
에 앉아 "노래를 부르며 기다렸"고 "푸른 강 위에"서 "피리를 불면서
기다렸"다. 물의 세계에서 금아는 노래를 부르고 피리를 불면서 몽상
속으로 빠져들어간다.
　금아가 즐겨 천명하는 "문학은 '정'"이라는 명제에서 "정은 물"이라
는 말과 "문학은 물"이라는 말이 서로 다르지 않아 문학＝情＝물＝생명
의 등식이 성립된다. 금아에게 정의 문학은 물의 문학이자 생명의 문학
이고, 궁극적으로 문학은 생명이 된다.
　「꿈 2」에서 금아는 다시 물가로 간다.

> 흡사
> 버들가지 같다 하기에
> 꾀꼬리 우는 강가로 갔었노라

흡사
백조라기에
수선화 피는 호수로 갔었노라

"꾀꼬리 우는 강가"는 금아가 꿈속에서 그리는 시의 세계이다. "수선화 피는 호수"는 금아의 몽상 세계이다. 이 두 세계는 모두 물의 이미지로 충만하다. 이것이 금아의 '물의 시학'의 세계이다.

(2) 여성 ― 생명의 생성과 사랑의 실천

여성의 미는 생생한 생명력에서 온다. … 특히 젊은 여인이 풍기는 싱싱한 맛, 애정을 가지고 있는 얼굴에 나타나는 윤기, 분석할 수 없는 생의 약동, 이런 것들이 여성의 미를 구성한다. … 여성의 미는 이른 봄 같은 맑고 맑은 생명력에서 오는 것이다.   (「여성의 미」)

금아의 「아침」이라는 시를 보면 삶의 근원으로서의 '엄마'를 볼 수 있다.

아침 일찍 일어나
해 떠오르는 바다를 바라봅니다

구름 없는 하늘을 쳐다보면서
그곳 계신 엄마를 생각합니다

이 시에서 "바다"는 땅의 것이지만, "하늘"은 공중의 바다이다. 서로 조응하는 바다와 하늘은 시인의 생명의 근원인 "엄마"의 거처이다. 바다(海)와 하늘(天)과 엄마(母)는 시 속에서 하나가 된다.

엄마는 아기를 낳아서 기른다. 이 아기는 커서 다시 엄마가 되어 아기를 낳고 기른다. 이렇게 생명은 반복되고 이어진다. 이것이 엄마의 위대함이다. 어떤 사람들은 힘든 임신과 출산을 여성에게 내린 저주라고도 하지만 아가는 엄마의 축복이요, 자랑이다.

아가는
이불 위를 굴러갑니다
잔디 위를 구르듯이

엄마는
실에 꿴 바늘을 들고
그저 웃기만 합니다

차고 하얀
새로 시치는 이불
엄마도 구르던 때가 있었습니다.

(「아가는」, 전문)

금아의 시 「너는 아니다」에서는 좀 더 구체적으로 여성의 이미지가 떠오른다.

너같이 영민하고
너같이 순수하며

너보다 가여운
너보다 좀 가여운

그런 여인이 있어
어덴가에 있어

금아의 여성은 "영민"하고 "순수"하고 "가"엾다. 여기서 "가여운"이란 단어 속에 여성의 특질이 모두 드러난다. 이 시에서 "가여운"은 곱고, 연약하고, 따스하고, 부드럽고 동정을 불러일으키고 나아가 모성까지 깨우는 의미는 아닐까? "가여운"은 단순히 약한 것이 아니라 휘더라도 부러지지 않는 강인함을 가진다. 이것이 여성성의 비밀이다.* 굳고 딱딱한 것에선 그 무엇도 잉태되거나 자라날 수가 없다. 『성경』의 구약 중 「아가서」를 보면 금아의 여성과 비슷한 이미지가 등장한다. "고운 뺨"을 가진 "시집가는 색시"의 이미지이다.

---

* 피천득의 이러한 이상적인 여성상은 "음악으로 새로운 시적(詩的) 표현을 창조"한 공로로 2016년 파격적으로 노벨문학상을 수상한 미국의 포크록 가수 밥 딜런(1941~)이 꿈꾼 여성상과 너무나 유사한 것 같다. 1966년 출시된 앨범 『블론드 온 블론드』에 「조해나의 환상들」이란 노랫말 즉 시가 있다. 딜런의 경우 노래가 곧 시이고 시가 곧 노래이다. 모두 5연으로 된 비교적 긴 시인데 각 연의 마지막 행을 중심으로 읽어보자. 여기서 조해나(Johanna)는 딜런의 이상적 여성이다.

> 그리고 나의 마음을 점령하고 있는 이 조해나의 환상들. (1연 마지막 행)
> …
> 그녀는 섬세하고 마치 거울 같아
> 하지만 그녀는 모든 걸 너무 간결하고 분명하게 만들어서
> 조해나는 여기 없는 거야
> …
> 내 자리를 온통 차지해 버린 이 조해나의 환상들 속에서 (2연 마지막 행)
> …
> 그리고 조해나의 이 환상들, 그들이 새벽이 지나도록 날 붙잡고 있어. (3연 마지막 행)
> …
> 하지만 조해나의 이러한 환상들, 그들은 모든 걸 너무 잔혹하게 보이게 만들지 (4연 마지막 행)
> …
> 그리고 조해나의 이러한 환상들만이 이제 남은 모든 것이야.
>
> (서대경 옮김, 『시가 된 노래들: 1961~2012』, 455~457)

딜런의 '노래 즉 시'에서 여인 조해나는 밥 딜런의 '마음'을 점령하고, '자리'를 차지하고, "새벽이 지나도록" 붙잡고, 다른 사람들의 "모든 걸" "잔혹하게 보이게 만들"고, "이제 남은 모든 것"도 조해나의 환상들뿐이다. 딜런의 시간과 공간의 안과 밖이 모두 조해나에 의해 인도되고 있다. 피천득의 '구원의 여상'도 딜런의 조해나와 같은 존재가 아닐까?

피천득 평전

내 누이, 내 신부야 네 사랑이 어찌 그리 아름다운지 네 사랑은 포도
주보다 진하고 네 기름의 향기는 각양 향품보다 향기롭구나 / 내 신부
야 네 입술에서는 꿀 방울이 떨어지고 네 혀 밑에는 꿀과 젖이 있고 네
의복의 향기는 레바논의 향기 같구나… / 너는 동산의 샘이요 생수의
우물이요 레바논에서부터 흐르는 시내로구나

(「아가서」, 4장 10~11, 15절)

금아의 시 「어떤 무희의 춤」에 등장하는 여성은 춤과 같은 여인이다.
춤추는 여인은 금아가 꿈꾸는 여성의 모든 특징을 지니고 있다.

> 자작나무 바람에 휘듯이
> 그녀 선율에 몸을 맡긴다.
> …
> "어찌 가려낼 수 있으랴
> 무희(舞姬)와 춤을"
>
> 백조(白鳥) 나래를 펴는 우아(優雅)
> 옥같이 갈아 다듬었느니

시 속 무희의 춤은 바람에 휘는 자작나무와 같고 물결 흐르듯이 유연
하고 부드럽다. 춤추는 동작이 무한히 자유로울지라도 거기엔 엄격한
제약이 따른다. 절제 없이 아무렇게나 움직이거나 흔드는 게 결코 아니
다. 그럴 때 춤과 춤꾼은 하나가 되고 우아함과 아름다움이 함께 드러나
는 것이다. 시 속의 여성은 춤꾼처럼 자연의 흐름을 따르고 나름대로 절
제를 통해 최고의 순간을 성취하고 있다. 금아가 인용한 시 구절은 「학
교 어린이들 사이에서」라는 예이츠의 시에서 가져온 것이다. 그 시의 제
8연 마지막 4행을 여기에 소개한다.

오, 밤나무여, 거대한 뿌리로 꽃 피우는 자여,
너는 잎이냐, 꽃이냐, 아니면 줄기냐?
오, 음악에 맞추어 흔들리는 육체여, 오, 빛나는 눈이여,
우리는 어떻게 춤과 춤추는 이를 구별할 수 있는가?

(윤삼하 옮김)

나무의 뿌리, 잎, 줄기와 꽃이 하나가 되고 춤과 춤꾼, 자연이 하나가
되는 '황홀의 순간'은 '존재의 통일'이 아니겠는가.

피천득의 '구원의 여상'은 누구인가? 앞서 언급했던 조선 중종
(1506~1544) 시대의 여류 시인이자 명기였던 황진이다. 좀 길지만 금아
의 수필 「순례」의 일부를 소개한다.

황진이. 그는 모드 곤〔W. B. 예이츠의 애인〕보다도 더 멋진 여성이
요 탁월한 시인이었다. 나의 구원의 여상이기도 하다. 그는 결코 나를
배반하지 않는다.

동짓달 기나긴 밤을
한 허리를 둘에 내어
춘풍 이불 아래
서리서리 넣었다가
어른님 오시는 날이면
굽이굽이 펴리라

진이는 여기서 시간을 공간화하고 다시 그 공간을 시간으로 환원시
킨다. 구상(具象)과 추상(抽象)이, 유한(有限)과 무한(無限)이 일원화되
어 있다. 그 정서의 애틋함은 말할 것도 없거니와 그 수법이야말로 셰
익스피어의 소네트 154수 중에도 이에 따를 만한 것은 하나도 없다. 아
마 어느 문학에도 없을 것이다.

금아의 여성적 특질을 가장 예술적으로 승화시킨 여인이 바로 황진이다. 셰익스피어의 소네트보다 한 수 위라는 금아의 황진이 예찬은 좀 지나친 감이 있다. 하지만 출중한 미모와 높은 학식과 각종 기예를 가졌고 무엇보다도 탁월한 시인인 황진이는 피천득뿐만 아니라 단테의 베아트리체처럼 뭇 남성의 구원의 여상일 수도 있다. 황진이는 독일의 시성(詩聖) 괴테가 그의 최후의 대작 『파우스트』의 결론에서 노래한 "영원히 여성적인 것만이 인류를 구원한다."는 명제*의 구체적인 주인공이 아닐까?

(3) 어린아이 ― 어린이다움의 생명력과 영원성

구름을 안으러 하늘 높이 날던 시절
날개를 적시러 푸른 물결 때리던 시절
고운 동무 찾아서 이 산 저 산 넘나던 시절
눈 나리는 싸릿가지에 밤새워 노래 부르던 시절
안타까운 어린 시절은 아무와도 바꾸지 아니하리

「어린 시절」

금아 피천득의 시 세계는 어린아이들의 세상이다. 금아 본인이 일생을 어린아이처럼 순박하고 단순하게 살고자 노력했다. 금아는 "무지개를 보고 소리 지르는 어린아이"를 좋아했다. 금아는 갓 태어난 아기를

---

*『파우스트』의 마지막 노래 「신비의 합창」을 여기에 적는다.

일체의 무상한 것은
한낱 비유일 뿐,
미칠 수 없는 것,
여기에서 실현되고,
형언할 수 없는 것,
여기에서 이루어진다.
영원히 여성적인 것이
우리를 이끌어 올리는 도다. (정서웅 옮김)

생명의 역동성이 충만한 존재로 보았다. 인간은 나이가 들면서 조금씩 이러한 생명력을 잃어버린다. 금아의 "아기" 시에는 당연히 추상적 개념어들보다는 특별히 "쌔근거린다"와 같은 의성어나 "뒤챈다"와 같이 살아 움직이는 생명의 원초적 몸동작에 관한 어휘들이 많다.

뒤챈다
뒤챈다
뒤챈다

아이 숨차
아이 숨차
쌔근거린다

웃는 눈
웃는 눈
자랑스레 웃는 눈

(「백날 애기」*, 전문)

다음의 시 「아가의 오는 길」에서는 이런 경향이 한층 더 두드러진다.

재깔대며 타박타박 걸어오다가
앙감질로 깡충깡충 뛰어오다가
깔깔대며 배틀배틀 쓰러집니다

뭉게뭉게 하얀 구름 쳐다보다가
꼬불꼬불 개미 거동 구경하다가

---

* 이 시는 피천득이 1981년 차남 피수영의 첫아들 윤범(Daniel)을 보고 쓴 시로 1987년에 나온 범우사판 『피천득 시집』에 처음 실렸다.

아롱아롱 호랑나비 쫓아갑니다 (전문)

막 걸음마를 배우는 아가의 모습이 의태어로 아주 생생하게 그려지고 있다. "타박타박", "깡충깡충", "배틀배틀", "꼬불꼬불", "아롱아롱"은 아름답고 정겨운 우리의 모국어이다. 거의 동물적 수준의 어린 아가들의 활기찬 모습이 매우 인상적인데, 이는 자랑스러운 인간 문명의 시작이다.

어른들은 어린아이에게 가르칠 것이 아니라 오히려 그들에게서 배우고 동심의 세계 속에서 살아가야 한다. 호기심 많던 어린 시절을 완전히 상실하고, 마술을 믿지 못하고, 상상의 세계를 잃어버린, 경직되고 이기적인 어른이 아니라 적어도 자연과 공감하고 타인을 사랑할 수 있는 인간이 되어야 한다. 동심의 세계를 잃어버린 우리시대 많은 사람들은 꿈과, 환상, 신비로운 것, 숭고한 것에 대한 사랑과 믿음을 미신이나 이성이 결여된 유치한 것으로 치부해 버렸고, 이미 오래전부터 감성과 상상력이 결여된 무감각한 기계들이 되어버렸다. 어린아이의 마음은 정적이거나 수동적인 세계가 아니라 오히려 동적이고 능동적인 생명의(생명과 가장 가까운) 세계이다. 역동적인 상상력을 통하여 생명력이 약동하고 몸과 마음과 영혼이 혼연일체가 되어 부드러우면서도 힘차게 흘러가는 동심의 세계로 돌아가야 할 것이다. 동심의 세계는 척박한 시대의 고단한 삶을 살아가는 데 힘과 지혜를 얻을 수 있는 '영감의 발전소'이다.

금아는 다음 시에서 "너"라는 어린아이(딸 서영)의 일상생활을 그리고 있다. 어린아이의 삶은 아무런 꾸밈이나 무리함이 없는 작고 소박한 삶이다.

새털 같은 머리칼을 적시며
너는 찬물로 세수를 한다

"다녀오겠습니다" 인사를 하고
너는 아침 여덟시에 학교에 간다
…
집에 누가 찾아오면
너는 웃으면서 문을 열어 준다
…
하늘 가는 비행기를 그리다가
너는 엎드려서 잠을 잔다

(「새털 같은 머리칼을 적시며」)

"어린이는 어른의 아버지이다."라고 노래한 영국의 시인 윌리엄 워즈워스는 인간의 어린 시절을 중시하였다. 그는 인간의 어린 시절이 자연과 조응하고 신과 교감하는, 타락 이전의 인간이 가졌던 능력의 시기와 같다고 본다. 어린 시절은 우리가 못 느꼈을지 모르지만 영생불멸을 느끼는, 영원회귀로 돌아갈 수 있는 시기이다. 어린이는 성장하면서 인위적인 교육을 받음으로써 이러한 능력을 서서히 상실한다. 워즈워스는 19세기 초 영국이 도시화와 산업혁명이 한창이던 때 인간 정신이 점점 물질중심적 즉, 물신화(物神化, reification)되고 세속화되는 것을 슬퍼하며, 이에 저항하여 인류의 초심(初心)을 회복하기 위해 어린 시절로 돌아가야 한다고 노래했다. 현대 문명이 겪고 있는 아노미 현상의 치유책이 인간 중심적인 문명 이전, 그러니까 인류의 어린 시절, 아니 인간의 어린 시절에 있다는 것이다.

천국이 우리의 어린 시절엔 우리 주위에 있다!
감옥의 그늘이 자라나는 소년에게
덮이기 시작한다
…
매일 동쪽에서 멀리 여행해야만 하는

청년은, 아직도 자연의 사제이며,

그의 도중에도

찬란한 환상이 동반한다;

드디어 대인이 되면 그것이 죽어 없어지고

평일의 빛으로 이우는 것을 깨닫게 된다.

　　　　(이재호 옮김, 「어린시절 회상하고 영생불멸을 깨닫는 노래」)

　그래서 어린 시절은 매우 소중한 것이다. 어린 시절은 그 이후 삶의 원천이며, 생명을 소생하게 하는 거대한 기억의 저수지이다.

　신약성서에서 예수는 제자와 성도들에게 항상 어린아이와 같이 되라고 가르쳤다. 모든 사랑의 시작은 '타자' 되기(becoming)이다. 자기 속에만 갇혀 있지 않고 자기 이외의 타자가 되는 것은 영적 상상력이며, 이것이야말로 이웃 사랑의 토대이다. 타자 되기는 이웃뿐만 아니라 식물과 동물 나아가 무생물까지도 적용할 수 있다. 여자 되기, 남자 되기, 고양이 되기, 고등어 되기, 나팔꽃 되기, 바람 되기 등등. 그러나 예수가 특히 강조하는 것은 "어린아이 되기"이다. 어린아이가 되어야 비로소 천국에 갈 수 있다. 어린아이처럼 단순하고 순수하고 온유해야 한다.

　　진실로 너희에게 이르노니 너희가 돌이켜 어린아이들과 같이 되지 아니하면 결단코 천국에 들어가지 못하리라 그러므로 누구든지 이 어린아이와 같이 자기를 낮추는 사람이 천국에서 큰 자니라 또 누구든지 내 이름으로 이런 어린아이 하나를 영접하면 곧 나를 영접함이니

　　　　　　　　　　　　　　　　　（「마태복음」, 18장 3~5절）

　어린아이의 마음은 세속의 고단하고 험난한 세상에서 어쩔 수 없이 죄와 잘못을 저지르며 사는 우리를 구원하고 천국에 이르는 영원히 변치 않는 이정표이다.

　다음으로 금아의 산문시 「어린 벗에게」의 일부를 살펴보자.

그러나 어린 벗이여, 이 거칠고 쓸쓸한 사막에는 다만 혼자서 자라는 이름 모를 나무 하나가 있습니다. 깔깔한 모래 위에서 쌀쌀한 바람에 불려 자라는 어린 나무 하나가 있습니다.

… 그러나 이 깔깔한 모래 위에서 자라는 나무는, 쌀쌀한 바람에 불려서 자라는 나무는, 봄이 와도 꽃필 줄을 모르고 여름이 와도 잎새를 못 갖고 가을에는 단풍이 없이 언제나 죽은 듯이 서 있습니다.

그러나 벗이여, 이 나무는 죽은 것이 아닙니다. 살아있는 것입니다. 자라고 있는 것입니다.

이 시는 '나무'에 관한 시이다. 사막에 있는 나무이다. 사막이란 말이 아홉 번이나 나온다. 시인이 사막 속에서 (어린) 나무 이야기를 "어린 벗"에게 하는 이유는 무엇인가? 그것은 물 없는 사막에서 살아가야 하는 어린나무(어린 벗)에게 하는 말이다. 경술국치의 해 1910년 5월에 태어난 금아는 어린 나이에 부모를 모두 잃어 이 넓은 세상에서 기댈 데가 없었다. 얼마나 외롭고 쓸쓸하고 두려웠을까? 어린 금아는 일제 강점기라는 척박한 시대에 얼마나 고단한 삶을 살아야 했을까? 여기서 어린 벗은 금아 자신이고 사막은 부모 없는 어린 고아가 사는 세상이다. 그래서 이 시는 자신을 위로하기 위한 고백 시이다.

그러나 "어린"아이는 제아무리 척박한 곳이라도 끝까지 살아남는 식물처럼 꿋꿋하게 자란다. 생명은 끈질기고 모진 것이다. "춥고 어두운 밤 사막에는 모진 바람이 일어"도 "어린 나무"는 죽지 않는다. 여기서 나무는 생명이다. 나무가 없다면 지구 위의 먹이사슬 체계는 유지할 수 없을 것이다. 나무는 흙과 햇빛과 단비를 받아야만 꽃 피울 수 있다. 어린나무, 즉 어린아이는 새순처럼 끈질긴 생명력의 상징이다. 이 시는 위대한 어린이 찬가이다. 어린아이와 어린나무를 통해 우리에게 우주와 세계와 삶의 비밀을 보여준다.

1913년 동양인으로는 최초로 노벨문학상 수상에 결정적 기여를 했던 인도의 시성 라빈드라나드 타고르의 시집 『기탄잘리』의 서문에서 예이츠는 결론으로 타고르의 시 「바닷가에서」의 한 구절을 인용하고 있다.

> 그들은〔아이들은〕모래로 집 짓고 빈 조개껍질로 놀이를 합니다. 가랑잎으로 그들은 배를 만들고 웃음 웃으며 이 배를 넓은 바다로 띄워 보냅니다. 아이들은 세계의 바닷가에서 놀이를 합니다.
> 그들은 헤엄칠 줄을 모르고 그물 던질 줄도 모릅니다. 진주 잡이는 진주 찾아 뛰어들고 장사꾼은 배를 타고 항해하지만 아이들은 조약돌을 모으고 다시 흩뜨립니다. 그들은 숨은 보물을 찾지도 않고 그물 던질 줄도 알지 못합니다.　　　　　(김병익 옮김, 『기탄잘리』, 60)

예이츠는 타고르의 이 시에서 "순진성"과 "단순성"을 가진 아이들을 거의 "성자들"이라고 말한다(Tagore, 13). 필자는 금아의 시 「어린 벗에게」와 타고르의 시 「바닷가에서」의 주제가 같다고 믿는다. 이 두 시에서 어린아이들은 세속을 벗어나 영원한 생명의 상징이기 때문이다.

지금까지 필자는 주제별로 금아의 시를 논의하였다. 그러나 이러한 분석적인 논의는 한계가 분명하다. 이제는 간략하게나마 물, 여성, 어린아이가 가지는 사회 역사적 상황과 연계해 보기로 한다.

작가와 학자가 역사와 현실의 억압구조에서 취할 수 있는 방식은 크게 두 가지다. 우선 역사와 현실의 진흙 구덩이에 들어가 함께 뒹굴고 싸우면서 일어나는 방식이 있다. 또 하나는 역사와 현실에 일정한 거리를 둔 채 현실 분석을 토대로 새로운 이론과 방책을 세우고자 노력하는 것이다. 일반적으로 전자의 적극적 투쟁 방식이 후자의 소극적 저항 방식보다 윤리적으로 우월한 것으로 여기는 경향은 어떤 면에서 당연하다. 그러나 주어진 상황에 따라 그 대항 전략이 달라져야 하고, 어떤 의미에서 두 가지 방식이 상호보완적인 역할을 할 수 있다. 이론과 실천은 동전의 양면이기 때문이다. 일제 강점기에 전방에서 싸우는 작가가 아니라 서정시인으로 후방에 머무는 게 과연 바람직한 자세였을까? 하지만 보이는 싸움도 필요하지만 보이지 않는 저항도 동시에 필요하고, 비둘기처럼 순진한 동시에 뱀처럼 지혜로울 필요가 있다. 피천득의 경우는 후자의 길을 택한 문인이며 학자였다. 그렇다면 피천득을 언어의 장막 뒤에 숨은 비겁한 방관자로만 보아야 할까?*

이 지점에서 피천득의 시에 대해 이미 깊은 사유를 한 바 있는 김우창의 글 「시가 만드는 현실」을 소개해본다. 김우창은 과거에 자신이 금아가 "작고 고운 것만"을 말함으로써 "시대의 큰 요청들"을 비껴간다는 인상을 준다고 말한 것에 대해 그 편협성을 시인한다. 그러나 그는 계속해서 작고 아름다운 것 뒤편에 있는 피천득의 고결한 도덕성을 가장 양심적인 민족 지도자 도산 안창호와 심층적으로 연결하고 있다.

> 선생님의 시 가운데에도 뜨거운 애국시가 있으며, 옛날을 들추지 아니하더라도 우리가 익히 보아온 금아 선생과 관련하여 우리가 생각하게 되는 것은 드높게, 한결같이, 또 깨끗하게 걸어오신 그 삶의 자취입니다. 그것은 도덕적인 삶입니다. … 그것은 험악한 시대가 부르는 도덕적 요구에 금아 선생 나름의 응답을 아니 할 수 없으시었기 때문이라고 말할 수 있습니다. … 이것이야말로 도덕적 삶, 바른 사회의 정신적 기초가 되는 것일 것입니다. 그리고 또 이것이 공정성과 정의에 이어지는 것일 것입니다. … 그러한 시대에서 선생님의 삶과 문학은 우리에게 하나의 준거가 될 것입니다. (130~33)

김우창이 금아의 시에서 높이 평가한 작고 고운 것, 즉 섬세한 것이

---

* 우리는 19세기 말 자본주의가 절정으로 달려가던 시대에 서정시인으로 살았던 샤를 보들레르(Charles-Pierre Baudelaire, 1821~67)를 떠올릴 수 있다. 그는 미국의 시인 에드거 앨런 포(Edgar Allan Poe, 1809~49)에게 상징주의를 배워 자본주의로 치닫던 모던 파리에 대항하는 시적 전략을 구축했다. 서정시인이 무조건 비참여 문인인가? 1930년대에 최고의 서정시인이었던 김소월은 우리의 것을 지키고 개발하면서 겉보기에는 소극적이었지만 근본적인 저항을 수행하지 않았던가?

피천득 평전

토대인 "도덕적 삶", "바른 사회의 정신적 기초"의 "객관적 상관물"로 필자가 앞에서 장황하게 논의한 물, 여성, 어린아이의 물적 특성 그리고 인격적 본성이 서로 연계될 수 있지 않을까 생각해본다. 금아 시의 소재와 내용이 함께 만나 새로운 형식을 가진 서정시로 다시 태어나는 것이다.

금아의 시가 단순하고 짧고 예쁘다고 해서 여리고 약한 것은 아니다. 금아의 온유한 것은 강한 힘이다. 물, 여성, 어린아이와 같이 가장 부드러운 것들이 가장 강한 것들을 포섭할 수 있다. 시인 이만식은 금아 시의 단순 우아미가 오히려 큰 "힘"을 가질 수 있다고 설득력 있게 지적하였다.

> 그의 시 세계의 언어는 너무 단순하여 해석할 필요가 없을 지경입니다. 그러나 거의 대부분의 시가 독자로 하여금 멈추고 자신의 삶을 돌이켜보게 하는 강력한 여운을 갖고 있습니다. 그의 시 세계는 우아한 방식으로 매우 강력하고 힘이 있습니다. … 이러한 힘의 성격, 즉 겉으로는 순수하고 우아하게 보이지만 그 안에 내재되어 있는 강력한 힘을 이해하는 데에 피천득 문학의 핵심이 놓여 있다고 여겨집니다. (18~20)

그렇다. 이것이 바로 우리의 삶을 지탱시켜주는 피천득 문학의 '힘'이다. 부드럽고 약한 것들이 거칠고 강한 것들을 끌어안고 간다는 것은 역설임이 분명하다. 어린 양같이 온유한 예수가 수십만의 강력한 군대를 가진 로마 제국의 황제를 넘어서지 않았는가?

사랑의 윤리학을 향하여

사랑의 실천이 궁극적 목표였던 금아 문학에서 핵심적인 단어들 정(情), 사랑, 아름다움, 기쁨은 결국 그의 시 세계의 지배적 이미지들인

물, 여성, 어린아이를 통해 반복하고 변형하며 구체화한다. 이것들은 다시 충일한 생명의 노래가 되고 실천하는 사랑의 윤리학이 된다.

생명의 근원인 '물', '여성', '어린아이' 이미지들은 금아 문학의 형식과 주제(사상)를 결정한다. 이 세 가지 생명의 이미지에서 금아 시의 형식은 (1) 서정시, (2) 정형시, (3) 단시(짧은 시)로 전개되며, 이 세 가지 시 형식은 금아 시의 주제에도 가장 잘 어울리는 양식이다. 서정성을 통해 인간과 인간, 인간과 자연 간의 정(情)과 사랑을 노래하고, 규칙적 형식을 통해 음악성에 기초한 생의 리듬과 반복이 드러나며, 짧은 시를 통해 응축되고 강력한 음악적 효과를 성취할 수 있다. 금아 시의 주제(사상)는 (1) 단순, 소박, 검소, (2) 정(情)과 사랑, (3) 겸손과 온유(부드러움)이다. 금아의 절친한 친구였던 수필가 윤오영은 다음과 같이 금아라는 인간을 규정하였다.

> "손때 묻고 오래 쓰던 가구를 사랑하되, 화려해서가 아니라 정든 탓이라"고 했다. 그는 정(情)의 사람이다. 그는 "녹슨 약저울이 걸려 있는 가난한 약방"을 자기 집 서재에서 그리워하고 있다. 그는 청빈의 사람이다. 그는 "자다가 깨서 보려고 장미 일곱 송이를 샀다" 그는 관조의 사람이다. 그는 도산 장례에 참례 못한 것을 "예수를 모른다고 한 베드로보다 부끄럽다"고 했다. 그는 진솔의 사람이다. 그는 진실과 유리된 붓을 희롱하지 않는 사람이다.　　　　(『곶감과 수필』, 192~93)

이런 특징들이 동서양을 아우르고자 했던 금아 문학의 '구체적 보편'으로 이어진다. 이러한 보편성이야말로 금아 문학이 오늘날과 같은 세계시민 시대에도 지속할 수 있는 근거다. 1910년에 태어난 금아 피천득은 1919년 3·1운동을 통과하고 36년간의 기나긴 일제 강점기를 거쳐 광복 공간과 한국전쟁, 4·19혁명, 5·16군사정변, 1988년 서울 올림픽 그리고 2002년의 월드컵까지 근대 한국의 다양한 역사를 가로지르며 100세 가까이 살았다. 혼돈과 격변의 시대를 겪어온 작가로서 자신을 온전하게 지키는 데에는 위에서 언급한 생존 전략들이 필요했을 것이다.

　모순과 배반의 시대에 피천득만큼 생명을 경외하고 사랑을 완성하고자 한 시인도 흔치 않다. 노장사상과 성서에도 중요하게 등장하는 물, 여성, 어린아이를 통해 금아 시를 읽는 접근 방식을 더욱 확대하여 그의 수필문학은 물론 번역문학에도 적용할 수 있다. 금아에게 시, 수필, 번역은 하나였다. 금아의 문학세계는 이 세 장르를 서로 유기적으로 연계시켜 논의할 때 온전히 드러날 수 있으리라. 그의 창작시는 그가 사랑했던 영미, 중국, 일본, 인도의 번역시들과 분리할 수 없다. 이런 의미에서 금아 문학의 원류는 한국 고전시(황진이)와 동시대 시인들(소월 등), 나아가 그가 암송할 정도로 좋아했던 많은 외국 시들과의 비교문학적 안목에서 폭넓게 규명할 필요가 있다. 이런 작업이 제대로 이루어질 때 금아 문학은 가장 한국적이면서도 동시에 세계적인 의미를 품을 것이다.

제3장 수필

> 수필은 한가하면서도 나태하지 아니하고, 속박을 벗어나고서도 산
> 만하지 않으며, 찬란하지 않고 우아하며 날카롭지 않으나 산뜻한 문학
> 이다.
> (「수필」)

금아 피천득은 수필가로서 자의식이 강한 작가였다. 그의 독보적인
수필론이라고 할 수 있는 「수필」이란 글이 있다. 이 수필은 읽는 사람에
따라 다르게 읽히고 오해마저 품게 한다. 피천득은 장르로서 수필의 정
체성에 대해 깊이 사유하는 작가이다. 피천득 수필의 전략과 그의 이론
적 배경을 제대로 이야기하기 위해서 우리는 그가 수필가로 알려지기
훨씬 이전에 이미 시인이었다는 사실을 결코 잊어서는 안 될 것이다.

피천득 문학의 서정시적 요소를 고려하지 않고는 그의 수필을 형식과
내용 면에서 결코 복합적으로 이해하기 어렵다. 여기에서 피천득 수필
의 장르적 특성 즉, '형식'에 대한 본격적인 사유를 위해 시와 수필의 상
관관계를 논하고 내용을 중심으로 한 '주제'들을 이야기해보자.

새로운 수필론 ― 금아와 수필 장르: '형식'과 '운명'

헝가리 출신의 미학자인 게오르크 루카치(Lukács, György, 1885~1971)

는 1919년 마르크스주의로 전향하기 이전에 쓴 「에세이의 특성과 형식에 관하여」에서 '에세이'를 하나의 예술 형식으로 정의 내렸다. 그는 "모든 글쓰기는 운명 — 관계라는 상징적 용어로 세계를 재현한다. 운명의 문제는 형식의 문제를 결정짓는다."고 선언하며 운명과 형식을 불가분의 관계라고 했다. 다만 그중 어느 것을 더 강조하는가의 문제가 있을 뿐이다. "시의 경우는 형식이 운명으로부터 형식을 받아들여 언제나 운명처럼 보이게 만든다. 그러나 에세이에서는 형식이 운명 자체가 된다. 따라서 형식은 운명을 만들어 내는 원리이다."(7) 루카치는 비평가가 — 단순히 문학 비평가만이 아닌 넓은 의미의 문명 비평가와 문화 비평가까지 포함하여 — 하나의 에세이스트로 형식과 운명을 연결하는 사람이라고 밝힌다.

> 〔비평가는〕 형식 속에서 운명을 흘끗 바라보는 사람이다. 그의 가장 심원한 경험은 형식들이 그 자체 내부에 간접적으로 그리고 무의식적으로 숨겨 놓은 영혼의 내용이다. 형식이란 그의 위대한 경험이다. 직접적 실재로서의 형식은 그의 글에 진정으로 살아있는 내용인 심상 — 요소이다. … 형식은 세계관이고 입장이며 삶에 대한 태도이다. … 그러므로 운명에 대한 비평가의 순간은 사물들이 형식이 되는 순간에 — 모든 감정과 경험이 … 형식을 받아들이는 순간 — 용해되어 형식으로 응고된다. 그것은 외부와 내부 영혼과 형식이 통합되는 신비스러운 순간이다. (8)

피천득에게도 시와 수필은 하나의 '운명'으로서의 '형식'이었다. 그의 문학적 도반(道伴)이던 윤오영은 『수필문학입문』에서 금아 수필의 문체와 구성에 대한 심도 있는 논의를 하였다. 먼저 그는 어떤 종류의 문학을 논하더라도 3가지 입장, 즉 학자, 평론가, 작가의 입장이 있다고 전제하고, 그중 "오직 가능하고 또 유익한 것은 오직 작가적 입장에서의 수필론"(144)이라고 말한다. 이것은 "작가로서의 자기 세계를 개척"하는 것을 뜻하고 "작품 모색의 과정의 기록"(144)이라는 것이다. 윤오영은 수필의 가장 구체적인 좋은 예로 금아의 대표적 수필론인 「수필」을들고 있다.

윤오영은 피천득이 작가적 입장의 구체적인 문학론인 「수필」을 통해한국수필문학의 정체성을 정립했을 뿐만 아니라 수필 작가로서도 크게성공을 거두고 있다고 구체적인 작품 분석을 통해 지적했다(30, 34, 53, 150~51). 그는 계속해서 금아의 약점과 장점을 아래와 같이 잘 지적하고 있다.

> 피천득은 소년소녀의 문학같이 곱고 아름다울 뿐이다. 사실 … 그것은 차라리 그의 약점이다. 그의 장점은 정서의 솔직한 구체화와 농도있는 성구(成句)의 사용에 있다. 한 예로 그의 「오월」이란 글 중에 "실록을 바라보면 내가 살아 있다는 사실이 참으로 즐겁다. 내 나이를 세어 무엇하리. 나는 오월 속에 있다." 이 한마디가 족히 남의 신록예찬의 수십 페이지의 서술에 필적할 농도를 지니고 있다. 글을 잘못 쓰더라도 최소한 두 가지만은 지켜야 한다. 첫째, 무엇인가 자기가 생각해낸 꼭 하고 싶은 말이 하나는 포함되어 있어야 한다. 둘째, 명문은 못쓰더라도 일반 문장에서 과히 벗어나지는 말아야 한다. 내가 원하는수필은 시로 쓴 철학이 아니면 소설로 쓴 시다. (150~51)

윤오영은 피천득 수필의 장점을 "정서의 솔직한 구체화"와 "농도 있는 성구(成句)의 사용"이라 말한다. "시로 쓴 산문(사유)"이고 "이야기(소설)로 쓴 시(산문시)"인 금아의 수필이야말로 윤오영이 원하는 수필이 아니겠는가. 다음에서 다른 몇 사람의 견해를 들어보자.

수필가 차주환은 피천득 수필을 "금강석"같다면서 다음을 그 근거로제시한다.

> 그가 "금강석같이 빛나는 대목"이라는 말을 썼지만, 그의 수필을 전

체적으로 빛나는 금강석에 비겨보아도 괜찮을 것 같다. … 피천득 씨
의 수필은 무섭게 파고들어 따져볼 경우에는 결코 완전무결하도록 흠
이 없지는 않을 것이다. 그러나 그의 수필에서 별로 흠을 느끼지 않게
되는 것은 정수(精粹)를 써내는 데 전력하고 내온(內蘊)을 드러내는 데
몰입하기 때문에, 극소 부분이기는 하겠지만, 외부적인 조잡한 이른바
흠을 잊어버리게 하기 때문일 것이라 여겨진다. (181)

문학평론가 김우창은 「금아 선생의 수필」이라는 글에서 금아 선생의
미문(美文)의 비결을 일상적 대화와 이야기를 주고받는 "대화적 상상
력"이라고 본다.

선생의 글은 과연 산호나 진주와 같은 미문(美文)이다. 그리고 우리
가 알아야 할 것은 이러한 미문이 겉치레의 곱살스러움을 좇는 결과
다듬어지는 것만은 아니라는 점이다. 다 알다시피 다른 사람을 부리고
자 하는 언어는 딱딱해지고 추상화되고 일반적이 되고 교훈적이 된다.
… 금아 선생의 문장이나 태도는 수필의 본래적인 정신에 부합하는 것
이라고 볼 수도 있다. … 대개 그것은 일상적인 신변사를 웅변도 아니
고 논설도 아닌, 평범하게 주고받는 이야기로서 말하고 이 이야기의
주고받음을 통해서 … 외로운 인간의 명상이나 철학적인 사고보다는
이야기를 주고받는 대화의 장이다. (163)

또 다른 문학평론가 이태동은 피천득의 수필에서 배어 나오는 "언어
의 힘"은 언어의 형식(문체)과 내용(주제)이 일치하는 데서 분출한다고
설명한다.

만일 피천득의 탁월한 언어적인 힘이 없었을 것 같으면, 작은 것의
아름다움을 주제로 한 그의 수필이 예술로서 지금처럼 그렇게 호소력
을 갖지 못했을 것이다. 그가 그의 작품에 사용한 언어는 … 시대를 뛰
어 넘을 수 있을 정도로 시정(詩情)적이면서도 결곡하다. 특히 잠언(箴

言)에서 볼 수 있을 것과 같은 간결하고 진솔한 문체는 그의 수필을 깨끗하게 만들어 군더더기 없이 진실만을 나타내기 때문에 독자들의 마음 깊이까지 공감의 물결을 일으키기에 충분하다.

「작은 것이 지닌 아름다움의 발견 — 피천득의 수필세계」, 63)

금아에게 수필이란 장르는 형식적으로 '균형'과 '대조'의 미학이다. 그의 삶과 사상이 응축되어 있는 「수필」의 한 구절을 보자.

수필은 한가하면서도 나태하지 아니하고, 속박을 벗어나고서도 산만하지 않으며, 찬란하지 않고 우아하며 날카롭지 않으나 산뜻한 문학이다.

이 병행대구는 놀라울 정도로 완벽한 균형과 대조를 보여준다.

수필은 흥미는 주지마는 읽는 사람을 흥분시키지는 아니한다. … 수필의 색깔은 황홀 찬란하거나 진하지 아니하며, 검거나 희지 않고 퇴락하여 추하지 않고, 언제나 온아우미하다. 수필의 빛은 비둘기빛이거나 진주빛이다. … 수필은 플롯이나 클라이맥스를 필요로 하지 않는다. 가고 싶은 대로 가는 것이 수필의 행로(行路)이다.

금아에게 수필은 하나의 문학 형식으로 "정열이나 심오한 지성을 내포한" 문학이 아니고 "산책"이며 "미소", "독백", "방향(芳香)"이 있는 "산뜻한 문학"이다. 그러나 수필이 단순히 이런 것이라면 무미한 것이 되리라. 수필은 이러한 균형 속에 있으면서도 "한 조각 연꽃잎을 꼬부라지게" 할 수 있는 "마음의 여유"가 필요한 "눈에 거슬리지 않은 파격(破格)"이다!

수필은 피천득에게 하나의 '운명'이며 '존재 양식'이며 '이데올로기'이며 '무의식'이다. 그의 생애와 사상 모두가 이러한 (무서운) 균형 위에 놓여 있다. 겸손(소박), 가난(청빈), 염결(단순)은 금아에게 삶과 사상의 삼위일체이다. 금아로서는 이런 것이 너무나 당연할 정도로 내면화되고 관숙화되었기에 오늘과 같은 초조하고 번잡한 생활 속에서도 그런 점을 자신이 지닌 미덕으로 여기지도 않았다.

그러나 금아의 삶과 사상이 여기에서 끝난다면 그의 수필은 향취와 여운이 없고 친밀감을 주거나 미소를 띠게 하지 못할 것이다. 금아의 삶은 은은한 빛이나 향취와 여운이 있고, 가난하면서도 여유가 있다. 그는 프레드릭 쇼팽을 듣고, 포도주와 커피의 향내를 맡으며, 그림엽서도 뒤적여보고, 꿈도 꿔보고, 여행도 하고, 독서 삼매경에 빠지기도 한다. 그는 이것을 "작은 사치"라 했다. 천편일률적으로 균형을 위한 균형이 아니라 '파격'으로 균형감을 더한다. 우리는 잔잔한 호수의 수면 위에 떨어진 조약돌이 일으킨 '파문'으로 역동적인 아름다움에 감동하는 게 아닐까?

삶이라는 '운명'과 수필이라는 '형식'이 만나는 금아의 글에는 무엇보다 우리를 윽박지르는 억압이 없다. 어떤 이념적 강권도 없다. 어떤 도덕적 꾸짖음이나 윤리적 책임 추궁도 없다. 어떤 인식론적 강요도 없다. 우리를 필요 없이 죄의식이나 열등감에 빠지게 하지도 않는다. 그렇다고 그의 글이 부도덕하거나 비윤리적인 것은 아니다. 그의 글이 해방적이라고 말할 수는 없을지라도 억압적이지 않은 것은 분명하다. 독자는 양자택일의 곤혹스러운 선택을 강요당하지 않고 편안하게 그의 글을 자주 찾는다. 그의 절제된 글에는 섣부른 '비판'이 많지 않다. 그는 '풍자'조차도 아낀다. '아이러니'도 즐기지 않는다. 그는 우리의 삶 ― 자연, 사회, 인간 ―에 대하여 욕설을 퍼붓거나 빈정거리지 않는다. 삶이 혹시 그를 배반하더라도 그는 결코 두려움에 떨거나 분노로 이를 갈거나 비수를 품지 않는다. 그의 글에 가시가 없는 것은 아나 홍어 뼈처럼 씹으면 씹을수록 촉감도 좋고 상큼한 맛이 더 난다. 그의 가시는 우리를 찔러 피 흘리게 하지 않는다. 다만 그는 자연과 인간에 대한 무한

한 경외와 공경의 마음으로 우리와 함께 공감과 동정을 느끼며 '염려'하고 '돌보고', '사랑'하고자 할 뿐이다.

또한, 그의 글에는 편 가르기도 보이지 않는다. 이념적, 종교적, 지역적, 종족적, 성별적 편 가르기가 없다. 무릇 모든 글에는 필자의 주체적 입장이 들어 있다. 어떤 특정한 입장과 틀은 글을 논리 정연하고 깊이 있고 힘차게 보이도록 한다. 그러나 금아의 글은 특정한 입장없이 글을 쓰겠다는 입장만 있다. 그리하여 그의 글은 단순하고 소박해 보인다. 그래서 내용이나 형식에서 치열성이 결여된 '부드러운', '약한' 글로 치부되기도 하고, "작고 예쁘다."고 얕보임을 당하기도 한다. 그러나 그것은 약해서 휠지언정 부러지지 않는 버드나무처럼 약하지만 강하다. 이런 글은 쓰기가 쉽지 않다. 자신과 주변에 대한 깊은 성찰과 관조에서 자연스럽게 흘러넘쳐 나온 글이어야 독자에게 감동을 줄 수 있기 때문이다. 특수성과 보편성을 함께 지닌 '구체적 보편'의 글은 독일의 사회이론가인 위르겐 하버마스가 말한 소위 의사소통적 '공영역(public sphere)'을 확보할 수 있지 않겠는가?

금아의 글은 형식면에서도 억압이 없다. 내용이 난잡하지도 않고 현학적이지도 않으며 직선적 논리를 강요하지도 않는다. 그의 글은 인과(종속) 관계에 따른 직선적 논리 구조를 가진 문단보다 환유적 구조를 가지고 대등한 관계가 강조되는 병렬적 구문으로 이루어졌다. 어떤 의미에서 그의 글은 선이 아니라 점으로 이루어졌다. 글의 흐름이나 혼(魂)은 일직선으로 움직이지 않고 마치 점으로 흩뿌려져 있는 듯 보편 내재하다. 몇몇 서사적인 글들에는 아리스토텔레스가『시학』에서 "혼" 또는 '중추'라고 강조한 플롯 같은 것이 있기도 하지만 그의 글에는 대부분의 경우 뼈조차 없다. 연체동물과 같다기보다 물렁뼈 조직과 같다고 할까? 어떤 글은 경구적(警句的)이거나 단상적(斷想的)인 양식을 띠기도 한다. 길이도 다양한 그의 글은 특별히 시간적, 연대기적으로 구성하지 않고 처음, 중간, 끝의 구분이나 배열이 없는 경우도 있다. 그의 글

은 독자를 어떤 장르적, 양식적 틀 속에 가두지 않는다. 그의 글은 질서
— 무질서, 논리 — 비논리의 이분법으로 논의하기 어렵다. 어떤 의미에
서 서양문학으로 훈련받은 금아가 자신의 뿌리인 동양적 글쓰기(노장적
글쓰기?) 양식을 실천하고 있다고 말할 수 있겠다.

그러나 금아의 글에는 이상한 '변형(metamorphosis)'의 힘이 있다. 사
소한 것은 아주 중요하게, 진부한 것은 새롭고 신기하게 변형된다. 거대
하고 신비스러운 것은 친근하고 사랑스러운 것으로, 어렵고 무거운 것
은 쉽고 가벼운 것으로 만들고 특이한 슬픈 / 기쁜 '기억들'을 범속하게
만든다. 하지만 그 범속화는 비범속화의 과정을 겪어 그의 글은 워즈워
스가 말하듯이 "자연스러운(일상적인) 것을 초자연적인(신비스러운) 것
으로 만드는" 과정을 다시 반복한다. 이러한 이중적 탈바꿈으로 우리는
금아의 글을 쉽게 읽으면서도 또다시 어렵게 느끼는 게 아닐까? 이런
변형의 전략은 러시아 형식주의자들이 지적하듯이 인식론적이다. 일상
성 속에 함몰된 굳어진 인식구조의 껍질을 벗겨냄으로써 삶을 항상 새
롭고 진정성 있게 바라보게 하는 예술의 기능인 것이다.

금아의 수필은 수필이란 장르가 시와 소설의 중간 지대라는 명제를
가능케 해준다. 수필은 삶에 가장 밀착된 장르이다. 지나치게 주술적
이고 서정적일 수 있으며, 고도로 응축된 음악적 언어 구조를 가진 시
의 영역과 달리 주관화된 객관의 세계이다. 또한 합리주의와 과학적인
사고로 이루어진 문학적 형식인 (서양의) 소설은 플롯을 중심으로 지
나치게 과학적(인과적)이고 서술적(이야기적)이다. 그러나 금아에게 수
필은 프랑스의 과학자이자 상상력 이론가인 가스통 바슐라르(Gaston
Bachelard, 1884~1962)의 이른바 '몽상적' 중간 지대로서의 문학이다. 수
필은 시적 서정성과 소설적 서사성에 함몰되지 않고 이 둘을 합칠 수 있
는 장르이고 '상상력'과 '이성'이, 기계학과 신비학이 함께 자리할 수 있
는 장르다. 달리 표현하면 전근대와 근대가 포월되어 탈근대로 넘어가
는 장르일 수도 있다.

에세이란 형식은 예술과 철학을 이어준다. 에세이는 삶으로부터 끌어 낸 사실들이나 그러한 사실들의 재현을 사용하여 삶에 대한 질문으로서의 세계관을 개념적으로 또는 경험적으로 표현한다. 그러나 에세이는 분명한 개념적인 대답을 주지는 않는다. 따라서 에세이는 하나의 '선구자'에 불과하며 언제나 '잠정적'이고 '우연적'이며 삶에 대한 하나의 '제스처'이다. 이 말은 수필이란 장르를 결코 약화시키지 않으면서 다른 장르와의 차이를 전략화하고 그 가능성을 극대화할 수 있다는 것이다.[*]

금아의 수필은 비평 에세이, 문학 에세이, 신변 에세이 등과는 구별되는 일종의 '서정적' 에세이다. 금아는 살아 있을 때 한 신문 기자와의 인터뷰에서 문학에 대한 질문을 받고 "서정적인 면으로 다시 돌아오는 것 같다."고 답했다. "문학이 사람의 정서와 품성을 순화시킬 수 있다."고 믿는 금아 문학의 핵심은 서정성이 아닌가 한다. 금아의 산문은 시적 구조와 정서 때문에 시적 산문이라고 말할 수 있다. 그의 산문에는 관념의 서늘함(썰렁함)보다는 영롱한 이미지(심상)의 풍성함(풍요로움)이 있다. 그의 수필을 소리 내어 읽어내려 가면 우리는 마치 종이 위의 글자를 접시 위의 음식처럼 먹고 마시는 것 같다. 흰 종이 위에 가지런히 배열된 조용한 어휘들은 어느새 합성되어 우리의 청각적 상상력을 불러일으킨다. 여기에서 그의 수필은 우리와 하나가 되는 '성육화(成肉化,

---

[*] 체코의 언어학자 로만 야콥슨의 말을 빌리면, 수필은 '환유'의 세계이다. 이것은 표층 구조 — 심층 구조의 관계 속에서 표층을 통해 심층을 단순히 환기하는 은유적 관계가 아니고, 오히려 일상성의 삶의 조각 자체가 심층의 일부를 그대로 보여주는 환유적 관계이다. 금아의 '조약돌과 조가비'와 '산호와 진주'가 환유적 구조를 가지는 것과 같다. 우리는 조약돌과 조가비를 해변에서 우연히 줍는다. 모양이나 색깔이 정해진 게 없다. 금아 수필의 인식소와 관념형은 '우연'과 '불확실성'이다. 금아는 신비스러운 것과 영적인 것에도 아주 관대하다. 그의 '인연'은 어떤 것인가? 그것은 애초부터 필연적인 것이 아니다. 우연으로 이루어졌으나 필연적인 숙명처럼 우리의 삶에 영향을 끼친다. 따라서 수필이란 형식은 '인연'이란 운명을 담아내는 최적의 문학 형식이 된다. 금아 선생에게 '수필'이란 양식은 어려웠던 여러 상황 — 조실부모, 상하이 유학생활, 일제 강점기의 생활, 광복, 6·25전쟁, 4·19혁명, 유신독재 등 —을 견디면서 살아남게 한 하나의 생존 장치였다. 그에게 수필이란 장르는 하마터면 폐허가 될 수도 있었을 삶을 지탱시켜준 버팀목이었다.

incarnation)'를 가져온다. 서정성이 이 모든 것의 토대가 된다. 따라서 금
아의 수필은 위대한 '서정' 문학의 줄기이다. 그의 서정적 수필은 최고
의 경지에 달하여 쉽게 모방하기 어렵다. 금아의 위치가 바로 여기에 있
어서 그는 한국문학사에서 무시하기에는 너무나 위험한 서정적 수필가
이며 시적인 에세이스트이다.

금아 수필 읽기를 위한 예비 작업

(1) '전략적 읽기'의 필요성

피천득 수필은 독자 친화적이라는 특징이 있다. 어떤 의미에서 독창
성이 강조되는 개인주의 시대에 저자(성)가 없다고나 할까? 그의 글은
일원적 해석과 의미 창출을 강요하지 않는다. 그의 글은 우리를 편하게
하고 잠들게 하고 꿈꾸게 하고 우리를 치유한다. 마음이 우울할 때, 사
나워질 때, 참을 수 없을 정도로 외로울 때 그의 글을 집어 들면 날카로
운 지성이나 강력한 해방 논리는 없지만 한없는 평안을 준다. 이 얼마나
놀라운 일인가? 그의 글에는 '저자의 권위(authority)'가 죽어 있다. 아니
무의식처럼 잠들어 있는가? 아니 신화처럼 숨겨져 있다. 아니 있는 듯
없는 듯하다. 그의 글 고랑은 따뜻하다. 뜨겁지 않은 '조춘'의 지열이 느
껴지고 포근하다. 더욱이 싱싱하다. 씨앗인 독자는 그의 밭고랑에서 땅
의 물과 자양분을 빨아들이고 산들바람과 태양의 열과 빛을 받아들인
다. 그리하여 광합성 작용이라는 놀라운 (신비스럽고 초자연적인) 과정을
통해 필수적인 영적 탄수화물을 만든다.

금아의 글은 숫돌이 되기도 한다. 우리는 그를 통해 삶에 대한 빛나
는 예지의 칼을 갈 수 있다. 금아는 금, 은, 철보다 강한, 흙으로 빚은
질그릇이다. 피천득은 "연적"이며 "붓"이다. 뾰족한 쇠로 된 펜이 아
니다. 그의 수필을 읽는다는 것은 연적 위에 이미 갈아놓은 먹물을 묻

혀 자유롭게 붓 가는 대로 쓰면서 스스로 의미를 생산해내는 것이다. 우리는 단순히 의미를 찾을 수도 있고, 또는 금아 자신도 예기치 못한 의미를 창출하거나 좀 더 커다란 의미 체계를 생산할 수도 있다. 쉽고 단순하게 보이는 금아의 글에서 엄청나게 다양한 의미의 통로가 발견될 때도 있다. 이것을 프랑스의 철학자, 역사가, 사회분석가인 미셸 푸코(1926~1984)는 '담론적 실천'이라 했던가? 칼 마르크스(Karl Marx, 1818~1883)나 프로이트(Sigmund Freud, 1856~1939)의 글이 얼마나 많은 담론적 가능성을 부여하는가? 이런 견해는 본질의 과장, 왜곡, 훼손이라고 여겨질 수도 있다. 금아의 글은 선문답 식이나 수많은 의미망을 내포한 복잡한 글은 아니지만 단순성으로 포장되어 있다.

물론 필자는 워즈워스의 특징이라고 콜리지가 지적한 "자연스러운 것의 초자연화"처럼 "단순한 것의 복잡화"를 시도하려는 것은 아니다. 윌리엄 블레이크는 "순진의 노래"의 세계에서 "경험의 노래"의 세계로 옮아가고 있지만, 금아는 이 두 세계가 처음부터 통합되어 있다. 그의 글은 초기, 중기, 후기와 같은 시기 구분이 거의 불가능하다. 처음과 중간과 끝이 단순성이라는 커다란 구조 속에 포용되어 있다. 독자는 이러한 단순성 속에서 복잡한 것을 가려내야 한다. 유대계 미국의 문학이론가 해롤드 블룸식의 창조적인 '오독(misreading)'을 강요하는 건 아니지만 어느 정도의 해체론은 필요할 것이다.

우리가 단순히 수용적인 또는 순응주의적인 읽기를 금아의 텍스트에 적용한다면 별 소득이 없을 것이다. 그것은 작가의 단순화 전략에 휘말리는 상황이 될 뿐이다. 지금까지 알려진 또는 용인된 읽기 방법을 그대로 따르는 것은 수동적이고 소비주의적인 독법일 뿐이다. 피천득의 단순한 소박성 아니면 단순 소박성의 권위(모순어법?)가 우리를 무장해제시킬 것이다. 그러면 모든 의미망은 폐쇄되고 작은 의미의 정액(씨앗들)은 동결된다.

이런 의미에서 우리는 그의 수필을 '저항적(창조적)'으로 읽어야 한다. 금아에 대한, 금아의 글밭에 대한, 금아의 글쓰기에 대한 모든 선입견, 편견 등에 저항해야 한다. 필자가 사용하는 '다시 읽기'와 '새로 쓰기'는 바로 이 저항적 읽기의 또 다른 이름이다. 이를 통해 금아의 글 속에 내파되어 여기저기에 편재해 있는 숨겨진 — "꼭꼭 숨어라. 머리카락 보인다." — '이데올로기'(프랑스의 구조주의 마르크시스트 루이 알튀세르적인 의미로 '이념'이나 '관념'의 뜻) — 아니 '이미 언제나' 드러나 있는데 그저 우리가 보지 못하는 — 를 발견하거나 적어도 느낄 수 있다. 그러나 이데올로기란 없다는 말도 하나의 이데올로기이다. 이데올로기가 없는 글이 어디에 있는가? 금아의 글에 이데올로기가 없다는 것은 그의 글에 영혼이 없다는 말과 같다. 누구에게나 그렇듯이 금아의 글에도 니체식의 '권력에의 의지'는 아니더라도 미셸 푸코식의 편재된(미시적) '권력에의 의지'는 있을 것이다.

필자의 금아 텍스트 읽기는 일종의 해체론적 읽기일 수 있다. 그의 글의 단순성과 소박성이라는 표면에 머무르기보다 고고학자처럼 심층으로 들어가 텍스트의 무의식을 발굴하기 때문이다. 그러려면 그의 텍스트 표면에 저항하고 위반해야 한다. 해체는 독자를 가로막는 텍스트의 어떤 억압된 부분을 무장 해제시키는 것이다. 제멋대로 마구 읽겠다는 것이 아니다. 프랑스의 철학자 자크 데리다(Jacques Derrida, 1930~2004)의 "텍스트 밖에는 아무 것도 없다."는 명제 아래 텍스트 안에 숨겨진 의미를 찾아내려는 처절한 투쟁이다. 데리다의 말을 들어 보자.

읽기란 언제나 작가가 명령하는 것과 명령하지 않은 것 사이에 존재하는, 자신이 사용하는 언어 양식에 대한 작가가 감지하지 못하는 어떤 관계에 목적을 두어야 한다. 이 관계는 그림자와 빛, 약점이나 힘에 대한 어떤 정량적인 분배가 아니라 비평적 읽기가 생산해 내야 하는 의미화 구조이다. … 읽기란 보이지 않는 것을 보이게 만드는 시도이다.　　　　　　　　　　　　　(필자 옮김, 『Of Grammatology』, 158, 163)

읽기란 작가가 텍스트에 표현하고자 의도하는 것을 재구성하는 작업만이 아니라 의미를 생산해낸다는 뜻에서 비평가는 텍스트의 손님(guest) – 기생자 – 이 아니라 오히려 주인(host) – 숙주 – 이다. 그러므로 모든 읽기는 저항적 읽기*이고 위반적 읽기여야 하는지도 모른다. 그렇지 않다면 우리는 언어의 표면적 구조 속에서 배회하며 영원한 언어의 감옥 속에 갇힌 죄수가 될 뿐이다.

지금까지 진부한 독서 이론을 장황하게 들먹인 것 같다. 필자의 논지는 금아의 글이 '기억의 부활'이라는 승화 작용을 통해 일종의 '종교적 상상력'을 고취하고 있다는 것이다. 금아는 인간의 고달픈 실존 문제를 어떤 철학자나 종교가나 예술가보다도 더 잘 치유할 힘이 있는 치료자인지도 모른다. 현대는 '근대'(주의) 이래로 인간 문명이 급속도로 세속화되어 단순한 것, 자연적인 것, 신비스러운 것, 특히 '종교적인 것'이 많은 지식인들에 의해 열등하고 유치하고 비이성적, 전근대적, 미신적인 것으로 치부되는 근대성 말기 시대로 접어들고 있다. 금아는 어떤 의미에서 다니엘 벨(Daniel Bell, 1919~2011)이 40여 년 전 예언한 "성스러운 것의 회귀"를 이미 실천하고 있는지도 모르겠다. 사회학자이며 미래학자인 다니엘 벨은 탈근대 탈산업 시대의 새로운 종교의 출현을 조심스럽게 예견했다. 그의 논리로 보면 금아는 이미 '새로운' 종교의 일단

---

* 저항적 읽기에서 나온 '전략적 읽기'라는 방법은 프랑스의 사회학자 미셸 드 세르토의 저서 『일상적 삶의 실천』에서 연유한 것이다. 이것은 주류를 이루는 공식적인 독법의 견지에서 볼 때 독자가 어떤 문화, 사회적인 특정한 개인적 전략을 가지고 작품을 읽기 때문에 부분적이고 불완전하며 비정상적인 오독일 수 있다. 어떤 의미에서 나는 금아의 글에 대해 전략적으로 '저항적 독서'를 하는 것이다. 금아의 글에서 이전의 관행적 글 읽기로 생각하지 못했던 어떤 이데올로기와 권력의 의지가 꿈틀거림을 느꼈기 때문이다. 텍스트 표면에 노출된 것보다는 텍스트 이면, 즉 무의식 속에 (저자의 의지와 관계없이) 감추인 어떤 것을 발굴해내고 싶다. 극단적으로 금아의 글은 무엇인가 숨기기 위해 늘어놓은 이야기일 수도 있다고 의심해보았다. 일종의 심층 모델적 읽기를 위해 소위 프랑스의 마르크스주의 이론가들인 발리바르와 마슈레이가 말하는 '징후적 독서'가 필요한 것은 아닐까. 텍스트에 억압되어 눈에 잘 띄지 않는 부분을 찾아내보려는 시도이다. 바로 이것이 텍스트의 진정한 의미, 나아가 작가 피천득 자신도 깨닫지 못하는 의도일 수도 있기 때문이다.

을 실천한 듯싶다.

금아는 맹목적으로 합리주의를 믿는 이성주의자는 아니다. 그는 초자연적이고 신비롭고 초월적인 것도 껴안지만, 인간은 이성적 동물이라는 명제보다 '이성이 가능한' 동물이라고 생각한다. 그의 '이성'은 자연을 거스르고 정복하는 이성이 아니라 자연에 순응하는 자연친화적 이성이다. 그의 종교에 대한 태도는 "신에 대한 지성적인 사랑(amor intellectualis Dei)"을 가졌던 스피노자나 알버트 아인슈타인(Albert Einstein, 1879~1955))의 태도와 같다. 금아가 좋아하던 스피노자도 가장 진실한 종교는 단순한 미덕 ― 겸손, 가난, 정결 ― 을 실천하는 것이라고 하지 않았던가? 스피노자는 대학교수직 제의를 거부하고 렌즈를 갈아서 생계를 유지하며 단순하고 염결하게 살았다. 이런 의미에서 금아는 근대가 가져다준 기술의 발전과 풍요 ― 우리 눈이 멀 정도의 강렬한 계몽의 빛 ― 를 거부하고 애초부터 파행적 근대성을 비껴가며 전근대, (후) / 탈근대마저 '포월(匍越, 철학자 김진석의 개념)'하는 작가라고 말할 수 있다. 금아의 '탈근대'로의 출구는 '근대'와 곧바로 이어지는 것이 아니라 '전근대'로 휘돌아가는 방식이다. 이것이 저항적이든, 전략적이든, 징후적이든, 해체적이든지 간에 금아의 글을 다시 읽고 새로 쓰는 것이다.

(2) 수필집 『인연』의 구조와 변형의 윤리

한의사는 '치료'하려면 우선 진맥부터 한다. 맥을 잘 짚어야 침을 놓을 자리를 제대로 찾을 수 있기 때문이다. 맥도 못 짚으면서 어찌 침을 놓을 수 있겠는가? 우선 『인연』의 헌사, 제사, 서문 등을 살펴보고 『인연』의 구조와 변형의 논리를 얘기해 보자. 우선 "엄마께"로 되어 있는 헌사를 보자. 뒤에서도 다시 논의하겠지만 헌사의 위치에서 두 가지를 주목해 본다. 헌사는 겉표지와 속표지 사이에 있다. 금아는 이 헌사의 위치가 지닌 의미를 극대화하고 싶었을까? 아니면 이 헌사를 숨기고 싶었던 것은 아닐까? 아무튼 이 헌사에서 보듯이 '엄마'는 『인연』의 주제이며 제 1동인(動因)이다. '엄마'는 금아의 이데아 세계이며 '원형'이다. 모든 것이 여기에서 변형의 논리에 따라 파생된다. 다른 비유를 들면 엄마는 '햇빛'이고 금아는 프리즘이다. 햇빛이 이 프리즘을 통과하여 분사되는 일곱 가지 무지개 색깔이 그의 수필 세계이다. 엄마는 바람이고 금아는 칠현금이다. 바람이 지나가면 빚어지는 음악이 금아의 수필 세계이다. 원형인 엄마의 '압축'과 '대치'라는 과정을 겪고 나온 글이 그의 수필 세계이다. 다음의 유명한 『인연』의 제사를 보자.

> 깊고 깊은 바다 속에 너의 아빠 누워 있네
> 그의 뼈는 산호 되고 눈은 진주 되었네

금아는 일종의 플라톤주의자이다. '산호'와 '진주'는 금아에게 이데아의 세계이다. 일곱 살 때 돌아가신 금아의 '아빠'는 '엄마' 속에 통합되어 있다. 엄마는 아빠인 동시에 엄마이다. 아빠＝엄마＝부모라는 등식이 성립한다. 제사의 "너의 아빠"는 금아의 무의식, 기억, 욕망의 바다이다. 그는 산호이고 진주이다. 산호와 진주는 아름다움과 기쁨의 '객관적 상관물'이다.

> 산호와 진주는 나의 소원이었다.
> 그러나 산호와 진주는 바다 속 깊이깊이 거기에 있다.

산호와 진주는 피천득에게 이데아이지만, 문학을 자신의 이상 국가에서 추방시킨 플라톤과는 달리 금아는 형이상학을 추구하지 않는다. 그는 아리스토텔레스처럼 '시학'을 택했다. 산호와 진주가 그의 무의식(욕망)이기는 해도 그는 프로이트 같은 정신분석학자는 아니다. 헌사는 "엄마께"에서 "서영이에게"로 변형되고 전이된다. 엄마의 세계는 산호와 진주이다. (엄마가 돌아가셔서 변형된) 서영이의 세계는 조약돌과 조가비이다. 엄마의 세계는 가볼 수 없는 초월의 세계이나 서영이의 세계는 편재의 세계이다. 엄마는 무의식이요, 서영이는 의식이다. 엄마는 부재(不在)요, 서영이는 현존재(現存在)이다. 엄마는 이데올로기요, 서영이는 호명(呼名, interpellation)이다. 그렇다면 엄마는 이데아의 실재이고 서영이는 현상일까? 엄마는 금아에게 '뮤즈'의 여신이다. 엄마는 오비디우스적 '변형'의 모체이다. 엄마의 변형이 서영이요, 엄마의 전이가 서영이요, 엄마의 환유가 서영이다. 엄마가 (억압의 대상으로서의) 욕망이라면 서영이는 (억압의 잠시 동안의 현현체로서의) 꿈이다. (욕망으로서의 엄마를 억압하고 돌아서면 서영이가 꿈이 되어 나타나는 것일까?) 엄마가 그리움이라면 서영이는 눈물이다. 일단 이러한 이원론으로부터 시작하자. 금아에게 엄마와 서영의 두 세계는 그의 삶과 사상의 양대 축이며 그 역동적인 구조 속에서 탄생하는 몽상의 중간 지대가 금아의 수필 세계이다.

지금까지 말한 것을 그림으로 요약하면 다음과 같다.

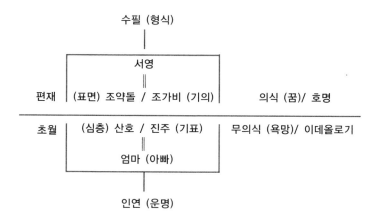

그림1 피천득 수필의 표면 구조와 심층 구조

자, 그럼 이제부터 바닷속 깊이 있는 산호와 진주의 속삭임과 하늘 높이 나르는 종달새의 영롱한 노랫소리를 자세히 들어 보자. 금아는 '청각적' 상상력이 뛰어나다. 그는 또한 사소하게 보이는 사물들과 인연들을 잘 보는 탁월한 인식론적 시각을 가지고 있다. 금아는 섬세한 후각, 미각, 촉각도 골고루 갖추고 있다. 우리의 감성적인 오관(五官)을 모두 작동시켜 금아의 글 가운데로 나아가자. 아니, 전(前) 오관(五官)인 '예감'과 후(後) 오관(五官)인 '육감'까지 필요할 것이다. 예지로 번뜩이는 그의 영혼과의 교류를 통해 — 공명을 통해 — 혼의 울림을 얻으려면 우리는 최소한 오관의 준비 운동이 필요하리라. 이제부터 금아 수필의 주제적 논의로 들어가 보자.

　'사랑'은 피천득에게 '인연', '기억', '여림', '돌봄'을 통합시켜 주는 하나의 '대원리'이다. 이것을 지금까지 필자가 말한 것과 연결시켜 간략하게 도표로 만들어 보자. 고대 그리스 시대부터 가스통 바슐라르에 이르기까지 서양에서는 만물의 근원을 대기, 물, 불, 흙의 4원소로 보았다. 금아 문학의 중심 개념인 인연, 기억, 여림, 돌봄은 바로 금아 세계의 4원소와 같은 것이리라. 다음의 원에서 네 가지는 금아에게는 존재의 바퀴요, 실존의 굴렁쇠를 이루는 부분들이다.

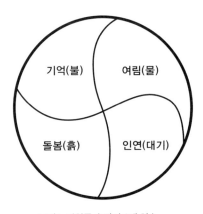

그림2 피천득 수필의 4대 원소

　　　　　　　　　　　　　　　　　　　　　피천득 평전

이 원에서 네 가지 원소가 모두 맞닿는 중심점은 이 존재의 바퀴를 굴리어 원을 만드는 컴퍼스의 다리 부분이며 동인(動因)이다. 이것은 다름 아닌 사랑이다. '사랑'은 기독교의 신에 대한 공경감과 이웃에 대한 긍휼로서의 사랑이기도 하지만 불교의 '대자대비'이기도 하다. 유교에서 그것은 '인애(仁愛)'이다.

향년 98세의 나이로 그가 좋아하던 5월에 세상을 떠난 피천득은 일생 흐트러짐 없이 겸손, 가난, 염결을 삼위일체처럼 청초하게 지켜왔다. 특히 『인연』의 짧은 마지막 문장 ― "나는 참 염치없는 사람이다." ― 은 얼마나 신선한 겸손의 극치인가? 네덜란드 철학자 스피노자를 좋아한 금아는 진실로 "신에 대한 지성적인 사랑"을 보여준 가장 종교적으로 승화된 '속세(俗世)'의 사람이었다.

금아 수필의 4원소

이제는 금아의 수필 세계에 대한 주제 분석으로 들어가자. 단도직입적으로 말해서 금아 수필의 생태윤리학은 인연, 기억, 여림, 돌봄으로 압축된다. 왜 생태윤리학인가? 삼라만상이 상호 연관되어 있다고 주장하는 철학자 스피노자는 '관계'를 중시한다. 그중에서도 금아 수필의 책 제목과도 같은 '인연(karma)'이 스피노자의 중심 개념이다. 대기와 같은 인연은 인간과 자연, 인간과 인간, 인간과 사회, 인간과 사물의 관계를 다시 살려내는 모태이다. 인연은 결국 관계에 대한 인식이요, 그에 따른 실천이다. 개인주의, 이기주의, 자아주의에 빠진 우리는 '인연'에 대한 인식을 통해 상호의존적 관계를 회복해야 한다. 반면에 '기억'은 상호침투적 관계 회복을 위한 중요한 방략이다. 또한 기억은 금아의 재창조 시공간이다. 영원히 늙지 않는 어린 시절을 황금새로 만들어 입력시켜 놓고 언제나 들어가 뛰노는 마음의 뒷마당이다. 금아에게 재창조의 시공간은 '기억' 장치의 환유이다.

그러나 그것은 단순히 입력되어 저장된 정태적 자료가 아니다. 그것은 이미 언제나 유동적이고 억압이 없고 같이 놀고 동참할 수 있는 자유로운 상상계이며, 억압 없는 우주 유영 지역이자 금아 상상력의 자궁이다. 따라서 기억은 창조를 위한 풍요로운 신화의 저수지이다. 기억의 불에 의해 오히려 치유되고 정화된 우리는 '여림'의 세계로 나아간다. 물의 이미지를 가진 여림은 부러지거나 망가지지 않고 삶을 사랑할 수 있는 윤리학의 원천이다. '여림'의 물이 우리를 돌보는 흙(대지)에 다다르면 사랑의 육화인 열매를 맺을 수 있다. 돌봄은 변화를 현현시키는 실천윤리의 마지막 완성 단계이다. 따라서 금아의 수필 세계에서는 인연, 기억, 여림, 돌봄을 통해 생태윤리학을 수립한다.

(1) '인연'의 <흔적>과 <전이> ― '엄마'라는 상상계와 '서영이'라는 실재계

수필집 『인연』의 등뼈인 엄마 이야기를 다시 해보자. 제사(題詞)는 셰익스피어의 극 『태풍』 1막 2장에 나오는 에어리얼의 노래에서 따왔다. 그런데 여기에서 이른바 '말의 실수(slip of tongue)'가 있었다.〔1996년에 출간된 샘터사판 『인연』에서〕 제사의 출처를 설명하는데 "에머리엘의 노래"로 되어 있다. 여기서 '머'는 '어'이어야 한다. 물론 이것은 식자공의 오식이거나 출판사 편집부 직원이 잡아내지 못한 것일 수도 있다. 이것은 피천득과 편집부원의 실수일 것이다. 실수일지라도 '무의식적'인 실수로 여겨지는 건 무슨 까닭일까. 프로이트에 의하면 '말의 실수'는 일종의 억압된 욕망으로 무의식의 표출이다. 이것은 혹시 실수를 가장한 금아의 욕망이 표현된 건 아닐까? 일부러 그 잘못을 보고도 금아는 그대로 놔둔 건 아닐까? 아니면 편집부원이 금아의 엄마에 '역전이(逆轉移)'를 일으켜 그대로 놓아둔 것일까?

아무래도 금아 헌사의 엄마가 여기에 재전이 된 것 같다. "에머리엘"을 어머니(엄마)로 바꾸어 '에어리얼의 노래'를 '어머니의 노래'로 만들고 싶었을 것이고, 다시 그것은 '어머니를 위한 노래'가 되고 다시 '엄마를 위한 수필'이 되는 변형이 아니겠는가? 에어리얼은 정령이다. 엄마는 지상에 없어도 이미 언제나 어디에나 존재한다. 정령(요정)은 엄마와 서영이가 공유하는 시공간이다. 이것이 바로 '에어리얼'이 무리 없이 '엄마'가 되는 환유적 치환 과정이 아니겠는가?

어려서 돌아가신 엄마는 기억에서 그 '흔적'이 남아 있다. 여기서 흔적은 분명 확실히 존재했던 엄마에 대한 회상들이다. 그러나 흔적이 엄마는 아니다. 흔적은 산호와 진주가 되고 다시 조약돌과 조가비로 변형되었다. '엄마'라는 초월적 '기표(記表)'는 수많은 '기의(記意)'를 만들고 다시 그것이 기표가 되어 계속 미끄러지면서 '차연(差延)' ― 의미의 차이와 연기 ― 을 만들어낸다. 엄마라는 기표는 서영이라는 기의가 되고, 서영이는 다시 기표가 되어 엄마라는 기의가 된다.

따라서 여기에서 가장 중심적 기표는 '엄마'와 '흔적'이다. 수필집『인연』의 모든 글들이 엄마의 흔적이기에 그 흔적부터 살피자. 흔적의 이론가인 자크 데리다를 베개 삼아 피천득의 글을 읽어보자. 데리다는 언어와 흔적 사이의 불안정한 관계 속에서 차이의 실마리를 찾는다. 그는 글쓰기를 하나의 도구나 개념이 아니라 경험으로 강조했다. 글쓰기에 대한 이러한 인식은 작가는 원저자의 존재 없이도 존재할 수 있는 흔적을 남긴다는 기이한 사실을 깨닫게 한다. 글쓰기란 그 자체가 이미 분열되지 않고는 존재할 수 없는 흔적이다. 왜냐하면 글쓰기란 언제나 다른 존재, 다른 흔적으로 되돌아가기 때문이다. "원래의 흔적"― 엄마 ― 은 끊임없이 새롭게 다른 차이를 생산해낸다.

피천득의 엄마는 존재하지 않는 하나의 흔적이므로 그는 끊임없이 불안과 갈망에 빠지면서 그 원래의 흔적을 전이시키고 환치시키고 보충시킨다. 이렇게 보면 흔적으로서의 엄마에 대한 흔적 채우기 또는 흔적 없애기 작업이 그의 수필 창작이다. '엄마'는 곧 '수필'이다. 금아는 엄마의 가장 큰 흔적으로 서영이라는 보충된 환유적 대치물을 만들어낸다.

그러나 서영이의 등장으로 엄마의 흔적이 완전히 채워지거나 지워지지
는 않는다. "서영이"라는 제목이 붙은 『인연』의 제2부에 첫 두 편은 매
우 감동적이다. 이것은 살아 있는 서영이가 제목을 차지했지만, 엄마의
흔적이 얼마나 지울 수 없는 것인가를 결정적으로 보여준다.

> 어려서 나는 꿈에 엄마를 찾으러 길을 가고 있었다. 달밤에 산길을
> 가다가 작은 외딴집을 발견하였다. … 거기에 엄마가 자고 있었다. 몸
> 을 흔들어 보니 차디차다. 엄마는 죽은 것이다. … 하얀 꽃을 엄마 얼
> 굴에 갖다 놓고 "뼈야 살아라!" 하고, 빨간 꽃을 가슴에 갖다 놓고 "피
> 야 살아라!" 그랬더니 엄마는 자다가 깨듯이 눈을 떴다. 나는 엄마를
> 얼싸안았다. 엄마는 금시에 학이 되어 날아갔다.   (「꿈」)

피천득은 돌아가신 엄마의 흔적을 "학"으로 만들었다. 엄마는 부메랑
이다. 금아가 제아무리 힘껏 엄마의 흔적을 내던져 버려도 "언제나 이
미" 서영이가 되어 다시 돌아온다!

금아가 엄마의 흔적을 지워버리지 못하는 이유는 무엇인가?* 금아의
엄마는 고통스러운 욕망의 대상만이 아니다. 금아는 상상계 안의 엄마
와의 관계 속에 있다. 왜냐하면 엄마의 다른 현현인 "서영이 얼굴에는

---

* 엄마와 아기 이야기를 가장 아름답게 풀어내는 프랑스의 포스트 / 구조주의 정신분석학자
인 자크 라캉의 "상상계" 이론을 꺼내보자. 상상계는 라캉이 1950년대 "거울 단계" 이론을
만드는 과정에서 생각해낸 이론이다. 여기서 상상은 상상력을 가리키는 것이 아니고 판타
지를 가리키지도 않는다. 그것은 어떤 쾌락을 가져다주는 대상에 대한 이미지들이다. 어린
아이의 자아에 대한 인식이 부각되는 것은 언제나 '타자'에 의해 결정된다. 라캉에 따르면
인간의 주체 형성은 소외와 공격성이 중심이 되는 상호 주관적인 맥락 안에서만 형성된다.
이 과정은 생후 2년 동안에 이루어진다.
여기에서 필자가 주목하는 부분은 라캉의 거울 단계 초기에 일어나는 '상상계 질서'이다.
이 질서는 소외, 적대감, 공격성이 생겨나면서 개인적 주체가 형성되는 상징계 이전의 단
계이다. 그 단계는 아버지의 법칙과 언어 체계의 억압이 시작하기 전이다. 또한 어린아이
가 어머니(객체)와의 완전한 합치를 이루어 '차이'를 통한 자아 형성을 하기 이전이며, 어
떤 결핍이나 욕망, 억압이 없는, 다시 말해 '무의식'이 생기기 이전의 '열락(jouissance)'의
상태를 가리킨다.

아무 불안이 없"(「어느 날」)기 때문이다. 아무런 억압이 없는 서영이는 엄마라는 상상계의 '객관적 상관물'이다. 금아는 아주 짧은 기간에 일어나고 사라지는 상상계의 질서를 영속화시키는 엄청난 능력을 가진 작가다. 상상계에서의 즐거움의 흔적이 주는 힘이 금아로 하여금 글을 쓰게 하는 충동, 기쁨, 보람이다.

무엇보다 피천득이 엄마의 흔적을 지울 수 없는 것은 운명적인 '인연(因緣)' 때문이다.

> 인생은 작은 인연들로 아름답다. (「신춘〔新春〕」)

그러나 엄마와의 인연은 결코 작은 것이 아니다.

> 엄마가 나의 엄마였다는 것은 내가 타고난 영광이었다. … 내게 좋은 점이 있다면 엄마한테서 받은 것이요, 내가 많은 결점을 지닌 것은 엄마를 일찍이 잃어버려 그의 사랑 속에서 자라나지 못한 때문이다.
> (「엄마」)

피천득에게 엄마와의 인연은 단순한 모자 관계를 떠나 "영광"이고 '미덕'의 원천이다. 금아 인연의 윤리학은 엄마와의 인연에서 시작된다.

> 우리가 제한된 생리적 수명을 가지고 오래 살고 부유하게 사는 방법은 아름다운 인연을 많이 맺으며 나날이 적고 착한 일을 하고, 때로 살아온 자기 과거를 다시 사는 데 있는가 한다. (「장수〔長壽〕」)

금아는 "과거의 인연"이 자기 생애의 일부분이기에 결코 소홀히 하지 않는다.

앞서도 언급했지만 금아에게 엄마는 과거를 다시 살려내고 내세와 연계되는 시공간을 통합시키는 전이의 "공영역"이다.

나는 엄마 같은 애인이 갖고 싶었다. 엄마 같은 아내를 얻고 싶었다. 이제 와서는 서영이가 아빠의 엄마 같은 여성이 되기를 바랄 뿐이다. 그리고 또 하나 나의 간절한 희망은 엄마의 아들로 다시 태어나는 것이다. (「엄마」)

이 구절에 나타나는 엄마와의 복잡한 인연의 전이 과정은 놀랍다. 엄마가 애인이 되고 아내가 되고 서영이가 되고 다시 그는 엄마의 아들로 태어난다. 이 인연의 고리에서 자신은 어느새 엄마가 된다. 금아는 서영이의 엄마가 된다. 그러나 무엇보다도 놀라운 전이는 금아가 어린아이가 되고 서영이가 엄마가 되는 것이다. 금아는 서영이의 엄마이고 동시에 서영이는 금아의 엄마가 된다. 엄마가 투사된 서영이는 상상계 속의 어머니이다. 금아는 모호하고 석연치 않고 마음을 졸이는 생활인 '상징계'에서 벗어나, '아무 불안이 없'는 서영이화 된 엄마라는 '상상계'의 품속에 편안히 안기고 싶은 것은 아닐까?(「어느 날」) 여기에서 전이의 순환구조가 만들어진다.

금아가 서영이의 엄마가 되는 전이 과정에서 금아는 엄마의 흔적이다. 그리고 서영이는 어린 시절의 금아가 된다. 이것으로 끝나지 않는다. 서영이가 금아의 엄마가 되어 엄마의 흔적이 된다. 이 순환 구조에서 가장 중요하게 떠오르는 것은 역시 엄마이다. 서영이가 금아 삶의 배꼽이라면 엄마는 탯줄이다.

이 밖에 금아에게는 크고 작은 아름다운 인연이 많다. 가령 도산, 춘원, 로버트 프로스트 등과의 기쁜 인연을 통해 그는 인간으로, 작가로 성장하였다. 물론 슬프고 애달픈 인연도 있다.

그리워하는데도 한 번 만나고는 못 만나게 되기도 하고, 일생을 못 잊으면서도 아니 만나고 살기도 한다. 아사코와 나는 세 번 만났다. 세 번째는 아니 만났어야 좋았을 것이다. (「인연」)

여기에서 아사코와 엄마와 서영이의 관계는 어떻게 되는 것일까? 아사코와의 인연은 엄마와의 인연, 서영이와의 인연과도 연계된 보이지 않는 어떤 끈이 있을 것이다.

(2) '기억'의 부활과 변형 ― '나이를 잃은 영원한 소년'

19세기 초 영국의 낭만주의 시인 존 키츠는 "시는 거의 회상(기억)이다."라고 한 편지에서 밝힌 바 있다. 금아에게도 기억은 창작의 제1동인(動因)이다. 금아 기억의 문화 시학은 어둡고 슬픈 기억들을 새로운 의미로 변형시키고 전이시켰다. 프로이트는 하나의 심리적, 정신적 응어리는 상처받은 영혼에 의해 적대감, 원한, 복수심 등이 되어 무의식으로 가라앉아 있다가 언젠가 모습을 바꾸어 수면 위로 떠오른다고 말했다. "억압된 것은 반드시 되돌아온다."는 프로이트의 명제는 금아의 기억에도 적용할 수 있다. 그러나 금아에게는 프로이트와는 달리 회상하고 싶지 않은 기억들이 긍정적이고 밝은 모습으로 떠오른다. 이러한 차이는 엄청난 것이다. 정신과 의사이며 과학자로 자처하던 프로이트는 주로 19세기 말 서구 백인 중산층 사회의 여성 환자들을 다루고 그것을 체계화하여 정신분석학 이론으로 발전시켰다. 그의 이론은 오늘날 비서구권의 인간 심리 성찰에도 통찰력을 주고 있지만 병적이고 비관적이고 자학적이어서 그의 '거대 이론'을 비서구 지역까지 보편화하기에는 아직도 많은 한계와 제약이 있다.

피천득은 역사적, 사회적으로 어둡고 불행한 시대를 방랑하며 살았고 개인적으로도 슬픈 기억을 축적하며 살아왔지만, '비극적 환희'를 간직하고 있다. 그는 이론화나 체계화도 되어 있지 않았다. 그는 단지 예술가였다. 척박하고 고단한 삶을 산호와 진주로 승화시켜 '아름다운' 이미지로 전이시킨 그는 언어의 연금술사이다. 금아의 단순화는 삶과 사회와 역사를 그저 망각하고 눈감아 버리는 것이 아니다. 그것은 여러 단계의 과정을 거치면서 프로이트와 마르크스까지 (아니 예수나 부처까지)

끌어안으면서 함께 뒹굴다가 다시 일어나 부활과 변형이라는 치열한 내면화 과정을 겪은 뒤에 나오는 '객관적 상관물'이다. 금아에게 삶과 사회는 하나의 은유적 변신이라는 단순 초월과 환유적 구조화 과정을 통한 복합 포월(匍越)이다. 엄청난 변용력을 가진 금아는 아무리 슬픈 '기억'이라도 '기쁨'으로 승화시키고 만다.

피천득에게 "기억"은 존재의 핵심이다. 현존 이전의 삶의 원리까지도 부활시킨다. 종달새를 예로 들어 보자.

> 종달새는 갇혀 있다 하더라도 … 푸른 숲, 파란 하늘, 여름 보리를 기억하고 있다. 그가 꿈을 꿀 때면, 그 배경은 새장이 아니라 언제나 넓은 들판이다.   (「종달새」)

우리의 삶이 새장에 갇혀 있다 하더라도 푸른 하늘과 들판을 기억해 낼 수 있다면 우리는 즐겁지는 않더라도 최소한 삶을 참고 견딜만한 힘이 생길 것이다.

> 나는 음악을 들을 때, 그림이나 조각을 들여다볼 때, 잃어버린 젊음을 안개 속에 잠깐 만나는 일이 있다.   (「봄」)

금아에게 기억의 '부활'은 '언제나 한결같이 아름다운' 젊음의 부활이다! 금아는 어떤 순간이라도 수시로 과거 속으로 가는 비상한 능력이 있다.

> 읽던 글을 멈추고 자기의 과거를 회상하는 일이 있다. 또 과거를 회상하다가 글에서 읽은 장면을 연상하는 적도 있다.   (「그날」)

> 꾀꼬리 소리가 들린다. 경쾌한 울음이 연달아 들려온다. 꾀꼬리 소리는 나를 어린 시절로 데려갔다.   (「비원」)

금아의 기억과 회상의 역동성은 현재 우리 존재의 무게를 지탱해주는 삶의 역동성으로 전환한다. 기억을 창조와 존재의 힘으로 전환시키는 능력은 축복이다. 기억의 상실은 존재 자체의 불안이고 흔들림이다. 기억 상실증에 걸린 사람은 과거를 잃어버린 불행한 사람이다.

과거의 기억을 부활시키며 살아간다면 우리는 "나이를 잃은 영원한 소년"(「파리에 부친 편지」)이 되고 시공간을 초월하여 우리 인생을 연장할 수 있다.

> 그 아이는 지금 어디서 사는지, 아마 대학에 다니는 따님이 있는 부인이 되었을 것이다. 그러나 내 기억 속에 사는 그는 영원한 다섯 살 난 소녀이다.
> (「찬란한 시절」)

이렇게 기억의 생명력은 모든 것을 부패시키지 않으면서 우리의 과거를 지탱해준다. 더 나아가 삶을 소생시키는 힘과 과거를 다시 살게 하는 능력이 있다. 금아에게 기억과 회상은 행복에 이르는 길이다.

> 과거는 언제나 행복이요, 고향은 어디나 낙원이다.
> (「황포탄의 추석」)

그러나 기억은 단순히 삶을 부활하고 고양시키는 데 그치지 않고 윤리적 상상력을 고양시킨다.

> 얼음을 깨고 물을 길어다가 나를 위하여 정성을 들이셨다는 외삼촌 할아버지. 겨울에 찬물이 손에 닿을 때가 아니라도 가끔 그를 생각한다.
> (「외삼촌 할아버지」)

이와 같은 "외삼촌 할아버지"나 "유순이" 같은 사람은 금아를 읽는 우리들에게도 살아 있는 도덕 교과서이다. 금아의 "숭고하다기에는 너무나 친근감을 주고 근엄하기에는 너무 인자하"셨던 도산 안창호에 대한 기억은 각별하다.

> 내가 병이 나서 누웠을 때 선생은 나를 실어다 상해 요양원에 입원
> 시키고, 겨울 아침 일찍이 문병을 오시고는 했다. 그런데 나는 선생님
> 의 장례에도 참례치 못하였다. 일경(日警)의 감시가 무서웠던 것이다.
> 예수를 모른다고 한 베드로보다도 부끄러운 일이다.　　　　　(「도산」)

금아가 도산의 인간적인 면을 강조하는 것은 혁명가나 투사에게 부족할 수 있는 "여린 마음"을 도산이 가지고 있었기 때문이다. 금아는 젊은 이들에게 도산으로부터 "인내와 용기, 진실"을 배울 것을 권한다.

피천득은 "인간미", "인도주의 사상", "애국심"을 불어 넣어 준 춘원 이광수와도 아주 깊은 인연을 맺었다. 춘원의 가르침에 대해 금아는 다음과 같이 기억한다.

> 기쁜 일이 있으면 기뻐할 것이나, 기쁜 일이 있더라도 기뻐할 것이
> 없고, 슬픈 일이 있더라도 슬퍼할 것이 없느니라. 항상 마음이 광풍제
> 월(光風霽月) 같고 행운유수(行雲流水)와 같을지어다.　　　(「춘원」)

피천득은 "1937년 감옥에서 세상을 떠났더라면 얼마나 다행한 일이었을까."하며 춘원이 일제 말기 친일한 '크나큰 과오'를 너무나도 안타깝게 생각하였다.

이 구절을 읽으며 필자는 40여 년 전의 일이 생각난다. 당시에 금아는 윌리엄 워즈워스 시를 읽으며 워즈워스가 너무 오래 산 나머지 젊어서 쓴 많은 좋은 시들을 나이 들어서 오히려 나쁘게 고쳤다면서 워즈워스가 전성기에 죽었더라면 더 좋았을 것이라고 말씀하셨다. 그때 아마도 그는 춘원을 회상하셨을지도 모른다.

금아는 학계나 사회에서 권위를 부리며 겸손할 줄 모르는 사람들을

어린 시절로 환원시켜, 미워하기보다는 "불쌍히" 여기고 조롱이나 풍자를 아긴다.

> 요즘 나는 점잔을 빼는 학계 '권위'나 사회적 '거물'을 보면, 그를 불쌍히 여겨 그의 어렸을 적 모습을 상상하여 보는 버릇이 생겼다. 그러면 그의 허위의 탈은 눈같이 스러지고 생글생글 웃는 장난꾸러기로 다시 환원하는 것이다.   (「낙서」)

기억과 회상의 법칙은 남을 미워하기보다 연민의 정을 품게 한다. 금아는 인간 허위의 모습을 어린 시절로 환원시켜서까지 받아들인다. 가식이 없는 어린이들은 쉽게 가까워질 수 있다. 이것은 그의 위대한 연민과 사랑의 철학이다. 부처의 '자비', 공자의 '인애', 예수의 '사랑'과도 맥이 닿는 지점이다. 영국 낭만파 시인 셸리의 감동적인 문학론인 「시의 옹호 *A Defence of Poetry*」에서 시의 도덕적 기능을 설명하는 다음의 말은 금아를 이해하는 데 시금석이다.

> 도덕의 요체는 사랑이다. 즉 자기의 본성에서 빠져나와 자기의 것이 아닌 사상, 행위 혹은 인격 가운데 존재하는 미와 자신을 일체화하는 것이다. 사람이 크게 선해지기 위해서는 강렬하고 폭넓은 상상력을 작동시키지 않으면 안 된다. 다른 한 사람, 다른 많은 사람의 처지에 자신을 놓지 않으면 안 된다. 동포의 괴로움이나 즐거움도 자기의 것으로 삼아야 한다. 도덕적인 선의 위대한 수단은 상상력이다. 그리고 시는 원인인 상상력에 작용함으로써 결과인 도덕적 선을 조장한다. 시는 언제나 새로운 기쁨으로 가득 찬 상념을 상상력에 보충하여 상상력의 범주를 확대한다. 이와 같은 상념은 다른 모든 상념을 스스로의 성질로 끌어당겨 동화시키는 힘이 있다.   (필자 옮김, 108)

이런 맥락에서 피천득은 공감적 '상상력'이 뛰어난 사람이다. 상상력은 궁극적으로 타자에 대한 사랑이다. 사랑은 타자에 대한 돌봄이며 모든 도덕의 근원이다.

나이 들어가는 것을 견디는 힘도 결국은 '회상'이다.

> 여기에 회상이니 추억이니 하는 것을 계산에 넣으면 늙음도 괜찮다.
> (「송년」」)

기억을 부활시키는 능력은 금아를 '노대가'는 아니라 해도 "호호옹(好好翁, Jolly old man)"이 될 수 있게 해준다. 금아는 "어려서 잃었으나 기억할 수 있는 엄마 아빠가 계시"기 때문에 만년에도 "나이를 잃은 영원한 소년"이 될 수 있었다.

(3) '여림'의 생태윤리학 — '작은 것이 아름답다'

피천득은 위대한 인물이나 강하고 딱딱한 사람에게서 매력을 느끼지 못했다. 그는 그저 수수하고 섬세한 19세기 초 낭만주의 에세이스트인 찰스 램 같은 사람을 좋아한다.

> 나는 그저 평범하되 정서가 섬세한 사람을 좋아한다. 동정을 주는 데 인색하지 않고 작은 인연을 소중히 여기는 사람, 곧잘 수줍어하고 겁 많은 사람, 순진한 사람, 아련한 애수와 미소 같은 유머를 지닌 그런 사람에게 매력을 느낀다. (「찰스 램」)

"쇼팽을 모르고 세상을 떠났더라면 어쩔 뻔했을까!"라고 말할 정도로 금아가 쇼팽의 음악을 특히 좋아하는 이유도 그 부드러움, 여림 때문일 것이다. 예수는 짧은 생애 동안 세 번만 울었다지만 금아는 "어려서 울기를 잘하였"던(「눈물」) '센티멘털리스트'이다. 눈물을 흘릴 줄 아는 '여린 마음'을 가진 작가이다. 그의 눈물은 '연민의 정'을 가지고 우리 모두의 고통을 나누는 '공감적 상상력'이다. 금아의 글은 모두 '눈물로 쓴 편지'라고 해도 과언이 아니다.

> 사람은 본시 연한 정으로 만들어졌다. 여린 연민의 정은 냉혹한 풍
> 자보다 귀하다.
> 소월도 쇼팽도 센티멘털리스트였다.
> 우리 모두 여린 마음으로 돌아간다면 인생은 좀 더 행복할 수 있을
> 것이다.　　　　　　　　　　　　　　　　　　　　（「여린 마음」）

　금아는 각박한 효율주의 삶과 허무한 공리주의 세계를 촉촉이 적셔
주는 마음의 글밭을 가졌다. 금아는 윤택한 감상주의를 위해 척박한 합
리주의를 버렸다. 그러나 그의 감상주의는 요즘 유행하는 퇴폐적이고
무의지적인 나약한 값싼 감상이 아니다. 이것은 신고전주의 시대에 나
온 이성과 기계주의에 저항하기 위하여 나온 감(수)성에 가깝다. 이러
한 감성에서 나온 눈물은 이성중심주의의 근대성에 저항하고 종교적이
기까지 하다.*

> 눈물은 인정의 발로이며 인간미의 상징이다. 성스러운 물방울이다.
> 성경에서 아름다운 데를 묻는다면 … '누가복음' 7장, 한 탕녀가 예수
> 의 발 위에 흘린 눈물을 자기의 머리카락으로 썻고, 거기에 향유를 바
> 르는 장면이다. … 이 '눈물 내리는 마음'이 독재자들에게 있었더라면,
> 수억의 비극은 일어나지 않았을 것이다.　　　　　　　　（「눈물」）

---

* 금아는 지능지수(IQ) 못지않게 감정지수(EQ)와 영성지수(SQ)도 중요하게 여겼다. 잔니 바
티모라는 현대 이탈리아 철학자는 "연한 / 여린 사상(weak thought)"을 주장했다. 서구에서
의 근대정신은 너무 강하다. 그것은 논리와 합리주의로 무장되고 경직되어 있다. 서구 근
대인들은 결코 여린 마음과 눈물을 가지지 못했다. 여린 마음을 유치하고 감상적인 어린애
의 마음이라고 폄하한다. 눈물 없는 냉혹한 기계주의자들은 진보와 발전이라는 이름 아래
자연을 적대시하며 착취, 파괴하였다. 그들은 또한 자신의 가치관을 남에게 강제로 전달
하고 맹목적인 식민주의와 제국주의라는 허위 지배 이데올로기로 비서구 타자들을 괴롭혔
다. 그들에게 여린 마음이 있었더라면 끔찍한 문명사적 잘못은 저지르지 않았을 것이다.

금아는 "'센티멘털가치' 외에는 아무것도 아닌 그런 물건들을 사랑하며" 살았던 친구 윤오영을 다음과 같이 그리고 있다.

> 그는 정(情)으로 사는 사람이다. 서리같이 찬 그의 이성이 정에 용해되면서 살아왔다. 세속과의 타협이 아니라 정에 용해되면서 살아왔다. 때로는 격류 같다가도 대개로 그의 심경은 호수 같다. … 감격적이고 때로는 감상적이 되기도 한다. 그러나 그는 자제할 줄 안다.
>
> (「치옹」)

여기서 금아가 말하는 치옹의 세계는 이성, 논리, 계산적인 사고가 지배하는 곳이 아니다. 그것은 생명과 생명이 끈끈하게 인연을 맺게 하는 시공간이다.

금아에게는 문학의 본질도 정(情)이다. 피천득에게 문학의 제일 중요한 기능은 "슬픔, 상실, 고통"과 더불어 살아가는 인간을 긍휼히 여기는 것이다. 그는 "현대 문학은 어둡고 병적인 면을 강조하여 묘사한 것이 너무 많다."(「유머의 기능」)고 지적한 뒤, 현대 문학이 잔인하게 현장 보고만 하고 "긴장, 초조, 냉혹, 잔인"으로 불행한 현대인을 재현하는 데만 급급하여, 연민의 정을 가지고 대안을 제시하거나 위로를 통한 치유의 역할을 제대로 하지 못한다고 말한다. 피천득은 "문학의 가장 위대한 기능은 우리네 삶을 위로해주고 승화시키는 거라고 생각해요."(오증자와의 대담)라고 말하지 않았던가?

결국 문학의 기능은 단순히 가르치는 도덕도 아니고 단순히 즐거움을 주는 오락도 아니다. 문학은 선택하지 않은 '고통' 속에서 무기력하게 살아가며 미래에 대한 불안 속에 놓인 인간 실존의 본질적인 문제를 다루어야 한다. 문학으로 종교를 대체하자는 것이 아니라, 문학이 도그마적인 교리 ─ 때로 너무나 억압적인 ─ 와 지나치게 세속적인 제도 속에서 상실된 진정한 의미의 '종교적 상상력'을 회복시키는 데 일조할 수 있다는 말이다. 문학은 최소한 인간 중심주의라는 인문적 오류에 빠지지 않으면서 광야를 걸어가는 실존적 인간이 고통을 견디며 살아갈 수 있게 만드는 시공간이어야 한다. 그래서 새뮤얼 존슨은 "글쓰기의 유일한 목적은 독자들로 하여금 삶을 더 잘 즐길 수 있게 하는 것이고 삶을 더 잘 견디어 낼 수 있게 만드는 것이다."(새뮤얼 존슨, 필자 옮김, 『리차드 새비지 전기』, 92)라고 말했던 것이다.

'유머'는 이러한 인간 실존 문제에 대해 세속적으로나마 "다정하고 온화하며 지친 마음에 위안"을 주는 작은 기술이다.

> 유머는 위트와는 달리 날카롭지 않으며 풍자처럼 잔인하지 않다. 비평적이 아니고 동정적이다. … 가시가 들어 있지도 않다. … 위트는 남을 보고 웃지만 유머는 남과 같이 웃는다. 서로 같이 웃을 때 우리는 친근감을 갖게 된다. … 유머는 가엾은 인간의 행동을 눈물 어린 눈으로 바라볼 때 얻어지는 것이다. 그러므로 유머에는 애수(哀愁)가 깃드는 때도 있다. (「유머의 기능」)

금아의 지적대로 유머는 우리가 스스로 노력하여 마음껏 이용할 수 있는 "인간에게 주어진 큰 혜택"이며 세속적 은총이 아닐 수 없다.

피천득은 '여림'의 철학을 구현하는 실천 방식으로 "작은 인연들로 아름답다."는 강령을 채택한다.

> 인생은 작은 인연들로 아름답다. (「신춘」)

> 나의 생활을 구성하는 모든 작고 아름다운 것들을 사랑한다. 고운 얼굴을 욕망 없이 바라다보며, 남의 공적을 부러움 없이 찬양하는 것을 좋아한다. 여러 사람을 좋아하며 아무도 미워하지 아니하며 몇몇 사람을 끔찍이 사랑하며 살고 싶다. (「나의 사랑하는 생활」)

나는 작은 놀라움, 작은 웃음, 작은 기쁨을 위하여 글을 읽는다.

(「순례」)

금아는 사소하고 작은 우리의 일상생활을 연민의 정으로 사랑한다. 그는 "작고 이름지을 수 없는 멋 때문에 각박한 세상도 살아갈 수" 있었다(「멋」). 금아는 거창한 주의나 운동에 가담하지 않았다. 그러나 그는 밑바닥에서 조용히 명예(무혈) 혁명을 시도했던 참을성 있는 세속적 일상사의 혁명가이며 '신역사주의자'이다.

포스트구조주의와 해체론 이후 잃어버린 역사를 다시 찾으려는 이론이 바로 '신역사주의'이다. 이 신역사주의는 옛날처럼 거대담론인 '커다란 역사'만을 찾는 것이 아니라 '작고 사소한 역사'를 찾아내려는 전략을 갖고 있다. 금아는 커다란 이데올로기에 휩싸인 왕조사나 전쟁사 대신 작고 사소한 개인적 이야기 속에서 우리 삶의 흐름을 드러내고자 한다. 이런 맥락에서 금아는 작은 역사를 중시하는 신역사주의자다.

피천득의 이야기는 우리 시대의 작은 사회사이다. 작가는 자신도 모르는 사이에 어떤 이론을 품는다. 문학이론뿐만 아니라 문화이론은 현상이 드러난 뒤에도 더디게 정리되어 이론으로 확립된다. 프로이트 칠순 기념식에서 어니스트 존스가 프로이트를 "무의식의 발견자"라고 칭송하자 프로이트는 무의식은 이미 많은 작가들에 의해 발견되었고 자신은 다만 정리하고 이론화했을 뿐이라고 말하지 않았던가.

누구나 큰 것만을 위하여 살 수는 없다. 인생은 오히려 작은 것들이 모여 이루어지는 것이다.   (「멋」)

피천득은 삶과 죽음을 넘나드는 격렬한 독립투사도 아니고 거창한 정치적 이상주의, 정치적 이데올로기도 가지지 않았으며 강한 자아의 밑바닥을 끝까지 탐구하는 악마적 낭만주의자나 모더니스트도 아니다. 그러나 금아는 작고 사소하나 아름다운 것들을 위해 소극적으로 한평생 삶의 불꽃을 태웠다. 그의 불길은 화염은 아니더라도 오래오래 지속되는 불씨이며 천천히 타는 연기 내음은 화염보다 강렬하다. 그는 이렇게 삶의 빛나는 작은 비늘 조각들이 우리의 실존을 지탱하게 하는 중요한 것임을 글과 삶에서 보여주었다. 위와 같이 극단적으로 겸손한 자기 조롱은 자신을 숨기고 감추는 작고 아름다운 생활을 완벽하게 보여준다.

(4) '돌봄'의 실천 윤리학 ― 사랑의 성육화와 변형

우리가 딱딱하게 굳어있지 않고 부드럽고 여리다면 이제는 사랑을 실천할 준비가 된 셈이다. 가소성(可塑性)은 사랑을 실천할 수 있는 유연성을 주기 때문이다. 예수도 율법을 지켜도 사랑을 실천하지 않으면 구원받을 수 없다고 우리에게 그 놀라운 산상수훈을 주지 않았던가?

피천득 '돌봄'의 윤리 실천은 서영이의 엄마 노릇과 서영이에게 하듯 서영이가 놓고 간 인형을 돌보는 데서 시작된다. 즉, '엄마 노릇'이다. 엄마 노릇은 수필집 『인연』의 중요한 주제 중 하나다. 『인연』에서 금아는 서영이에게 시종일관 '아빠 노릇'보다 엄마 노릇을 하고 있다. 금아는 자신을 끔찍이 사랑했고 돌아가실 때도 마지막으로 금아의 이름을 불렀던 엄마가 되어, 어린 시절 엄마의 사랑을 마음껏 받지 못했던 자신이 전이된 서영이를 돌보는 엄마 노릇을 한다. 금아는 미국으로 떠난 서영이의 엄마 노릇을 계속하고자 서양 인형 난영이를 서영이의 동생처럼 보살핀다.

금아는 일찍 돌아가신 '젊은 엄마'의 행복한 대리역을 꿈꾸면서 엄마를 다시 살려내어 부활시킨 뒤 자신의 과거뿐만 아니라 엄마의 과거까지도 다시 살고 있다. 여기서 서영이는 사랑을 많이 받지 못한 어린 자신이다. 서영이에게 잘해주는 것은 자신이 어린 시절 부족했던 엄마의 사랑을 채우는 일이기도 하다.*

이 대목에서 주목하고 싶은 것은 엄마 노릇을 통한 금아의 욕망 해소 이외에 엄마 노릇에 대한 가치 부여이다. 흔히 가정이라는 제도에서 어머니 이데올로기는 가부장제의 통제하에 놓이지만, 아기와의 관계에서 경험하는 어머니 역할은 놀라운 변형과 창조의 기능을 가진다. 출산과 육아를 맡은 어머니 여성은 결코 생물학적 '저주'가 아니고 '축복'이다. 금아는 엄마 노릇에서 '돌봄'의 윤리학을 세운다.

> 엄마 노릇을 해 보지 못한 것이 언제나 서운합니다. 그리고 엄마들을 부러워합니다. 특히 젖먹이 아기를 가진 젊고 예쁜 엄마들이 부럽습니다. … 나는 젖 먹는 아기를 바라다볼 때 신의 존재를 부인하고 싶지 않습니다. … 이 세상에서 아기의 엄마같이 뽐내기 좋은 지위는 없는 것 같습니다. … 그 아기는 엄마가 낳은 것입니다. 그리고 젖을 먹여 기르고 있습니다. 아이는 커 가고 있습니다. 자라고 있습니다.
>
> (「서영이와 난영이」)

다른 동물의 새끼들과는 달리, 사람의 아기가 성장하여 사람 구실을

---

* 필자는 19세기 영국 소설가 샬롯 브론테의 유명한 소설 『제인 에어*Jane Eyre*』(1847)를 읽고 가르칠 때마다 제인 에어와 피천득 선생의 유년시절이 매우 비슷하다고 생각했다. 두 사람 모두 10세 이전에 어머니와 아버지를 모두 여의었다. 특히 『제인 에어』에서 몹시 외로웠던 어린 제인이 인형을 가지고 노는 모습은 피천득이 미국으로 공부하러 간 딸 서영이의 인형 난영이를 보살피는 장면과 중첩된다.
"그러면 나는 인형을 무릎에 올려놓고는 난로의 불이 흐릿해질 때까지 주위를 둘러보며 방에는 나 혼자뿐이며 달리 도깨비가 나타난 것이 아니라는 것을 확인하곤 하였다. 그러다가 타다 남은 불이 둔한 감빛으로 되면… 급히 옷을 벗고는 추위와 어둠을 피해 침대로 기어들었다. 이 침대 속으로 나는 언제나 인형을 가지고 들어갔다. 사람이란 무엇인가를 사랑하지 않고서는 못 배기는 법이다. 달리 애정을 쏟을 만한 그럴듯한 것이 없었던 나는 조그만 허수아비처럼 초라하고 퇴색한 우상을 사랑하고 귀여워하는 가운데서 즐거움을 구하였다. 그 조그만 인형이 살아 있어서 감정을 가지고 있다고 생각하며 얼마나 바보같이 고지식하게 그것을 사랑했던가를 회상해 보면 내가 생각해도 묘한 느낌이 든다. 인형이 포근하고 따뜻하게 누워 있으면 나는 얼마간 행복스러운 기분이 되는 것이었고 인형 또한 그러리라고 여겼다."(유종호 옮김, 『제인 에어 I』, 48)

하게 만드는 데에는 엄청난 시간과 노력이 필요하다. 여기에서 어린 아기에 대한 엄마의 '돌봄'의 윤리는 인간관계 중에서 가장 중요한 토대다. 이 '돌봄'의 철학이 인연으로 맺어진 모든 인간관계, 인간과 동물, 인간과 자연의 관계에서도 적용되어야 한다는 게 금아의 사랑의 윤리학일 것이다.

금아의 엄마는 지아비를 먼저 보내고도 지아비를 섬기는 아름다운 모습을 보여주었다. 금아의 어머니도 30대라는 젊은 나이에 남편을 잃고 3년 만에 세상을 떠났다.

> 엄마는 아빠가 세상을 떠난 후 비단이나 고운 색깔을 몸에 대신 일이 없었다. 분을 바르신 일도 없었다. 사람들이 자기 보고 아름답다고 하면 엄마는 죽은 아빠에게 미안한 생각이 들었을 것이다. … 황진이처럼 멋있던 그는 죽은 남편을 위하여 기도와 고행으로 살아가려고 했다.　　　　　　　　　　　　　　　　　　　(「엄마」)

피천득은 외삼촌 할아버지에 관한 기억도 생생하다. 어린 시절 정성을 다해 자신을 돌보아 주셨기 때문이다. 그는 금아에게 호두, 잣, 과실이 많이 들어간 월병을 사다 주시고 연, 팽이, 윷, 글씨 쓰는 분판을 만들어 주셨다. 그는 엄마에게 맞아 멍든 금아의 종아리를 어루만져 주시고, 금아를 때린 동네 아이들을 야단치기도 했으며, 피천득이 커서 큰 인물이 되라고 기도를 드렸다. 그러나 그 자애로운 월병 할아버지는 피천득이 대학도 졸업하기 전, 광복도 보지 못하고 세상을 떠나셨다. 금아는 탄식한다.

> 오래 사셨더라면 내가 도지사가 못 되었더라도. … 할아버지를 내 집에 모셨을 것. 얼음을 깨고 물을 길어다가 나를 위하여 정성을 들이셨다는 외삼촌 할아버지, 겨울에 찬물이 손에 닿을 때가 아니라도 가끔 그를 생각한다.　　　　　　　　　　　　　　(「외삼촌 할아버지」)

유순이라는 간호사도 피천득의 삶에 영향을 주었다. 1932년 상하이 사변 때 일이다. 금아는 요양원에 입원했을 때 유순이라는 "깨끗하게 생긴 간호부"의 극진한 간호를 받았었다. 그녀는 금아에게 성경도 빌려주고 타고르의 시도 읽어주었다. 끊긴 전화선을 타고 들려오던 그녀의 음성 때문에 마음이 괴로운 금아는 격렬한 시가전이 벌어져 총소리, 대포 소리, 폭탄 떨어지는 소리로 요란한 거리를 뚫고 요양원으로 달려갔다. 유순이를 찾아 내오기 위해서였다. 그녀의 대답은 간단명료했다: "고맙습니다. 그러나 저는 책임으로나 인정으로나 환자들을 내버리고 갈 수는 없습니다."(「유순이」) 귀국 후 금아는 춘원 이광수 소설 『흙』의 여주인공 이름을 "유순"이라고 지어드렸다. '돌봄'의 사랑을 실천한 유순은 이렇게 춘원의 소설 속에서 이름이나마 영원히 살아남아 우리도 "가끔 그를 생각할" 수 있게 되었다. 이 밖에도 도산 선생의 민족과 정의에 대한 돌봄의 예도 있다.

이렇듯 금아가 어려서부터 배우고 자란 '돌봄'의 실천윤리학은 그의 기억에 강렬하게 각인되어 그의 삶과 문학과 사상의 중심이 되었다. 금아는 사랑과 책임을 추상적이고 어려운 도덕이나 윤리학으로부터 배운 게 아니다. 주변의 작고 아름다운 인연과 기억을 통해 그의 생태윤리학을 수립한 것이다.

이것이 피천득 수필의 생명력이다. 우리 시대를 대표하는 문학평론가이며 한국문학 교수인 김윤식은 금아 수필에 대한 서평에서 다음과 같은 결론을 내린다.

이 수필의 내용은 물론 작가 자신의 것이다. 이 작가를 한 자연인으로서 이해하기 위해 이 책을 읽는 사람은 많을 것이다. 그러나 단 한 사람일지라도 수필이 무엇인가를 알기 위해 이 책을 읽었으면 하는 것이 서평을 쓰는 이유이다. 자연인으로서의 이 작가에 대해서는 세월과 함께 잊혀질지도 모르지만, 수필의 의미는 오래도록 살아남아야 하는

것이다.　　　　　　　　　　　(「『산호와 진주: 금아 시문선』 서평」, 1969)

　먼 훗날 자연인 피천득의 이름은 잊힐지 모르지만 그가 새로 수립한 수필 장르는 한국문학사에 영원히 남을 것이다.

제4장 번역*

> 내가 시를 번역하면서 가장 염두에 두었던 것은 시인이 시에 담아둔
> 본래의 의미를 훼손하지 않으면서, 마치 우리나라 시를 읽는 것처럼
> 자연스러운 느낌이 드는 번역을 하자는 것이었습니다.
>
> (피천득, 「서문」, 『내가 사랑하는 시』)

왜 번역하는가?

번역(飜譯, translation)은 인류문화사에서 가장 오래되고 중요한 어휘
중 하나다. 아주 좁은 의미에서는 한 언어를 다른 언어로 옮기는 작업이
지만, 이는 사물과 대상 사이에서 일어나는 인간의 인식작용 자체를 받
아들이고 해석하고 수용한다는 점에서 광의의 의미가 있다. 그래서 외
국의 이론이나 사상의 섭렵과 수입도 번역이라는 소통 과정을 거칠 수

---

* 피천득은 일찍부터 '번역' 작업도 문학창작 활동으로 인정했다. 1959년에 나온 『금아 시문
선』(경문사)은 크게 시부(詩部)와 산문부(散文部)의 2부로 나뉘어져 있다. 시부의 끝부분에
예이츠, 에머슨, 엘리자베스 브라우닝, 크리스티나 로세티와 에드먼드 스펜서의 시가 번
역 되어 실려 있다. 그중에서 로세티와 스펜서의 시는 후에 간행된 번역시집 『내가 사랑하
는 시』에 실려 있지 않다. 수필이 주로 포함된 산문부 뒤에 자신의 시를 직접 영어로 번역
한 몇편이 실려 있다. 그중에서 「금아연가」(18편)도 영어로 번역되어 실렸으나 후에 간행
된 피천득의 영문작품집 『A Skylark: Poems and Essays(2001)』에 실려 있지 않다. 피천득은
창작집에 자신이 번역한 작품을 포함시킨 것을 볼 때 "번역은 창작이다."라는 믿음이 있었
던 것이 분명하다.

밖에 없을 뿐만 아니라 일상적 독서 과정도 모두 넓은 의미의 번역이라 할 수 있다. 요즈음 전 지구적인 문화의 이동 및 그것의 수용과 변용 과정도 크게 번역 과정의 하나로 볼 수 있다. 특별히 우리가 사는 시대는 "번역 문화의 시대"(김영무. 136)라고 불리지만 어느 시대, 어느 문명권이고 간에 자아와 타자의 교환 관계가 지속되었다면 이미 언제나 "번역의 시대"라고 부를 수 있으리라.

그러나 번역에 관한 논의를 좀 더 좁혀보자. 미국의 문학이론가 힐리스 밀러에 의하면 영어 단어 'translation'은 어원상으로 "한 장소에서 다른 장소로 옮긴", "언어와 언어, 국가와 국가, 문화권과 문화권 사이의 경계선을 넘어 이송된"의 의미로 "어떤 언어로 쓰인 표현을 선택하여 다른 장소로 운반한 다음 정착시키는 것과 같은 작업"이라 말할 수 있다.(252~53) 번역은 결국 여기와 저기, 우리들과 그들, 그때와 지금의 끊임없는 대화적 상상력의 결과물이다. 외국어와 모국어의 틈새에서 ― '출발 언어'와 '도착 언어'라는 두 언어의 치열한 싸움의 접합 지역에서 ― 문학 번역자는 작가의 창작의 고통과 희열을 함께 맛본다.

그동안 우리는 금아를 수필가로만 알고 있었고 일부에서 시인 피천득에 대한 논의가 있었으나, 문학번역가로서의 피천득에 관한 논의는 거의 없었다 해도 과언이 아니다. 워낙 과작인 그의 작품세계에서 양으로 보나 질로 보아 그의 번역 작업은 결코 무시할 수 없는 분야다.『피천득 문학 전집』4권 중 번역 시집이 두 권이나 있고 산문으로 된 번역본『쉑스피어의 이야기들』(1957)과 단편소설 번역집인『어린 벗에게』(2003)도 있다. 더욱이 금아에게 외국 시 번역은 그가 시인으로 성장하는 과정과도 밀접한 관계가 있다. 금아는 자신을 한 번도 '전문' 번역가라고 내세운 적은 없지만, 모국어에 대한 토착적 감수성과 탁월한 외국어(영어) 실력으로 볼 때 그는 이미 준비된 번역가이다. 번역은 무엇보다도 '사랑의 수고'이다. 많은 시간과 정력을 필요로 하는 번역가의 길은 고단한 순례자와 같다. 금아는 거의 30년간 영문학 교수로 지내며 자신이 좋아하는 영미시는 물론, 극히 일부지만 중국 시, 일본 시 그리고 인도 시와 영미산문 및 단편소설들을 번역하였다. 이 장(章)에서는 지금까지 본격적으로 논의된 바가 거의 없는 번역문학가로서의 피천득의 작업과 업적을 이야기해보자.

피천득 번역의 원칙과 범위

피천득의 번역시 책 제목의 일부인 "내 사랑하는"에서 볼 수 있듯이, 금아는 시 번역을 할 때 문학사적으로 중요성이 크거나 시대를 대표하는 장시(長詩)를 선택하지 않았다. 금아는 "평소에 내가 좋아해서 즐겨 애송하는 시편들"(『내가 사랑하는 시』)을 중심으로 철저하게 자신의 기질과 기호에 따라 주로 짧은 서정시들을 택했고, 번역을 통해서도 자신의 문학세계를 충실하게 지키며 발전시켰다. 다시 말해 금아는 번역해야 하는 외국 시와 자신이 번역할 수 있는 외국 시가 아니라, 자신이 좋아하며 암송하는 시들만을 번역하여 자신의 창작 세계와 일치시킨 것이다. 산문도 난삽한 이론이나 장편이 아닌 서정적이고 짧은 산문과 단편소설을 번역하였다.

금아는 기본적으로 번역은 불가능하다고 전제하였는데, 그 이유를 "다른 나라 말로 쓰인 시를 완전하게 옮긴다는 것은 불가능한 일입니다. 시에는 그 나라 언어만이 가지고 있는 고유의 감정과 정서가 담겨 있기 때문"(앞의 책)이라고 밝혔다. 금아는 자신이 시를 번역하여 "번역시"집을 내는 이유에 대해서 "내가 좋아하는 외국의 시를 보다 많은 우리나라의 독자들과 함께 나누고 싶"고 "외국어에 능통해서 외국의 시를 원문 그대로 감상할 수 있다면 가장 좋겠지만 현실적으로 그럴 수 있는 독자는 얼마 되지 않"기 때문이라고 말한다(앞의 책). 금아가 외국 시를 "번역하면서 가장 염두에 두었던" 점은 다음 세 가지이다.

첫째, 시인이 시에 담아둔 본래의 의미를 훼손하지 않으면서

둘째, 마치 우리나라 시를 읽는 것처럼 자연스러운 느낌이 드는 번역을 하자.

셋째, 쉽고 재미있게 번역을 해보자. (앞의 책)

피천득의 번역 작업을 논의할 때 필자에게 항상 먼저 떠오르는 사람은 '영국 번역의 황금시대'였던 17세기 후반 신고전주의 시대의 대문호 존 드라이든이다. 엄청난 양의 시와 극 그리고 문학비평을 썼던 드라이든은 계관시인 등의 모든 공직에서 물러난 뒤 여생을 번역 작업에만 몰두하여 영국문학 번역사에서 번역이론과 실제에 탁월한 업적을 남겼다. 드라이든은 후에 새뮤얼 존슨으로부터 "영국비평의 아버지"이며 "영국 산문의 법칙들"과 "번역의 올바른 법칙들"을 수립한 문인으로 칭송받았다. 영문학자이며 시인이었던 피천득을 영국 신고전주의 시대의 문인인 드라이든과 동등하게 비교하는 것은 불가능하겠지만, 문학 번역의 법칙이나 전략에서 상당히 유사한 면을 볼 수 있기에 금아 번역론과 드라이든을 연계시키려 한다.

현재까지 엄청나게 많은 번역 이론들이 등장했지만, 결국 번역 문제에 대한 가장 기본적인 논의의 틀은 이미 17세기 말에 드라이든이 정리해 놓았다. 우선 드라이든이 편집한 『여러 사람들이 번역한 오비디우스의 서한집 *John Dryden: Selected Criticism*』(1680)의 서문을 살펴보자. 이 서문에서 드라이든은 번역의 영원한 주제인 번역 방식 세 가지에 대해 다음과 같이 논의한다.

첫째로, 직역하는 것(metaphrase)은 작가가 한 언어에서 다른 언어로 한 마디 한 마디, 그리고 한 줄 한 줄 바꾸는 것이다. … 둘째는 의역(paraphrase)으로, 작가의 관점을 유지하는 번역으로써 의미는 상실되지 않았지만 그 의미에 따라 그 단어로 정확하게 번역되지는 않았다. 부연하는 것은 인정이 되지만 의미를 변화시키는 것은 허용되지 않는

다. … 셋째로, 자유번역(imitation)이 있다. 그 이름은 단어와 의미를 다양화하기 위해서뿐만 아니라 … 그것 모두를 버리기 위해서 자유를 가정하는 것이다. 그가 바라던 것처럼 원본으로부터 일반적인 힌트를 얻은 것을 바탕으로 차이를 두기 위한 것이다.

(필자 옮김, Kinsley, 184)

첫 번째 "직역" 방법은 출발 언어와 도착 언어 사이의 구조적인 차이가 단어들의 정확한 번역을 허용하지 않기에 실행할 수 없다. 드라이든의 설명을 더 들어보자.

요약하여 말하자면, 단어를 그대로 옮기는 번역은 한 번에 많은 어려움을 가져다주기 때문에 번역자는 그 어려움들로부터 쉽게 벗어날 수 없다. 번역자는 동시에 그가 번역하는 작가의 사상과 어휘들을 고려해서 다른 언어로 대응되는 부분을 찾아내야 한다. 그리고 이것 외에도 번역자는 운율과 각운의 제약에 놓이게 된다. 이것은 마치 족쇄를 단 다리로 밧줄 위에서 춤추는 것과 아주 흡사하다. … 춤추는 사람은 조심해서 추락은 면할 수 있을지 몰라도, 그에게서 동작의 우아함은 기대할 수 없기 때문이다. (앞의 책, 185)

드라이든의 세 번째 방법 '자유 번역'에서는 원본의 의미와 단어가 정확하지 않다. 드라이든이 이 당시 독특한 의미로 사용했던 "모방"은 완전히 새로운 작품이 되기 위해 가장 자유로워지는 것이다. 드라이든은 "원본"의 의미와 정신을 완전히 왜곡한 채 번역자가 제멋대로 하는 창조적 번역을 받아들일 수 없었다.

드라이든은 이 세 가지 번역유형 중에서 가장 균형 잡힌 방법으로 두 번째 방법인 '의역'을 선택하였다. 그것은 번역가에게 실행할 수 있는 어떤 기준을 제공한다. 의역 법칙은 언어적인 성실함과 활기차나 부정확한 자유 사이에 균형을 만들기 위해 고안되었다. 시를 번역하기 위해서 번역가는 시인이 되어야 하고, 그 자신의 언어와 원작의 언어에 대해 전문가가 되어야 한다고 드라이든은 주장하였다. 자유 번역주의와 축어적 직역주의를 피해야 할 양극단이라며 반대한 드라이든의 목표는 직역과 자유 번역의 중간지대로 하나의 타협이다.

피천득의 시 번역 첫째 원칙인 "시인이 시에 담아둔 본래의 의미를 훼손하지 않으면서"라는 말은 시의 본래의 뜻을 그대로 살리려는 '직역'과 거의 같은 것이며, 둘째 원칙인 "마치 우리나라 시를 읽는 것처럼 자연스러운 느낌이 드는"이라는 말은 "우리나라 언어인 한국어 질서와 어감이 맞는 느낌을 준다."는 뜻이어서 '자유 번역'과 부합한다. 여기까지 보면 드라이든처럼 피천득도 직역과 자유역 사이에서 균형과 조화를 잡으려고 노력하였다. 그러나 실제로 번역 작업에서 이러한 균형을 맞추기란 매우 어려운 일이며 아마도 거의 불가능한 일일지도 모른다. 작품의 성격이나 번역자의 기질 때문에 잘못하면 한쪽으로 기울어지게 마련이다. 드라이든이 자신의 번역 이론에 어긋나게 실제 번역 현장에서 균형과 조화를 유지시키지 못했듯이 금아도 좀 더 자유로운 번역을 택했다. 금아는 공식적으로 번역의 셋째 원칙에서 그것을 표명하고 있다. "쉽고 재미있게 번역을 해보자."는 말 속에 역자인 금아 자신이 표현하고 싶은 자유와 소망, 그리고 시를 한국 독자들이 예상하는 반응을 염두에 두고 그들이 용이하게 즐길 수 있도록 번역하겠다는 뜻이다.

이 문제에 대해 심도 있게 논의한 바 있는 저명한 문학평론가이며 영문학자인 유종호는 오장환의 에세이 번역과 에즈라 파운드(Ezra Pound, 1885~1972)의 중국의 이백 시 번역을 논하는 자리에서 "분방한 자유역"(108)을 이상적 문학 번역의 형태라고 주장하였다. 유종호는 한문을 못 읽었던 파운드의 중국 시 번역을 논하면서 "원시 제목에 대해서 생략, 변조, 축소, 보충을 마음대로 가하고 있다. 그러한 의미에서 대담한 자유역이지만 전체적으로는 원시의 정서와 대의에는 아주 충실하다."(113)고 언명하였다. "쉽고 재미있게"라는 금아의 시 번역 전략은 여기에서 유종호가 말하고 있는 "분방한 자유역"에 해당한다.*

금아는 자신의 전공분야인 영미 시뿐만 아니라 일본, 중국, 인도 시도 번역하였다. "높은 차원의 시는 동서를 막론하고 엇비슷"하고 "모두가 순수한 동심과 고결한 정신, 그리고 맑은 서정을 가지고 있"(「서문」, 『내 가 사랑하는 시』)기 때문이다. 여기에서 금아는 언어와 문화가 서로 다른 경우라도 인간성을 토대로 한 문학의 보편성을 믿고, 나아가 일반 문학 또는 세계문학으로서의 가능성도 인지하고 있는 듯 보인다.

금아의 시 번역 작업의 의미를 논하기 위해 우선적으로 번역시 자체 에 대한 자세한 분석과 검토가 있어야 한다. 그다음에는 다른 번역시나 번역자들과의 '비교'가 필요하다. 모든 논구의 과정에서 비교란 각 주체 들의 정체성을 정립하는 데 필수적이다. 모든 것은 스스로 존재하지만, 때로는 다른 주변 존재들과의 어떤 차이를 통해 변별성을 가질 수 있기 때문이다. 하여, '비교'의 방법은 문학 연구와 비평에서 기본적으로 해 야 할 작업일 수밖에 없다. 그러나 여기서 비교는 우열판정을 위한 것이 라기보다는 각 번역의 변별성과 특징을 찾아내는 것을 의미한다. 그다 음 단계인 우열판정의 문제는 논자에 따라 또는 필요에 따라 그 기준이 엄청나게 달라질 수 있다.

시 번역 작업의 구체적 사례

피천득은 셰익스피어의 소네트 154편 전부를 미국 하버드대학교 교 환교수를 다녀온 후인 1950년대 후반에 주로 번역하여 정음사 판 『셰익

---

* 우리나라의 근대 초기인 개화기에 해외시 번역 소개 작업을 본격적으로 시작해 우리나라 근대시 형성에 다대한 영향을 끼친 안서 김억(1893~?)도 '창작으로써의 번역'을 강조하여 의역이나 자유역의 방식을 택하였다.(김욱동, 211) 이렇게 볼 때 드라이든, 김억, 금아 모두 자신들이 창작하는 시인으로서 직역이나 축자역은 물론 거부하였고 직역과 의역 또는 자 유역 간의 불안한 균형을 이상으로 삼았어도 결국 창작과 관련되어 의역이나 자유역으로 기울어진 것을 공통적인 현상으로 보여준다.

피천득 평전

스피어 전집』에 실었다가 후에 『셰익스피어 소네트 시집』이란 단행본으로 1976년에 출간하였다. 그리고 번역 시집 『내가 사랑하는 시』에 들어있는 시들은 주로 영미시편들로 윌리엄 블레이크, 알프레드 테니슨 등 14명 시인들의 비교적 짧은 작품들이다. 그 외에 중국 시인으로는 도연명과 두보의 시, 일본 시인으로는 요사노 아키코(与謝野晶子, 1878~1942), 와카야마 보쿠스이(若山牧水, 1885~1928), 이시카와 다쿠보쿠(石川啄木, 1886~1912), 인도 시인으로는 타고르의 시 두 편이 번역되어 시집 속에 포함되어 있다.

이 두 권의 번역 시집을 앞서 제시한 피천득의 번역 방법에 비추어보면, 피천득의 번역시는 운율이나 흐름은 물론 그 내용에서 한국 시를 읽는 것처럼 쉽고 자연스럽다. 14행시인 셰익스피어 소네트의 경우 한국어로 완벽하게 14행을 맞추어 번역하였다. 그러나 소네트의 일부는 우리나라 시조 형식에 맞게 3·4조와 4·4조에 맞추어 새롭게 축약번역(번안) 하기도 하였다.

(1) 셰익스피어 소네트 번역

영문학자 피천득은 모든 작가 중에서 셰익스피어를 세계 최고의 시인으로 꼽았다. 금아는 그의 수필 「셰익스피어」에서 그를 높이 평가하고 있다. 그는 대부분 시로 쓰인 셰익스피어 극들도 좋아했지만, 무엇보다 14행의 정형시인 소네트를 무척 좋아하였다. 이렇듯 금아는 자신이 좋아하는 시들을 암송하고 가르치며 번역하였다.

'소네트' 형식은 유럽에서 13세기에 이탈리아나 프랑스에서 시작되었다. 영국에서는 16세기에 유행하여, 엘리자베스 시대 문인들은 대부분 소네트 시인을 겸하였다. 대표적인 정형시인 영국 소네트는 1행이 10개의 음절이고 한 행은 강세가 약강으로 된 운각(foot) 5개로 이루어진다. 이런 형식의 시를 아이앰빅 펜타미터(약강 5운각)라 부른다. 각운(脚韻)은 두 행씩 짝 지워져 있다. 14행의 셰익스피어 소네트는 4행의 스탠자

(stanza) 3개와 결론 역할을 하는 마지막 2행시(couplet)로 구성되며, 이것은 대체로 글의 순서인 기승전결(起承轉結) 형식과 흡사하다. 금아는 소네트를 "가벼운 장난이나 재담"이라고 볼 수 있고 "단일하고 간결한 시상(詩想)을 담는 형식"이어서 "소네트들의 연결"을 쓸 수 있다고 하였다. "작은 것은 아름답다."고 믿는 금아는 소네트가 "영국 민족에게 생리적으로 부합되는 무슨 자연성이" 있다고 말한다.

금아는 소네트 번역집 말미에 「소네트 시집」이라는 해설문을 실었다. 『셰익스피어 소네트 시집』에 실린 시는 모두 154편인데, 그는 "이 「소네트 시집」 각 편은 큰 우열의 차를 가지고 있다. 어떤 것들은 다만 기교 연습에 지나지 않고, 좋은 것들은 애정의 환희와 고뇌를 우아하고 재치 있게 표현하였으며, 그 속에는 진실성과 심오한 철학이 있다. … 대부분의 시편들이 우아명쾌(優雅明快)하다."고 지적하였다. 금아는 자신이 번역한 『셰익스피어 소네트 시집』을 "같은 빛깔이면서도 여러 종류의 구슬이 섞여 있는 한 목걸이로 볼 수도 있고, 독립된 구슬들이 들어 있는 한 상자라고 할 수도 있"다고 평가했다. 이 번역으로 피천득은 영문학자와 한국 시인으로서 중요한 기여를 하였으며, 문학 번역가로 피천득의 업적을 평가하는 시금석을 제공하였다.

우선 윌리엄 셰익스피어의 소네트 번역부터 살펴보자. 금아는 소네트 29번을 다음과 같이 번역하였다.

> 운명과 세인의 눈에 천시되어,
> 혼자 나는 버림 받은 신세를 슬퍼하고,
> 소용없는 울음으로 귀머거리 하늘을 괴롭히고,
> 내 몸을 돌아보고 나의 형편을 저주하도다.
> 희망 많기는 저 사람,
> 용모가 수려하기는 저 사람, 친구 많기는 그 사람 같기를,
> 이 사람의 재주를, 저 사람의 권세를 부러워하며,
> 내가 가진 것에는 만족을 못 느낄 때,

그러나 이런 생각으로 나를 거의 경멸하다가도
문득 그대를 생각하면, 나는
첫새벽 적막한 대지로부터 날아올라
천국의 문전에서 노래 부르는 종달새,
그대의 사랑을 생각하면 곧 부귀에 넘쳐,
내 팔자 제왕과도 바꾸려 아니 하노라.

여기에서 시인 피천득과 셰익스피어 전문학자들의 번역에 어떤 특징적인 차이가 있는지를 비교해 보면, 그 차이가 뚜렷하다. 피천득의 번역은 한국어 흐름과 독자들을 위해 좀 더 자연스러운 의역이지만, 전문학자의 번역은 정확한 번역을 위한 직역에 가깝다. 피천득은 일반 독자들을 위해 자신의 방법으로 셰익스피어 소네트를 번역하여 훌륭한 한국 시로 새로이 재창조하고자 노력했다. 반면 전문학자들은 시적 특성을 살리기보다 다른 학자들이나 영문학과 학생들을 위해 정확한 번역시를 만들고자 한 것 같다. 이러한 비교는 소네트 거의 전편에 해당한다.

특히 피천득은 14행시라는 영국형 소네트의 형식을 완전히 무너뜨리고 다음과 같이 실험적으로 전혀 새로운 3·4조나 4·4조의 짧은 서정적 정형시로 번안하여 재창작하기도 했다.

내 처지 부끄러워
헛된 한숨 지어보고

남의 복 시기하여
혼자 슬퍼 하다가도

문득 너를 생각하면
노고지리 되는고야

첫 새벽 하늘을 솟는 새

피천득이 외국 시 번역 작업에서 위와 같이 과감한 실험을 한 것은 영국의 대표적인 셰익스피어의 정형시를 한국의 일반 독자들이 쉽고 재미있게 즐길 수 있도록 철저하게 한국 시로 변형시키기 위함이다.* 영국 시형인 소네트의 14행시는 사라졌지만, 그 영혼은 한국어로 남아 그대로 전달되지 않을까?

금아의 외국 시 번역 작업의 목표는 이국적 정취가 아니라 문학의 회생이다. 번역을 통한 외국 시와의 관계 맺기는 결국 외국 시를 하나의 새로운 시로 정착시키고 한국 시와 시인에게 또 다른 토양을 제공하여 외국 시와 한국 시, 외국 시인과 한국 시인(번역자) 사이의 새로운 역동적인 확장으로 나아가는 길이 아니겠는가.

(2) 영미시 번역

피천득은 에드먼드 스펜서와 윌리엄 셰익스피어에서 예이츠와 프로

---

* 피천득은 16세기 영국 르네상스 문학기의 대표적인 시인인 에드먼드 스펜서(Edmund Spenser, 1522~1599)는 『선의 여왕 *The Faerie Queen*, 1590, 1596)』이라는 대작을 썼다. 피천득은 그의 대표적인 사랑의 연작 소네트 시집인 「아모레티(Amoretti, 1595)」의 일부를 번역하였다. 이 번역은 후에 간행된 번역시집 『내가 사랑하는 시』에 포함되어 있지 않으나 '시조체'로 번역된 부분은 여기에 소개한다.

임은 얼음이요
이 마음은 불이로다

불 더울수록
얼음 더욱 굳어지고

얼음 차질수록
불은 더욱 뜨거워라

사랑은 무슨 힘이
천성조차 바꾸는고

스트에 이르는 수십편의 영미시를 번역하고 묶어 『내가 사랑하는 시』를 출간하였다. 여기서는 번역시 한편만을 읽어보자.

피천득은 19세기 초 영국 낭만주의의 대표적 시인 바이런 경의 짧은 시 "She Walks in Beauty"를 아래와 같이 번역하였다.

그녀가 걷는 아름다움은

그녀가 걷는 아름다움은
구름 없는 나라, 별 많은 밤과도 같아라
어둠과 밝음의 가장 좋은 것들이
그녀의 모습과 그녀의 눈매에 깃들어 있도다
번쩍이는 대낮에는 볼 수 없는
연하고 고운 빛으로

한 점의 그늘이 더해도 한 점의 빛이 덜해도
형용할 수 없는 우아함을 반쯤이나 상하게 하리
물결치는 까만 머릿단
고운 생각에 밝아지는 그 얼굴
고운 생각은 그들이 깃든 집이
얼마나 순수하고 얼마나 귀한가를 말하여준다

뺨, 이마, 그리도 보드랍고
그리도 온화하면서도 많은 것을 알려주느니
사람의 마음을 끄는 미소, 연한 얼굴빛은
착하게 살아온 나날을 말하여 주느니
모든 것과 화목하는 마음씨
순수한 사랑을 가진 심장

금아의 번역은 번역 투의 때가 거의 벗겨진 한 편의 자연스러운 한국

시로 읽혀서 번역시라고 눈치채지 못할 정도다. 서정시인 피천득은 일반 보통 사람들을 독자로 삼고 번역을 하고 있다.*

(3) 동양시 번역

다음으로 중국 시 중 진나라 때 시인이었던 도연명의 시 한 수를 살펴보자. 피천득은 도연명의 시 중 유명한 「귀거래사」, 「전원으로 돌아와서」, 「음주」 3편을 번역하였다. 이 중에서 「전원으로 돌아와서」를 읽어보자.

> 젊어서부터 속세에 맞는 바 없고
> 성품은 본래 산을 사랑하였다
> 도시에 잘못 떨어져
> 삼십 년이 가버렸다
> 조롱 속의 새는 옛 보금자리 그립고
> 연못의 고기는 고향의 냇물 못 잊느니
> 내 황량한 남쪽 들판을 갈고
> 나의 소박성을 지키려 전원으로 돌아왔다
> 네모난 택지(宅地)는 십여 묘
> 초옥에는 여덟, 아홉 개의 방이 있다
> 어스름 어슴푸레 촌락이 멀고
> 가물가물 올라오는 마을의 연기
> 개는 깊은 구덩이에서 짖어 대고

---

* 시인이며 문학평론가 김철교는 피천득의 번역 시집 『내가 사랑하는 시』를 논하면서 첫째 "인간의 원본: 천진한 어린이", 둘째 "사랑의 빛깔", 셋째 "영원을 품은 귀향"의 3가지 큰 주제로 나누고 다음과 같이 결론을 내렸다: "번역은 창작이다. 세잔이 실물 사과를 보고 그린 사과들처럼, 원작시를 읽고 번역자의 눈과 마음과 영혼으로 그리는 그림이다. 금아 선생의 시로 그린 그림을 접하게 되면, 원래의 시는 잊어도 된다. 금아 선생의 시만이 있을 뿐이다. 금아 선생의 시를 통해 우리는 창조주가 처음 만드신 인류의 본 모습을 볼 수 있고, 삶의 방식을 배울 수 있다. 어린아이, 사랑, 귀향 그것은 가장 중요한 우리 삶의 이미지가 아닐까."(「정갈한 예술가의 한평생 ― 금아 피천득의 번역 시집 『내가 사랑하는 시』」, 134~35)

닭은 뽕나무 위에서 운다
집 안에는 지저분한 것이 없고
빈 방에는 넉넉한 한가로움이 있을 뿐
긴긴 세월 조롱 속에서 살다가
나 이제 자연으로 다시 돌아왔도다

피천득의 번역은 매우 시적이다. 특이한 점은 피천득의 번역에 11~12행이 누락되어 있는데, 이것은 실수라기보다 의도적인 생략이 아닌가 싶다. 지나친 의역을 시도하는 역자의 오만일 수도 있지만, 피천득은 이 두 시행을 군더더기로 보았을 것이다. 불필요하다고 생각되는 부분을 과감하게 삭제하여 더욱 시적 효과를 한층 더 높이는 것을 우리는 미국 시인 에즈라 파운드가 중국 시를 번역할 때도 익히 보았다. 이것은 거의 창작에 가깝다고 볼 수 있다.

피천득은 어려서부터 당시 한반도에 풍미했던 타고르의 시를 번역이나 원문(벵골 어에서 영어로 번역한 것)으로 읽었음에 틀림없다. 1913년 아시아 최초로 노벨 문학상을 받은 인도의 시성 라빈드라나드 타고르는 1920년대에 영국의 식민지였던 인도와 같이, 일본의 식민지 경험을 하고 있던 당시 조선에 대해 각별한 관심을 가졌고 조선을 "고요한 아침의 나라"라고 부르며 1920년 『동아일보』 창간호에 「동방의 등불」이라는 시를 기고했다. 윌리엄 버틀러 예이츠가 그 유명한 「서문」을 써 준 『기탄잘리』는 당시 조선 문단에서 번역으로 많이 읽혔고, 타고르 열풍이라고 부를 정도로 대단한 인기를 누리고 있었는데, 타고르에 대한 피천득의 관심도 이와 무관하지 않을 것이다. 타고르의 시집 『기탄잘리』(1913)에서 선택한 두 편의 시 중 짧은 36번을 피천득의 번역으로 읽어보자.

이것이 주님이시여, 저의 가슴속에 자리 잡은 빈곤에서 드리는 기도입니다.
기쁨과 슬픔을 수월하게 견딜 수 있는 그 힘을 저에게 주시옵소서

저의 사랑이 베풂 속에서 열매 맺도록 힘을 주시옵소서

결코 불쌍한 사람들을 저버리지 않고 거만한 권력 앞에 무릎 꿇지
아니할 힘을 주시옵소서

저의 마음이 나날의 사소한 일들을 초월할 힘을 주시옵소서

저의 힘이 사랑으로 당신 뜻에 굴복할 그 힘을 저에게 주시옵소서

피천득이 번역한 시적인 시행들이 아주 자연스럽게 우리 마음에 다가
온다.

산문 번역

(1) 『쉘스피어의 이야기들』

19세기 영국의 수필가 찰스 램은 『엘리아의 수필 *Essays of Elia*』
(1820~23)로 유명하다. 램은 1808년 그의 누나 메리 램과 함께 『셰익스
피어 이야기』를 써서 전 세계 베스트셀러가 되었다. 어떤 대담자가 금아
에게 '한국의 찰스 램'이라는 말이 있다 했더니 금아가 "찰스 램이 영국
의 피천득"이라고 대꾸했다는 이야기에 관해 물었다. 피천득은 그런 말
을 한 기억은 없다고 답변했다.(손광성과 대담, 46)

피천득은 8·15 광복 직후 경성대학교 예과 교수가 되었는데, 찰스 램
의 『셰익스피어의 이야기들』을 교재로 택한 이유가 무엇인지 한 대담에
서 밝힌다.

예과에 이제 선생으로 갔는데 뭘 가르쳐야 할지 정해지지 않았어.
도서관에 들어가보니까 램의 『셰익스피어 이야기』가 있더라고. 아무튼
내 눈에 띈 게 그거야. … 그래서 『셰익스피어 이야기』를 학생들에게
가르쳤어. 그런데 예과에서 그걸 쓴다니까 서울의 학교에서 죄다 그걸
쓰더군. … 그런데 그걸 가르친 게 나로서는 이로운 점도 조금 있었어.

내용이 어려운 것도 아니었고.　　　　　　　　　　(석경징과 대담, 327)

　피천득은 1957년 문교부 지정 도서로 이 책을 번역하여 출간하였다. 그는 이 책(원서)에서 목차의 차례를 바꾸었다. 원서에는『폭풍우』가 맨 앞에 있는데 번역본에는『햄렡』을 맨 앞에 실었다. 어떤 원칙으로 목차의 순서를 바꾸었는지 알 길이 없으나 자신이 좋아하는 순서가 아닐까 하는 생각이 든다. 여기에 금아가 번역한『햄렡』의 일부를 제시한다.

　　자기 생명이 몇 분 못 남았다는 것을 각오한 햄렡이 자기가 들고 있는 칼날 끝을 자세히 살펴보니 그 끝에 독약이 좀 남아 있으므로 맹호같이 숙부에게 뛰어들어 그 가슴에다 칼을 쿡 박아 버리었다. 이리하여 햄렡은 아버지의 혼령에게 약속하고 맹세하였던 복수를 완수하게 된 것이다. 햄렡은 자기 몸이 죽어가는 것을 감각하면서, 이때까지 자초지종(自初至終)을 목격한 친구 호레이쇼에게 그는 죽지 말고 (호레이쇼가 왕자와 동행하기 위해서 자결하려 하므로) 남아 있어서 햄렡의 사적을 널리 선포하도록 해 달라는 부탁을 남기고 마침내 절명하고 말았다. (22)

　번역이 매끄럽고 자연스럽다. 한국 독자들을 위해 쉽고 자연스러운 한국말로 번역한다는 금아의 번역 원칙이 잘 지켜지고 있다.
　『폭풍우』를 보면 1969년 출간된『산호와 진주: 금아 시문선』(일조각)에다 피천득이 책 전체의 제사(題詞)로 쓴 구절(1막 2장)이 보인다. 여기서 피천득은 이 셰익스피어 극의 제목을『태풍』으로 바꾸었다. 다음은 1957년의 번역본이다.

　　다섯 길도 더 깊은 바다 밑에 그대의 아버지 누어 계신다;
　　그의 뼈는 산호로 변했고:
　　본래 그의 눈들은 진주가 되었네:

그의 몸은 하나도 슬어 없어지지 않고,

단지 바다 속에서 변화를 입어서

그 어떤 값지고도 이상스런 물건들이 되어 버렸네. (30)

1969년 제사로 사용한 구절은 1957년의 산문식 번역보다 훨씬 시적으로 압축되었다.

깊고 깊은 바다 속에 너의 아빠 누워 있네

그의 뼈는 산호 되고 눈은 진주 되었네

(에어리얼의 노래)

셰익스피어가 쓴 35편의 극 중에서 선택된 위의 20편을 살펴보면 찰스 램과 메리 램의 낭만주의적 경향이 다분히 반영되어 있다. 셰익스피어 극의 중요한 장르인 역사극이 한 편도 포함되지 않은 것을 보면 알 수 있다. 피천득의 영원한 문학적 우상인 셰익스피어 순례는 그의 소네트 154편 전편 번역과 더불어 마감된다. 16세기 후반부터 17세기 초에 이르는 시기는 르네상스와 종교개혁에서 근대 계몽주의로 넘어가는 길목으로 문명의 전환기와 현대 초기 영어 형성의 이행기였다. 이 시대를 살았던 윌리엄 셰익스피어는 실로 언어의 마술사이며, 나아가 시공간을 초월하는 인간성의 보편성을 가장 다양하고 구체적으로 창조한 위대한 시인, 극작가, 발명가, 사상가이다. 앞으로 셰익스피어가 금아에게 끼친 영향을 비교문학적으로 탐구해보는 일도 피천득 문학을 더 잘 이해하기 위해서 바람직한 일일 것이다.

(2) 단편소설: 마크 트웨인, 나다니엘 호손 외

피천득은 94세 되던 해 단편소설 번역집 『어린 벗에게』(2003)를 펴냈다. 피천득은 자신의 산문시 「어린 벗에게」를 서문격으로 앞세우고 단편소설들과 소설에서 일부를 발췌 번역하여 모두 6편을 모았다. 그 내용은 아래와 같다.

1) 마크 트웨인, 「하얗게 칠해진 담장」(『톰 소여의 모험』에서 일부 발췌, 『소학생』 66호, 1948년에 실림)
2) 윌리엄 사로얀, 「아름다운 흰말의 여름」(『소학생』 68호, 1949년에 실림)
3) 나다니엘 호돈, 「석류씨」(『어린이』 12권, 1934년에 실림)
4) 작자 미상, 「거리를 맘대로」(『소학생』 6호, 1946년에 실림)
5) 알퐁스 도데, 「마지막 수업」(『소학생』 57호, 1948년에 실림)
6) 나다니엘 호돈, 「큰 바위 얼굴」(미발표)

금아는 이 번역집 앞에 붙어있는 「책을 내면서」에서 그 취지를 다음과 같이 적고 있다.

이 책에 실린 글들은 우리에게 친숙한 외국 작품들입니다. 나는 이 아름다운 이야기들을 어린 벗들에게 들려주고 싶어 아주 오래전에 이 작품들을 우리말로 옮겼습니다. (5)

이 단편소설 번역집의 제목인 『어린 벗에게』는 그의 산문시 「어린 벗에게」에서 그대로 가져온 것이다. 그는 여기에 수록된 아름다운 단편소설 (또는 장편의 일부)을 따로 묶은 이유를 어린이나 어른이나 "아이들의 순수함을 닮고 싶다는 소망을 가지고 아이처럼 살려고 노력"(「책을 내면서」)하게 만들기 위함이었다고 밝혔다. 피천득은 아마도 일제 강점기의 어두운 역사와 척박한 삶의 현장에서 어린아이들이 겪는 고통을 마음속에 그리며 모든 역경을 뚫고 다시 솟아오르는 모습을 상상했던 것 같다. 이 산문시는 어쩌면 어려서 부모님을 모두 잃고 홀로 남은 금아 피천득의 애달프고 힘든 삶의 여정을 그린 게 아니었을까 생각해본다.

이제는 금아의 단편소설 번역 중 국정교과서에 실렸던 나다니엘 호돈의 「큰 바위 얼굴」을 직접 음미해보자. 번역한 지 거의 반세기가 지났음에도 불구하고 아직도 글이 자연스럽고 살아있는 듯하다.

> 그는 눈물 어린 눈으로 그 존엄한 사람을 우러러 보았다. 그리고 그 온화하고 다정하고 사려 깊은 얼굴에 백발이 흩어져 있는 모습이야말로 예언자와 성자다운 모습이라고 혼자서 생각하였다.
> 저쪽 멀리, 그러나 뚜렷이 넘어가는 태양의 황금빛 속에 높이, 큰 바위 얼굴이 보였다.
> 그 주위를 둘러싼 흰구름은 어니스트의 이마를 덮고 있는 백발과도 같았다. 그 광대하고 자비로운 모습은 온 세상을 포용하는 듯하였다.
> 이 순간, 어니스트의 얼굴은 그가 말하려던 생각에 일치되어, 자비심이 섞인 장엄한 표정을 지었다.
> 그 시인은 참을 수 없는 충동으로 팔을 높이 들고 외쳤다.
> "보시오! 보시오! 어니스트야말로 큰 바위 얼굴과 똑같습니다."
> 모든 사람들은 어니스트를 쳐다보았다. 그리고 그 안목 있는 시인의 말이 사실인 것을 알았다.
> 예언은 실현되었다. 그러나 할 말을 다 마친 어니스트는 시인의 팔을 잡고 천천히 집으로 돌아가면서, 아직도 자기보다 더 현명하고 착한 사람이 큰 바위 얼굴 같은 용모를 가지고 쉬 나타나기를 마음속으로 바라는 것이었다. (159~160)

피천득은 이 단편소설에 대해 "비록 소박하고 평범한 사람일지라도 착한 행위와 신성한 사랑을 행하며, 끊임없는 자기 탐구를 행하여, 마침내는 말과 사상과 생활이 일치되는 것이 진실로 위대한 것"(『어린 벗에게』, 120)이라고 적고 있다. 피천득은 이 단편소설의 주인공에게서 피천득 자신이 평소에 최고의 경지라고 생각하던 말과 생각과 삶의 일치를 찾아낸 것이다.

다음으로 피천득이 "아빠 없이 엄마와 함께 어렵게 살아가는 한 아이가 주위 아이들의 놀림과 학대에 맞서 당당하게 자라나는 과정을 그린 이야기"(92)라고 소개한 작자미상의 「거리를 맘대로」를 살펴보자. 이 단편소설에서 우리는 끼니도 제대로 해결하지 못하고 엄마와 가난하게 살고 있는 한 소년이 주위 아이들의 갈취와 폭행을 지속적으로 당하던 중 엄마의 격려에 힘입어 힘없다고 못살게 굴던 아이들을 오히려 혼내주고 당당히 독립해 가는 모습을 선명히 볼 수 있다. 이 번역집에 실려 있는 대부분의 이야기들은 어려움을 견뎌내고 꿋꿋하게 성장하거나 나중에 훌륭한 사람이 되는 모습을 그리고 있다. 이런 이유로 피천득은 1940년대 『어린이』 잡지에 번역해서 발표한 것들을 한참 후인 2000년대에 다시 모아 펴낸다. 이 이야기들은 어린이와 어른들이 함께 읽을 수 있는 우리 시대를 위한 고전이 되었다.

한국 시 영역

피천득은 일생 어떤 학술 단체나 문인 단체에 가입한 적이 없었다. 그러나 유일하게 1970년 국제PEN클럽 한국 본부 주최로 서울에서 개최된 제19차 세계PEN대회에 적극적으로 참여하였다(당시 회장[이사장]은 백철 교수였다). 그는 당대 저명한 작가들인 미국 작가 존 업다이크와 중국 작가 임어당 그리고 일본 작가 가와바타 야스나리와 함께 세계대회 주제였던 유머에 관한 글도 발표하였다. 무엇보다도 피천득이 이 세계대회를 통해 이룬 업적은 현대 한국시 여러 편을 영어로 번역하였을 뿐만 아니라 최남선, 정인보 이래의 한국 현대시조시인 31명의 57편 시조를 백승길, 제임스 웨이드와 같이 번역한 점이다. 이 영역 작품들은 『Modern Korean Poetry』란 제목으로 국제PEN클럽 한국본부가 당시 정부의 재정지원을 받아 1970년에 발간하였다. 피천득 외에 김종길, 이창배, 김우창, 황동규 교수 등이 번역진으로 참여하였다.

금아는 김소월의 「진달래꽃」을 비롯하여 10편의 한국시를 영어로 번

역하였는데, 그 외에 번역된 다른 시인들의 이름과 작품을 여기에 적어
둔다. 〔김상용「남쪽으로 창을 내겠소」, 이장희「봄은 고양이로소이다」,
오일도「로변의 엘리지」, 김용호「자두꽃」, 박목월「나그네」, 김남조
「신춘」,「부드러운 비같은 사랑을 그대에게 드리리」, 홍윤숙「장식에 대
하여」,「생의 향연」〕

　이 중에서 김소월의「진달래꽃」과 그 영역본을 살펴보자.

　　Chindallae[Korean azalea] — Kim So-wǒl

　　When you go away, weary of me,
　　I will, I will let you go.

　　Yǒngbyǒn Yaksan chindallae,
　　An armful of them will I pluck
　　And spread the flowers as you go.

　　Tread softly step by step,
　　And go your way upon my flowers.

　　When you go away, weary of me
　　I will not, I will not shed tears
　　Even though I die.

　　나보기가 역겨워
　　가실 때에는
　　말없이 고이 보내 드리우리다

　　영변에 약산
　　진달래꽃

아름따다 가실 길에 뿌리우리다

가시는 걸음걸음
놓인 그 꽃을
사뿐히 즈려 밟고 가시옵소서

나보기가 역겨워
가실 때에는
죽어도 아니 눈물 흘리우리다.

　김소월의 향토색 짙은 한글 시어와 그 토속적 정서 그리고 한국 전통적 운율로 이루어진 최고의 서정시「진달래꽃」을 발음 조직이나 음률 체계가 전혀 다른 영어로 옮긴다는 것은 기본적으로 불가능하다. 김소월의 시는 3행 4연의 정형적 운율을 가진 자유시이다. 그러나 피천득은 1, 3연은 2행, 2, 4연은 3행 총 4연의 영시로 바꾸었다. 철저하게 영어의 운율체계에 익숙한 외국(영미)의 독자들에게 전통적 한국시인 김소월의 정서적 시어와 섬세한 감정을 어떻게 전달할 것인가를 고심하였을 것이다. 피천득은 이미 "사실 다른 나라 말로 쓰인 시를 완전하게 옮긴다는 것은 불가능한 일입니다. 시에는 그 나라 언어만이 가지고 있는 고유의 감성과 정서가 담겨 있기 때문입니다."(「서문: 시와 함께한 나의 문학 인생」)라고 언명한 바 있다. 그러나 그는 일부 시 번역학자들이 주장하듯이 "번역의 불가능성"을 믿는 것은 아니다. 피천득은 영시에서 자연스러운 율격이나 각운은 포기하는 대신 어구를 반복하여 일종의 리듬을 만들고자 하였다. "When you go away, weary of me", "I will (not), I will (not)", "you go" 등이 그 예이다. 과연 서양인들은 이런 시적 장치로 영역된 김소월의 시「진달래」에서 어떤 한국적 정서를 찾아냈을까?
　다음은 박목월의「나그네」를 읽어보자.

강나루 건너서
밀밭길을

구름에 달 가듯이
가는 나그네

길은 외줄기
남도 삼백 리

술 익는 마을마다
타는 저녁놀

구름에 달 가듯이
가는 나그네

The Traveller ― Pak Mok–wŏl

Crossing the river by ferry
And taking the road through the corn,

The Traveller goes his way
Like the moon through the clouds.

The road is the only way,
Three hundred ri to the south.

In each village the wine is brewing
And the evening, a fiery glow.

The Traveller goes his way,

피천득 평전

Like the moon through the clouds.

Once the night is over
The blossoms will all have fallen.

Passion and sorrow being a malady
Quiet, trembling under the moon he goes.

　박목월의 짧은 시 「나그네」는 영어로 번역하기가 더 어려워 보인다.
그런데 눈에 확 들어오는 것은 원시는 5연인데 번역시는 7연이다. 어찌
된 일인가? 5연까지는 원시와 번역시가 같이 간다. 피천득은 원시에도
없는 2연을 더 추가했다. 왜일까? 아마도 이것은 서양 독자들에게 단순
미의 극치에 이른 「나그네」를 직역해주기보다 서양인들의 정서와 어울
리는 2연을 덧붙여서 그들의 이해와 감상을 더 쉽게 하기 위한 것이리
라. 추가된 2연을 번역해보자.

　　이 밤이 지나면
　　꽃봉오리 떨어지리

　　열정과 슬픔은 질병이기에
　　달 아래로 조용히 전율하며 가는 나그네.

　번역가 금아의 이러한 대담한 시도는 서정시의 직역보다 과감한 의역
의 가능성을 실험한 것이다.

　1960년대 초에 피천득은 하버드대 교환교수 시절에 알던 지인들로부
터 미당 서정주의 시를 번역해달라는 의뢰를 받았다. 미당 서정주는 미
국의 노벨문학상 수상작가 윌리엄 포크너(William Faulkner, 1897~1962)
가 계획한 시화집 『헨리: 포크너의 그림에 영감 받은 세계 시인들의 시

선집』[*]에 실리게 될 시 한 편을 청탁받았다. 포크너는 미국 남부의 흑인 문제에 관심을 가진 소설가였는데 그림에도 능했다. 포크너는 헨리라는 흑인 노인의 초상화를 전 세계 주요 시인들에게 보내며 시를 청탁했다. 그러나 시 쓰기에 실패한 서정주는 그 대신에 예전에 써놓았던 시 「동천(冬天)」을 보냈는데, 피천득이 서정주의 이 시를 번역한 것이다.

「동천(冬天)」부터 읽어보자.

　　내 마음 속 우리 님의 고운 눈썹을
　　즈믄 밤의 꿈으로 맑게 씻어서
　　하늘에다 옮기어 심어놨더니
　　동지섣달 나르는 매서운 새가
　　그걸 알고 시늉하며 비끼어가네.

피천득의 번역시 *"Winter Sky"*는 다음과 같다.

　　With the dreams of a thousand nights
　　I bathed the brows of my loved one
　　I planted them in the heavens.
　　That awful bird, that swoops through the winter sky
　　Saw, and knew them, and swerved aside not to touch them!

헨리라는 평범한 흑인의 삶을 기리는 시 대신 서정주가 보낸 연애시를 피천득은 서구인의 정서에 맞게 번역하였다.

금아는 한국 현대시와 시조뿐만 아니라 자신의 시 6편을 직접 번역해 발표하기도 했다. 「금아연가 "Love"」(18편), 「조춘 "Early Spring"」,

---

* 이 영문시집(*Henry: A World Poets' Anthology inspired by William Faulkner's Painting*, 1970)은 포크너 사후에 출간되어 서정주에게 증정되었고 현재 동국대 도서관에 보관되어 있다. 좀 더 자세한 내용은 『중앙일보』 2015년 12월 29일자 기사 참조 바람.

「그림"When I Draw A Picture"」, 「기다림 "Waiting"」, 「단풍 "Autumn Leaves"」, 「나의 가방 "My Suitcase"」, 「파랑새 "The Blue Bird"」, 「생명 "Life"」이 1959년에 간행된 『금아시문집』(경문사) 끝부분에 실려있다. 여기서 그가 애송한 영어로 번역된 자작시 「나의 가방」을 소개한다.

> I touch your bruised back
> And stretch your twisted straps
> And try to fix your broken locks.
>
> When the frost—bitten autumn leaves
> Inflamed my heart,
> I set out on my solitary journey.
>
> The moon is bright on the snow, I said.
> Catching the last train with you,
> Pursuing a journey without destination.
>
> You are old.
> I wish I were old, too.
> Old age, they say, settles a man down.

다음은 그의 원작이다.

> 해어진 너의 등을 만지며
> 꼬이고 말린 가죽끈을 펴며
> 떨어진 장식을 맞춰도 본다.
>
> 가을 서리 맞은 단풍이
> 가슴에다 불을 붙이면

나는 너를 데리고 길을 떠난다.

눈 위에 달빛이 밝다고
막차에 너를 싣고
정처 없는 여행을 떠나기도 하였다.

늙었다 — 너는 늙었다
나도 늙었으면 한다.
늙으면 마음이 가라앉는단다.

위의 영시는 번역가가 자작시를 영어로 번역한 장점이 잘 드러난다.

번역과 창작의 상보관계

지금까지 피상적으로나마 금아 피천득의 번역시 몇 편과 산문 번역 작업을 통해 그의 번역문학가적 면모를 살펴보았다. 그의 번역은 영문학자나 교수로서보다 모국어인 한국어의 혼과 흐름을 표현할 수 있는 탁월한 능력을 가진 토착적 한국 시인으로서의 번역이다. 그는 『내가 사랑하는 시』의 「서문」에서 밝힌 바 있듯 자신의 번역 방법과 목적에 충실하였다. 금아는 영시를 가르치는 것을 시 창작과정이나 번역 작업과 분리하지 않았다. 필자가 대학 시절 수강한 피천득의 영미시 강의에서도 그가 학생들에게 강조한 것은 낭독(읽기), 암송, 그리고 번역이었다. 나아가 금아는 번역 작업을 자신의 문학과 깊게 연계시켰을 뿐만 아니라, 번역을 부차적인 보조 작업으로 보지 않고 "문학 행위"* 자체로 보았다.

---

* 영문학자이며 후에 시인이 되어 다수의 한국 시를 영어로 번역한 바 있는 고(故) 김영무 교수는 이에 대해 다음과 같이 말한다: "번역은 모국어의 영역을 끊임없이 넓혀주는 작업이며, 번역은 모국어가 새로운 낱말을 창조하는 일을 거들어 주고, 모국어의 문법적, 의미론적 구조에 영향을 주어서 모국어가 언어적으로나 개념적으로 더욱 풍성한 것이 되도록

피천득 평전

한국 현대 문학사에서 개화기 때부터 시작된 다양한 서양의 번역시는 외국문학으로만 남지 않는다. 아니 남을 수 없다. 번역물은 우리에게 들어와서 섞이고 합쳐져서 새로운 창조물로 거듭 태어난다. 피천득의 번역시는 한국 독자들이 "우리나라 시를 읽는 것처럼 자연스러운 느낌"이 들게 하고 "쉽게 재미있게 번역"되어 한국문학에 새로운 토양을 마련하였다. 다시 말해 다른 역자들의 것과 비교하자면 그의 번역시는 번역투를 거의 벗어나 한국어답게 자연스럽고 서정적이다. 또한, 글자만 외국어에서 한글로 바뀌었지 원작시의 영혼(분위기와 의미)이 그대로 살아 있다. 한 걸음 더 나가서 유종호가 말하는 "홀로서기 번역"이다.(113) 이것이 번역문학가로서 피천득의 가치이며 업적이다.

한마디로 번역문학가로서 피천득의 업적은 외국 시의 한국문화화이다. 김우창은 『내가 사랑하는 시』의 작품해설에서 이 점을 정확하게 밝히고 있다. 그는 번역 작업을 "하나의 언어에 있어서의 표현을 시심으로 환원하고 이 시심으로부터 다른 언어로 다시 창조하는 일"로 정의내리며 역자의 "창조"성을 강조한다. 김우창은 출발어에서 번역된 작품이 도착어의 문학으로 정착한 사례를 든다. 19세기 영국에서 에드워드 피츠제럴드는 페르시아 시인 오마르 하이얌(1048~1131)의 시를 번역하였고 이는 영시의 일부로 정착하였다. 또한, 유대 성경에서 아마도 1611년에 영어로 번역된 『흠정 영역 성서King James Version』가 거의 영문학으로 간주되는 경우도 있다. 문학평론가 김우창의 이상적인 번역의 종착지는 다음과 같다.

참으로 좋은 번역은 그대로 우리 시의 일부가 되고 아니면 적어도 그것을 살찌게 할 밑거름이 될 수 있는 것이 아닌가 한다. 이번의 금아

도와준다. … 문학이 언어의 특수화된 기능이듯이, 번역도 문학의 특수화된 기능이다. 여기서 결정적으로 작용하는 것이 번역자의 창의력이다."(140, 145)

선생의 시 번역과 같은 것이 거기에 하나의 중요한 공헌이 될 것이다. 이 번역 시집은 그 번역의 대상을 동서고금에서 고른 것이지만, 번역된 시들은 번역으로 남아 있기보다는 우리말 시가 됨을 목표로 한다.

(「날던 새들 떼 지어 제 집으로 돌아온다」, 『내가 사랑하는 시』)

이 글은 피천득의 번역 작업의 업적을 가장 잘 요약한 번역비평이다. 김우창의 말대로 결국 피천득의 세계 명편 시 번역은 "시심에의 복귀, 마음의 고향에로의 복귀의 중요성"을 일깨워 준 것이다.

금아 번역 작업의 배후에는 금아가 15세 무렵부터 읽고 심취했던 "일본 시인의 시들 그리고 일본어로 번역된 영국과 유럽의 시들"이 있고 그후에 애송했던 "김소월, 이육사, 정지용 등"의 시들이 있었다(『내가 사랑하는 시』). 그의 이러한 면모를 볼 때 피천득의 번역 작업은 고전 한국 시 전통뿐만 아니라 현대 한국 시 전통과도 맞닿아 있다고 볼 수 있다.

앞으로 번역문학가로서 피천득에 대한 접근은 그의 문학세계 전체와의 관계 속에서 이루어져야 하며, 특히 그의 번역시들과 창작 시편들을 형식과 주제의 양면에서 비교문학의 방법으로 연계시켜야 한다. 다시 말해 금아는 자신의 외국 시 번역 작업을 자신의 시 창작의 훈련 과정과 연계시켰으며, 번역 작업과 번역시 자체의 독립적인 가치를 인정하였다.* 더욱이 그의 번역시에 대한 논의에서 좀 더 많은 번역시들을 포괄적으로 동시에 구체적으로 논의하기 위해서는 원시와의 상호관련성 등 비교 세계문학의 여러 방법들을 개입시킬 수 있을 것이다.

그러나 금아는 물론 외국 시를 번역할 때 한국 토착화에만 중점을 둔

---

* 김소월의 번역 작업과 시 창작 사이의 영향 관계에 대해서 김욱동 참조(236 이하). 이재호 『장미와 무궁화』도 참조(86 이하). 에즈라 파운드는 영역시집인 『중국*Cathay*』을 펴냈는데, 파운드는 "해석적 번역(interpretive translation)"을 논하면서 번역 작업을 창작하는 시인으로써 성장하기 위한 방식으로 이해했다.(200)

것은 아니다. 금아는 번역시선집 『내가 좋아하는 시』의 서문에서 각 국민문학의 타자성을 포월하여 이미 양(洋)의 동서를 넘나드는 문학의 보편성 문제를 제기한 바 있다. "지방적인" 것과 "세계적인" 것이 통섭하는 "세방화(世方化, glocalization)" 시대를 가로질러 타고 넘어가는 새로운 세계시민주의적 현상을 금아는 직시하고 있었다. 모국어인 한국어는 물론 중국어(고전 한문 포함), 일본어 그리고 세계어인 영어에도 탁월한 능력을 보인 금아는 외국어 소양과 번역을 통해 보편 문학으로써의 세계문학을 꿈꾸었다고 볼 수 있다. 번역은 이미 언제나 인류문명사에서 가장 중요한 문명이동과 문화교류의 토대가 된 소통의 방법이었다. 이러한 번역이라는 이름의 소통이 없었다면 인간세계는 결코 지금처럼 전지구화(세계화)를 이룩해내지 못했을 것이다. 이런 시각에서 우리는 금아 선생의 외국어 시와 산문 번역 작업을 한국번역문학사의 맥락에서 나아가 한국문학의 세계화의 과제 앞에서 본격적으로 재조명해야 할 것이다.

시인 키이츠는 "아름다운 것은 영원한 기쁨이라." 하였다. 그러나 그 아름다움 자체가 스러져 없어지는 것은 어찌하리오. 다만 착하게 살아온 과거, 진실한 마음씨, 소박한 생활 그리고 아직도 가지고 있는 희망, 그런 것들이 미의 퇴화를 상당히 막아낼 수 있을 것이다.

(「여성의 미」)

문학비평은 그 자체의 경계들을 끊임없이 정의내려야 하며 동시에 그 경계들을 끊임없이 넘어가야만 하는 행위이다. 다시 말해 하나의 변할 수 없는 규칙은 문학비평가가 그의 경계를 넘어가야할 때 자신이 하는 일에 대해 완전한 의식을 가지고 수행해야 한다는 것이다. 우리는 신학과 철학과 윤리학과 정치학을 다루지 않고는 단테, 셰익스피어나 괴테를 같이 논할 수 없다.

(토마스 엘리엇, 필자 옮김, "Goethe as the Sage", On Poetry and Poets, 215)

제Ⅲ부

사상

"내가 시와 수필에서 가장 중요하게
생각하는 것은… 위대한 정신세계입니다."

제1장 문학

이 세상에서 사랑이 없어진다면 마치 태양이 숨어버린 깜깜한 밤이 되는 거지요. 사랑이 없는 인생은 의미가 없습니다. 사막과 같은 거지요.

(「적당히 가난한 삶의 사랑」(오증자와의 대담),

『산호와 진주와 금아』, 28)

피천득 문학 정신의 본질은 '정'*(情)이다. 정은 사랑보다 더 정겨운 한국적 감정이다.

사상이나 표현 기교에는 시대에 따라 변천이 있으나 문학의 본질은 언제나 정(情)이다. 그 속에는 "예전에도 있었고 앞으로도 있을 자연적인 슬픔 상실 고통"을 달래 주는 연민의 정이 흐르고 있다. (「순례」)

피천득은 2000년대 초 자기 문학의 뿌리를 밝히는 자리에서 이성과 지성보다는 감성과 서정을 문학의 중심에 놓았다고 정리하였다.

---

* '정'에 관한 한국인의 심층심리적 의미에 대해서는 최상진 『한국인 심리학』(중앙대학교 출판부, 2000) 1부 1장 42~75참조.

내가 보기에 문학의 가장 중요한 요소는 정(情)이며, 그 중에서도 연정(戀情)이 으뜸이라고 생각한다. 지금 우리는 문학에서 감성(感性)이나 서정(抒情)보다는 이성(理性)이나 지성(知性)을 우선하는 시대에 살고 있다. 하지만 이러한 풍조는 한 시대가 지나면 곧 바뀌게 마련이다. 문학의 긴 역사를 통하여 서정은 지성의 우위를 견지해왔다. … 이것이 문학의 영원한 가치이다.   (『내 문학의 뿌리』, 357)

여기에서 '정'은 다른 말로 하면 나(자아) 이외의 대상들인 타자에 대한 공감이요, 사랑이다. 문학을 통해 우리는 주위의 사람들이나 사물들을 새롭게 인식하고 배움으로써 그들을 불쌍히 여기는 감정의 전이(轉移)가 일어난다. 이러한 타자와의 차이를 인정하고 함께하는 힘은 문학이 주는 '상상력'이다. 무엇보다도 '여린 마음'을 소중하게 여겼던 피천득의 일생은 언제나 남들에게 착하게 대하고 웃으면서 살고자 노력했던 일종의 '감성 여행'이었다. 그는 "사람은 본시 연한 정으로 만들어졌다. 여린 연민의 정은 냉혹한 풍자보다 귀하다. 소월도 쇼팽도 센티멘털리스트였다. 우리 모두 여린 마음으로 돌아간다면 인생은 좀 더 행복할 수 있을 것이다."(「여린 마음」)라고 말하기도 했다. 그는 모든 것이 합력하여 선을 이루게 하려는 평강주의자였고 낙관적인 성선설(性善說) 신봉자임에 틀림없다.

금아의 말을 계속 들어보자. 자연과의 공감과 조화도 문학을 통해서 가능하다. 문학은 낯선 것을 친근하게, 친근한 것을 낯설게 만들어 끊임없이 우리의 자동화된(습관화) 시각을 새롭게 깨우친다.

나는 작은 놀라움, 작은 웃음, 작은 기쁨을 위하여 글을 읽는다. 문학은 낯익은 사물에 새로운 매력을 부여하여 나를 풍유하게 하여 준다. 구름과 별을 더 아름답게 보이게 하고 눈, 비, 바람, 가지가지의 자연 현상을 허술하게 놓쳐 버리지 않고 즐길 수 있게 하여 준다.
                                                        (「순례」)

피천득은 가까이 지냈던 주요섭에 대해 "형이 상해 학생 시절에 쓴 「개밥」, 「인력거꾼」 같은 작품은 당신의 인도주의적 사상에 입각한 작품이라고 봅니다. 형은 정에 치우지는 작가입니다. 수필 「미운 간호부」에서 보는 바와 같이 형은 몰인정을 가장 미워합니다."(「여심」)라고 지적했다. 존경하던 수필가 윤오영에 대해서도 "그는 정(情)으로 사는 사람이다. 서리같이 찬 그의 이성이 정에 용해되면서 살아왔다. … 때로는 격류 같다가도 대개로 그의 심경은 호수 같다."(「치옹」)고 평가했다. 피천득은 이렇게 문학에서 정(情)을 가장 중시했다. 피천득은 윌리엄 셰익스피어의 소네트를 번역 소개하였고 자신이 좋아했던 또 다른 정의 작가 찰스 램의 『쉑스피어의 이야기들』을 번역하였다. 그는 셰익스피어를 "세대를 초월한 영원한 존재"라 부르면서 셰익스피어의 "바탕은 사랑"이라고 규정하였고 "그를 읽고도 비인간적인 사람은 적을 것"(「셰익스피어」)이라고 말한다. 금아 문학의 요체는 거듭 말하거니와 사랑과 공감을 토대로 한 정(情)이다. 평생토록 그가 지녔던 문학 창작의 최종목표는 정이 많은 인간미 있는 사람들을 키워내는 것이었으리라.

금아는 인자한 마음으로 정을 베푸는 대표적인 인물로 위에서 말한 작가들뿐만 아니라 그가 가장 존경했던 도산 안창호 선생을 꼽고 있다. 도산의 마력은 모든 사람에게 자신들이 도산으로부터 가장 사랑받는다고 느끼게 만드는 힘이라고 생각했는데, 이런 것은 일시적인 또는 가식적인 정의 표현으로는 이루어질 수 없는 일이다. 일생 금아의 정신적 지주였던 도산은 상대방으로 하여금 커다란 감동을 받게 하여 그의 품에 안기게 한다. 이러한 행복하고 평화로운 인간관계는 사람들 사이의 대가를 요구하지 않는 정으로만 가능하다.

> 그는 숭고하다기에는 너무나 친근감을 주고 근엄하기에는 너무 인자하였다. 그의 인격은 위엄으로 나를 억압하지 아니하고 정성으로 나를 품안에 안아 버렸다. (「도산」)

> 선생은 상해 망명 시절에 작은 뜰에 꽃을 심으시고 이웃 아이들에게
> 장난감을 사다 주셨습니다. 저는 그 자연스러운 인간미를 찬양합니다.
>
> (「도산 선생께」)

금아는 도산 선생에게서 혁명가와 독립투사들이 가지는 엄격함이나 강함이 아닌 오히려 섬세하고 여린 마음에 강하게 끌렸다. 다시 말해 안창호의 "근엄", "위엄"이 아닌 "친근감", "인자", "정성", "인간미"를 찬양하였다.

피천득 문학의 정(情)사상은 같이 살아가고 만나면서 여러 가지 인연을 만들 수밖에 없는 사람의 선(善)함에 대한 믿음, 나아가 사람에 대한 연민의 정, 즉 사랑에서 나온 것이다. 동아시아 공맹(孔孟)사상의 핵심은 인애(仁愛)다. 어려서 한학을 깊이 공부했던 금아는 유교의 대성인 공자처럼 거대하고 추상적이고 난해한 담론으로 시작하지 않고 보통 사람들의 일상적 삶에서 출발하는 리얼리스트였다. 금아는 정(情)을 인간 최고의 미덕으로 삼고 부드러운 인간미를 강조했던 휴머니스트였다. 인과 정은 모두 관용, 소통, 사랑, 돌봄의 다른 말이다. 금아는 어려서부터 박절한 세상을 애조의 정감으로 바라보는 "잘 우는 아이"였고 "눈물이 많은 사람"이었다. 사서삼경의 하나인 『맹자(孟子)』의 공손추(公孫丑) 상(上)에서 맹자는 "사람마다 모두 차마 남에게 잔학하게 굴지 못해하는 마음이 있다."(222)고 말했다. 그 이유는 다음과 같다.

> 사람들이 어린아이가 우물에 빠지려고 하는 것을 졸지에 보게 되면 다들 겁이 나고 측은한 마음이 생기는데, 그것은 그 어린아이의 부모와 친교를 맺으려고 하기 때문도 아니고, 동네 사람들과 벗들로부터 칭찬을 받으려고 하기 때문도 아니고, 그 아이가 지르는 소리가 역해서 그러는 것도 아니다. 이런 것에서부터 살펴본다면 측은해하는 마음이 없는 사람은 인간이 아니고, 부끄러워하는 마음이 없는 사람은 인간이 아니고, 사양하는 마음이 없는 사람은 인간이 아니고, 시비를 가

리는 마음이 없는 사람은 인간이 아니다. (223)

그 유명한 사단설(四端說)을 설명하는 자리에서 "측은해하는 마음은
인(仁)의 단서(惻隱之心 仁之端也)"라고 말한 맹자는 계속해서 인간의 본
성에 대한 "성선설"을 주장하였다. 사람은 원래 선, 불선의 구분 없이
착하지만 불선의 행위를 하는 것은 외부의 힘이 선한 본성에 영향을 미
쳐 억누르기 때문이라는 것이다.

이러한 성선 철학은 피천득의 정의 문학과 자연스럽게 연결된다. 문
학을 통해 사람들은 정(情)의 마음을 가지고 타자에 대해 이해하고 배려
하고 사랑하게 된다. 공자(孔子)는『논어』"위정(爲政)"편에서 말한다.

> 선생님께서 말씀하셨다. "시 삼 백편을 한 마디로 뭉뚱그린다면 그
> 것은 생각에 사특함이 없다는 것이다."
> (20) (子曰: 詩三百, 一言蔽之, 曰: "思無邪")

공자는 옛날부터 자신의 시대에까지 널리 퍼져있던 3천여 편의 시 중
에 311편만을 골라 사서삼경의 하나인『시경』을 편찬하였다. 우리가 시
를 읽는 이유는 마음을 사악하게 먹지 않기 위함이다. 여기서 사악한 마
음을 먹지 않음이란 사람들과 사회에 대해 어진 마음 즉 사랑하는 마음
을 가지는 것이리라.* 공자는 "안연(顏淵)"편에서 제자 번지(樊遲)가 공

---

* 필자가 좋아하고 중요시 하는 18세기 스코틀랜드 계몽주의 시대 도덕 철학자로 애덤 스미
스(Adam Smith, 1723~90)가 있다. 그는 유명한『국부론The Wealth of Nations』(1776)을 써
서 자유방임주의적 자본주의 이론을 만들어냈다. 스미스는 당시 도덕 철학의 주류였던 인
간 본성(human nature) 연구에서 출발하여 '공감적 상상력' 이론을 구축한『도덕 감정론The
Theory of Moral Sentiment』(1759)을 출간했다. 이 책에서 스미스는 본격 자본주의가 도래
할 것을 예견한 듯 그 이전에 모든 인간은 도덕적으로 감정(감성)을 계발해야 한다고 주장
하면서 인간이 본성적으로 가진 연민과 동정에 대해 다음과 같이 지적한다. "인간이 아무
리 이기적이라 상정하더라도 인간의 본성에는 분명 이와 상반되는 몇 가지 원리들이 존재
한다. 이 원리들로 인간은 타인의 운명에 관심을 품으며, 단지 그것을 지켜보는 즐거움밖
에는 얻을 것이 없다 하더라도 타인의 행복을 필요로 한다. 연민(pity)과 동정(compassion)

자 사상의 핵심인 "인(仁)"에 대해 물었을 때 그것은 "사람을 사랑하는 것이다(愛人)."라고 대답하지 않았던가.(170~71)

어진〔仁〕 마음은 동행하는 사람을 사랑하는 것이다. 다시 말해 함께 "나란히" 더불어 사는 것이다. 금아의 시「축복」을 보자.

> 나무가 되어 나란히 서 있는 것은
> 얼마나 복된 일일까요
> …
> 새들이 되어 나란히 나는 것은[*]
> 얼마나 기쁜 일일까요 (2, 4연)

어질 인(仁)자는 서로 의지하며 더불어 살 수밖에 없는 사람 인(人)자의 형상에다 그런 사람이 두 명 있을 때의 모습(仁＝人＋人)이다. 위 시에서 나무는 서 있는 것 자체가 복된 일이지만 두 그루의 나무가 "나란

은 이런 원리를 바탕으로 하고 있는 감정이다. 타인의 비참함을 목격하거나 또는 그것을 아주 생생하게 느끼게 될 때, 우리는 이런 감정을 느낀다."(박세일 외 옮김, 『도덕 감정론』, 27). 여기에서 우리는 스미스의 연민이나 동정론은 공자의 인애(仁愛), 맹자의 성선설, 나아가 피천득의 정(情)론과 매우 놀랄 정도로 유사함을 알 수 있다.

[*] 피천득이 번역한 도연명의「음주(飮酒)」제5수에 "날던 새들 떼 지어 제집으로 돌아온다"는 시행이 나온다. 피천득의 "새들이 되어 나란히"란 구절과 도연명의 "새들 떼 지어" 구절은 같은 것이리라. 여기에 필자가 어느 지인에게 "날아가는 기러기떼"에 대해 들은 이야기가 있다. 미국의 한 조류학자가 발표한 것이라 하는데 출전은 확인하지 못했으나 여기에 소개한다. 1. 기러기떼의 맨 앞의 새는 바람막이다. 바로 뒤따라오는 새에게 조금이라도 바람을 막아준다는 것이다. 이 선도하는 새가 지치면 뒤로 가고 다른 새가 대신한다고 한다. 2. 기러기들이 떼 지어날면서 깍깍 대는 것은 긴 여행길에 서로 격려하고 위로하는 의미라 한다. 3. 같이 떼 지어 날면 나 홀로 나는 것보다 71% 더 빨리 날 수 있다고 한다. 4. 혹 상처가 나거나 아픈 새가 생겨 지상에 내려와야 하면 반드시 2마리가 같이 따라와 치료가 끝나거나 죽을 때까지 같이 기다려 주었다가 또 다른 기러기떼 대열에 합류한다는 것이다. 새들이 "나란히"나 "떼 지어" 나는 것은 그들끼리 서로 협동하고 격려하면서 고단한 삶의 긴 여정을 함께하는 놀라운 지혜가 아닐 수 없다. 5세기의 도연명은 "여기에 진정한 의미가 있느니"라 노래했고 20세기의 피천득은 "얼마나 기쁜 일일까요"라고 노래하였다. 이 두 시인은 "나란히"와 "떼 지어"에서 인간을 위한 동물 우화를 지어냈다.

히" 서 있다면 그것은 더 큰 복이 아니겠는가? 새가 하늘을 나는 것은 기쁨이지만 두 마리 새가 "나란히" 난다면 더 큰 기쁨이 된다. 이것은 모두 커다란 '축복'이다.

피천득은 수필 「순례」에서 문학이 "낯익은 사물에 새로운 매력을 부여하여 나를 풍유하게 하여 준다."고 말했는데, 공자는 "양화(陽貨)"편에서 시의 효용성을 다음과 같이 말한다.

> 자네들은 어찌하여 시를 배우지 아니하는가? 시는 감흥을 불러일으킬 수 있으며, 풍속의 성쇠를 살필 수 있게 하며, 사람과 잘 어울릴 수 있게 하며, … 새와 짐승과 초목의 이름을 많이 알게 해준다.(小子 何莫 學夫詩? 詩, 可以興, 可以觀, 可以群… 多識於鳥獸草木之名)
>
> (유권종 외 옮김, 246)

공자는 시를 공부하는 것이 모든 것의 시작임을 "태백(泰伯)"편에서 잘 설명하고 있다.

> 선생님께서 말씀하셨다: "먼저 시를 배우고 예로서 입신하고 음악에서 완성할 것이다."(子曰: 興於詩 立於禮 成於樂) (108)

인간들이 모여 사는 사회에서 최고의 경지는 모두가 조화롭고 즐겁게 사는 것이 아니겠는가? 시는 인간으로 하여금 선을 좋아하고 악을 미워하는 마음을 갖게 한다는 것이 공자의 핵심적인 시교(詩敎)사상이다. 이것을 토대로 사람들은 겸손하게 서로 양보하는 정신인 예(禮)의 경지로 나갈 수 있다. 이상 세계인 낙(樂)의 세계는 시(문학)와 예(도덕)가 이루어진 후에 올 수 있다.

문학을 창작하거나 읽는 마음은 결국 어린이의 마음으로 돌아가 그것을 유지하는 것이다. 인간이 어린아이에서 성장하여 성인이 되고 노인이 되는 것은 어떤 의미에서 자연에서 나온 인간이 생명체의 원초적 상

태로부터 어쩔 수 없이 멀어지는 다시 말해 부패하고 경직화되는 과정
이 아닐까? 그래서 낭만주의 시인인 워즈워스가 "어린아이는 어른의 아
버지"라고 노래하지 않았던가? 금아는 94세 되던 해에 나이 들수록 어
린아이가 되어야 함을 다음과 같이 쓰고 있다.

> 사람이 나이가 들수록 어린이와 똑같아진다는 말이 있습니다. 참으
> 로 진실입니다. 한 해 한 해 나이 먹으면서 인생을 어떻게 살아야 하
> 나 생각하다 보면 바로 순수한 아이 같은 마음으로 살면 된다는 해답
> 을 얻기 때문입니다. 그리고 그 아이들의 순수함을 닮고 싶다는 소망
> 을 가지고 아이처럼 살려고 노력하게 되기 때문입니다.
>
> (「책을 내면서」, 『어린 벗에게』)

금아는 1940년대에 어린이를 위해 잡지에 번역하여 실었던 단편소설
들을 다시 모아 2003년 『어린 벗에게』란 책으로 출간하였다. 문학은 우
리를 영원히 부패하지 않고 싱싱하게 생명력을 유지하게 하는 '힘'이며,
이것이 영원히 늙지 않는 5월의 소년 금아 문학의 보편성이다. 금아 문
학의 열매는 소박한 삶에서 비추는 단순미, 어린이의 마음에서 스며 나
오는 순수성, 작은 것들의 기쁨, 그리고 맑은 서정성에서 솟아 나오는
일종의 숭고미일 것이다. 척박한 시대를 위한 인생 사용법 또는 무미건
조한 생활을 위한 인생요리법, 아니 무엇보다도 "즐길 것은 별로 없고
참을 것만 많은" 이 세상을 생명력 있고 지혜롭게 살아가는 방법을 금
아는 우리에게 제시한다.

정(情)이나 어질 인(仁)에 대해 지금까지 이야기한 이 모든 말의 결과
를 한마디로 압축하면 사랑이다. 사랑은 이웃과의 상호관계구축이다.
사랑에 대한 아름다운 노래를 피천득이 좋아했던 영국 낭만주의 시인
셸리가 불렀다.

> 시냇물은 강물과 합치고

그리고 강물은 다시 바다와 합치네.

하늘의 바람은 영원히

달콤한 정서와 섞이네.

이 세상 어느 것도 홀로일 순 없네.

모든 것은 하늘의 섭리로

서로서로의 존재 속에서 합치네.

나는 어찌 그대와 못 합친단 말인가?

(필자 옮김, 「사랑의 철학」, 『세상 위의 세상들』, 1연)

　사랑은 "만남"에서 시작된다. 만남이 없다면 아무런 인연도 없다. 옷 깃만 스쳐도 인연이라 하지 않는가? 만남은 모든 생명의 시작이고 지속이고 보증이고 완성이다. 모든 이야기와 사건은 다양한 종류의 만남이 없다면 불가능하다. 만남은 기억과 역사의 처음이자 마지막이다. 그러나 만남은 언제나 각 주체들의 상호적인 관계를 만들어낸다. 여기에서 주체들이 상대에게 가지는 마음과 태도가 중요하다. 다시 말해 대화나 교류를 위한 공감적 상상력이 필요하다. 여기서 공감적 상상력은 연민, 어짐(仁), 사랑과 다르지 않다. 석가모니의 "대자대비(大慈大悲)", 공자의 인애(仁愛), 예수의 사랑 모두가 돌봄과 배려를 향한 타자적 상상력에서 왔다.

　금아가 갖고 있던 문학의 평가 기준은 언제나 정, 인정미, 인간미, 센티멘탈, 연민의 정, 여린 마음, 사랑이다. 외국 작가들에 대한 평가 역시 동일하다. 일생 금아가 가장 좋아해, 소네트 번역 등 많은 작업을 한 윌리엄 셰익스피어에 대한 금아의 평가를 다시 보자.

　셰익스피어는 때로는 속되고, 조야하고, 수다스럽고 상스럽기까지 하다. 그러나 그 바탕은 사랑이다. 그의 글 속에는 자연의 아름다움, 풍부한 인정미, 영롱한 이미지, 그리고 유머와 아이러니가 넘쳐흐르고 있다. 그를 읽고도 비인간적인 사람은 적을 것이다. 　(「셰익스피어」)

19세기 영국 낭만주의 수필가 찰스 램 역시 금아가 좋아하던 수필가이다. 정(情)은 램에게서 사랑으로 드러난다.

> 그는 역경에서도 인생을 아름답게 보려 하였다. … 그는 오래된 책, 그리고 옛날 작가를 사랑하였다. 그림을 사랑하고 도자기를 사랑하였다. … 자기 아이는 없으면서 모든 아이들을 사랑하였다. 어린 굴뚝 청소부들도 사랑하였다. 그들이 웃을 때면 램도 같이 웃었다.
>
> (「찰스 램」)

램은 어린이뿐만 아니라 사람들과 책, 도자기, 굴뚝 청소부들과도 공감할 수 있는 넉넉한 인정미가 있었고 사랑할 줄 아는 사람이었다.

금아는 20세기 대표적인 미국 시인 로버트 프로스트를 좋아했으며, 1955년 하버드 대학교 교환교수로 미국을 방문했을 때에는 직접 만나 교분을 쌓기도 하였다. 금아의 문학과 프로스트의 문학세계는 유사한 부분이 많다. 금아는 프로스트에 대해 2편의 수필을 남겼다.

> "시는 기쁨으로 시작하여 예지로 끝난다."고 당신은 말했습니다. 그 예지는 냉철하고 현명한 예지가 아니라, 인생의 슬픈 음악을 들어 온 인정 있고 이해성 있는 예지인 것입니다. 당신은 애인과 같이 인생을 사랑했습니다.
>
> (「로버트 프로스트 I」)

기쁨, 예지, 인정(미), 사랑의 고리로 이어진 프로스트의 시 세계를 흠모했던 금아는 "그는 자연의 시인인 동시에 그 자연 속에서 사는 인간의 시인이다. 인생의 슬픈 일을 많이 본 눈으로 그는 애정을 가지고 세상을 대한다."(「로버트 프로스트 II」)고 생각하였다. 그는 자연 속에 사는 프로스트의 인정이 애정으로 변하는 마음을 느낄 수 있었다. 금아는 프로스트의 시 「자작나무」의 한 구절을 인용한다.

이 세상은 사랑하기에 좋은 곳입니다.

더 좋은 세상이 있을 것 같지 않습니다.

피천득은 문학작품이나 작가를 평가할 때 기준으로 삼는 정(情)을 자신의 시와 수필과 관련시켜 다음과 같이 말한다.

내가 시와 수필에서 가장 중요하게 생각하는 것은 순수한 동심과 맑고 고매한 서정성, 그리고 위대한 정신세계입니다. 특히 서정성은 세월이 아무리 흘러도 변하지 않는 것입니다. 나는 시와 수필의 본령은 그런 서정성을 창조하는 데 있다고 생각합니다.

(「서문」, 『내가 사랑하는 시』)

여기에서 금아는 정(情)을 좀 더 구체적으로 "순수한 동심", "맑고 고매한 서정성", "위대한 정신세계"로까지 확장하고 있다.*

情의 시학에서 사랑의 원리로

피천득의 삶과 문학은 모두 파토스에서 출발하였다. 조실부모에 따른 상실감과 불안감에서 오는 고아의식 그리고 일제 강점기의 억압과 착취에서 오는 비애감과 울분이 피천득 문학의 뿌리가 되었다. 금아가 기댄

---

* 하길남은 수필 「서영이와 난영이」와 「비원」을 논하면서 情을 토대로 한 피천득 수필을 다음과 같이 규정한다: "피천득의 수필을 한마디로 '천진성(天眞性)의 미학, 그 정(情)의 미학'이라고 할 수 있을 것이다 … 금아의 수필은 유리그릇 위에 피리소리가 굴러가듯 잡티 하나 없이 맑고 투명하다. 그리고 지나치게 순수하고 고운 심성에 어리는 아름다운 꿈의 난간을 거닐듯 아련하고 환상적이다 … 이러한 마음을 우리는 천심(天心)이라고 불러왔다. 하늘의 마음이 이와 같은 것임을 우리는 알고 있다 … 이처럼 피천득 수필가는 사람뿐아니라 세상의 모든 생명들에게 이러한 정성을 보내고 있는 것이다 … 하나님은 이런 사람들을 위해서 천당이란 곳을 만들어 놓았던 것이다. 세상에 빛을 주는 사람은 위대한 정치지도자나 이른바 사회지도자들이 아니다. 피천득과 같은 천심을 지닌 성자인 것이다."
(278~80)

　　　　　　　　　　　　　　　　피천득 평전

것은 아리스토텔레스가 『수사학』에서 말한 세 가지 힘인 에토스(ethos; 인격), 파토스(pathos; 감성), 로고스(logos; 논리, 이성) 중 파토스였다. 그들은 개인적 슬픔과 민족적 비극 속에서 쉽사리 에토스와 로고스에 기대어 살아갈 수 없었다. 그리움, 서러움, 외로움, 아픔 등은 금아를 파토스의 세계로 내몰았고 파토스는 금아를 정(情)과 사랑의 원리로 이끌었다.

금아의 정(情)론은 앞서 언급한 것처럼 도덕적 스승이었던 도산 안창호와 다시 연결되어 도산이 대단한 정의 사람이었고 사랑의 사도였음이 틀림없다고 말한다. 금아는 흥사단 입단을 위해 도산과 문답을 했음이 분명하다. 도산이 입단 신청자에게 직접 했던 문답 중에서 정(情)에 대한 부분을 살펴보자.

> 문: 정의 돈수란 무슨 뜻이요?
> 답: 서로 사랑한다는 뜻이오.
> 문: 돈수란 무슨 뜻이요?
> 답: 두텁게 닦는다는 뜻이오.
> 문: 두텁게 닦는다란 무슨 뜻이오?
> 답: 서로 사랑하는 정신을 기른다는 뜻일까요.
> 문: 그렇소, 우리 흥사단의 해석으로는 정의 돈수란 사랑하기 공부란 뜻이오. 사랑하기를 공부함으로 우리의 사랑이 더욱 도타워질 수가 있을까요?
> 답: 사랑하기를 날마다 힘을 쓰면 그것이 습관이 되리라고 생각합니다. 습(習)이 성(性)이 되면 그것이 덕(德)인가 합니다.
>
> (주요한, 『안도산 전서』, 378)

도산 안창호는 여기에서 "정의 돈수(頓首)"를 "사랑하기 공부"로 설명한다. 나아가 그는 정과 사랑을 연결시키고 그것도 공부처럼 훈련해서 습성으로 만들어야 최종적으로 덕으로 나아갈 수 있다고 보았다. 그렇다면 사랑공부, 다시 말해 사랑의 연습은 어떻게 할 것인가?

> 문: 사랑공부는 어떻게 하면 좋겠소? 어떻게 하는 것이 사랑의 공부
> 가 되겠소?
> 답: 예수께서 네 이웃을 사랑하고 네 원수를 위하여서 기도하라 하
> 셨으니, 누구나 다 사랑하기를 힘쓰는 것이 사랑공부인 것 같습
> 니다.
> 문: 천하 사람을 다 사랑한단 말이요?
> 답: 그렇습니다. … 결국 내 손이 닿는 사람, 내 목소리가 들리는 사
> 람 밖에는 사랑할 수가 없겠습니다. 날마다 나를 찾아오는 사
> 람, 내가 찾아가는 사람, 나와 만나게 된 사람을 다 사랑하는 것
> 이 이웃을 사랑하는 것이요, 민족을 사랑하는 것이요, 전 인류를
> 사랑하는 일이 되겠습니다.
>
> (앞의 책, 380)

사랑의 훈련은 가까운 내 이웃부터 사랑하기를 시작하여 민족과 나라
를 사랑하는 것으로 연결되고 나아가 인류 전체를 사랑하는 박애주의로
까지 나아갈 수 있다.

금아의 情 문학도 좁은 의미의 '정'의 세계에만 머무르지 않는다. 금
아 문학의 목표는 정을 통해서 새로운 세계를 창조하는 것이다. 위대한
시인이라면 서정성과 순수한 동심과 고매한 정신세계에만 천착하는 것
이 아니라 당연히 사회성도 가져야 한다.

> 진정한 시인은, 가진 것이 많은 사람의 편, 권력을 가진 사람의 편에
> 서는 것이 아닙니다. 진정으로 위대한 시인은 가난하고 그늘진 자의
> 편에 서야 하고 그런 삶을 마다하지 않아야 합니다.
>
> (「서문」, 『내가 사랑하는 시』)

따라서 금아에게는 시의 서정성과 사회성이 서로 대립하는 것이 아니라 상보적인 관계에 있다. 그러나 금아의 문학이 사회성보다 서정성에 더 기운다는 사실을 볼 때 금아 자신은 자신의 문학 속에 서정성과 사회성이 모두 들어있다는 것보다 이 두 가지가 모두 우리 사회에 필요한 문학이라는 것을 강조하는 것이다. 가장 서정적이고 단순한 것이 사회적이고 복잡한 것에 대한 또 다른 문학적 반영이 아니겠는가?

피천득은 수필집 『인연』의 마지막 작품인 「만년(晩年)」에서 거의 종교적 경지에 다다른 듯한 소망을 내놓고 있다.

> 하늘에 별을 쳐다볼 때 내세가 있었으면 해 보기도 한다. 신기한 것, 아름다운 것을 볼 때 살아있다는 사실을 다행으로 생각해 본다. 그리고 훗날 내 글을 읽는 사람이 있어 '사랑을 하고 갔구나.' 하고 한숨지어 주기를 바라기도 한다. 나는 참 염치없는 사람이다.

금아는 죽어서도 자신의 삶이 남들 — 타자로서 이름 지어진 자연이나 사람들 — 을 "사랑"하며 살다가 세상을 떠난 것으로 기억되기를 갈구했다. 내세에 대한 소망을 가진 사람이라면 현세에서 얼마나 이웃을 사랑하려고 노력했을까 생각해본다. 내세를 믿는다면 현세에서 남들을 함부로 욕하거나 미워하거나 싸울 수가 없을 것이다.

피천득은 서정적 순수 시인으로서 사적(私的) 사랑에 더 가까운 듯 보이지만 그의 정(情)의 문학과 사랑의 원리는 고통 속의 개인의 구원이나 피압박 민족의 해방에만 머무르지 않고 궁극적으로 인류보편에게 확산되어야 할 박애주의로까지 발전한다. 그것은 분명 세계시민 시대의 문화 윤리학으로, 금아에게 개인과 민족을 넘어서는 돌파구가 없었다면 당시의 고단한 역사와 현실의 질곡 속에서 지탱할 수 없었을지도 모른다. 그는 개인과 민족에서 출발하였지만 그것에만 매어있지 않고 개인과 민족을 타고 넘어선다. 우리가 주목할 것은 바로 개인, 민족, 세계가 서로 밀접하게 연결되어 있고 침투되어 있다는 점이다. 세계의 모든 것이 상호의존적이라는 인식은 생태학적 깊이를 가진 깨달음이다.

피천득은 1970년 국제PEN클럽 한국본부 주관으로 서울에서 열린 국제PEN대회에서 "동서문학의 해학"이라는 대 주제 아래「현대사회에서의 해학의 기능」이란 글을 발표했다. 금아는 해학(유머)에 대해 다음과 같이 언명하는데 길지만 인용해보자.

> 현대는 긴장, 불안, 강박관념, 초조, 폭력, 잔인의 시대이다. 현대는 메카니즘, 컴퓨터, 비인간화의 시대이다. 큰 도시에서도 사회의 억압에 눌려 군중은 마치 겁에 질린 양들처럼 쫓기고 있다. … 항상 너그럽고 동정에 어린 유우머에 대한 이해성을 조장시킴으로써 작가는 현대사회에 "아름다움과 밝은 지혜"를 가져올 수 있다. 만일 모든 사람들이 ― 특히 사회의 지도자들이 ― 이런 문학을 읽어 유우머를 이해하는 마음을 터득한다면 불필요한 비극, 사회적인 모순, 국가간의 충돌 ― 이런 것들이 현저히 감소될 것이다. 해학은 인간에 주어진 하나의 혜택이다. 현대문학이 해학을 더욱 중시한다면 인류는 좀 더 밝은 세상을 맞이할 수 있을 것이다. (146, 148~45)

현대사회에서 해학(유머)의 기능과 필요성에 대한 피천득의 견해는 그의 삶과 문학과도 밀접하며, 그의 문학사상을 잘 드러낸다. 그의 말과 글이 항상 조용하고 은근하고 온화한 것은 위트(기지)의 재빠름이나 풍자의 잔인함에서 오는 것이 아니다. 이러한 기본태도는 피천득 문학의 핵심인 '정(情)' 또는 다른 말로 '센티멘탈(감성)'과도 깊은 연관성이 있다. 주체의 타자적 상상력을 키워주는 유머는 관용, 공감, 사랑을 정(情)

으로 이어주는 통로이다.[*]

---

  * 피천득의 문학 사상의 핵심인 정(情)은 다른 말로 하면 연민, 공감, 사랑이 될 것이다. 여기에서 "연민"에 관해서만 최근 감정철학자로 각광을 받고 있는 마사 누스바움의 말을 들어보자. 그는 연민을 다음과 같이 규정한다: "연민은 다른 조건이 동일하다면 고통받는 사람의 운명을 가능하면 최대한 좋게 만들어주려는 관심을 갖고 우리가 생각 속에서 일정한 인간적 사실을 모종의 방식으로 경청하도록 만든다. ─ 그가 관심의 대상이기 때문이다. 종종 이 관심은 나도 어느 날 그러한 처지가 될 수도 있다는 생각에 의해 동기를 부여받거나 지지된다. 종종 다시 한 번 나를 그 사람 처지에 놓아보는 상상적 실험에 의해 동기를 부여받거나 지지된다."(『감정의 격동』, 622) 그는 이러한 연민이 "윤리적 인식을 확대하고 여러 사건 및 정치의 인간적 의미를 이해할 수 있는 헤아릴 수 없을 만큼 귀중한 방식"(48)이 되고 "공감적 상상"(777)으로 발전된다고 주장한다. 누스바움은 예술의 기능도 "공감이고 관심의 확대"(777)인 연민과 연결시킨다. 그는 합리적 연민의 공적 구현은 공공 교육을 통해 이루어져야 하므로 "공공교육은 모든 수준에서 다른 사람의 경험을 상상할 수 있고 그들의 고통에 참여할 수 있는 능력을 계발해야 한다."(767)고 역설한다. 여기에서 현재 공공교육에서 그 중요성이 점점 약화되고 있는 문학과 예술의 중요성이 다시 부각된다. 이런 맥락에서 피천득의 문학론은 누스바움의 감정철학과도 놀라울 정도로 맥을 같이 한다고 볼 수 있다.

제2장 철학

내 책들이 집에서 나 오기를 기다리고 있습니다. 마음을 고요하게 하는 책, 영감을 주는 책, 의분을 느끼게 하는 책, 그저 재미있는 책, 스피노자의 전기는 나를 승화되는 경지로 초대합니다.　　　　（「초대」）

스피노자와 피천득

피천득은 그의 시, 수필, 대담에서 간간히 "승화되는 경지로 초대"하는 바뤼흐 스피노자(Baruch de Spinoza, 1632~1677)를 언급하였다. 금아는 어떻게, 왜, 이름은 널리 알려졌지만 별로 읽히지 않던 17세기의 난해하고 기이한 철학자 스피노자에 관심을 가졌을까? 스피노자는 피천득에게 무엇을 가르쳤으며 어떤 영향을 미쳤을까? 피천득은 "스피노자주의자였을까?"와 같은 의문을 필자는 품게 되었다.

우선 금아의 시 「고백」 전반부를 읽어보자.

정열
투쟁
클라이맥스
그런 말들이
멀어져 가고

풍경화
아베 마리아
스피노자
이런 말들이 가까이 오다

이 시에서의 고백처럼 피천득은 나이가 들면서 스피노자에 점점 경도
된다.

필자가 피천득의 시, 수필, 대담에서 스피노자가 언급된 것을 보았을
때, 그리고 금아의 일상적인 삶을 관찰했을 때 거의 확실하게 내린 결론
은 피천득은 '스피노자주의자'라는 것이다. 금아 선생은 1993년 4월에
문학평론가 김재홍과의 대담에서 스피노자에 대해 다음과 같이 언명하
였다.

김재홍: 바람직한 시인의 길이란 어떤 것입니까?
피천득: 사람답게 사는 것이겠지요?
금: 그렇다면 어떻게 사는 게 사람답게 사는 걸까요?
피: 물질, 권력, 명예, 지위의 노예가 되어서는 안 될 것 같아요.
김: 참된 정신의 자유로움을 추구하는 가운데 깨끗하고 올바른 마음
　　가짐을 … 속물화된 삶에 대한 저항의 양식일 수도 있구요.
피: 인간의 자존심을 지키자는 말로도 요약될 수 있겠지요. 스피노
　　자는, 절대 자유를 주는 조건으로 대학교수로 초빙되었을 때, 그
　　자유는 내가 지향하는 자유와는 거리가 있을 것이라고 말하며
　　거절했답니다. 물질적 욕망을 전혀 갖지 않은 것이지요.
　　(정정호 엮음, 『인생은 작은 인연들로 아름답다』, 273~274)

그렇다면 스피노자에 대한 최고의 독창적인 사유자인 프랑스 철학자
질 들뢰즈(Gilles Deleuze, 1925~1995)가 말하는 '스피노자주의자'는 어떤
사람일까?

물론 스피노자에 〈관해서〉, 스피노자의 개념들에 관해서 연구하는 사람이다. 그러나 충분한 인정과 충분한 찬사가 함께 해야만 한다는 조건이 첨가되어야 한다. 그러나 스피노자로부터 어떤 감정, 감정들 전체, 동역학적 결정, 충동을 받아들인 사람, 그리고 그렇게 스피노자와 만나고, 스피노자를 사랑하는 사람 또한 비철학자이지만 스피노자주의자이다.　　　　　　　(『스피노자의 철학』, 박기순 옮김, 192)

들뢰즈는 직업적인 전문 철학자들보다는 비철학자인 시인, 작가, 음악가, 화가, 영화예술가는 물론 보통 독자들이 스피노자주의자가 될 수 있다고 말한다(앞의 책 191). 이런 의미에서 금아는 유럽의 네덜란드라는 나라와의 공간적 거리와 300년이라는 시간적 거리를 뛰어넘은 예술가로서, 시인으로서, 검소, 단순, 순수함을 토대로 생활하는 보통사람으로서 누구보다도 진정한 스피노자주의자였다.*

---

* 스피노자는 서구 작가들에게도 영향을 주었다. 필자가 아는 범위 내에서 보면 볼프강 괴테, 새뮤얼 테일러 콜리지, 퍼시 셸리, 하인리히 하이네, 조지 엘리엇(George Eliot, 1819~1880), 매슈 아널드, 흐르헤 루이스 보르헤스, 서머셋 모옴, 아이작 싱거, 버나드 말라무드 등이 있다. 19세기 영국 소설가 조지 엘리엇은 스피노자의 주저 『에티카』를 영어로는 처음 번역하였다. 독일의 대문호 괴테도 젊은 시절 스피노자에게서 큰 영향을 받았다. 괴테의 자서전에서 그의 말을 들어보자: "나의 스피노자에 대한 신뢰는 그가 내 마음속에 평화로운 느낌을 불러일으킨 데서 기인한다. … 스피노자에 대한 나의 관계에서 주요한 점들이 그 후의 내 인생에 큰 영향을 미치면서 잊을 수 없는 것이 되었(다)"(『시와 진실』). 다음은 현대의 또 다른 스피노자주의자인 남미 아르헨티나 작가 보르헤스가 스피노자를 위해서 쓴 소네트이다.

　어스름 황혼 속에서 뚜렷하게 보이는 유태인의 손은
　렌즈를 몇 번이고 윤을 내고 있다.
　저물어 가는 오후는 두렵고
　춥고, 모든 오후도 마찬가지다.
　그 손과 또 게토의 변두리에서 창백해져 가는
　히아신스빛 푸른 공기는
　명성 ─ 다른 거울의 꿈 안에 있는 꿈들의 반사 ─ 이나
　또는 처녀들의 소심한 사랑에
　흔들리지 않고
　분명한 미로를 생각해 낸

들뢰즈가 파악한 스피노자 삶의 요체는 겸손, 검소, 순수이다. 이것은 놀랍게도 필자가 피천득의 삶에 대해 가지고 있는 실체로서의 느낌이나 직관과 너무나 유사하다. 이 글에서 필자는 이를 토대로 시인 피천득과 철학자 스피노자의 인연 관계를 논의하고자 한다.

스피노자와 더불어 피천득 다시 읽기

피천득은 언제 스피노자를 알았고 그의 어떤 저작을 읽었을까? 이런 질문에 대한 정확한 답을 이제는 찾을 수 없고 추정할 뿐이다. 우연한 기회에 필자는 스피노자의 탄생 300주년이 되는 1932년 창간 기념호인 『신동아』(1932년 11월호)의 〈스피노자 특집〉에 게재된 논문 3편을 알게 되었다. 이종우의 「스피노자 철학의 특징」, 안호상의 「스피노자의 우주관」, 이권용의 「스피노자의 생활」이 그것이다. 필자의 소견으로는 이 3편의 글이 스피노자의 철학과 그의 삶에 대해 비교적 제대로 요약 기술하고 있다. 1932년에 벌써 한반도에서 스피노자에 관한 이 정도 수준의 글이 쓰였다는 것이 놀랍다. 필자는 피천득이 이 특집 논문들을 분명히 읽었다고 추측한다. 금아 선생이 스피노자에 관심을 품고 있었을 뿐만 아니라 당시 『신동아』의 편집책임자였던 소설가 주요섭과 긴밀한 관계를 맺고 있었기 때문이다. 더욱이 이 시기에 금아는 이미 『신동아』를 통해 등단하여 시를 발표하기 시작하기도 했다.

3편의 글 중 이권용의 글 「스피노자의 생활」에서 피천득 선생과 관련지어 의미 있는 구절을 찾아낼 수 있다. 수정과 같은 렌즈를 깎아 생계를 유지했던 스피노자에게 '수정탁마'는 자기 삶의 철학과 윤리학의 원

이 말없는 사람을 위해 존재하지 않았다
은유와 신화로부터 자유로운 그는
완강한 수정(水晶) ─ 모두가 자신의 별들인 사람의
무한한 지도(地圖) ─ 을 갈고 있다. (1966) (박거용 옮김)

리를 세우는 작업과 대비되고 있다. 그 결과 스피노자는 구체적 삶 속에서 '맑고', '긴밀'한 무욕(無慾)의 경지에 다다라 철학적 이상과 생활의 수칙이 하나로 합치되는 고귀한 삶의 모범을 희귀하게 성취한 진정한 현인(賢人)이 되었다. 그가 남긴 저작들 특히 『에티카(윤리학)』는 인류의 정신적 자산으로 영원히 남게 될 '보석'이다. 스피노자가 살았던 유럽의 17세기 중후반에 못지않게 동북아시아의 한반도에서 20세기 초반부터 척박하고 궁핍한 시대를 살았던 금아 선생의 청아한 삶과 주옥과 같은 시와 수필도 '산호와 진주'가 되지 않았던가?

그렇다면 난해한 철학자 스피노자 읽기를 어떻게 시작할 것인가? 스피노자의 대작인 『에티카』에 들어가기 전에 읽어야 할 일종의 준비운동 또는 안내서로 『지성교정론』(1678)이 있다. 이 책은 스피노자가 『에티카』를 쓰기 전에 미완성으로 남겨 놓았다가 사후에 출판된 것으로 자신의 철학적, 윤리학적 입장을 밝히고 앞으로의 저술계획을 담고자 한 책이었다. 50여 쪽 분량의 이 책의 핵심 내용을 먼저 살피는 것이 좋을 것 같다.

스피노자는 서두에서 우리가 세속 사회에서 인생 최고의 가치로 생각하는 세 가지를 아래와 같이 제시한다.

> 인생에 최고의 선으로 생각하는 대부분의 것들은 다음의 세 가지로 환원될 수 있다: 부, 명예, 그리고 감각적 쾌락. 정신은 이 세 가지에 단단히 사로잡혀 다른 어떤 선에 대해서는 조금도 생각할 수가 없다.
>
> (황태연 옮김, 10)

스피노자는 인간 욕망의 대부분을 차지하는 부, 명예, 감각적 쾌락을 인생의 최고 가치로 들고 있다. 스피노자에 의하면 인간은 쉽게 탐욕으로 넘어갈 수 있는 이 세 가지 욕망의 포로가 되어 선을 실천할 수 없게 되고 많은 경우 개인의 윤리적 파멸에 이를 수 있다.

피천득은 수필 「잠」에서 잠은 고달픈 우리에게 몸과 마음을 위한 휴식과 평강을 주고, 이를 통해 삶을 위협하는 병균들에 대항할 수 있는 강한 면역 체계를 만들어 주는 것이라고 전제하면서 수면 부족이나 불면증의 근본원인으로 우리의 탐욕을 들고 있다.

> 잠을 방해하는 큰 원인은 욕심이다. 물욕, 권세욕, 애욕, 거기에 따르는 질투, 모략 이런 것들이 잠을 이루지 못하게 하는 수가 많다. … 나는 면화를 실은 트럭 위에서 네 활개를 벌리고 자는 인부들을 본 일이 있다. 그때 바로 그 뒤에는 고급 자가용차가 가고 있었다. 그 차 속에는 불면증에 걸린 헬쑥한 부정축재자의 얼굴이 있었다.

금아는 수필 「구원의 여상」에서 지위, 재산, 명성의 문제를 꺼내면서 물욕, 권력욕, 명예욕을 다시 경계하고 있다.

> 그는 지위, 재산, 명성 같은 조건에 현혹되어 사람의 가치 평가를 잘 못하지 아니합니다. 그는 예의적인 인사를 하기도 하지만 마음에 없는 말은 아니합니다.

『지성교정론』에서 스피노자는 생활인으로 저술가로서 자신의 최소한의 삶의 강령 또는 생활수칙을 다음과 같이 밝히고 있다.

> 1. 보통 사람들의 이해력에 따라 이야기하고, 우리의 목적을 달성하는 데에 방해가 되지 않는 것은 무엇이든지 따를 것. 왜냐하면 가능한 한 그들의 이해력에 순응하면, 우리가 적지 않은 편의를 얻을 것이기 때문이다. 이렇게 하면, 그들은 우리가 진리를 말할 때 호의적으로 들어줄 것이다.
> 2. 건강을 유지하기 위해 필요한 만큼만 쾌락을 향유할 것.
> 3. 마지막으로, 생명과 건강을 유지하기 위해, 또한 우리의 목적에 반대되지 않는 공동체의 풍습을 따르기 위해 필요한 만큼의 돈과

그 밖의 것을 구할 것. (15)

피천득 자신도 독자들을 위해 글을 가능하면 "쉽게, 짧고, 재미있게" 쓸 것을 다짐하며 보통 사람들의 눈높이에 맞추고 독자들의 반응을 깊이 고려하여 시와 산문들을 썼다. 나아가 피천득은 수필 「나의 사랑하는 생활」에서 검소하고 단순하고 깨끗한 생활을 기대한다.

나는 5만 원, 아니 10만 원쯤 마음대로 쓸 수 있는 돈이 생기는 생활을 가장 사랑한다. 나는 나의 시간과 기운을 다 팔아버리지 않고, 나의 마지막 십분의 일이라도 남겨서 자유와 한가를 즐길 수 있는 생활을 하고 싶다. … 나의 생활을 구성하는 모든 작고 아름다운 것들을 사랑한다. 고운 얼굴을 욕망 없이 바라다보며, 남의 공적을 부러움 없이 찬양하는 것을 좋아한다. 여러 사람을 좋아하며 아무도 미워하지 아니하며, 몇몇 사람을 끔찍이 사랑하며 살고 싶다. 그리고 나는 점잖게 늙어가고 싶다.

피천득은 또 다른 수필 「어느 학자의 초상」에서 가까운 친구 장익봉 교수(1978년 타계)를 추모하며 가난하고 검소하게 사는 학자의 전형을 발견하고 칭송하였다. 금아는 장익봉을 스피노자에 비유하였고 "이 시대에 그렇게 순결한 존재가 있었다는 사실만으로도 우리에게는 큰 축복이라 하겠다."고 결론짓는다.

스피노자 철학과 피천득 문학의 목표: 자유와 자유인

앞서 잠시 언급한 스피노자의 "신에 대한 지적 사랑"인 직관지 인식은 모든 정념과 감정인 물욕, 명예욕, 권력욕, 성욕 등에서 벗어날 수 있는 자유인이 되는 길을 열어 준다. 스피노자 삶의 궁극적인 이상과 목표는 모든 정치적, 종교적, 사상적 속박에서 벗어나 자유를 얻고 공동체

안에서 남에게 손해를 끼치지 않으면서 최대한 자신의 욕망을 충족시키며 자신의 능력을 발휘하는 것이다. 스피노자는 『에티카』에서 "노예"와 "자유인"을 다음과 같이 구분하고 있다.

> 오직 정서나 속견에만 인도되는 인간과 이성에 인도되는 인간과의 사이에 어떤 차이가 있는지 쉽게 알 수 있을 것이다. 왜냐하면 전자는 자신이 원하든 원하지 않든 간에 자신이 전혀 모르는 것을 행하지만 후자는 자기 이외의 어떤 사람에게도 따르지 않고 그가 인생에서 가장 중대하다고 아는 것, 그러므로 자기가 가장 욕구하는 것만을 행하기 때문이다. 그러므로 나는 전자를 노예라고 하고 후자를 자유인이라고 부른다. … 자유인 즉 이성의 명령에만 따라서 생활하는 사람은 죽음의 공포에 이끌리지 않는다. … 오히려 그의 지혜는 삶에 대한 성찰이다. (266~267)

스피노자는 미신과 미망에 빠져 세상을 있는 그대로 볼 수 있는 이성이 마비되고 각종 욕망에 빠져 선을 실천할 수 없는 탐욕에 빠진 사람을 "노예"라 부른다. 이성을 회복하고 탐욕에서 벗어나 "신 즉 자연"에 대한 지적 사랑을 가진 사람은 "자유인"이다.

금아 피천득 문학의 궁극적인 목표와 이상도 자유와 자유인이다. 그에게 자유의 상징은 "조금 먹고도 창공을 솟아오르"는 종달새이다. 종달새는 조롱 속에서 "자유를 망각하고 감금생활에 적응한" 앵무새가 결코 아니다.

> 종달새는 갇혀 있다 하더라도 그렇지 않다. 종달새는 푸른 숲, 파란 하늘, 여름 보리를 기억하고 있다. 그가 꿈을 꿀 때면, 그 배경은 새장이 아니라 언제나 넓은 들판이다. 아침 햇빛이 조롱에 비치면 그는 착각을 하고 문득 날려다가 날개를 파닥거리며 쓰러지기도 한다. 설사 그것이 새장 속에서 태어나 아름다운 들을 모르는 종달이라 하더라도,

그의 핏속에는 선조 대대의 자유를 희구하는 정신과 위로 위로 지향하
는 강한 본능이 흐르고 있는 것이다. … 조롱 속에 종달새가 있었다면,
그 울음은 단지 배워서 하는 노래가 아니라 작은 가슴에 뭉쳐 있던 분
노와 갈망의 토로였을 것이다. 조롱 속의 새라도 종달새는 종달새다.

(「종달새」)

　1910년에 태어난 피천득은 또 다른 정치, 종교, 사상의 자유가 억압되
던 시대에 살았던 스피노자와 별반 다르지 않게 일제 강점기를 온몸으
로 버티며 살았다. 17세 되던 해 그는 서울에서 다니던 고등학교도 중퇴
하고 중국 상하이로 도망가다시피 유학을 떠났다. 그곳에 가서 그 당시
대한민국 임시정부에서 독립운동을 하던 도산 안창호를 만나 흥사단에
입단하였다. 그는 상하이의 후장 대학에 입학하여 영문학을 전공하였고
1937년에 학업을 마치고 서울로 돌아왔지만 일본이 아닌 중국에서 공부
하여 일제에 인정받지 못하고 교사 등 어떤 공직에도 진출하지 못했고
변변치 못한 일자리조차 구할 수 없었다. 그 후 1945년 일제 식민 통치
에서 해방이 될 때까지 독립운동을 적극적으로 한 것은 아니지만 절필
하며 소극적인 저항운동을 하였다. 이러한 피천득에게 영원한 꿈은 자
유인이 되는 것이었으리라. 그의 시 「파랑새」의 일부를 읽어보자.

녹두꽃 향기에
정말 피었나 만져 보고
아 이름까지 빼앗기고 살던 때…

"새야 새야 파랑새야"
눈 비벼 봐도 들리는 노래
눈 비벼 봐도 정녕 들리는 노래

갇혔던 새 아니던들

나는 마디마디
파란 하늘이 그리 스몄으리
…
하늘은 오늘도 차고
얼음장 밑에 흐르는 강물
파랑새 운다

금아는 이 시에서 1945년 8월 15일 일제의 속박에서 해방되어 자유를 노래하며 오열하는 모습을 파랑새를 통해 잘 표현하고 있다.

피천득은 타협과 억압으로 둘러싸인 일상생활에서의 해탈과 자유를 가장 소중히 여겼다. 「용돈」이란 수필에서 피천득은 "물론 마음의 자유를 천만금에는 아니 팔 것이다. 그러나 용돈과 얼마의 책값과 생활비를 벌기 위하여 마음의 자유를 잃을까 불안할 때가 있다."고 고백한다. 그는 또 "나는 나의 시간과 기운을 다 팔아버리지 않고, 나의 마지막 십분지 일이라도 남겨서 자유와 한가를 즐길 수 있는 생활을 하고 싶다." (「나의 사랑하는 생활」)고도 소원했다. 이 세상에서 살아남기 위해 어쩔 수 없이 할 수밖에 없었던, 두려움 속에서 했던 부끄러운 일들, 비굴한 타협들에서 해방되는 죽음까지도 축복(?)할 수 있다는 그의 시 「너는 이제」의 전문을 읽어보자.

너는 이제 무서워하지 않아도 된다. 가난도 고독도 그 어떤 눈길도
  너는 이제 부끄러워하지 않아도 된다. 조그마한 안정을 얻기 위하여
견디어 온 모든 타협을
  고요히 누워서 네가 지금 가는 곳에는 너같이 순한 사람들과 이제는
순할 수밖에 없는 사람들이 다 같이 잠들어 있다

우리의 진정한 자유는 가난, 고독, 타협에서 벗어나는 것은 물론 우리의 물욕, 명예욕, 권력욕, 육욕과 같은 탐욕에서 해방하는 것에서 온다.

스피노자와 피천득은 자신이 처한 시대의 억압과 감시에 저항하였고, 일상생활이 우리에게 주는 불안과 굴종과 압박에 적극적으로 대결하였으며, 탐욕이 가져오는 부자유한 존재의 감옥에서 언제나 탈주하고자 했다.

지속 가능한 삶의 윤리학을 향하여

피천득 삶의 최종 목표는 이웃과 자연을 위해 단순 소박한 삶을 실천하여 "사랑하고 갔구나."라는 말을 듣는 것이다. 피천득은 서구문학의 최정점에 있으며 정전의 중심에 있는 셰익스피어 문학 전체를 한마디로 '사랑'이라고 요약한다. 피천득은 문학의 본질을 정(情)이라 규정짓고 서정, 여림, 인간미 등과 같은 것으로 간주한다. 사랑의 실천을 통해 피천득은 이 세상을 살만한 곳으로 만들고 그 안에서 개인은 많은 유혹과 속박에서 벗어나 자유인으로 살아갈 수 있기를 희망한다. 스피노자와 피천득은 위와 같이 궁극적으로 행복하고 자유로운 인간이 되는 목표가 있었고 목표에 이르기 위한 일상적 삶의 구체적인 방법에도 많은 유사점이 나타난다. 단순 소박, 순수, 검소에 토대를 둔 생활방식이 바로 그것이다.

금아가 대부분을 살았던 20세기는 이성과 과학이 과격하게 지배하여 이성과 감성의 균형이 깨어진 시대였다. 피천득은 이성에 지나치게 경도된 문명에서 평행추의 역할을 감성에서 찾는다.

> 지금 우리는 문학에서 감성(感性)이나 서정(抒情)보다는 이성(理性)이나 지성(知性)을 우선하는 시대에 살고 있다. 하지만 이러한 풍조는 한 시대가 지나면 곧 바뀌게 마련이다. 문학의 긴 역사를 통하여 서정은 지성의 우위를 견지해왔다. (『내 문학의 뿌리』, 357)

피천득은 작은 인연, 작은 웃음, 유머를 통해 살기 좋은 아름다운 세상으로 만드는 기쁨을 맛보고자 했다.[*] 이러한 기쁨 속에서 피천득은 글쓰기를 통해 자유인을 꿈꾸었다. 나는 이것을 '피천득주의'라 부르고자 한다.

스피노자의 주저(主著) 『에티카』는 척박한 시대에서도 지속할 수 있는 좋은 삶에 관한 안내서이다. 금아 피천득의 시와 수필도 비루한 시대에서 바람직한 삶을 살도록 돕는 지도서다. 다시 말해 스피노자와 피천득은 17세기와 20세기라는 각기 다른 시대, 네덜란드와 한국이라는 다른 지역에서 철학과 문학이라는 다른 관심을 가지고 있었지만 그들의 이상은 동일하였다. 그들의 저작은 우리가 시대를 순수하고 선량하고 소박하게 살아가면서 사랑과 관용으로 이루어지는 생활 세계를 어떻게 만들 수 있는지 일러주는 인생사용설명서였다.

금아의 삶과 문학에도 이와 같은 역설이 있다. 단순하고, 소박하고, 정결한 삶의 추구가 금아에게 마음의 기쁨과 평화를 가져다주었다고도 볼 수 있으나 역으로 기쁨과 고요한 마음이 금아 선생을 그렇게 절제하

---

[*] 피천득은 "누구나 큰 것만을 위하여 살 수는 없다. 인생은 오히려 작은 것들이 모여 이루어지는 것이다."(「멋」)라고 말했듯이 일생동안 크고 거창한 것보다 '작은' 것에 대한 기쁨과 사랑을 가지고 있었다. 고사성어(故事成語)에 "작은 일을 경솔하게 처리하지 말라."는 뜻의 '물경소사(勿輕小事)'라는 말이 있다. 수필 「유순이」에서 피천득은 상하이에 유학 중 1932년 상하이 사변 때의 사건을 적고 있다. 당시 피천득은 병이 들어 대학 기숙사에서 나와 변두리 지역인 서가회에 있는 요양원에 입원하고 있었다. 그 작은 병원에서 금아는 유순이라는 한국인 간호사를 만났다. 금아는 "그는 틈만 있으면 내 방을 찾아 왔다. 청해도 자기 고향 이야기도 하고 선물로 받았다는 예쁜 성경도 빌려 주었다. 자기는 「누가복음」을 좋아한다고 하였다. 타고르의 「기탄잘리」를 나에게 읽어준 때도 있었다."고 적었다. 유순이는 성인이 되어 처음으로 짝사랑하던 여인이었다. 유순이가 빌려준 「누가복음」에 작은 것에 대한 이야기가 나온다.: "지극히 작은 것에 충성된 자는 큰 것에도 충성하고 지극히 작은 것에 불의한 자는 큰 것에도 불의하니라."(16장 10절) 유순이가 좋아하던 「누가복음」 중 금아도 잊을 수 없는 구절이었을 것이다. 후에 피천득은 "나는 작은 놀라움, 작은 웃음, 작은 기쁨을 위하여 글을 읽는다."(「순례」)고 '작은' 것에 대해 다시 말했다. 피천득은 일상생활에서 "작은 것은 아름답다."에서 "작은 것은 가능하다."로 이행하는 삶과 문학을 추구했다.

면서 살게 하고 글을 쓰게 했다고 볼 수도 있다. 자신에게 주어진 모든 것을 분에 넘친다고 생각하며 "염치없는 사람"이라 생각한 금아는 항상 먼저 행복하게 웃고 기쁘게 생각하기 때문에 우리가 모두 닮고 싶어 하는 단순하고 소박하며, 순수한 일상생활을 지킬 수 있지 않았을까? 기쁨과 행복한 마음을 먼저 갖는 것은 비 오는 날 천둥 번개를 막을 수 있는 피뢰침을 설치하는 것과 같다. 금아가 말하는 기쁨의 '삶'을 따라 사랑의 '문학(시와 수필)'을 읽는 것은 위험한 시대를 살아가는 우리들의 삶을 보호하는 피뢰침을 설치하는 것이다! 그러나 피뢰침이 완벽한 방책은 아니다. 그러한 노력은 매우 힘들고 결코 흔한 일도 아니지만 일단 어느 정도라도 성취한다면 그 결과는 오로라와 같이 거대한 명예와 눈부신 광휘가 되리라. 철학자 스피노자와 문학자 피천득은 그들의 삶과 학문 속에서 이렇게 힘들고 희귀한 일을 어느 정도 이루었다고 보아도 무방하다. 이렇게 살아온 피천득은 20세기 초 척박한 시대에 태어나 어려서 조실부모하고, 일제 강점기를 지나고, 궁핍한 시기를 건너와 마지막에는 "깃털 하나 / 아니 떨구고"(「너」) 이 세상을 떠나갔다.

제3장 정치

내가 만 20세가 되던 해인 1930년에 쓴 짤막한 시 「서정소곡」이 당시의 문예지 『신동아』에 발표되었다. 그 후 나는 몇 년 동안 시를 계속 써서 신문이나 잡지에 발표를 해 오다가 중단하였다. 그것은 솔직히 말해서 일본제국주의에 대한 내 나름의 소극적인 저항이었다. 그때의 내 심정은, 나라를 일제에게 빼앗겼는데 시는 써서 무얼 하느냐는 것이었다. 이때부터 해방이 되던 때까지 나는 절필을 하였고, 금강산 등지에 은거하면서 불자佛子가 되려고도 하였다.

(『내 문학의 뿌리』, 356)

순수와 참여의 '사이' 만들기

정치사회적 관점에서 피천득 문학에 대한 아쉬움, 불만 나아가 일부 비판이 있다. 문학비평가 김우종은 피천득 수필의 공적 과오를 논하는 글 「수필, 달라져야 한다」에서 피천득의 수필론인 「수필」을 예로 들면서 "한국 수필은 주제의 한계성을 극복해야 한다."고 주장한다. 김우종은 피천득이 수필이란 "정열이나 심오한 지성을 내포한 문학이 아니다."라고 언명한 것을 지적하며 신변적 소재론에 갇혀있는 피천득 수필은 "개인적 안락한 울타리를 넘어서 사회적, 현실적 문제에 진지한 관심"과 "지성인으로서 심오의 사상"이 부족하다고 비판한다. 이런 주장은 언뜻

보기에는 맞는 말로 들릴 수 있지만 피천득 수필 표면에 속아 넘어가 수필의 단순성과 서정성에 숨겨진 정치적 무의식을 간과하는 것이다. 필자는 여기에서 피천득의 시와 수필 속에 면면히 흐르는 정치적 비전을 찾아보고자 한다.[*]

피천득은 1979년 오증자와의 인터뷰에서 젊은 시절 정신적인 영향을 크게 준 작가에 대해 질문을 받자 다음과 같이 대답했다.

> 작가로는 예이츠를 들 수 있어요. 에이레[아일랜드]의 독립시인인데 그때가 일제치하였던 만큼 더욱 감명을 받았지요.
> (『산호와 진주와 금아』, 30)

피천득은 후장 대학교 영문학과 졸업논문 주제로 20세기 최고의 영어권 시인 윌리엄 버틀러 예이츠를 택했다. 그 당시 일제 강점기에 조선인들은 수백 년 동안 영국식민치하에 있던 아일랜드의 독립에 대하여 깊은 동병상련을 느끼고 있었다. 예이츠는 아일랜드 민족연극운동에 전념하면서 독립 쟁취를 위해 노력했으며 강한 아일랜드인의 민족적 주체성을 가지고 창작에 임했다.

예이츠의 정치시 「부활절 1916」은 1916년 4월 24일 부활절 주일의 월

---

[*] 문학평론가 김우창도 피천득 문학의 정치성에 대해 과소평가한 것을 다음과 같이 고백하고 있다: "선생님 자신께서 저의 해석의 부족함을 지적하신 일이 있습니다. 선생님의 문학에서 작고 고운 것만을 말하여, 그것이 마치 시대의 큰 요청들로부터 멀리 비켜만 서 있었던 듯한 인상을 주는 것이 유감스럽게 생각되신 것으로 짐작됩니다. 이 자리를 빌려 저는 저의 견해가 너무 좁은 것이었음을 시인하고자 합니다. … [시적] 윤리성은 선생님의 아름다움에 대한 기쁨을 규정하는 기본 범주이다. 그리고 바른 정치가 맑은 아름다움에 불가분의 관계에 있다는 생각은 수필의 여러 곳에 표현되어 있다. 나날의 삶을 살 만한 것이 되게 하는 작은 아름다움에 대한 깊은 고려가 없는 정치가 무슨 의미를 갖는 것일까? 한국 사회 문제의 하나는 계속되는 정치의 큰 문제에 휘말려 진정한 삶의 내실을 이루는 작은 기쁨에 대한 고려가 완전히 상실되었다는 것이다. 이것이 오늘의 삶을 황막한 것이 되게 한다. 이 작은 고려를 회복하고 보존하는 것이야말로 한국 정치의 당면한 과제라고 할 수 있다."(『다원 시대의 진실』(김우창 전집 10권), 1232, 1243)

요일에 일어난 무전봉기를 다루고 있다. 영국 정부가 자치정부를 약속했으나 아일랜드는 완전한 독립을 요구하며 아일랜드 공화협회 주도로 1주일간 봉기한다. 이는 완전히 실패로 끝나 15명의 지도자들이 처형되었다. 이 봉기는 1919년 3월 1일 만세운동이 일어나기 불과 3년 전 일이었다. 이 시의 중요 부분을 읽어보자.

> 너무 긴 희생은
> 심장을 돌로 만들 수 있다.
> 아 언제 만족할 수 있겠는가?
> 그것은 하나의 역할
> …
> 오늘 그리고 돌아오는 훗날에도
> 푸르름이 우거진 어느 곳에서도
> 달라졌다. 완전히 달라졌다
> 무서운 미가 탄생한 것이다.
>
> (마지막 연, 윤삼하 옮김)

예이츠의 이 시 속에는 정치와 예술 사이의 긴장이 느껴진다. 수많은 살상이 수반되는 과격한 단체의 무력에 의해 쟁취되는 독립에 대해 예이츠는 갈등을 느낀듯하다. 그는 독립 투사들의 영웅적인 죽음에 깊은 애도를 표현하면서도 무모한 투쟁을 지지하지 않는 듯한 일종의 애증 병존적 감정을 가지고 있다. 이것이 시인 예이츠의 진정한 "정치적 무의식"이었을까? 특히 유명한 마지막 행 "무서운 미가 탄생한 것이다(A terrible beauty is born)."는 예이츠의 모순적인 심리를 잘 표현하고 있다. "무서운 미"는 "찬란한 슬픔"이나 "탐욕스런 허기"처럼 모순어법이다. 1970년대 초 어느 봄날 피천득이 강의실에서 예이츠의 이 구절을 강독하면서 우리들에게 의연하게 보여준 '비장미(悲壯美)'에 필자는 아직도 전율을 느낀다.

인도의 시성(詩聖) 라빈드라나드 타고르는 당시 영국의 식민 지배를 받던 인도에서 간디 등과 더불어 독립운동에 참여하기도 했다. 타고르가 1920~30년대 식민지 조선에서 열광적 관심과 사랑을 받은 것도 이 때문이리라. 타고르를 인도 '벵골의 퍼시 셸리'라 부르는데, 영국의 이상주의자 퍼시 셸리는 19세기 초 영국에 초기자본주의가 정착되는 과정에서 천민 자본가들의 편을 든 영국정부가 노동정치운동을 격렬하게 벌이던 노동자들을 유혈 진압한 것에 격분하여 여러 편의 정치시를 발표한 낭만파 시인이다. 이와 함께 셸리의 선배 시인인 바이런 경은 최고 사령관으로 당시 터키의 식민지였던, 자신의 조국도 아니었던 그리스의 독립을 위해 전장에 나가 싸우다가 1824년 말라리아에 걸려 병사했다! 피천득 문학의 정치적 무의식의 계보학이 바이런 — 셸리 — 타고르 — 예이츠 — 피천득으로 이어질 수도 있음을 알 수 있다. 그러나 피천득은 그들처럼 '적극적으로' 참여한 것은 아니었다.

피천득의 시와 수필은 모두 작고 아름다운 것들을 찾아내어 일상의 주변적 이야기를 만들어낸 짧고 서정적인 소품들이고, 저항이나 투쟁을 주창하는 평론이나 논설문은 거의 쓰지 않았다. 피천득 자신도 이런 점을 시인한다.

> 나는 반세기를 헛되이 보내었다. 그것도 호탕하게 낭비하지도 못하고, 하루하루를, 일주일 일주일을, 한 해 한 해를 젖은 짚단을 태우듯 살았다. 민족과 사회를 위하여 보람 있는 일도 하지 못하고, 불의와 부정에 항거하여 보지도 못했고, 그렇다고 학구에 충실치도 못했다. 가끔 한숨을 쉬면서 뒷골목을 걸어오며 늙었다.   (「송년」)

자신이 역사의 전면에 나서서 싸우지 못함을 한탄한다. 그러나 피천득은 자신이 완전히 역사의 뒤안길에 물러서 있었던 것은 아니라고 말한다. 손광성과의 대담에서 "나는 몸도 마음도 약해서 일본과 대항해 싸우지는 못했지만, 친일하는 글은 한 번도 쓰지 않았어요. 소극적 저항이랄까, 지조는 지켰습니다."(245)라고 강변한다. 자신이 투사는 아니었지만 작가로서 적어도 양심은 지켰다는 뜻이리라.

그는 또 다른 자리인 행동하는 진보적 지식인이었던 리영희 교수와의 대담에서는 자신의 소신에 대해 다음과 같이 자세히 밝히고 있다.

> 리영희 : 불란서와 독일이 전쟁하던 때, 1820년 한 제자가 괴테에게 물었습니다. 선생님은 독일 애국주의 시를 안 쓰셨습니다. … 그때 괴테가 제자에게 답한 말이 참 인상적이었습니다. 그럼 시인이 어떻게 해야 하는가, 시인은 사회를 맑게 하고 인간 마음의 지조를 청결하게 유지하고 옳음과 아름다움을 노래하고 씨를 뿌리고 물 주고 꽃피게 하면 되는 게 아니냐고 물었습니다.
>
> 피천득 : 그래도 괴테는 시절을 따르고 세력을 따르는 사람입니다. 거의 같은 시대를 살았을 텐데, … 그러니까 괴테는 시류를 따르는 사람이고, 베토벤은 그러지 않았어요.
>
> 리영희 : 그래도 괴테의 말에 의미가 있다고 봅니다.
>
> 피천득 : 그보다 더 훌륭한 시인은 반독재, 반제국주의에 앞장서는 것이고 그가 진정한 애국자입니다.
>
> (「리영희와 대담」, 294~95)

여기에서 운동권 지식인 리영희 교수는 괴테와 같은 대문호를 옹호하고 있지만 피천득은 오히려 괴테를 "시류를 따르는 사람"이라고 평가하며 "훌륭한 시인"은 "반독재, 반제국주의에 앞장서"야 한다고 지적한다.

그렇다면 겉보기에 가장 비정치적으로 보이는 피천득의 정치사회적 견해는 진정으로 어떤 것인가? 그는 어떤 때는 겸손하게 자신을 아주 비겁하다고 질책하고 있지만 어떤 때는 적극적으로 자신이 소극적이지만 '저항'을 했다고 항변하기도 한다. 그는 적극적으로 "제게도 반항하는 정신은 흐르고 있습니다. 제 시를 언제 한번 읽어 보시면 그런 정신이 들어 있는 것을 보실 수 있을 것입니다."(「리영희와 대담」, 296)라고 자신의 시를 추천하기도 하였다. 이제부터 피천득의 삶과 문학을 살피면서 자신이 주장하고 있는 '소극적 저항'이 어떻게 나타나고 있는지 살펴보기로 하자.

삶 속에서의 소극적 저항

피천득은 1997년 7월 17일 석경징 교수와 대담에서 학생 시절 춘원 이광수의 집에 기거하고 있을 때의 일화를 소개한다.

> 내가 일본에 대해서 적개심을 가지고 있었습니다. 내가 시를 하나 썼는데, 그것이 일본은 얼마 안 가서 망한다는 내용이었어. 그때 그것을 어떻게 표현했는고 하니, 무궁화하고 사꾸라하고 비교를 했어. 사꾸라가 팔짝하고 뭐 이렇게 된다라고 썼어. 이런 것을 썼다가 춘원한테 보였더니 그 양반이 "지금 우리나라가 이런 형편이지만 그렇게 적에 대해서 배타적일 필요는 없다. 그리고 그 사람들 모두가 다 군국적인 사람은 아니다" 그러셨죠. (311~12)

이때가 1920년대 초반 피천득 나이 열서너 살 때였다. 그 나이에 나라를 빼앗은 일본에 대해 적개심을 가지고 조선과 일본을 상징하는 꽃들을 비교하여 시로 쓴 것이 놀랍다. 춘원은 1937년 동우회 사건 이후에 본격적인 친일을 하였으니 당시에는 친일하기 전이지만 일본 제국주의에 대해 너무 낙관적이 아니었나 싶다.

피천득은 1926년 8월 19일부터 27일까지 『동아일보』에 4회에 걸쳐 프랑스의 소설가 알퐁스 도데의 유명한 단편소설 「마지막 시간」의 번역을 연재했다. 소설 「마지막 시간」은 19세기 말 프로이센·프랑스 전쟁 때 독일에 패하여 알사스 지방을 빼앗기고 조국의 언어인 프랑스어를 사용할 수 없었던 시절 어떤 소년의 이야기다. 이 소설은 모국어의 중요성을 말하는 것인데 피천득은 이 번역소설의 연재를 시작하며 "역자의 말"에서 일제의 조선어 말살정책 아래서 모국어의 소중함을 말하였다.

피천득에 따르면 그가 이광수의 집에 3년간 유숙하는 동안 여러 가지를 배웠는데 그중의 하나가 모국어인 조선어의 보존이었다. 모국어만 지키면 나라는 멸망하지 않는다는 것이다. 그 후에 상하이로 건너가 영문학 공부를 했지만 그 이래로 피천득은 시인, 수필가로 죽을 때까지 80년 이상을 집중적으로 모국어를 아름답게 만들고자 노력하여 전통적 리듬에 토대를 둔 짧은 서정시의 경지를 개척하였고 서정수필의 새로운 경지도 개척 발전시켰다. 피천득의 이러한 활동이 과연 그저 "소극적 저항"의 결과였는지 다시 생각해볼 문제다. 피천득은 2003년 김재순과 대담을 하며 모국어의 중요성을 또다시 강조한다.

> 우리말은 곧 우리 민족의 혼이거든요 … 그런데 요즘 보면 어린아이들한테 우리말 잘 가르칠 생각은 하지 않고 영어 가르치기에만 급급한데 너무 서두르는 건 안 좋아요. 부모들이 아이들에게 우리말을 사랑하도록 해야 하는데 말이죠…. 우리말을 사랑한다는 건 우리나라를 사랑한다는 것이나 마찬가지지요.　　　　(피천득 외, 『대화』, 39~40)

1930년대 일제 강점기 시대에 유학 생활 중 상하이 사변이 발발하자 귀국하여 방황하던 피천득은 한때 금강산에서 불경을 읽으며 승려가 되고자 했다. 1년간이나 상월 스님과 「유아경」과 「법화경」 등을 읽으며 지내던 중 하산하였는데 그 이유를 그의 입을 통해 직접 들어보자.

> 내가 금강산 장안사에 있었는데, 나는 가족도 없고 하니 절에서 공부하면서 지낼 생각이었어요. 그런데 실망해서 속세로 나오게 되었지요… 마하연이라는 암자에 이름 있는 스님을 만나러 갔는데 … 불단에

"천황폐하 성수만세"라고 쓴 것이 걸려 있었어요. 그래도 일본 경찰의 성화에 그랬나 보다 생각했는데, 나를 보자마자 "당신 요시찰 인물이라서 피해 다니는 거 아니오?" 하고 물어 기분이 대단히 상했지요. 그리고 무슨 죄라도 뒤집어쓸까 봐 그랬는지 나를 냉랭하게 대하고 말도 잘 안 해 내 마음이 돌아섰어요. 아, 여기도 믿을 수가 없구나 하고 속세로 돌아왔지요.

(손광성, 「금아 피천득 선생의 생애와 문학」, 245)

금강산은 피천득에게 세속의 풍진에서 벗어나는 도피의 길이기도 했지만 무엇보다 억압하고 착취하는 일제에 대한 반감이 더 크게 작용하였을 것이다. 이것도 어떤 의미에서 '소극적 저항'이 아니었을까? 피천득의 금강산 애호는 다음에서도 잘 나타난다.

가졌던 큰 기대에 대하여 환멸을 느끼지 않은 경험이 내게 두 번 있다. 한 번은 금강산을 처음 바라보았을 때요, 또 한번은 도산을 처음 만나 뵌 순간이었다.   (「도산」)

피천득이 자연물에서 배반감을 느끼지 않은 것은 금강산이고, 사람에게서 배신감을 느끼지 않은 건 도산 안창호였다.

해방 직후인 1945년 9월 초 미군이 한반도에 들어와 군정청을 설치하였다. 어느 날 훗날에 문교부 장관을 지냈던 오천석 씨가 피천득을 찾아왔다. 그의 말을 직접 들어보자.

오천석 씨가 아침에 찾아왔단 말야. 나중에 문교부 장관도 하고 그랬지. 날보고 부탁이 있어 왔다고 해요 … 공문을 [영어로] 제대로 쓰는 이가 별로 없으니 와서 좀 도와줬으면 좋겠다고 합디다 … 그래서 군정청에 우선 한 달 가 있는다고 그랬어요. 그런데 또 운 좋게 되느라고 그때 라카드(Earl N. Lockkard)라는 사람이 문교장관이었는데 … 그이의 보좌역 같은 것도 했죠 … 하여간 영어 표현깨나 하는 사람들은 그때 죄 돈들 잡았어요. 못하는 놈들이 더 잡았지. 그 MP라고 헌병 따라다니면서 일본 적산가옥도 싸게 사고 일본사람들 물건을 뺏기도 하고 뭐 안 한 짓들이 있나.

「민족사의 전개와 초기 영문학」(석경징과 대담), 323~324)

여기서 중요한 것은 그가 미군정청에서 일할 때 군정청 내에 패주한 일본인들이 남긴 재산들을 처분하던 적산관리처에 다니던 한국인들의 부정부패에 대한 고발이다. 그의 수필 「보기에 따라서는」에는 미군 관리에게 아부하고 뇌물을 써서 적산 재산들을 싸게 부정 불하받은 적산관리처의 많은 한국인들과 다르게 행동한 "미국에서 여러 해 고학"을 한 그의 친구 이야기가 소개되고 있다. 피천득은 큰 부자가 될 수 있었으나 "치사하게" 부정으로 적산을 구하지 않고 가난하게 살았던 양심적인 친구를 기리고 있다.

피천득은 일제 강점기에는 불령선인으로 탄압받고 인정받지 못했으나 해방 직후 경성대학교 예과 교수로 취임하였다. 그러나 미군정청에서 여러 개의 단과들을 통합해 국립 서울대학교를 만들려는 '국립대학안'을 발표하자 많은 학생들과 교수들이 반대운동을 시작했다. 이 일로 학생들이 퇴학당하는 상황이 발생했고, 피천득은 홀로 교수직을 지킬 수 없다며 사표를 내던졌다. 결국, 사표 반려를 거부하여 그 사표는 수리되었고 피천득은 예과를 떠났다. 당시 가족을 거느린 가장으로 아무런 대책이 없었으니 사표 제출은 무모한 행동이었으나 개의치 않았다. 그 후에 피천득은 서울대학교 사범대학 영어과 교수로 다시 부임하였다.[*]

---

[*] 해방 직후 1946년 미군정 당국은 서울 각지에 흩어진 단과대학들을 통합하는 국립대학안을 발표했다. 이때 수많은 교수들과 학생들이 국립대학안을 격렬하게 반대하였다. 9개 단과대학들이 동맹휴학했고 반대운동을 벌여 미군정 당국은 문리대, 상대, 공대에 3개월간 휴교조치를 내렸다. 1947년에 들어서자 일부 학생들은 국대안 지지운동을 벌이기도 했고 지방대학에서도 동정동맹을 하기도 했다. 동맹휴학생들이 제적되고 상당수의 교수들이 해

서정을 통한 저항의식[*]

 이제부터 피천득 문학에 나타난 저항의식을 몇 편의 시와 수필을 골
라 살펴보자.

 마른 잔디에 불을 질러라!
 시든 풀잎을 살라 버려라!

 죽은 풀에 불이 붙으면
 히노란 언덕이 발갛게 탄다.
 봄 와서 옛터에 속닢이 나면
 불탄 벌판이 파랗게 된다.

 마른 잔디에 불을 질러라!

임되었으나 5월 말 국립대학안의 수정법령이 발표되고 학생들이 복학하고 교수들이 복직
되어 1년 만에 국대안 반대운동은 끝났다.

* 피천득은 서정문학으로 일제에 저항하였다. 여기에 사회학을 서사로 하지 않고 서정으로
하고자 주장하는 사회학자가 있다. 시카고 대학교 사회학과 교수인 앤드류 애봇(Andrew
Abbott)은 유명한 논문 「서사에 저항하기: 서정 사회학 서론」에서 객관적이고 논리적인 자
세로 사회와 삶에 정량적 그리고 정성적 논의를 중심으로 일반적인 사회학을 서사사회학
(narrative sociology)이라고 규정한다. 애봇 교수는 기술하고 분석하여 이야기하는 서사사회
학 대신에 대상에 대해 투사시키며 감정의 참여적인 태도를 견지하는 서정사회학을 주장
한다. 그 목적은 사회적 발견의 경험을 감성적으로 재창조하는 것이다. 그동안 구조주의자
들은 서정적 감수성에는 관심이 없었다. 왜냐하면 서구에서 서정시는 서사시에 비해 사소
하고 중요하지 않은 장르로 간주되었기 때문이다. 영국 낭만주의의 대표 시인 윌리엄 워
즈워스는 『서정가요집』, 「서문」(1800년)에서 정서의 중요성을 강조하며 시인이 독자들에게
"평정 속에서 회상된" 감정을 환기하는 것이 중요하다고 말한다.
어떤 관찰이나 연구대상에 대해 독자들에게 감정을 불러일으키는 것을 사회 연구화하자는
것이 서정사회학의 목적이다. 여기에는 저자의 쓰는 것에 대한 자세와 독자들에 대한 태도
가 문제 된다. 자세는 객관적 거리보다 감정적 참여가 더 중요하여, 독자를 위해 재창조하
기 위해 논의 대상에 저자가 치열하게 참여하는 것이다. 또한 사회적 세계에 대한 저자의
감정적 경험이 글쓰기의 핵심이 되어야 한다. 서정사회학의 기교는 사건들의 순서나 정량
적인 해석보다 이미지와 비유를 강조한다.(67~99) 여기에서 필자가 보기에는 피천득의 서
정적 저항 방식이 애봇의 서정사회학의 담론 전략과 멀지 않다.

시든 풀잎을 살라 버려라!

(「불을 질러라」 전문,『동광』 1932년 5월호, 12)

피천득은 이 시를 자신의『피천득 문학전집』에 포함시키지 않았다. 왜일까? 단순히 그 내용이 너무 과격해서일까? 구호 이상의 어떤 예술적 성과가 보이지 않았기 때문이리라. 예수도 여호와께 기도를 드리는 예루살렘의 거룩한 성전에서 여러 장사치들이 상행위하는 것을 보고 격분하여 좌판을 엎었다. 평화의 왕인 예수 그리스도가 그럴진대 피천득도 "불을 질러라." 정도는 할 수 있지 않았을까? 피천득의 이 시는 결코 '소극적 저항'으로 볼 수 없다.

원래「원족(소풍)」이란 제목이었으나 후에「무악재」로 바꾼 피천득의 시가 있다. 무악재 아래 있었던 수많은 독립운동가들이 고문을 당하고 갇혔던 서대문 형무소에 관해 쓴 시다. 피천득은 어린 시절 형무소 벽돌담 옆을 지나 무악재로 다녀온 소풍을 회상하며 박해와 투쟁의 흔적이 남아있는 그곳을 노래하고 있다.

> 당신이 지금도 생각하고 계실
> 그 어린아이들이
> 바로 지금 담 밖을 지나갑니다.
> …
> 당신을 잃은 지 벌써 일 년
> 과거는 없고 희망만 있는 어린 것들이
> 나란히 열을 지어 무악재를 넘어갑니다 (2, 4연)

피천득이 기억하는 서대문 형무소에서 수감 중 돌아간 이는 누구였을까? 아마도 어느 특정인이 아니고 그곳에서 스러져간 독립운동가를 총칭한 것이리라. 피천득은 수필「종달새」에서 "해방 전 감옥에는 많은 애국자들이 갇혀 있었다. 그러나 철창도 콘크리트 벽도 어떠한 고문도 자유의 화신인 그들을 타락시키지는 못했다."고 독립운동가들을 칭송한다.

피천득의 시와 수필에는 '자유'의 화신인 '새'가 자주 등장하는데, 그중 종달새가 으뜸이다. 울분과 억압의 시대에 하늘로 힘차게 솟구쳐 오르는 종달새는 시인 피천득이 희구하던 해방의 상징이었다. 태어난 지 3개월 지난 8월에 한일합방으로 나라를 빼앗겨 감옥과도 같은 조선반도에서 일제 강점기를 살아가야 했던 피천득에게 "종달새"는 자유의 화신이었다. 힘차게 하늘을 박차고 오르며 노래 부르는 종달새는 '불량선인'으로 낙인찍혀 억압과 압제 속에서 겨우 생존하고 있는 피천득의 삶을 지속시켜 살아남게 한 거대한 상징물이다.

> 그러나 종달새는 갇혀 있다 하더라도 그렇지 않다. 종달새는 푸른 숲, 파란 하늘, 여름 보리를 기억하고 있다. 그가 꿈을 꿀 때면, 그 배경은 새장이 아니라 언제나 넓은 들판이다. … 그의 핏속에는 선조 대대의 자유를 희구하는 정신과 위로 위로 지향하는 강한 본능이 흐르고 있는 것이다.   (「종달새」)

일제 강점기에 피천득은 "조롱속의 새"였지만 "가슴에 뭉쳐있던 분노와 갈망"을 토로하며 하늘로 솟구쳐 오르는 종달새였다!

그의 시 「1930년 상해」에서 피천득은 자본주의화가 급속하게 이루어지던 상하이의 풍경을 그리고 있다.

> 겨울날 아침에
> 입었던 꽈쓰〔중국옷 상의〕를 전당잡혀
> 따빙〔호떡〕을 사먹는 쿠리가 있다
>
> 알라 뚱시〔넝마장수〕 치롱 속에
> 넝마같이 팔려 버릴

어린아이가 둘
한 아이가
나를 보고 웃는다 (전문)

   이 시에서 피천득은 동양의 파리라 불리던 대도시 상하이에서 천민자
본주의가 정착되던 때에 가난한 부모들이 어린 자식들까지 팔아야 했
던 슬픈 현실을 시로 말하고 있다. 이 시의 둘째 연에서 팔려갈 두 어린
아이 중에 한 아이가 자신을 보고 웃는 모습은 완전한 반전이다. 어른
들의 살벌한 자본주의 체제 아래서 상품화된 어린아이는 천진하게 웃을
수 있다. 어린아이의 철없는 모습으로 치부해 버릴 수만은 없는 페이소
스와 유머가 있다. 슬픈 미소일까? 비극적 환희? 아니다. 이 짧은 시 한
편은 한 권의 장편 역사소설에 맞먹는 놀라운 서정문학의 절정이다.
   피천득 자신이 이 시에 대한 평을 한 적이 있다.

   어떤 경우에서든지 승화된 경지라고 할까? 흥분된 상태가 평온으로
돌아와서 과격성이 없어진 뒤에 발표되어야 한다고 생각합니다. 가령
「1930년 상해」는 약간 좌파적이라고 할 수 있습니다. 이때 빈부의 차
이가 말할 수 없이 심각한 때인데, 저항을 하는 게 아니라…
(김재홍과 대담, 268)

   피천득은 대담자 김재홍에게 "시인이라면 누구나 민족이라든가 대중,
혹은 서민을 외면하고 문학을 할 수는 없을 거예요. 그들을 인식하지 않
고 문학을 한다면 참다운 문학이 될 수 없겠지요."(262)라고 말한 바 있
다. "진정한 문학"이란 "흥분된 상태"를 지나 "승화된 경지"의 "평온"
상태에서 함축성 있게 절제된 언어로 짧게 쓴 서정시이다. 피천득의 이
러한 서정시 쓰기는 "서정적 사회학"이다. 워즈워스 류의 분출된 감정
을 절제시켜 시치미를 뚝 떼고 평온하게 노래하는 것이 독자의 뜨거운
공감을 불러일으키는 최고의 서정미학이 아니겠는가?

상하이 유학 시절의 경험을 토대로 쓴 피천득의 수필 「은전 한 닢」도 같은 맥락에서 읽을 수 있다. 천신만고 끝에 은전 한 닢을 얻게 되는 늙은 거지의 이야기인 「은전 한 닢」을 수필이 아닌 짧은 단편소설인 장편(掌篇)으로 보는 경우도 있다. 이 거지는 이 은전이 가짜가 아닌 것을 확인하고 싶어 돈을 바꿔주는 집을 돌아다니며 "하 — 오(좋소)"라는 확인을 여러 차례 받고 나서 매우 기뻐한다. 확인을 해주는 전장(錢莊) 주인이 이 거지에게 어디서 훔친 돈이 아니냐고 묻자 거지는 떨리는 목소리로 "아닙니다. 아니에요."라고 손사래를 친다. 이 글의 화자인 '나'에게 해준 이 늙은 거지의 이야기를 들어보자.

> "이것은 훔친 것이 아닙니다. 길에서 얻은 것도 아닙니다. 누가 저 같은 놈에게 1원짜리를 줍니까? 각전 한 닢을 받아 본 적이 없습니다. 동전 한 닢 주시는 분도 백에 한 분 쉽지 않습니다. 나는 한푼한푼 얻은 돈에서 몇 닢씩 모았습니다 … 이 돈을 얻느라고 여섯 달이 더 걸렸습니다."
> 그의 뺨에는 눈물이 흘렀다. 나는 "왜 그렇게까지 애를 써서 그 돈을 만들었단 말이오? 그 돈으로 무얼 하려오?" 하고 물었다.
> 그는 다시 머뭇거리다가 대답했다.
> "이 돈 한 개가 갖고 싶었습니다."

이 글 역시 석경징 등이 지적했듯이 앞의 시 「1930년 상해」와 같이 급속하게 천민자본주의화의 과정을 겪던 상하이의 풍경이다. 이 늙은 거지는 완전히 자본(돈)에 인간성이 상실된 물신화(物神化, reification)된 인간의 모습이다. 인간은 그가 소유한 돈으로 가치가 평가된다. 거지에서 갑부에 이르는 모든 사람들은 황금화 되었다. 한 인간이 돈 때문에 파괴되어 물신화되는 과정을 이렇게 강렬하고도 치열하게 보여줄 수 있을까? 서정시인 피천득은 우리를 돈으로 도취시키는 자본주의의 강력한 힘을 핏대를 올리지 않고 점잖고도 조용하게 근본적으로 비판하고 있지 않은가? 이것은 짧고도 단순해 보이는 서정수필을 통해 정치적 무의식을 치열하게 보여준 탁월한 예이다.

이번에는 피천득의 짧은 시「무제」를 다시 읽어보자.

> 설움이 구름같이
> 피어날 때면
> 높은 하늘 파란 빛
> 쳐다봅니다
>
> 물결같이 심사가
> 일어날 때면
> 넓은 바다 푸른 물
> 바라봅니다

이 시는 일단 매우 개인적인 서정시로 볼 수 있다. 화자는 어려서 아빠와 엄마를 잃은 "설움"이 뭉게구름처럼 커지면 파란 빛의 높은 하늘을 쳐다보고 위로를 받는다. 이웃과의 일이 잘 안 될 때 "심사"가 파도처럼 몰려오면 푸르고 넓은 바다를 보면서 뒤틀린 마음을 풀 수 있다. 그러나 여기서 "나라 잃은 설움"과 못된 짓만 저지르는 일본 제국주의자들에게 틀어진 "심사"라고 본다면 개인적인 서정이 정치적인 서정으로 차원이 바뀐다. 이 시보다 더 많이 알려진「생명」은 "억압의 울분"이라는 말도 제대로 할 수 없었던 일제 강점기에 쓴 시이다. 이 정도면 피천득은 적어도 '소극적 저항'을 수행하는 셈이 아닐까?

시「그들」은 피천득이 2000년에 들어서 새로 쓴 글이다.

> 만리장성
> 피라미드
> 그들의 피가 흐르고 있다.

그리스의 영광
로마의 장엄
그들의 신음소리가 들린다.

역사상의 거대한 토건사업은 한 왕이나 왕조의 통치 이데올로기를 공고히 하기 위해 대개는 일반 서민들의 억압과 착취 속에서 이루어진다. 거대한 기념비, 제단, 성채, 왕궁 등은 막대한 세금부담과 부당한 노동력 착취로 이루어진 결과물이다. 이것이 인간 역사의 슬픈 역설이며 거대한 모순이다. 피압박 민중의 "피"와 "신음소리"는 찬란한 인간 문명의 업적 아래에 숨겨져 있다. 인간의 야만적인 역사에 대한 피천득의 비판은 차분하지만 이 시를 읽는 독자들의 마음속에는 거친 분노가 흐르게 된다.

여기에서 필자는 1970년대초 대학시절의 개인적인 경험을 들춰내고 싶다. 박정희 독재정권 유신 시대*에 필자는 대학생이었다. 전국적으로 독재정권 반대로 대학가에서는 시위가 끊이지 않았다. 학기가 시작하고 첫 한 달 후 거리와 학내의 데모로 휴교령이 내려져 곧바로 조기 방학에 들어갔고 모든 중간고사와 기말고사는 과제물로 대치되었으며 학기말에 성적은 빠짐없이 나왔다. 학생들이 강의실에서 도서관에서 학업에 매진할 수 없었던 참으로 불행하고 슬픈 시절이었다.

당시 피천득은 퇴임 전이라 학교에 재직 중이었다. 선생님은 연일 끊이지 않는 대학가의 독재 반대 데모가 얼마나 안타까웠을까? 일제 강점

---

* 10월 유신은 1961년 5월 16일에 군사정변을 일으켜 정권을 잡은 대통령 박정희가 자신의 통치를 영구히 공고히 하기 위해 1972년 10월 17일에 대통령 특별 선언을 발표한 사건이다. 그 주요 내용은 위헌적 계엄, 국회 해산권, 헌법 정지이다. 그해 12월에 유신헌법을 새로 공포했고 유신체제가 시작되었다. 대만의 장제스 총통제를 따랐다는 말이 있듯이 제왕적 종신 대통령제가 시작되었다. 이로 인해 유신 독재에 대한 저항과 반대 데모가 전국적으로 끊이지 않았다. 1979년 5월 말 부마항쟁이 일어났고 결과적으로 박정희 대통령은 최측근인 김재규 중앙정보부장에게 그해 10월 26일에 피살당했다. (『글로벌 세계대백과사전』 참조)

기, 상하이 사변, 해방 공간, 6·25전쟁, 이승만 독재, 4·19혁명, 5·16군사
정변까지 산전수전 모두 겪으신 선생님의 마음을 알 것 같다. 평소 압제
와 착취에 대해 조용한 분노와 의분을 가지고 계셨던 선생님이 아니신
가? 필자의 3년 후배였던 이만식 시인은 금아 추모사에서 당시의 피천
득을 이렇게 그렸다.

> "선생님, 우린 악마 같은 녀석들이지요."
> 물끄러미 보신다.
> "자네들같이 깨끗한 사람이 못 간다면 천국에는 도대체 누가 가겠
> 는가."
> 돌아서면 우리는 또 다른 강경 대치의 무의미 속으로 가야 하는데,
> 아니 가야 한다고, 못 가면 부끄러워하였는데, 선생님은 저기 천국에
> 서 계셨다.
> (정정호 엮음, 『인생은 작은 인연들로 아름답다』, 236)

1970년대 초 유신독재 반대로 피가 끓었던 우리는 "악마"였을까? 독
재자에게는 그렇게 보였을지 모른다. 그러나 대부분의 우리는 "빨갱이"
가 아니었고 피천득은 독재에 맞서 데모하는 학생들을 천국에 갈 녀석
들로 보았다.

서정문학의 정치적 가능성

지금까지 필자는 피천득의 정치, 사회문제에 대한 '소극적 저항'의 문
제를 그의 변명과 문학 작품에서 개략적으로 살펴보았다. 피천득의 서
정문학 ― 서정시와 서정 수필 ― 은 약육강식의 제국주의와 식민주의
라는 인간의 야만적인 역사의 페이지에서 민중에 대한 사악한 억압과
착취에 조용한 분노를 드러내고자 하였고 천민자본주의의 근대 세계에
서 생겨난 용서하기 어려운 인간 불평등과 참을 수 없는 인간의 물신화

에 대해 분명한 견해를 제시했다. 우리는 피천득의 서정적 표면에 속아 넘어가서는 안 된다. 예술은 숨기는 것이라고 하지 않던가? 우리는 격렬한 열정이 발효된 후 평정한 마음속에서 쓴 그의 서정문학 안에 숨겨진 또는 시화(詩化)되고 응축된 감정의 실타래를 조용히 풀어내는 지혜로운 독법이 필요하다.

피천득은 분류와 범주화를 꺼렸지만 굳이 그의 정치사상을 나열해 보자.

첫째, 자유사상이다. 개인의 양심과 표현의 자유를 가질 수 있어야 한다는 것은 인간 실존의 기본조건이다. 둘째, 민족 사랑이다. 한 지역에서 오랫동안 함께 살아온 사람들이 유지해온 언어와 문화의 소중함은 인정되어야 한다. 가장 민족적인 것이 세계적인 것이라는 말도 있지 않은가. 셋째, 민주사상이다. 다양한 종류의 제국주의, 식민주의, 독재주의와 싸워야 하고 보통사람들이 서로 조화를 이루며 상호간의 억압과 착취 없이 서로의 차이를 동의하고 인정해야 한다. 넷째, 평등사상이다. 천민자본주의와 최근의 신자유주의에서는 승자독식(The winner takes all)의 논리로 지식, 정보, 재화, 권력 등의 독점이 이루어지고 있으므로 시인은 그것과 대항해 싸워야 한다.

이렇게 필자가 억지로 정리해놓고 보니 피천득은 정치시인처럼 보이지만 절대 그렇지 않다. 아인슈타인이 1948년 이스라엘 건국 시 초대 대통령직을 제의받았을 때 "방정식은 정치보다 오래 간다."고 하면서 거절했다. 이보다 앞서 철학자 스피노자는 어떤 대공에게서 어떤 속박도 없는 "자유로운" 대학교수직을 제의받았지만 대공의 "자유로운"과 자신의 "자유로운"은 다를 수 있다고 생각하여 거절했다. 금아는 철학자 스피노자와 과학자 아인슈타인과 같이 가장 비정치적인 서정시인이다. 그러나 그런 그의 삶과 문학에서 서정성의 정치적 가능성을 발견할 수 있다는 것은 하나의 놀라운 역설이다.

제4장 종교

> 확언은 할 수 없지만 신의 높은 경지나 정신은 가끔 느끼지요. 대자연의 아름다움이나 웅장함을 볼 때도 그런 걸 느낄 수 있고 음악 중에 최상의 음악, 이를테면 베토벤의 교향곡 제9번과 같은 음악을 들을 때도 신의 존재를 느낍니다. 신이 안 계신다면 인간의 힘으로만 어떻게 저런 것들을 창조할 수 있을까 하고 말입니다.
>
> (정정호 엮음, 『인생은 작은 인연들로 아름답다』, 278)

'종교'란 인간의 궁극적 그리고 실존적 문제들에 대한 반응이다. 다시 말해 종교적 상상력이란 유한성 ― 생로병사에 대한 무력감 ―을 인식한 인간이 그에 따른 어려운 상황과 자신들을 화해시키기 위해 일관성 있게 답을 찾아가는 인간적 노력이다.

피천득의 실존적 문제는 무엇이었던가? 그것은 무엇보다 죽음의 문제였다. 자기 죽음이 아닌 어린 시절 아버지와 어머니의 죽음이다. 아버지에 대한 직접적인 기록은 없으나 어머니(금아는 언제나 '엄마'라고 부른다)에 대한 기억과 회상은 생생하다. 엄청난 상실감에 빠졌던 금아는 총명하고 감수성이 강한 너무나도 외로운 소년이었다. 청상과부로 아들만을 돌보며 사시던 청초한 젊은 여인인 엄마가 어려서 돌아가신 것은 금아에게는 최대의 실존적 위기였다. 이 엄청난 인연의 끊김 ― 죽음 ―에 대한 숙고는 이때부터 시작되었을 것이다. 금아는 산호와 진주조개가 깊은 바닷속에서도 익사하지 않고 아름답게 살아가는 것처럼 인연의 숙명적인 무게에 짓눌려 망가지지 않고 감내하면서 살아가는 방법을 터득해야 했다.

속인인 금아는 어떤 종교의 경건한 신자나 성직자보다 종교적이다. 수필집 『인연』에서 몇 구절을 인용해 보자.

> 나는 젖 먹는 아기를 바라다볼 때 신의 존재를 부인하고 싶지 않습니다.   (「서영이와 난영이」)

> "진지하게 과학을 탐구하는 사람은 누구나 우주의 법칙 속에 나타나는 한 성령을 확신하게 될 것이다. 대수롭지 않은 능력을 가진 우리가 겸허함을 느낄 수밖에 없는 그런 영적인 것을."   (「아인슈타인」)

> 그는 자기의 힘이 닿지 않는 광막한 세계가 있다는 것을 알고 있습니다. … 그는 신의 존재, 영혼의 존엄성, 진리와 미, 사랑과 기도, 이런 것들을 믿으려고 안타깝게 애쓰는 여성입니다.   (「구원의 여상」)

> 애욕·번뇌·실망에서 해탈되는 것도 적지 않은 축복이다. 기쁨과 슬픔을 많이 겪은 뒤에 맑고 침착한 눈으로 인생을 관조하는 것도 좋은 일이다.   (「송년」)

금아는 고난의 어린 시절과 억압의 젊은 시절을 보냈지만 현세에 크게 불만을 품거나 울분을 토로하거나 비분강개하며 크게 탄식하지 않았다. 그렇다고 내세로 성급하게 몸을 숨기지도 않았다. 과거의 무게에 짓눌리지도, 쉽게 현재를 도피하지도 않고, 인연의 운명을 조용히 받아들이고 미래를 철없이 꿈꾸지도 않았다. 금아는 시간의 경계를 넘어서는 보편적인 인간 실존의 '작은' 문제들을 '아름답게' 풀어가는 '자연에 순응하는 미소'를 가진 시인이며 수필가이다. 수필집 『인연』은 수필형식으로 된 내러티브이지만 이런 맥락에서 보면 하나의 '철학서'이다. 엄격한 논리나 추상적 개념을 사용하지 않은 범속한 수필가의 가장 비철학적인 철학서이다. 이 수필집은 보통 사람을 위한 대중 철학서이고, 금아는 16세기 르네상스기 영국의 요절 시인 필립 시드니 경(Philip Sidney, 1554~86)이 유명한 『문학의 옹호론』에서 말하는 "대중 철학자"로서의 시인이다.

또한, 연대기적으로 쓰이지 않았지만 수필집 『인연』은 금아의 영적, 문학적 자서전이다. 그러나 무엇보다 『인연』은 하나의 기도서다. 희망이나 용기를 강하게 보여주지는 않지만 증오와 회한이 승화되고, 기쁨과 비전을 가져다주는 간구이다. 수필집 『인연』의 마지막 문단을 읽어보자.

　　하늘에 별을 쳐다볼 때 내세가 있었으면 해 보기도 한다. 신기한 것, 아름다운 것을 볼 때 살아 있다는 사실을 다행으로 생각해 본다. 그리고 훗날 내 글을 읽는 사람이 있어 '사랑을 하고 갔구나' 하고 한숨지어 주기를 바라기도 한다. 나는 참 염치없는 사람이다.　　　　(「만년」)

종교란 생로병사(生老病死)를 피할 수 없는 인간 실존의 '궁극적인 문제'를 다룬다. 불교, 유교, 기독교, 이슬람교 등 제도권화 된 큰 종교들도 있지만 세계 각 지역 고유의 민속 신앙들이 그 부족 수 만큼이나 엄청나게 다양할 것이다. 서로 다른 이름으로 불리는 신(神)에 대한 태도에 따라 유신론자(有神論者), 무신론자, 불가지론자 등으로 나누기도 한다. 본질적으로 인간은 모두 '종교적'이라고 말할 수 있다. 피천득의 종교는 정확하게 무엇일까?

피천득의 종교 섭렵

한국은 기본적으로 다종교사회이다. 민속신앙인 무속부터 외래에서 온 불교, 유교, 기독교(천주교와 개신교)까지 여러 종교들이 비교적 마찰이나 갈등 없이 공존하는 사회이다. 1910년에 태어난 피천득이 살던 시대도 마찬가지였다. 그는 7세에 유치원에 입학하여 일본에서 들어온 서양식 교육을 받기 시작했고 동시에 종로 청진동 근처의 서당에서 한문 공부를 병행하였다. 이러한 방식은 당시의 관행이었다. 그는 서당에서 『통감절요』를 3권까지 배웠고 양태부의 상소문을 줄줄 외워 신동(神童)이란 소리를 듣기도 했다. 이렇게 피천득은 어려서부터 유교가 토대였던 가정과 학교에서 교육을 받았다.

피천득이 기독교를 언제 처음 접했는지 분명하지 않다. 아마도 어렸을 때 자신이 태어난 종로구 청진동 등 서울 중심에서 경성제일고보 부속유치원과 초등학교에 다녔으니 교회나 성경에 대해 쉽게 접했을 거라 짐작할 수 있다. 후일 피천득은 이광수 집에 3년간 유숙하여 춘원에게 영어도 배우고 문학도 배웠다. 춘원이 영미 선교사들이 가르치던 일본의 메이지유신 중학교에 다닌 바 있어 영어 성경에 관해 많이 알고 있었으며 기독교 장로였던 남강 이승훈 선생이 세운 대성학교 교사도 했으므로 피천득은 그에게 많은 영향을 받았을 것이다. 상하이로 유학을 간 피천득은 기독교 선교사들이 가르치던 후장 대학교 영문학과에 재학하였으므로 성경을 자주 접했을 것이다. 그가 전공한 영문학의 8할이 성경과 직간접으로 관련이 있다. 1987년 피천득의 수필 「기도」를 읽은 예수회 소속 고(故) 김태관 신부는 교리문답 과정을 생략한 채 같은 해 12월 22일 서강대학교 사제관에서 당시 77세의 노시인을 위해 성사를 올렸다. '프란체스코'라는 세례명을 받은 피천득은 반포성당에 교적을 두었으며, 타계하기 직전까지 수십 년 동안 영어 성경을 꾸준히 읽어 그 가죽표지가 너덜너덜해졌다(이 성경은 지금 롯데월드 3층 금아 피천득 기념관에 전시되어 있다). 이러한 사실들은 피천득이 독실한 기독교 신자였는지와는 다른 문제다. 이 문제는 뒤에서 다시 논의하기로 한다.

피천득이 불교에 본격적으로 관심을 두게 된 건 상하이 유학 중인 1930년대다. 당시에 그는 중국에서 일본과 상하이 사변이 터진 데다 건강이 좋지 않아 잠시 귀국한다. 원래 조국의 산과 물을 좋아했던 피천득은 금강산에 자주 드나들다가 장안사 근처에 거처를 정하고 상월 스님에게 사사하며 1년간 『유마경』*과 『법화경』** 등을 읽었다. 한때 시국도 어수선하고 일본의 억압 통치가 싫어서 승려가 될까도 생각하였으나 사정상 하산하였다. 이것도 어떤 의미에서 이광수의 영향일 수 있다. 춘원은 오산학교 교사로 있을 때 진화론 등의 문제로 학교의 실권을 잡고 있던 미국 선교사들과 불화와 마찰이 생겨 사직한 후 불교로 돌아섰다. 그후 춘원은 불교에 심취했으나 말년의 한 대담에서 불교의 "대자대비"와 기독교의 '사랑'은 같은 것이라며 기독교를 배척하지는 않았다. 이것은 춘원의 한국 최초의 근대 장편소설인 『무정』(1917)과 『원효』 등의 소설을 보면 잘 나타나 있다.

석경징의 증언에 따르면 피천득은 오랫동안 꾸준히 노자의 『도덕경』

---

* 『유마경(維摩經)』은 1∼2세기경 인도의 갑부였던 유마힐이란 사람이 재속신자(在俗信者, 거사 居士)로 불교의 핵심적 교리를 깨닫고 청빈하게 살며 가난한 자를 돕고 사는 것을 최고의 선으로 가르친 오래된 불경의 하나다. 그 주요 내용은 첫째 우리 사는 곳이 바로 정토(淨土)라는 사상, 둘째 자비 정신의 실천, 셋째 평등의 불이(不二)사상의 실천, 넷째 중생들도 부처님처럼 깨달을 수 있다는 것이다. (『글로벌 세계대백과 사전』 참조)

** 법화경(法華經)은 묘법연화경(妙法蓮華經)이라 불리는 경전 중의 경전이다. 법화경은 서북부인도에서 1세기 전후에 불심이 강하고 진보적인 불자들이 최초로 만들었다고 추정된다. 주요 내용은 부처님은 창세 이전부터 먼 미래까지 존재하는 초월적인 존재라는 것과 대도(大道)를 깨닫고 실천하는 사람은 누구든지 부처가 될 수 있다는 것이다. 법화경은 모두 28장으로 구성되어 있고 부처가 되기 위한 길을 7개의 비유를 들어 설명해 놓은 법화칠비(法華七譬)가 있다. 불교의 대표적인 대승경전인 법화경(전7권)은 우리나라에도 일부가 여러 곳에 소재해 있고 문화재로 지정되어 있다. (『글로벌 세계대백과사전』 참조) 춘원 이광수도 한때 법화경에 심취한 적이 있는데 피천득 역시 그 영향을 받았을 것으로 짐작한다. 이에 관해서는 특히 김윤식 『이광수와 그의 시대 2』 233∼48 참조.

도 읽었다. 노자의 '무위자연' 사상은 뒤에 장자사상과 합쳐져 노장사상으로 그리고 이것이 민속신앙화되어 선(仙) 사상인 도교(道敎)로 발전되었다. 피천득이 일생 흠모하고 따랐던 도연명의 "은자사상"은 결국 노장사상의 영향을 받은 것이다(이에 관해서는 본서 제Ⅰ부의 「피천득과 도연명」을 참조 바람). 필자는 앞에서 피천득의 시 세계를 노자사상의 핵심어인 '물', '어린이', '여성'을 중심으로 논의하였다(본서 제Ⅱ부 2장 참조 바람). 피천득 시에 관한 노자적 접근은 아마도 필자의 시도가 처음일 것이다. 이렇게 볼 때 피천득은 시대 상황상 어느 한 종교에 귀의했다기보다 유교, 불교, 도교, 기독교에 모두 노출되었고 두루두루 섭렵하였다고 볼 수밖에 없다.

기독교적 조명으로 피천득의 삶과 문학을 논의하는 것은 필자가 이 글의 끝부분에서 시도하겠다. 우선 불교부터 시작해 보자. 불교와 피천득의 시 세계를 다룬 짧은 글이 피천득의 제자인 영문학자 강대건 교수에 의해 2014년에 발표되었다. 여기서는 우선 강 교수의 글을 소개하기로 하자.

강대건은 「금아 시인과 공(空)사상」이라는 글에서 피천득의 시 세계를 불교의 공 사상에 의거해 논하고 있다. 강 교수에 따르면 피천득 시의 서술자는 "언제나 채워지지 않는 결여감을 느끼며 영원히 방랑하는 플라톤의 다이먼과도 같다. 그 허전함은 예지적인 것이든, 선한 것이든, 혹은 아름다운 것이든 구원한 그 무엇에 대한 채워지지 않는 무한한 갈증과 희구, 풍경과 기다림의 정서와도 이어진다."고 전제한다. 그리고 그 허전함은 "동양적인 무, 특히 불교철학의 공(空) 사상과 맥을 같이하고 있다"(21)고 결론짓는다. 강 교수는 공 사상에 관한 깊이 있는 논의를 전개한 후 불교의 삼론종(三論宗)에 속하는 중관론자(中觀論者)들의 공 사상을 채택한다. "유와 공이 일방적으로 긍정되거나 부정되는 것이 아니라 부정되기도 하고 긍정되기도 하는"(22) 다시 말해 유와 공의 상호침투성을 강조한다. 이를 대표하는 인도 철학자는 나가르주나

(Nagarjuna, 150?~250?)이다. 강 교수는 공의 형이상학이 인연, 윤회, 유전(samsara)의 사상에 따라 제행무상(諸行無常); 제법무아(諸法無我); 일체개고(一切皆苦)의 3대 명제 속에 들어있다고 정리한다. 결국 정제(整齊)된 공 사상은 또다시 정제되어 색즉시공(色卽是空), 공즉시색(空卽是色)이 된다는 것이다. 이러한 공 사상이 잘 요약되어 있는 『반야심경』은 "유사한 음의 연속, 유사한 사고패턴과 유사한 문장구조의 연속 등으로 시적인 리듬을 형성"(24)한다. 피천득 시의 형식과 운율성이 반야심경의 반향일 수도 있겠다.

강대건은 불교의 "이렇게 정제되고 정서화된 공의 사상이 동양문화권의 집단무의식의 분명한 일부분을 구성하고 있다."고 전제한 다음 피천득이 좋아했던 19세기 영국 낭만주의 시인 퍼시 셸리의 시 「오지만디아스 "Ozymandias"」를 소개하며 피천득의 시 세계와 연결 짓는다. 우선 셸리의 시를 조금 길지만 전반부만 소개한다.

> 나는 고대의 나라를 다녀온 여행자를 만났다네.
> 그는 말했다네 — "거대하면서 동체 없는 두 개의 돌다리가
> 사막에 높이 서 있다고 — 그 근처 모래 위에
> 부스러진 얼굴 조각이 반쯤 묻힌 채 놓여 있는데, 그 찌푸린 표정,
> 삐죽이는 듯한 입술, 그리고 조소를 띤 차가운 명령은
> 그 조각가가 그러한 정열을 잘 읽어 냈음을 말해 준다오.
> 그 정열은 이 생명 없는 돌조각에 새겨진 채
> 그 정열을 흉내 내며 조롱했을 손보다,
> 그 정열을 불태우던 가슴보다 오래 남아 있다오.
>
> (필자 옮김)

이 시는 한마디로 인간이 만들어낸 거대한 작품과 허망한 인간의 자부심을 표현하고 있다. 셸리 시대의 성서학자들에 따르면 오지만디아스(기원전 1304~1237년)는 이집트를 통치한 람세스 2세의 고대 그리스식

이름이다. 그는 노예로 부리던 유대인들을 탄압하고 그들을 해방시키고자 하는 모세의 계획을 반대하였으며, 자신의 명예를 기리기 위해 거대한 석조 건물들과 기념비들을 많이 세웠다. 람세스 2세의 거대한 흉상에는 "나는 왕 중의 왕 오지만디아스다. 누구든 내가 얼마나 위대하며 내가 어디 있는지 알고자 한다면 나의 이 거대한 작품 중 어느 하나라도 능가하는 일을 하게 하라."고 쓰여 있다고 한다.

여기에서 강대건이 셸리와 피천득을 어떻게 연결시키는지 직접 그의 말을 들어보자.

> 생전에는 절대적인 권력을 가지고 군림했던 오지만디어스와 그의 호언장담이 새겨져 있는 묘비와 함께 그의 유해의 일부가 너부러져 있는 사막, 그 묘비와 유해보다도 넓은 공간을 차지하고 아득히 뻗어 있는 망망허허(茫茫虛虛)한 사막을 상상했던 P. B. 셸리 시의 서술자가 느꼈음 직한 허전함, 공허감, 정서화된 공의 사상이 고담(枯淡)한 금아 시인의 모든 시 작품 속에 아련히 스며 있다고 하는 생각을 필자는 떨쳐버릴 수가 없다. (25)

강대건이 피천득의 시에서 공(空) 사상과 관련된 구체적 사례를 들었으면 하는 아쉬움이 남는다. 강 교수가 화두를 던졌으니 앞으로 피천득의 시와 불교의 공 사상과의 관계를 좀 더 치밀하게 사유하는 것이 필요하다.

피천득과 기독교

> 난 본래 진화론을 믿지 않아요. 하느님이 계시다는 걸 인정할 수밖에 없거든요. 우리들 마음속에 존재하는 성스러운 그 무엇과 연결되어…. (정정호 엮음, 『인생은 작은 인연들로 아름답다』, 306)

기독교적 이미지에 강한 흥미를 느끼고 있었던 윌리엄 블레이크는 19세기 영국 낭만주의 전파(前派)의 신비로운 종교적 비전을 가진 판각 화가이며 시인이다. 피천득의 설명에 따르면 블레이크는 "때로는 부드 럽고 때로는 숭고한 감정을 솔직하고 강렬하게 표현하는 데서 오는 절 묘한 단순미"(『내가 사랑하는 시』)를 가지고 있다. 블레이크의 『천진의 노래』 중에서 「양(羊)」이란 시를 피천득의 번역으로 읽어보자.

> 작은 양아, 누가 너를 만드셨니?
> 누가 너를 만드셨는지 너는 아니?
> …
> 그분은 네 이름과 같으시다
> 그분은 자신을 양이라고 부르신다
> 그분은 유순하고 온화하시다
> 그분은 작은 아가였다
> 나는 아가 그리고 너는 양
> 우리는 그분의 이름으로 불린다
>
> 작은 양아, 하느님의 축복을!
> 작은 양아, 하느님의 축복을!
>
> (『내가 사랑하는 시』)

예수는 흔히 작은 양(羊)으로 불린다. 예수는 자신을 양이라 했다. 양 처럼 "유순"하고 "온화"하고 순수한 "아가"의 마음을 가진 분이다. 고 대 유대교 전통에서 양은 희생 제물로 사용되었다. 양의 피를 제물로 바 쳐 인간을 보호했던 것인데, 예수 자신이 양이 되어 우리의 모든 죄를 짊어지고 십자가 위에서 희생되어 우리는 모두 그 핏 값으로 구원을 받 았다. 예수는 우리들을 한치 앞도 보지 못하는 양 떼로 보았고 자신은 양 떼를 지키는 목자(牧者)로 견주기도 했다. 피천득은 1932년 4월 21일자『동아일보』에『피천득 문학전집』에는 수록되지 않은 「양」이란 시를 발표했다. 전편을 읽어보자.

羊아 羊아
네 마음은 네 몸가티 희고나
羊아 羊아
네 마음은 네 털가티 보드럽구나
羊아 羊아
네 마음은 네 음성가티 정다웁고나

피천득은 이 시에서 양의 마음의 특성을 "희고나", "보드럽구나", "정다웁고나"로 묘사하고 있다. 이 시에 분명한 기독교적 이미지를 표현하는 것이 시인의 목적이 아니었을지 몰라도 필자에게는 앞의 블레이크의 시「양」의 반향이 강하게 느껴진다. 양의 몸이 '희다'는 말은 양으로 직유 되는 예수의 죄 없는 순수함, 순결함을 가리키고, 양의 털이 "보드럽다"는 말은 예수의 유순하고 온유함을 가리키며, 양의 음성이 "정답다"는 말은 예수가 우리에 대한 사랑으로 가득 찬 분임을 밝힌다. 필자의 이러한 읽기는 '오독(誤讀)'이라고 불릴 수 있지만, 미국의 문학이론가 해롤드 블룸의 말대로 "창조적 오독"이라면 독자들도 기꺼이 마다치 않으리라.

피천득이 번역한 에밀리 디킨슨의 시 중에 「나는 황야를 본 적이 없다」가 있다.

나는 하나님과 이야기한 일이 없다.
천국에 가본 적도 없다
그러나 나는 그 장소를 확실히 안다.
마치 지도를 가진 것처럼 (제2연)

피천득의 기독교에 대한 관심을 잘 보여주는 것이 짧은 수필 「기도」이다. 인용하기엔 길지만 한 번 다시 읽어보자.

　　무릎을 꿇고 고요히 앉아 있는 것도 기도입니다. 말로 표현을 하든 아니하든 간절한 소망이 있으면 그것이 기도입니다. 브루흐의 〈콜니드라이〉와 바다르제우즈카의 〈소녀의 기도〉는 음률로 나타낸 기도이고, 엘 그레코의 〈산토도밍고〉나 밀레의 〈만종〉은 색채로 이뤄진 기도입니다. 말로 드리는 으뜸가는 기도는 '마태복음' 6장에 있는 '주의 기도'입니다. "저희에게 오늘의 양식(빵)을 주시옵고…" 하신 말씀은 그의 인간미를 느끼게 합니다. "빵에 잼을 많이 발라주세요." 하고 기도하는 프랑스 아이가 있더랍니다. "예수의 이름으로 비옵나이다." 하고 우리는 기도의 끝을 맺습니다. 어찌 "부자가 되게 해주십시오." 하는 기도를 드릴 수 있겠습니까.

피천득에게 기도의 형식은 다양하다. "말로 드리는 기도"뿐만 아니라 "음률도 나타낸 기도"인 브루흐와 바디르제우즈카의 음악, 그리고 "색채로 이뤄진 기도"인 엘그레코와 밀레의 그림도 기도다. 피천득에게 최고의 기도는 신약의 마태복음 6장에 나오는 "주기도문"이다. 주기도문에서 피천득은 구원과 영생에 대한 심원한 교리가 아니라 일용할 양식을 달라는 예수의 "인간미"를 크게 보았다. 그는 77세 되던 해에 기독교 (예수회)에 공식적으로 입교해 자신이 좋아했던 12세기 이탈리아 청빈의 은자 수사였던 성(聖) 프란체스코라는 세례명도 받았다.* 그러나 거

---

* 피천득의 장례식을 집전한 조규만 주교는 2007년 5월 29일 영결미사에서 다음과 같은 일화를 소개한다: "얼마나 순진하셨으면, 고백성사를 보기 위해 성당 고백실에 가서 판공성사표만 달랑 주고 나오다가 선생님을 모르는 젊은 보좌신부가 뛰쳐나오면서 '할아버지 성사표만 내고 가면 어떻게 하느냐'고 따져 묻자 '나는 죄가 없는데 어떡하냐.'고 답하셨답니다. … '사람에게는 죄를 짓지 않았을지 모르지만 하느님께 죄가 없는 사람이 어디 있느냐'고. 그래서 자신이 매우 교만했노라고, 하느님 앞에 죄를 성찰하지 못했던 자신을 토로하셨다는 것입니다. 참으로 사람에게 손해를 입히지 않으며 살려고 하셨던 순진무구한 삶이었습니다"(정정호 엮음, 『인생은 작은 인연들로 아름답다』, 21~22). 수녀 시인 이해인의 추

의 10년 뒤인 1996년 『평화신문』과의 대담을 통해 자신의 신앙생활을 다음과 같이 소개하고 있다.

> 그런데 난 아직도 그때 들어선 그 문턱에서 서성거리고 있어요. 신앙에 충실치 못한 건 지금도 마찬가집니다. 아직 내가 믿는 바는 하늘에 군림하시는 전지전능한 신이기보다는 불쌍한 우리들 속에서 고뇌를 같이하시고 우리의 상처에 향유를 발라주시는 인간적인 예수님이십니다. 내가 공경하는 성모마리아는 여성의 가장 아름다운 순결의 상징입니다. 그 순결미는 어느 종교적 진리보다도 귀한 것이라고 생각합니다.　　　　　　　　　　　　　　　　　(1996년 1월 21일자 12면)

피천득은 『평화신문』 「가톨릭 문학순례」라는 특집의 첫 번째 초대 손님이었다. 여기서 주목할 것은 "인간적인 예수님"이다. 그의 관심사는 난해하고 고답적인 신학 교리가 아니다. 피천득의 성모 마리아는 청초한 나이에 돌아가신 '엄마'의 이미지와 중첩된다. 마리아가 십자가에 못 박혀 죽은 아들 예수를 안고 있는 모습의 미켈란젤로 조각품을 피천득은 모든 미술작품 중 최고로 생각하였다. 피천득에게 죽은 엄마는 영원히 젊은 엄마로 남아 있다. 젊은 성모 마리아가 죽은 예수를 안고 있는 것은 심신이 지치고 상실감과 그리움에 사무쳐 죽음에 이른 피천득을 그의 '엄마'가 안고 있는 꿈을 꾸는 것이다. 예수는 33세의 젊은 나이에 죽었고 그 어머니 성모 마리아는 오래 살았다. 피천득의 경우와는 정반대다.

2000년대 들어 피천득이 김재순과 대화하던 자리에서 다시 예수님 얘기가 나왔다. 그의 이야기를 들어보자.

모시 「금아 피천득 선생님께」에서 피천득은 "나는 너무 이기적으로 살아서 부끄러워." 하시며 탄식했다(앞의 책, 41). 피천득은 언제나 자신의 영적인 교만과 남을 위해 이타적으로 살지 못함을 부끄럽게 생각했다.

저는 '예수님'하면 이런 생각이 들어요. 예수님이 얼마나 가난한 생활을 했습니까. 예수님의 친구는 어부같이 당시 가난하고 천대받던 이들, 애인이라야 매음녀 같은 사회에서 소외받는 사람들이었는데, 이들을 오직 애정으로, 인간에 대한 근원적인 사랑으로 대했지요. 얼마나 인간적인 분입니까. 저는 신적인 면보다도 예수님의 그런 인간적인 면을 사랑합니다. 제 종교관은 그런 겁니다.

(정정호 엮음, 『인생은 작은 인연들로 아름답다』, 279)

이것이 피천득의 종교관이요, 신(神)관이다.

피천득은 자신의 처지를 예수의 처지와 비교한 적도 있다.

나는 가난을 느끼는 일이 거의 없다. … 그런데 의식주 셋 중에서 주택 때문에 가난을 느끼는 때가 있다. "예수께서 이르시되, 여우도 굴이 있고, 공중의 새도 거처가 있으되, 오직 인자는 머리 둘 곳이 없다 하시더라." 주님의 말씀과 같이 달팽이도 제집이 있고 누에도 제집을 만들어 드는데, 나에게는 내 집이 없었던 때가 있었다. 남산에서 만호 장안을 내려다보고, "집, 집, 집 사면에 집, 그러나 우리를 위한 집은 한 채도 없구나." (「이사」)

금아의 차남 피수영 박사에 따르면 피천득은 "예수님은 가난하게 사셨는데"라고 말하시며 일부 목사들이 예수 이름을 팔아 호가호위하면서 높은 직위를 가지고 부유하게 살고 있는 것에 대해 탄식했다고 한다. 피천득의 서재 책상 위에는 흰 수염의 노인이 수프 한 그릇, 빵 한 조각을 놓고 기도를 드리는 사진이 있었다. 피천득은 이렇게 가난하고 검소하고 소박한 생활을 신앙생활의 기본이라고 생각하였다.

중세의 이탈리아 아시시의 프란체스코는 '가난'이라는 신부와 결혼한 것으로 사랑받는 성자였다. 프란체스코는 가난을 청빈으로 가는 수단이 아니라 검소한 삶 자체를 목표로 삼았다. 그는 부유함을 버리고 가난을 단호하게 선택하였다. 그에게는 가난한 사람들을 돕는 것보다 예수처럼 스스로 가난하게 사는 것이 최고의 진리다. 탐욕을 버린 가난은 그에게 자유로운 삶에 이르는 무소유 철학이었다. 성 프란체스코는 프란체스코 회원들의 수도 생활을 위한 「회칙」을 만들었는데 오늘날과 같은 신자유주의적 천민자본주의 시대에는 너무나 비현실적으로 들릴 것이다. 그러나 돈과 가난에 대한 프란체스코의 기막힌 역설이 있다. 생존에 필요한 최소한의 돈으로 사는 가난을 선택하는 것만이 우리의 영혼을 구원할 수 있다는 사실은 인간이 탐욕과 돈의 노예가 된 오늘날에도 부정하기 어려울 것이다. 피천득이 천주교 입교 시 세례명을 프란체스코로 정한 것도 그의 「회칙」에 깊이 공감하였기 때문일 것이다.

금아의 기독교관을 체계적으로 논의하는 것은 불가능할뿐더러 무익한 일이기도 하다. 아마도 그의 수필 「아인슈타인」에서 결정적인 단서를 찾을 수도 있겠다. 피천득은 뉴턴 이래의 세계적인 과학자인 아인슈타인을 닮고 싶었나 보다. 아인슈타인의 난해한 상대성이론을 이해하려고 여러 번 노력했고 그의 풍부한 유머와 인간미를 부러워하였다. "모차르트의 바이올린 소나타를 연주하기를 좋아하였"고 "평화 운동을 전개하고 사회 부조리를 극력 반대하였"던 아인슈타인을 존경하였다. 아인슈타인은 인간사의 사소한 다툼은 "달팽이 뿔 위의 전쟁"처럼 부질없는 노릇이라고 일갈했고 언젠가 그는 하늘을 바라보고 뜰 앞에 앉아 있었는데 지나가는 사람이 물었더니 "별을 바라보고 있소."라고 대답했다. 금아가 하늘의 별을 바라보기를 좋아했던 것은 어렸을 때 엄마가 하늘을 바라보면서 별자리를 가르쳐 줄 때 자주 보았기 때문일까? 그 후 엄마가 죽어서 하늘로 날아가 "학"이 된 후에는 하늘 쳐다보기를 더욱 좋아했다.

피천득의 종교관은 아인슈타인의 종교관과 많이 닮았다. 수필 「아인슈타인」에서 피천득의 말을 다시 직접 들어보자.

그는 한 성령(聖靈)을 믿는다. 그는 말하기를,

"진지하게 과학을 탐구하는 사람은 누구나 우주의 법칙 속에 나타나는 한 성령을 확신하게 될 것이다. 대수롭지 않은 능력을 가진 우리가 겸허함을 느낄 수밖에 없는 그런 영적인 것을."

그의 신은 개인의 행동이나 운명을 다루는 신이 아니요, 우주의 모든 것이 법칙 있는 조화를 이루게 하는 신이다. 스피노자가 믿는 신이다.

피천득은 아인슈타인이 믿는 신과 스피노자가 믿는 신과 자신이 믿는 신이 같다고 생각한다. 스피노자의 목표는 "신에의 지성적 사랑"이다. 아인슈타인과 스피노자와 피천득이 믿는 신은 복잡하고 난삽한 조직신학이나 엄청나게 제도권화 되어 세속화된 기독교의 신이 아니다. 피천득은 앞서 언급한 『평화신문』과의 대담에서 "예수님은 굉장한 시인이라는 생각이 늘 든다."고 했다. 피천득은 시인을 가난하기를 작정하고 불쌍한 사람들을 위한 언어예술가로 생각하기 때문에 예수는 가난하게 살면서 복음이라는 시를 쓴 시인이 되는 것이리라.

피천득과 프란체스코

피천득이 세례명으로 '프란체스코'를 택한 것은 오래전에 제자 한 사람으로부터 성자 프란체스코의 "평화를 구하는 기도"문이 쓰인 족자를 선물 받은 것이 계기가 되었다. 여기서 성 프란체스코의 기도를 들어보자.

오 주여!
저로 하여금 주님의 평화의 도구로 삼아 주소서.
미움이 있는 곳에 사랑을 주고
악행을 저지르는 자를 용서하며

다툼이 있는 곳에는 화목케 하며
잘못이 있는 곳에 진리를 알리고
회의가 자욱한 곳에 믿음을 심으며
절망이 드리운 곳에 소망을 주게 하소서.
…
위로받기보다는 먼저 위로하고
이해받기보다는 먼저 이해하며
사랑받기보다는 사랑하게 해주소서. (127)

피천득의 시와 수필 작품을 관통하는 사상은 정(情)과 인(仁)을 통한 '평화'로, 그의 문학은 우리들의 인생 사용법에 관한 구체적인 지침서이다. 수년 전 세상을 떠난 소설가 박완서도 금아의 수필집 『인연』을 언제나 책상 위에 가장 잘 보이는 곳에 놓아두고 수시로 읽으면서 어지러운 마음을 가라앉히고 마음의 평화를 찾았다고 고백하지 않았던가?

피천득이 우리에게 남기고 간 문학은 "종달새"처럼 솟아오르고 "생명"이 살아서 꿈틀거리는 맑은 샘터이며, 관계들이 아름답게 엮이고 "인연"들이 춤추는 무도장이다. 피천득은 세례명 프란체스코처럼 "세속의 성자(聖者)"가 된 것일까?

도덕과 비도덕을 넘어서

필자가 피천득과 기독교의 관계를 사유하며 이 글을 쓰면서 내 마음에서 한 번도 떠나지 않은 성경 구절은 『신약』, 「마태복음」 5장에 나오는 예수의 '산상수훈' 설교이다. 이 설교는 예수가 공생애를 시작하며 처음으로 신도들에게 주는 삶의 최고 강령으로, 인간의 글로 적혀 있는 가장 신비로운 구절이다. 아름다운 행동지침이지만 실천이 절대 쉽지 않아서인지 숭고하게 느껴진다. 8가지 강령은 다음과 같다.

1. 심령이 가난한 자는 복이 있나니 천국이 그들의 것임이요
2. 애통해하는 자는 복이 있나니 그들이 위로를 받을 것임이요
3. 온유한 자는 복이 있나니 그들이 땅을 기업으로 받을 것임이요
4. 의에 주리고 목마른 자는 복이 있나니 그들이 배부를 것임이요
5. 긍휼히 여기는 자는 복이 있나니 그들이 긍휼히 여김을 받을 것임이요
6. 마음이 청결한 자는 복이 있나니 그들이 하나님을 볼 것임이요
7. 화평하게 하는 자는 복이 있나니 그들이 하나님의 아들이라 일컬음을 받을 것임이요
8. 의를 위하여 박해를 받는 자는 복이 있나니 천국이 그들의 것임이라.(「마태복음」, 5장 3～10절)

기독교에서는 이 8가지 강령을 8복(福)이라고 부른다. 이 8가지를 실천할 수 있다면 기독교의 2개 핵심개념인 '공의'와 '사랑'을 모두 실천하여 "복이 있는 사람"이 된다. 독일의 철학자 칸트는 이 산상수훈을 "절대적 윤리"라고 평가했고 러시아의 소설가 톨스토이는 "문자 그대로법"이라고 언명했으며 인도의 사상가 간디는 "이렇게도 아름다운 진리가 있구나."하고 경탄했다고 한다.

피천득이 이 산상수훈을 어떻게 평가했는지 알 수가 없지만 평소에 그는 예수를 "위대한 시인"으로 생각했다. 산상수훈은 숭고하고 아름다운 삶의 법칙을 노래한 시이다. 8개의 복이 서로 대구(對句)를 이루며 다시 강조되는 순환구조이다. 유대 시가 특징의 한 면이다. 제1복의 "심령이 가난한 자"와 제6복의 "마음이 청결한 자"가 대구를 이루고 각각의 후반부 "천국이 그들의 것임"과 "그들이 하나님을 볼 것임"도 대구를 이룬다. 제2복의 "애통해하는 자"는 제5복의 "긍휼히 여기는 자"와 대구를 이루고 각 후반부의 "위로를 받을 것임"과 "긍휼히 여김을 받을 것임" 역시 대구를 이룬다. 제3복의 전반부 "온유한 자"는 제7복의 전반부 "화평하게 하는 자"와 대구를 이루고 각 후반부 "땅을 기업으로

받을 것임"과 "하나님의 아들이라 일컬음을 받을 것임"도 대구를 이룬다. 여기서 땅을 기업으로 받을 수 있는 것은 하나님의 아들이라 일컬음을 받기 때문이다. 마지막으로 제4복의 전반부 "의에 주리고 목마른 자"는 제8복의 전반부 "의를 위하여 박해를 받은 자"와 완전히 대구를 이루며 각각의 후반부인 "그들이 배부를 것임"과 "천국이 그들의 것임"도 대구를 이룬다. 이 얼마나 아름다운 대조이며 놀라운 반복인가? 8복을 다시 가난과 순수, 사랑과 긍휼, 화평과 온유, 공의와 정의의 4개 짝으로 재조합할 수 있다. 예수의 산상수훈 이론을 그대로 실천하면서 살 수 있다면 그것은 하나님과 동행하는 삶이 되리라.

필자의 의도는 산상수훈에 대한 분석과 비평이 아니다. 피천득의 삶과 사상, 문학을 종합적으로 놓고 볼 때 이 8복에서 추출된 4개의 핵심 인식소인 '가난과 순수', '사랑과 긍휼', '화평과 온유', '공의와 정의'를 피천득이 일상생활에서 실천하며 살려고 노력한 것은 아닌가 하는 생각이 든다. 필자가 다른 곳에서 피천득을 '세속의 성자'라고 부른 이유가 바로 여기에 있다. 피천득은 가난, 순수, 사랑, 온유, 정의 등을 미덕으로 판단하고 가치를 부여하여 그것에 따라 살고자 의식적으로 노력한 것이 아니라 삶 자체가 그러하였다. 도덕적 명제를 의식하지 않고 그대로 살다 보니 그러한 도덕적 미덕들로 범주화되었다는 말이다. 이것은 피천득이 가난, 순수, 소박 등이라는 개념에 앞서 이러한 삶을 먼저 살고 그런 추상적 도덕 개념들이 뒤에 따라왔다는 말이기도 하다. 검소하다는 것이 미덕인 줄 모르고 그저 검소하게 살았는데 주위의 다른 사람들에 의해 검소하게 산다는 말을 듣는다는 뜻이기도 하다. 피천득은 도덕적(moral) 인간이거나 비도덕적(immoral) 인간의 상태를 벗어나서 도덕 윤리적 기준을 포월한 무도덕적(amoral) 인간이었을까?

에필로그: '나무 되기'

> "사랑을 하고 갔구나."

    어린 벗이여, 기름진 흙에서 자라는 나무는 따스한 햇볕을 받아 꽃이 핍니다. 그리고 고이고이 나리는 단비를 맞아 잎이 큽니다. 그러나 이 깔깔한 모래 위에서 자라는 나무는, 쌀쌀한 바람에 불려서 자라는 나무는, 봄이 와도 꽃필 줄을 모르고 여름이 와도 잎새를 못 갖고 가을에는 단풍이 없이 언제나 죽은 듯이 서 있습니다.   (「어린 벗에게」)

    나무*는 피천득의 삶과 문학에서 특별한 존재다. 피천득 평전의 마무리를 위해 우선 그의 시 「새해」 전문을 읽자.

---

* 나무는 하늘의 빛(열)과 땅의 물과 통합되어 생명의 근간인 엽록소를 만드는 광학성 작용을 수행함으로써 최고의 원초적 통일성을 상징한다. 인간문명사에서 '나무'에 대한 상징들은 지역별로 종류별로 다양하다. 몇 가지만 살펴보자. 2016년 여름 필자는 한 민족의 시원(始原)과도 관계가 있다는 시베리아의 신비롭고 거대한 바이칼 호수 지역을 다녀왔다. 가장 인상적인 '자작나무'는, 그 줄기의 흰색은 신성(神性)을 나타내고 커다란 줄기 마디들은 샤만이 하늘로 올라가는 계단으로 여겨져, 하늘(신)과 땅(인간)을 연결해 주는 거룩한 나무이다.
나무는 하늘로부터 받은 생식능력을 가지고 있다고 여겨졌다. 어떤 알타이와 터키 몽골부족에서는 인간 여성과 나무와의 결혼신화로 나무를 통한 인간의 다산(多産) 능력을 제고한다. 사람이 나무로 바뀌면서 그 원래의 모습으로 되돌아간다고 믿는 풍습도 있다. 생명나무의 상징은 줄기는 남근으로, 무성한 가지와 나뭇잎은 자궁으로 보기도 한다(장 스발리에와 알랭 지드브란트 『상징사전』에서 표제어 '나무' 참조). 이 평전에서 나무 되기는 이 모든 상징들을 포용하는 것은 아니다. 다만 피천득의 시와 수필에 나타나는 나무를 중심으로 그의 삶과 문학을 연계시키고자 한다. 피천득의 나무는 광합성 작용과 같이 하늘과 땅과 인간을 이어주는 최고의 실제이며 순환적인 생명의 원초적 운행인 생명나무이다.

새해는 새로워라
아침같이 새로워라

너 나무들 가지를 펴며
하늘로 향하여 서다

봄비 꽃을 적시고
불을 뿜는 팔월의 태양

거센 한 해의 풍우를 이겨
또 하나의 연륜이 늘리라

하늘을 향한 나무들
뿌리는 땅 깊이 박고

새해는 새로워라
아침같이 새로워라

새해를 노래하는 이 시의 주인공은 "나무"다. "가지"가 보이고 "뿌리"가 소개된다. "물"을 보여주는 "봄비"가 등장하고 "불"을 뿜는 "태양"이 그려진다. 이것들은 나무가 자연 속에서 기능을 발휘하며 살아가게 하는 기본 요소들이다. 여기서 즉시 연상되는 것은 광합성(光合成) 작용이다. 하늘로 향한 잎사귀에 있는 엽록소는 태양의 열을 받고 땅속 깊이 박혀있는 뿌리를 통해 대지의 물과 다양한 자양분을 줄기로 올려 잎사귀에서 "녹말"을 만들어낸다. 지상의 모든 녹색 식물에서 광합성 작용으로 생산되는 녹말은 지구 위의 사람을 포함한 모든 생물의 먹이와 영양의 토대이다. 이것은 하나님이 자신이 창조한 자연에게 준 축복이다. 녹말은 먹이사슬 맨 아래 단계에 있다. 이것뿐이랴. 나무는 이 광합성 작용에서 대기 중의 이산화탄소를 흡수하고 지상의 모든 동물에

피천득 평전

게 필수적인 산소를 배출하고 약간의 수분도 뿜어낸다. 이런 작용으로 지구 생존의 대원리가 매년 새롭게 반복되며 나이테(연륜)를 늘려간다. 나무는 하늘과 땅을 이어주는 찬란한 무지개다리이다. 하늘은 天, 땅은 地, 그리고 나무는 人이다. 나무를 통해 하늘, 인간, 땅이 하나가 되는 삼재(三才)가 된다.* 신비한 삼위일체처럼 나누어져 있지만 결국은 하나이다. 어떤 의미에서 하늘은 피천득의 사상이고 땅은 그의 작품이며 인간은 피천득 자신이다.

피천득은 말이나 글보다 삶 자체를 가장 우선시했다. 말이나 글이 행동에 앞서는 것을 허락하지 않았다. 그는 나무처럼 살고 싶어 했다. 나무처럼 묵묵히 주위 사람들에게 사랑을 실천하며 살고자 했다. 나무는 봄, 여름에는 푸른 잎을 선사하고 아름다운 꽃을 피워 향기를 뿜어내고 떨어지는 빗물을 받아 땅속에 보관했다 필요할 때 우리에게 제공한다. 가을에는 울긋불긋한 단풍으로 우리를 잠시나마 자연의 조화에 황홀케 한다. 겨울에 내리는 눈을 가지에 받아 눈꽃까지 피우며 우리를 즐겁게 한다. 나무의 말 없는 사랑의 실천은 피천득이 자연에서 가장 닮고자 했던 사랑의 철학이다.

피천득이 좋아하는 가난한 성자 프란체스코는 그의 시 「태양의 노래」에서 조물주가 창조한 삼라만상 위에서 사랑을 나누는 태양을 감사와 기쁨으로 노래했다. 성 프란체스코는 죽기 직전 질병의 고통 속에서도

---

* 조선시대 말기와 일제 강점기의 정동교회 최초의 조선인 목사이며 기독 변증가였던 탁사(濯斯) 최병헌(崔炳憲, 1858~1927)은 1907년부터 1912년에 출간한 개화기 소설 『성산명경(聖山明鏡)』에서 천, 지, 인 삼재의 조화를 토대로 한 독특한 신학사상을 펼쳤다. 최병헌은 삼재를 근거로 이 소설에서 인간과 자연에 대한 천지간에 3대륜(三大倫)인 천륜(天倫), 물륜(物倫), 인륜(人倫)을 제시하였다. 천륜은 창조주 하나님의 천지 창조와 역사 섭리의 대원리이고, 물륜은 식물과 동물 세계인 자연의 이치와 원리이며, 인륜은 인간들이 준수해야 할 도덕윤리적 원리이다. 이 기독교 변증 소설의 주인공은 젊은 고구려인 신천옹(信天翁)은 우리 인간들이 이 3대륜을 균형있게 지켜야만 인류가 서로 사랑하고 아끼는 이상사회가 도래한다고 동양의 3대 종교 지도자들인 도교의 선사(仙士), 백운(白雲), 유교의 대선비 진도(眞道), 불교의 고승 원각(圓覺) 앞에서 설파하였다. (소재영 외 엮음, 『개화기 소설』, 148~152)(유동식, 『풍류도와 한국의 종교사상』, 192~93)도 참조.

조물주가 창조한 이 아름다운 세상에 대한 감사와 기쁨을 노래했는데, 그가 칭송하는 태양, 달, 별, 바람, 대기, 물, 대지는 교향악처럼 조화를 이루며 '죽음'까지 넘어서서 이 땅에 사랑과 평화를 가져오게 하는 '나무'로 합해진 것이 아닐까? 대지에 굳건하게 뿌리를 박고 줄기로 우뚝 솟은 '나무'는 수많은 가지 위의 잎사귀들이 하늘의 태양을 향하며 대기의 빛과 대기를 빨아들여 녹색식물의 신비한 기적인 녹말을 만들지 않는가. 피천득에게 우리가 나무처럼 사는 것은 예수처럼, 도연명처럼, 프란체스코처럼, 스피노자처럼, 워즈워스처럼, 아인슈타인처럼, 친구 장익봉처럼 사는 것은 아닐까?

여기서 다시 나무는 인간이다. 따라서 나무 되기는 인간 되기이다. 인간은 나무가 되어야 한다. 하늘과 땅 사이에서 가장 필요한 일들을 수행하면서 주위의 다양한 생명공동체의 주체가 되어야 한다. 지난 2~3백 년 동안 근대화와 산업화를 겪은 인간은 50억 년이 넘는 지구에 마지막으로 등장하여 최악의 환경생태적 재앙을 만들었다. 탄소를 과다하게 배출하는 석탄과 석유를 과소비하는 이 인류세(人類世)[*]는 생태계에 치명적인 영향을 주고 있다. 지구 위의 지속 가능한 모든 생명을 가능케 하는 나무의 광합성 작용과 배치된다.

피천득은 시 「새해」의 첫 연과 마지막 연에서 "새로워라"라는 어구를 반복하며 반복과 윤회의 우주적 리듬을 만들어내고자 하였다. 인간

---

[*] 지구 생성의 역사는 대략 45억 년 전부터 시작되었다고 알려졌다. 지질학적으로 지구는 4단계의 큰 변화를 겪었다. 제1기는 고생대(古生代), 2기는 중생대(中生代), 3기는 신생대(新生代), 4기는 일만이천 년 전에 시작된 완신세(完新世, holocene epoch)이다. 그러나 최근 지질학자들은 특히 1950년 이후에 인간이 지구에 미치는 영향이 극대화되어 '인간세' 또는 '인류세(Anthropocene epoch)'라고 부르기 시작했다. 현재 지구에서는 전 지구적인 벌목, 바닷물고기의 남획, 인구의 폭발, 다양한 생물종의 급속한 소멸, 화석연료와 온실가스로 인한 기후변화, 특히 핵실험 등으로 방사성 물질이 확산되고 있다. 인간이 지구를 완전히 지배하고 통치하는 시기인 '인류세' 시대에 인간은 지구에 제2의 원죄를 짓고 있는 중이다. '결자해지'에 따라 인간이 만든 환경생태위기를 인간 스스로가 해결하는 수밖에 없다. 지구는 동물 인간만의 전용공간이 결코 아니기 때문이다.(『타임Time』지, 2016년 9월 12~19일자. 8 참조)

이 지구를 식민지로 만들어 수탈하는 바람에 하늘과 땅과 인간의 조화는 무너지기 시작했다. 인간이란 동물은 이 하나밖에 없는 지구를 자신만의 단기적인 이익을 위해 마구 훼손하여 지구의 삼라만상의 생존권을 위협할 뿐만 아니라 3천만 종이 넘는 종의 다양성도 매년 놀라운 속도로 급감시키고 있다. 그러나 피천득은 또한 이 시를 통해 사람이 나무 되기를 거부할 수 없다는 점을 보여주고 싶어 한다. 사람과 나무가 만나면 휴(休=人＋木)가 오고 사람과 사람이 만나면 어질 인仁(人＋人＝仁)이 되기 때문이다.

인간의 나무 되기는 여기서 끝나서는 안 되고 또 다른 '축복'으로 이어져야 한다. 피천득의 다른 시「축복」1연과 2연을 읽어보자.

> 나무가 강가에 서 있는 것은
> 얼마나 복된 일인가요
>
> 나무가 되어 나란히 서 있는 것은
> 얼마나 복된 일일까요.

1연에서 나무가 지상("강가")에 서 있는 것만으로도 복된 일이지만 2연에서 나무 두 그루 이상이 "나란히" 서 있는 것도 복된 일이다. 시인은 여기에서 혼자 존재하는 것이 아니라 나란히 조화를 이루며 공동체를 형성하는 것을 칭송한다. 이 시는 형식상 정형시이다. 음수율이 1연과 2연이 매우 유사하고 같은 어휘가 반복됨으로 시의 음악성과 평행구조(parallelism)로 인해 리듬감이 배가 되고 흥까지 돋운다. 피천득은 시의 주제(내용)와 형식(음수율 맞추기와 단어 반복)을 교묘하게 일치시키고 있다. 자연 속에서 존재하는 것도 복인데 여럿이 함께 화합하며 살아가는 것은 "얼마나 복된 일"인가! 이 시의 3연과 4연의 주인공은 "새들"이다. 새들은 1, 2연의 식물인 나무에 대비되는 동물이다. 앞의 시「새해」에서 나무들이 광합성에 의해 만들어낸 녹말을 주식으로 먹고 생명을 유지하듯이 여기서 사람을 포함하여 새와 같은 동물은 나무와 같은 녹색 식물에 전적으로 의존하며 살아간다. 새들이 자유롭게 창공인 "하늘"을 나는 것은 "기쁜 일"이지만 새들 역시 "나란히" 줄지어 하늘을 나는 것 또한 "얼마나 기쁜 일일까요." 이 시는 강(땅)과 하늘, 나무와 새들, 혼자와 나란히 모두가 주제와 형식의 대조와 균형을 이루어 시적 효과를 극대화하며 자연 속에서 상생상애(相生相愛)하는 조화로운 삶의 "복"을 송축하고 있다.

필자는 이 평전을「프롤로그」의 '어린이 되기'로 시작하여「에필로그」의 '나무 되기'로 끝나도록 했다. 결국 어린이의 동심의 세계와 나무로 표현되는 자연의 세계는 하나이다. 어린이와 나무의 아름다운 관계는 피천득의 산문시「어린 벗에게」에서 잘 나타난다. 마지막 구절을 다시 한 번 낭독해보자.

가을도 지나고 어떤 춥고 어두운 밤 사막에는 모진 바람이 일어, 이 어린 나무를 때리며 꺾으며 모래를 몰아다 뿌리며 몹시나 포악을 칠 때가 옵니다. 나의 어린 벗이여, 그 나무가 죽으리라고 생각하십니까, 아닙니다. 그때 이상하게도 그 나무에는 가지마다 부러진 가지에도 눈이 부시도록 찬란한 꽃이 송이송이 피어납니다. 그리고 이 꽃빛은 별 하나 없는 어두운 사막을 밝히고 그 향기가 멀리멀리 땅 위로 퍼져갑니다.

필자는 이 시를 읽고 있으면 마른 뼈들이 피와 살이 붙으며 다시 살아나는 성경「구약」의 선지자 에스겔의 신비로운 환상처럼 이 황무지 같은 현실에서 "어린이"와 "나무"가 다시 소생하는 것만이 우리의 유일한 희망일지도 모른다는 생각이 든다.

이 자리를 위해 피천득이 만년에 발표한 짧은 시「꽃씨와 도둑」을 다시 읽어보자.

마당에 꽃이
많이 피었구나

방에는
책들만 있구나

가을에 와서
꽃씨나 가져가야지

　"꽃"을 피우는 화초는 나무와 같이 녹색식물이다. "책"은 나무에서
나온 펄프로 만든 종이의 산물이다. 가난한 학자 집의 뜰에는 꽃뿐이고
서재에는 책밖에 없다. 여기서 꽃과 나무는 피천득의 염결하고 청아한
삶과 순수와 서정문학의 환유(換喩, metonymy)이다. 환유란 수사의 하나
인 대유법(代喩法)이다. 어느 봄날 한 도둑이 이 집에 들었다. 그런데 도
둑에게는 불운하게도 이곳은 훔쳐 가지고 나갈 것이 거의 없는 시인 학
자의 집이다. 그러나 도둑은 투덜대며 그대로 떠나지 않는다. "가을에
와서 / 꽃씨나 가져가야지." 이 얼마나 놀라운 반전인가? 도둑은 이 학
자의 집에서 커다란 깨달음을 얻은 것일까? 이 집에서 꽃씨를 가져다가
자신의 마당에 심겠다는 것이 도둑의 심산인 것 같다. 그러면 이 도둑은
이미 개과천선하여 도둑질을 그만 두고 새로운 출발을 할 것이 아니겠
는가. 피천득은 이 시에서 보이는 자신의 청초(淸楚)한 삶과 순수한 문
학을 도둑이 아닌 우리 모두에게 보여주고자 하는 것이다! 도둑도 꽃과
책을 보고 마음을 바꾸었는데 우리는 어떨 것인가? 어떤 의미에서 우리
는 모두 허망한 욕망을 쫓아 사는 "도둑"들이다. 우리도 도둑처럼 피천
득의 삶과 문학에서 "꽃씨"를 받아내야 하지 않겠는가? 이런 마음이야
말로 우리를 어린이와 나무가 되는 길로 인도할 것이기 때문이리라.
　「새해」, 「축복」, 「어린 벗에게」, 「꽃씨와 도둑」이 4편의 시는 금아의

삶, 사상, 문학의 모든 것을 요약하고 있다. 이것이 바로 필자가 말하고자 하는 '피천득 주의'의 요체이다. 그 요체를 다른 이름으로 하면 '사랑'이다.

그렇다면 피천득 주의란 무엇인가? 그것은 일상생활에서 도덕적 감성을 가지고 '사랑'을 구체적으로 실천하는 일이다. 사랑은 피천득 삶과 문학에서 최고의 핵심가치이다. 일반적으로 '사랑'이란 말은 여러 곳에서 너무 자주 회자하여 진부하면서도 추상적으로 들릴 수 있는데 사랑이란 일상적 삶에서 구체적으로 실천하여 사랑의 나무를 잘 자라게 하는 것이다. 이를 위해 우리는 단순과 소박, 겸손과 온유, 순수와 가난이라는 추상명사들을 일상적 삶에서 동사(動詞)로 작동시켜야 한다. 누구보다 피천득은 식민지 시대라는 역사적인 비극과 조실부모한 개인적인 비극을 겪으며 100년 가까이 살아가면서 위의 덕목들을 몸소 실천하여 삶, 사상, 문학을 일치시키려고 노력하였다. 피천득은 글보다 삶을 더 잘살지 않았고 동시에 삶보다 글을 더 잘 쓰지도 않았다. 피천득은 삶이 글 자체였고 글이 삶 자체였다. 필자는 이것이 '피천득 현상'이고 그 현상은 '피천득 주의'로 구체화하였다고 본다. 비루한 우리 시대에 피천득 주의는 '비극적 환희'라는 역설적 의미에서 거의 유일하게 실천할 수 있으면서 지속 가능한 '사랑의 원리'일 수 있다.

피천득은 평범한 삶의 길을 항상 웃으며 순수한 마음으로 걸었고 "사랑하고 갔구나."라는 유언과 함께 몸과 마음을 혹사당하는 신자유주의 후기 자본주의의 독자들을 위해 많은 양은 아니지만 산호와 진주 같은 시와 수필을 남겼다.

'나무'처럼 하늘 보고 웃고 춤추는 '어린이'

피천득은 어린이다. "영원히 늙지 않는 소년"이다. 이것이 그의 첫 번째 '변형'이다. 우리는 어른의 껍질을 벗고 이미 언제나 어린이여야 한다. "어린이는 어른의 아버지이다."(워즈워스). 시인은 "아이들의 영혼으로 삶과 사물을 바라본" 사람이다. "순수한 동심만이 세상에 희망의 빛을 선사할 수 있다."

어린이는 나무이다.
어린이 되기는 나무 되기이다.

두 번째 변형은 지상의 존재 '어린이'가 우주의 존재로 이어지는 '나무'로의 변형이다. 나무는 봄, 여름, 가을, 겨울 언제나 기쁘고 즐겁다. 나무는 하늘의 태양 빛을 받고 대지의 공기와 대지의 물을 빨아들여 모든 생명의 근원인 엽록소를 만드는 신비한 생명체이다. 어린이 피천득은 나무가 되고 싶었다. 나무 되기는 그의 꿈이었다. 어린이는 항상 자라나는 나무에 비유된다. 어린이와 나무는 희망의 표상이다.

피천득의 삶과 문학은 어린이와 나무이다. 피천득의 산호 같은 시는 그의 어린이요, 진주 같은 수필은 그의 나무이다. 그의 어린이 같은 삶과 나무 같은 사상도 하나의 선물이다. 피천득이 남긴 시와 수필, 삶과 사상은 모두 우리에게 사랑의 선물이다.

그의 삶은 우리 곁에서 함께 사는 "세속적 성자"의 거울이다.
그의 시와 수필은 그 자체로 알기 쉬운 "인생사용설명서"이다.
그의 사상은 그의 삶과 문학이 하나가 된 실천 가능한 "행동지침서"
이다.

피천득은 어린이처럼 웃으며 우주의 선율인 바람에 따라 나무처럼 춤추는 우리 시대의 '작은 거인(little big man)'이다.

백조 나래를 펴는 우아(優雅)
옥같이 갈아 다듬었느니

맨발로 가시 위를 뛰는 듯
춤은 아파라

(「어떤 무희의 춤」, 5, 6연)

피천득의 웃음은 아픈 시대 위에서 피어난 꽃이다. 피천득은 '비극적 환희(tragic joy)'로 충만하였기에 항상 웃으며 음악의 선율에 따라 춤추던 어린아이이다.

춤 한번 추지 않는 날은 아예 잃어버린 날로 치자!
그리고 큰 웃음 하나 동반하지 않는 진리는 모두 거짓으로 간주하자!

(니체, 『차라투스트라는 이렇게 말했다』, 정동호 옮김, 348)

피천득, 그는 웃으며 춤추는 '어린아이'이다. 그의 '어린 벗'은 '나무'이다. 그는 우주의 선율에 따라 온몸을 흔들며 춤추는 나무이다. 어린아이에게서 '신의 존재'를 느끼는 피천득의 문학은 생명의 나무가 되어 우리의 가슴 속에서 자라다가 영원히 하늘 높은 곳으로 날아 올라가리라. 아버지가 세상을 떠난 뒤 엄마는 피천득에게 하늘을 바라보고 하늘의 별들을 바라보는 법을 가르쳐 주었다. 광활한 푸른 '하늘'과 반짝이는 '별'들은 모두 나무 위에 높이 있다.[*] 나무는 피천득의 염원이며 욕망인 하늘과 별을 이어주는 무지개이다. 지상에서 100년 가까이 살았던 피천

---

[*] 여기에 수필가 박미경의 일화가 하나 있다: "피천득 선생의 80회 생신 선물을 위해 송광사와 오동도를 동행했던 동화작가 정채봉 선생은 10년 전을 회상하며 얼굴 가득 미소가 담겨 있었다. "금아 선생님이 별을 보며 '내 젊은 날에 보던 별님이 아직도 계시네요.' 하며 기뻐 하시고 오동도의 석양 앞에서 거수경례를 하며 '그럼 내일 또 뵙겠습니다.' 하시던 모습은 정말 어린왕자 같았지요." 누구나 돈을 주고 물건을 소유하기는 쉬운 일이다. 그러나 나만이 볼 수 있는 별을, 지는 해의 눈부심을, … 소유할 수 있는 사람은 많지 않다. … 모든 것의 주인은 그것의 아름다움을 향유하는 자의 것이니 그 특별한 소유를 가장 많이 누리는 사람 ── 금아 피천득 선생이다."(215~16)

득은 하늘의 영원한 별이 되었다.

최근 타계한 소설가 최인호는 피천득의 수필집 『인연』을 즐겨 읽었다. 지난 세기말에 그는 그곳에서 별들을 보았다!

한낮에도 별은 떠 있다. 그러나 보이지 않는다. 별이 영롱하게 빛나는 것은 밤의 어둠이 찾아왔을 때이다. 피천득 선생님의 수필 『인연』을 읽으며 떠오르는 것은 어둠이 내려야만 별이 보인다는 평범한 진리다. 이 혼탁한 시대 세기말적인 어둠과 가치 혼돈의 암흑이 지배하는 이 시대에 피 선생님의 수필을 읽는 것은 마치 밤하늘에 떠 있는 별을 발견하는 것과 같다. (『산호와 진주와 금아』, 40)

피천득의 '어린이 되기'는 '나무 되기'로 이어지고 결국에는 광활한 우주의 세계인 하늘의 영롱한 '별 보기'로 이어지는가? 어린이와 별을 연결해주는 무지개다리는 나무이다. 무엇보다도 나무 되기는 생명의 나무가 되는 것이다. 나무 되기는 사랑의 실천이다. 사람은 호흡으로 대기의 산소를 빨아들이고 그 대신 이산화탄소를 배출한다. 나무는 녹색 잎사귀를 통해 이산화탄소를 빨아들이고 산소를 뿜어낸다. 이것은 사람과 나무의 다른 점을 보여주는 동시에 상호의존의 공생관계를 설명해준다.* 따라서 인간의 나무 되기는 사랑의 실천이다. 사랑은 구호일 때 추

---

* 나무가 다리를 박고 땅 위에 서서 팔을 벌려 하늘을 향하고 있다고 볼 수 있지만 반대로 물구나무서기 하듯 거꾸로 손을 뿌리처럼 땅속에 묻고 다리와 발이 하늘로 향했다고 볼 수도 있다. 물구나무서기 하는 이유는 손을 땅에 대고 땅속의 물과 양분을 입으로 빨아들이기 위함이다. 2016년 저명한 영국의 문학상인 부커상(국제부문)을 받아 화제인 소설가 한강의 『채식주의자』의 말미에 나무가 되고 싶은 주인공 영혜가 물구나무하고 서 있는 모습이 있다. 한번 읽어보자: "저 껍데기 같은 육체 너머, 영혜의 영혼은 어떤 시공간 안으로 들어가 있는 걸까. 그녀는 꼿꼿하게 물구나무서 있던 영혜의 모습을 떠올린다. 영혜는 그곳이 콘크리트 바닥이 아니라 숲 어디쯤이라고 생각했을까. 영혜의 몸에서 검질긴 줄기가 돋고, 흰 뿌리가 손에서 뻗어나와 검은 흙을 움켜쥐었을까. 다리는 허공으로, 손은 땅속의 핵으로 뻗어나갔을까. 팽팽히 늘어난 허리가 온힘으로 그 양쪽의 힘을 버텼을까. 하늘에서 빛이 내려와 영혜의 몸을 통과해 내려갈 때, 땅에서 솟아나온 물은 거꾸로 헤엄쳐 올라와 영혜의 샅에서 꽃으로 피어났을까. 영혜가 거꾸로 서서 온몸을 활짝 펼쳤을 때, 그 애

상명사에 불과하지만 실천할 때 비로소 행동하는 동사가 된다. 사랑의 실천은 훈련과 연습이 필요하다. 어린이 같은 나무 되기, 나무 같은 어린이 되기는 영원히 늙지 않는 5월의 소년 금아 피천득이 꿈꾸던 세상이다. 우리 모두 '어린이'가 되자. 우리 모두 '나무'가 되자.

5월에 태어나서 계절의 여왕 5월을 사랑한 피천득은 5월의 "금방 찬물로 세수를 한 스물한 살 청신한 얼굴"로 살다가 5월에 세상을 떠나갔다.*

> 내 나이를 세어 무엇하리. 나는 지금 오월 속에 있다. … 밝고 맑고 순결한 오월은 지금 가고 있다.　　　　　　　　　　　　（「오월」）

의 영혼에서는 그런 일들이 일어나고 있었을까."(206) 이 구절을 읽으면 나무와 인간의 신비스러운 관계에 대하여 이렇게 아름답게 이야기할 수 있을까 하고 찬탄할 뿐이다.
뿌리가 하늘의 공중에 있고 가지들이 땅 속에 묻혀있는 물구나무선 나무가 있다. 이것은 힌두교 고대 경전의 『바가바드기타』 15장 1절(227)에서 볼 수 있듯이 뿌리와 가지들이 그 위치가 바뀌는 거꾸로 선 나무의 예다. 창조(시작)는 조물주 신에 의해 하늘(뿌리)에서 시작되고 인간을 포함한 삼라만상(중생)의 삶은 지상(가지)에서 이루어지기 때문이리라.
필자는 최근 '거꾸로 서 있는 나무'를 700년 전 14세기 고려시대 불화(佛畵)에서 보게 되었다. 이 그림은 소나무가 그려진 「수월관음도(水月觀音圖)」로 이탈리아 제노바의 박물관에서 처음으로 발견되었는데, "달빛 아래 바위 위에 반가좌(半跏坐)로 앉은 관음보살을 그린"것이다. 이 불화의 왼쪽 윗부분 모퉁이에 뿌리가 바위에 박힌 채 거꾸로 매달려있는 소나무가 있다. 솔가지와 솔잎이 세밀화처럼 생생하게 그려진 것도 인상적이지만 필자는 특히 뿌리가 위로, 가지들이 아래로 향해 있는 것에 주목하였다.(『조선일보』, 2017년 2월 21일자 A2면 참조)

* 2005년 MBC 대학가요제 금상을 받은 루시아(본명 심규선)는 인디음악가수다. 루시아는 5월에 태어나 5월에 별세한 피천득의 수필집 『인연』을 읽고 그를 기리며 「5월의 당신은」이라는 노랫말을 짓고 곡을 붙여 음반을 내었다. 그 노래의 첫 부분은 "5월의 당신은 꽃보다 빨리 피어나서 / 사람 사이를 스쳐 지나며 계절을 옮겨요 / 그대가 웃는 웃음소리 / 걸음걸이와 너의 모든 것이 / 나를 가만히 두질 않아 / 처음 그대를 만났을 때부터 / 이름 붙일 수도 없는 색깔들이 / 바람에 불어와"로 시작되어 "태어난 계절이 다가와 / 한층 더 아름다워지는 그대"로 계속되어 첫 구절이 후렴이 되어 노래는 끝난다. 이제는 싱어송라이터 루시아의 말을 직접 들어보자: "손 한 번 잡아보지 못한 이를 오랫동안 사랑하였다. 그의 이름을 쓰고 부르며 가슴에 불이 번지고 숨이 더웠다. 오월에 태어나 오월에 타계하시어 영원한 오월의 소년이라 불리는 그를 그리며 가사를 쓰고 노래를 불렀다. … 문장의 주인을 사랑했으니, 한 장 넘길 때마다, 사각거리며 서늘하게 스치는 그의 손을 잡는다."(『조선일보』, 2016년 8월 13일자 A16면, 또한 『세계일보』, 2015년 11월 11일자도 참조)

5월의 "나이를 잃은 영원한 소년" 피천득은 지금 우리 곁에 없다. "아득한 눈 속으로 / 사라져 가는 / 너"(「너」)가 되었나?

생(生)과 사(死)는
구슬같이 굴러간다고

꽃잎이 흙이 되고
흙에서 꽃이 핀다고

영혼은 나래를 펴고
하늘로 올라간다고도

그 눈빛 그 웃음소리는
어디서 어디서 찾을 것인가

(「친구를 잃고」)

그러나 5월의 시인, 수필가 금아 피천득은 그렇게 쉽게 떠나지 않는다. 피천득이 사랑했던 만해 한용운의 「님의 침묵」을 노래하며 필자의 피천득 이야기를 여기에서 마치고 싶다.

님은 갔습니다. 아아, 사랑하는 나의 님은 갔습니다.
…
나는 향기로운 님의 말소리에 귀먹고 꽃다운 님의 얼굴에 눈멀었습니다.
…
아아, 님은 갔지마는 나는 님을 보내지 아니하였습니다. 제 곡조를 못 이기는 사랑의 노래는 님의 침묵을 휩싸고 돕니다.

여기 하늘을 향해 팔을 벌리고 웃으며 노래하고 춤추는 어린아이가 있다. 그 아이는 수많은 별들로 가득한 우주의 작은 움직임과 소리에도 감응하고 조응(照應)하여 가지와 잎사귀들이 조용히 흔들리는 땅 위의 나무가 아닐까? 이것은 정경교융(情景交融)의 절정이다. 어린이는 나무이다. 나무는 어린이다. 피천득은 어린이이고 나무이다. 어린이 되기와 나무 되기는 따라서 '피천득 되기'이다. 21세기에는 우리 모두 "지금여기에서" 금아 피천득 되기를 하자.* 어린이는 나무를 사랑하고 나무는 사람을 사랑한다. 어린이와 나무는 사랑의 또 다른 이름이다. 피천득은 어린이처럼 사람들을 사랑했고 나무처럼 자연을 사랑했다. 시인 금아의 마음속 계획은 어린이이고 수필가 피천득 영혼의 목적은 나무이다. 어린이와 나무는 금아 피천득의 성육신(成肉身, incarnation)이며 그 아름다운 결과는 사랑의 수고이며 실천이다.

---

* 2017년 초봄 어느 날 대낮에 깜빡 잠들었다가 꿈을 꾸었다. 나는 검회색 빛의 고목(古木)이 되어 한적한 길가에 어찌할 바를 모르고 서 있었다. 그러던 중 어떤 어린이가 새파란 큰 나뭇가지를 가져오더니 고목이 된 나의 몸의 빈 곳에 그 나뭇가지를 끼워 찔러 넣었다. 그리고 큰 나뭇잎사귀들로 묶어 주었다. 얼마 후 나는 조금씩 변하기 시작했다. 그 끼워 넣은 녹색 나뭇가지도 더 푸르러지는 만큼 나의 몸도 푸르러져 갔다(아무리 백일몽이라지만 기이하다). 나는 놀라서 소리쳤다. 그리고 꿈에서 깨었다. 봄이 오면 내 나이 7순(旬)이다. 공자께서 나이 70세가 되면 "마음먹은 어떤 일을 해도 규칙에 어긋나지 않는다."고 말씀은 하셨지만 나무로 치면 나는 고목이 분명하다. 피천득은 그의 수필 「신춘」에서 "봄이 오면 고목에도 찬란한 꽃이 핀다"고 했다. 그 어린이는 말하자면 내 몸에 접목(接木)시킨 것일까? 그는 누구였을까? "나이를 잃은 영원한 소년" 피천득이었을까? 접목은 내 몸과 마음, 그리고 영혼까지 소생시킨 것이다. 피천득의 시 「이 봄」을 2017년 이 봄에 다시 읽는다.

봄이 오면 七旬
古木에 새 순이 나오는 것을
들여다 보고 또 들여다 본다.

연못에 배 띄우는 아이같이
첫 나들이 나온 새댁같이
이 봄 그렇게 살으리라 (전문)

금아 피천득은 필자를 이미 언제나 땅에 뿌리를 내리고 두 팔을 벌리며 하늘을 향하는 '나무'로 만들었다!

그리고 훗날 내글을 읽는 사람이 있어 '사랑을 하고 갔구나.'하고 한숨 지어 주기를 바라기도 한다. 나는 참 염치 없는 사람이다.　　(「만년」)

추기(追記): 피천득 서거 후 10년(2008~2017)

피천득 선생이 2007년 5월에 세상을 떠난 후 2008년부터 10주기가 되는 2017년 5월까지의 추모 행사, 출판, 세미나에 대한 기록이다.

2008년 5월 피천득 1주기 추모 행사(남양주 모란 공원)

8월 금아 피천득 기념관 개관(서울 잠실 롯데월드 3층 민속박물관 앞)

금아 『피천득 문학 전집』(전 4권 최종 결정판, 샘터)

『인연』(수필집), 『생명』(수필집)

『내가 사랑하는 시』(번역시집)

『셰익스피어 소네트 시집』(번역시집)

2009년 5월 『수필』(피천득 수필집, 범우사)

2010년 4월 부인 임진호 여사 별세(남양주 모란 공원에 합장)

4월 탄생 100주년 문학인 기념 문학제(한국작가회의, 대산문화재단 주최, 서울특별시 후원. 이상, 피천득, 이찬, 이북명, 허준, 안함광, 안막)『실험과 도전, 식민지의 심연: 2010 탄생 100주년 문학인 기념 문학제 논문집』, 권영민, 이태동 외, 민음사.

6월 「피천득 탄생 100주년 기념 세미나」(국제PEN클럽 한국본부, 한국작가회의, 대산문화재단 주최, 서울특별시 후원)

8월 제19차 국제비교문학회(ICLA)세계대회(한국비교문학회 주최, 문화체육관광부 후원, 서울 중앙대학교) 피천득 세션 개설

2012년 5월 금아 피천득 추모 기념 5주기 학술대회(서울 중앙대학교, 주제: 「피천득과 한국문학」).

5월 피천득 연구 단행본 최초 출간(『산호와 진주: 피천득의 문학 세계』, 정정호 지음, 푸른사상사).

2014년 5월 피천득 7주기 추모 기념 세미나(서울 중앙대학교, 주제: 「인연의 이야기 / 이야기의 인연」: 인생은 작은 인연들로 아름답다).

『피천득 문학 연구』, 정정호 엮음, 푸른사상사.

『인생은 작은 인연들로 아름답다』(피천득 추모문집), 정정호 엮음, 샘터사.

9월~11월 「피천득 다시 읽기」 강연 시리즈(샘터사와 종로 청운도서관, 김우창, 석경징, 손광성, 이정화[춘원 이광수의 차녀], 임헌영, 조정래, 정정호 발표).

2017년 3월 금아 피천득 선생 기념회 발족.

4월 『피천득 평전』(정정호 지음, 시와진실).

5월 피천득 10주기 추모 문학 세미나 개최 예정(5월 11일 오후 2시 대학로 흥사단 2층 강당)

피천득 10주기 추모 "음악이 있는 문학마당−175회(그립습니다). 피천득 수필가" 예정(5월 19일 오후 3시 문학의 집 서울).

피천득 10주기 추모식 예정(5월 25일 오후 4시, 남양주 모란공원).

참고문헌

1차 자료(피천득의 문학 작품, 번역, 평설, 단행본)

피천득, 「마지막 시간」(알퐁스 도데의 단편소설번역), 『동아일보』(1926년 8월 19일
　　～27일자).

_____. 「차즘[찾음]」(시), 『동아일보』(1930년 4월 7일자).

_____. 「기다림」(시), 『동아일보』(1931년 4월 12일자).

_____. 「다친 구두」(동시), 『동아일보』(1931년 7월 15일자).

_____. 「달」(시), 『동아일보』(1931년 7월 18일자).

_____. 「유치원에서 오는 길」(동시), 『동아일보』(1931년 7월 31일자).

_____. 「어린 슬픔」(시), 『동아일보』(1931년 8월 16일자).

_____. 「어린 근심」(동시), 『동아일보』(1931년 8월 18일자).

_____. 「추억」(시 3편), 「어린 시절」, 「깁븐 애기」, 「구슬」, 『동아일보』(1931년 9월
　　17일자).

_____. 「편지」(소곡삼편[小曲三篇]), 『동광』(1931년 9월호), 31.

_____. 「무제(無題)」(소곡삼편[小曲三篇]), 『동광』(1931년 9월호).

_____. 「봄」(시), 『동아일보』(1932년 4월 16일자).

_____. 「까치」(시), 『동아일보』(1932년 4월 17일자).

_____. 「양(羊)」(시), 『동아일보』(1932년 4월 21일자).

_____. 「타조」(시), 『동아일보』(1932년 4월 22일자).

_____. 「락타」(동시), 『동아일보』(1932년 4월 26일자).

_____. 「부엉이」(시), 『동아일보』(1932년 4월 29일자).

_____. 「학」(동시), 『동아일보』(1932년 5월 2일자).

_____. 「독수리」(시), 『동아일보』(1932년 5월 5일자).

_____. 「어머니 사랑」(동화), 『동아일보』(1932년 5월 8일자).

_____. 「엄마의 아기」(동시), 『동아일보』(1932년 5월 8일자).

_____. 「노산 시조집을 읽고」(서평 3회분), 『동아일보』(1932년 5월 15일~18일자).

_____. 「베리깐」(동요), 『동아일보』(1932년 5월 21일자).

_____. 「사자」(동시), 『동아일보』(1932년 5월 23일자).

_____. 「공작」(동요), 『동아일보』(1932년 5월 27일자).

_____. 「불을 질러라」(시), 『동광』(1932년 5월호).

_____. 「은전 한 닢」(장편〔掌篇〕소설), 『신동아』(1932년 5월호).

_____. 「백로와 오리」(동시) 『동아일보』(1932년 6월 1일자).

_____. 「선물」(소곡〔小曲〕), 『신동아』(1932년 6월호).

_____. 「가신 님」(소곡), 『신동아』(1932년 6월호).

_____. 「여름밤의 나그네」(수필), 『동아일보』(1932년 7월 23일자).

_____. 「장미 세 송이」(수필), 『신동아』(1932년 9월호).

_____. 「부라우닝 부인(夫人)의 생애와 예술」(해설논문), 『신가정』(1933년 1월, 창간호).

_____. 「상해 대전회상기」(수필), 『신가정』(1933년 2월호).

_____. 「만나서」(시), 『신가정』(1933년 2월호).

_____. 「눈바래치는 밤의 추억」(수필), 『신동아』(1933년 5월호).

_____. 「엄마」(수필), 『신가정』(1933년 5월호).

_____. 「엄마의 아기」(시), 『신가정』(1933년 5월호).

_____. 「이 마음」(시조), 『신가정』(1933년 4월호).

_____. 「여름밤의 나그네」(수필), 『동아일보』(1933년 7월 23일자).

_____. 「기다리는 편지」(수필), 『신동아』(1933년 10월호).

_____. 「시조 9수(時調九首)」(시조), 『신동아』(1933년 10월호).

_____. 「영국 여류시인 크리스티나 로세티」(해설논문), 『신가정』(1933년 11월호).

_____. 「무제(無題)」(시조3수), 『신동아』(1933년 12월호).

_____. 「호외」(시), 『신가정』(1933년 12월호).

_____.「편지사람」(시),『신가정』(1934년 1월호).

_____.「우리 애기」(시),『신가정』(1934년 1월호).

_____.「나의 파잎」(시),『신동아』(1934년 2월호).

_____.「석류씨」(나다니엘 호손 단편소설),『어린이』12권, 1934.

_____.「유치원에서 오는 길」(동요),『신가정』(1935년 4월호).

_____.「아가의 슬픔 ─ 옛날 엄마를 생각하며」(동요),『신가정』(1935년 6월호).

_____.「아가의 근심 ─ 죽은 엄마를 생각하며」(동요),『신가정』(1935년 6월호).

_____.「묵은 日記」(일기일절)(수필),『동아일보』(1938년 10월 21일자).

_____.「거리를 맘대로」(작자 미상의 단편소설 번역),『소학생』6호(1946년 3월).

_____.『서정시집』, 상호출판사, 1947.

_____.「하얗게 칠해진 담장」(『톰 소여의 모험』중 일부 번역),『소학생』66호(1948년 4월).

_____.「마지막 수업」(알퐁스 도데의 단편소설 번역),『소학생』57호(1948년 5월).

_____.「애란 문호 예이쓰」(논문),『학풍』(1949년 1월호).

_____.「아름다운 흰 말의 여름」(윌리엄 사로얀의 단편소설 번역),『소학생』68호 (1949년 6월).

_____.「큰 바위 얼굴」(나다니엘 호손 단편소설, 번역), 발표지, 발표연도 미상.

_____.「로세티의 애가」,『성균』3호(1950년 4월).

_____.「동화집『미운 오래 새끼』를 읽고」(안데르센 원작 주요섭 번역),『동아일보』 (1953년 1월 26일자).

_____.「미주 이제(美洲二題)」(수필),『사상계』(1955년 10월호).

_____.「*To Robert Frost*」,『영어영문학』3호(1956년 5월호).

_____.「애란 문학 개관」,『펜』(국제PEN클럽기관지) 2권 4호(1956년 5월호).

_____.「깊은 맹세」,「낙엽」,「새로 지어진 옛 노래」(윌리엄 예이츠의 시 번역),『펜』 2권 4호 (1956년 5월호).

_____.「미국 문단의 근황」,『새벽』3권 3호(1956년 5월호).

_____.「시골 한약국」(수필),『동아일보』(1956년 12월 2일자).

_____. 「기다려지는 마음」(수필), 『동아일보』(1957년 3월 5일자).

_____. 「선물」(수필), 『가정교육』(1957년 12월호).

_____. 역. 『쉑스피어의 이야기들』(번역. 찰스 램 외 저). 대한교과서, 1957.

_____. 「웃을 수 있는 가지가지 : 신춘에 부쳐서」(수필), 『동아일보』(1958년 3월 1일자).

_____. 「파랑새」(시), 『사상계』(1958년 3월호).

_____. 「소곡」(시), 『사상계』(1958년 6월호).

_____. 「Sonnet 시행」, 『대학 신문』(서울대)(1958년 4월 2일자).

_____. 「영국 인포오멀·에세이」, 『자유문학』 3권 6호(1958년 6월).

_____. 「낙서」(수필), 『동아일보』(1958년 9월 28일자).

_____. 「가아든 파티」(수필), 『사상계』(1958년 12월호).

_____. 「웃음의 해는 아니었다—제야유감(除夜遺憾)」(수필), 『동아일보』(1958년 12월 31일자).

_____. 「여자 여름 옷」(수필), 『동아일보』(1959년 7월 30일자).

_____. 『금아 시문선』, 경문사, 1959.

_____. 「기다림」(자작시 영역), 『금아 시문선』, 경문사, 1959.

_____. 「그림 그릴 때」(자작시 영역), 『금아 시문선』, 경문사, 1959.

_____. 「사랑」(자작시 영역), 『금아 시문선』, 경문사, 1959.

_____. 「나의 가방」(자작시 영역), 『금아 시문선』, 경문사, 1959.

_____. 「초봄」(자작시 영역), 『금아 시문선』, 경문사, 1959.

_____. 「파랑새」(자작시 영역), 『금아 시문선』, 경문사, 1959.

_____. 「워터 스키」(수필), 『동아일보』(1959년 8월 2일자).

_____. 「X월 X일」(수필), 『동아일보』(1959년 12월 8일자).

_____. 「빅토리아 조의 규수(閨秀) 시인 : 영어영문학 편록(片錄)」, 『사상계』 8권 3호(1960년 3월호).

_____. 「존 스타인벡 작 『하늘의 목장』」(심명호 역)(서평), 『중대신문』(1960년 3월 11일자).

_____.「J. 알프레드 프루프록의 연가: 시 분석」,『현대사상 강좌』(제4권), 동양출판사, 1960.

_____.「도산을 말한다」(피천득 외 지음, 좌담회: 김병로, 김양수, 장이욱, 박현환, 피천득, 김경식, 지명관 참석),『새벽』(1960년 11월호).

_____.「현대 남성에의 긴급 동의」,『여상』(1962년 12월호).

_____.「종달새」(수필),『현대문학』(1963년 12월호).

_____.「셰익스피어 소네트」,『현대문학』(셰익스피어 탄생 400주년 기념 특집), (1964년 4월호).

_____.「셰익스피어 쏘네트집」,『셰익스피어 전집(IV권)』, 정음사, 1964.

_____.「기쁨을 준 여성」(수필),『여상』(1964년 6월호).

_____.「피가지변(皮歌之辯)」,『현대문학』(1965년 1월호).

_____.「서영이 대학에 가다」(수필),『신동아』(1965년 5월호).

_____.「어머니를 그리는 글」(수필),『여원』(1965년 5월호).

_____.「도산 선생께」(수필),『기러기』(1968년 3월호).

_____.「새털같은 머리칼을 적시며」(시),『새교육』(1968년 5월호).

_____.「엄마를 그리워 하면서 ― 어머니날에 붙이는 글」,『동아일보』(1968년 5월 7일자).

Pi, Chyun—deuk. *A Flute Player: Poems and Essays.* Seoul ; Samhwa. Publishing Co., 1968.

_____.『산호와 진주: 금아 시문선』, 일조각, 1969.

_____.「진달래꽃(김소월)」(시 번역),『*Modern Korean Poetry*』. 국제PEN클럽 한국본부, 1970.

_____.「남쪽으로 창을 내겠소(김상용)」(시 번역),『*Modern Korean Poetry*』, 국제PEN클럽 한국본부, 1970.

_____.「봄은 고양이로소이다(이장희)」(시 번역),『*Modern Korean Poetry*』, 국제PEN클럽 한국본부, 1970.

_____.「로변의 엘리지(오일도)」(시 번역),『*Modern Korean Poetry*』, 국제PEN클럽

한국본부, 1970.

_____. 「자두꽃(김용호)」(시 번역), 『*Modern Korean Poetry*』. 국제PEN클럽 한국본부, 1970.

_____. 「나그네(박목월)」(시 번역), 『*Modern Korean Poetry*』. 국제PEN클럽 한국본부, 1970.

_____. 「신춘(김남조)」(시 번역), 『*Modern Korean Poetry*』. 국제PEN클럽 한국본부, 1970.

_____. 「부드러운 비같은 사랑을 그대에게 드리리(김남조)」(시 번역), 『*Modern Korean Poetry*』. 국제PEN클럽 한국본부, 1970.

_____. 「장식에 대하여(홍윤숙)」(시 번역), 『*Modern Korean Poetry*』. 국제PEN클럽 한국본부, 1970.

_____. 「생의 향연(홍윤숙)」(시 번역), 『*Modern Korean Poetry*』. 국제PEN클럽 한국본부, 1970.

_____. 「국가창건일기념시(최남선 외 30명의 시조 총 53편)」(백승길과 제임스 웨이드와 공동 시조 번역), 『*Modern Korean Poetry*』, 국제PEN클럽 한국본부, 1970.

_____. 「현대 사회에서의 해학의 기능」, 『동서 문학의 해학』(제37차 세계작가대회 회의록). 국제PEN클럽 한국본부, 1970.

_____. 『피천득 선생 환갑 기념 논총』, 삼화출판사, 1971.

_____. 「영미의 Folk Ballad와 한국 서사 민요의 비교연구」(심명호와 공동연구), 『서울대 교육대학원 연구논총』(1972년 제2집).

_____. 「인연」(수필), 『수필문학』(1973년 11월호).

_____. 『셰익스피어의 쏘네트 시집』(정음문고 106), 정음사, 1975.

_____. 「김후란 수필집 『태양이 꽃을 물듯이듯』을 읽고」(서평), 『독서생활』(1976년 7월호).

_____. 『수필』(문고판), 범우사, 1976.

_____. 「순간」(수필), 『현대문학』(1976년 6월호).

_____. 「아름다운 여인상」(수필), 『샘터』(1976년 6월호).

_____. 「윤오영, 그 인간과 문학」, 『수필문학』 제5권 7호(1976년 7월호).

_____. 「나의 사랑하는 생활」(수필), 『독서생활』(1977년 6월호).

_____. 「우정은 이렇게 시작하는 것」(수필), 『샘터』(1977년 9월호).

_____. 「젊은이에게」(수필), 『동서문화』(1977년 10월호).

_____. 「플루트 플레이어」(수필), 『샘터』(1977년 11월호).

_____. 「부르크의 애국시」(수필), 『샘터』(1978년 1월호).

_____. 「어떤 무희의 춤」(시), 『춤』(1978년 3월호).

_____. 「찬란한 기적」(수필), 『샘터』(1978년 4월호).

_____. 「어떤 오후」(시), 『샘터』(1978년 5월호).

_____. 「아인슈타인 예찬」(수필), 『샘터』(1978년 5월호).

_____. 「어떤 유화」(시), 『샘터』(1978년 7월호).

_____. 『금아시선 ― 피천득 시집』, 일조각, 1980.

_____. 『금아문선 ― 피천득 수필집』, 일조각, 1980.

_____. 「계절의 길목」(시), 『샘터』(1984년 3월호).

_____. 「사랑하는 딸 서영이에게」(수필), 『편지』(1984년 7월호).

_____. 「조춘(早春)」(수필), 『샘터』(1986년 3월호).

_____. 「너는 이제」(시), 『샘터』(1987년 8월호).

_____. 『피천득 시집』, 범우사, 1987.

_____. 「그들」(시), 『수필』(1988년 11월호).

_____. 「새」(시), 『샘터』(1988년 12월호).

_____. 「로버트 프로스트」(수필), 『샘터』(1990년 7월호).

_____. 「어떤 도둑」(시), 『샘터』(1991년 5월호).

_____. 「오월」(시), 『공작』(1991년 5월호).

_____. 「금반지」(수필), 『샘터』(1991년 9월호).

_____. 「고백」(시), 『철학과 현실』(1991년 12월호).

_____. 「눈물」(수필), 『빛』(1992년 12월호).

_____. 「만남」(시), 『우리문학』(1992년 12월호).

_____.『생명』(시집), 동학사, 1993.

_____.「사랑이 넉넉히 채워진 문학정신으로」(수필), 『신용경제』(1993년 1월호).

_____.「멋」(수필), 『동서산업』(1993년 5월호).

_____.『삶의 노래 : 내가 사랑한 시·내가 사랑한 시인』, 동학사, 1994.

_____.「5월의 수필」(수필), 『경기』(1995년 5월호).

_____.「축복」(시), 『좋은생각』(1995년 7월호).

_____.「돌아가리라」(수필), 『맑고 향기롭게』(1995년 8월호).

_____.「1945년 8월 15일」(시), 『샘터』(1995년 8월호).

_____.「너」(시), 『맥』(1995년 12월호).

_____.『인연』(수필집), 샘터, 1996.

_____.「이야기」(수필), 『관세』(1996년 9월호).

_____.「여성의 미」(수필), 『도남』(1996년 10월호).

_____.『내가 사랑하는 시』(번역시집), 샘터, 1997.

_____.『금아 피천득 문학 전집』(전5권), 샘터, 1997.

_____.「민족사의 전개와 초기 영문학 ─ 피천득 선생을 찾아서」(석경징 교수와의 대담), 『안과 밖』 제3(1997년 하반기).

_____.「송년」(수필), 『샘바위』(1997년 12월호).

_____.『꽃씨와 도둑』(작은 시집), 샘터, 1997.

_____.「이 순간」(시), 『수필춘추』(1998년 1월호).

_____.「계간《수필》을 위하여」(수필), 『수필』(1998년 2월호).

_____.「꽃씨와 도둑」(시), 『맑고 향기롭게』(1998년 11월호).

_____.「도산」(수필), 『아름다운 세상』(1999년 7월호).

_____.「바다」(시), 『KBS 사보』(1999년 8월호).

_____.「새해」(시), 『경향잡지』(2000년 1월호).

Pi, Chyun─deuk. *A Skylark: Poems and Essays*. Seoul : Samtoh, 2001.

_____.『어린 벗에게』(마크 트웨인, 나다니엘 호손 外 단편소설 번역집), 여백, 2003.

_____.「찬사」(시), 『문학예술』(2003년 6월호).

_____. 「단풍」(시), 『문학예술』(2003년 9월호).

_____. 외. 『대화: 90대, 80대, 70대, 60대 4인의 메시지』, 샘터, 2004.

_____. 「추천사」, 『화살과 노래』(이창국 수필집), (한국문화사, 2004).

_____. 「가상 유언장」(수필), 『한국문인』(2004년 7월호).

_____. 「수필」(수필), 『한울문학』(2004년 9월호).

_____. 「파리에 부친 편지」(수필), 『샘터』(2004년 9월호).

_____. 「교사와 영어 그리고 길교장 선생님」, 『길영희선생 추모문집』(길영희선생

　　기념사업회 편), 법문사, 2005.

_____. 「숙명적인 반려자」, 『내 문학의 뿌리』, 답게, 2005.

_____. 『내가 사랑하는 시』(개정판)(번역 시집), 샘터, 2005.

_____. 「소망」(시), 『시와 시학』(2005년 3월호).

_____. 「진달래」(시조), 『새시대문학』(2005년 9월호).

_____. 「정목일의 『침향』」(서평), 『수필세계』(2005년 12월호).

_____. 『인연』(금아 피천득 문학전집 1), 샘터, 2008.

_____. 『생명』(금아 피천득 문학전집 2), 샘터, 2008.

_____. 『내가 사랑하는 시』(피천득 문학전집 3), 샘터, 2008.

_____. 『셰익스피어 소네트 시집』(피천득 문학전집 4), 샘터, 2008.

_____. 「시와 함께한 나의 문학인생」, 「서문」, 『내가 사랑하는 시』, 샘터, 2008.

_____. 『수필』, 범우사, 2009.

_____. 「한국문학과 피천득」(금아 피천득 추모 5주기 기념학술대회 자료집), 중앙대

　　학교 인문과학 연구소 외 주관, 2012.

_____. 「인연의 이야기들 / 이야기의 인연들」(금아 피천득 추모 7주기 문학세미나 자

　　료집), 중앙대학교 스토리텔링 연구소 외 주관, 2014.

2차 자료

강대건, 『아름다운 영시와의 만남』, 탐구당, 1988.

공자 편, 홍성욱 역해, 『시경(詩經)』, 고려원, 1997.

공제욱·정근식 엮음, 『식민지의 일상, 지배와 균열』, 문화과학사, 2006.

권영민 외, 『실험과 도전, 식민지의 심연』(2010 탄생 100주년 문학인 기념문학제 논문
　　집), 민음사, 2010.

권오만, 「금아 시의 금빛 비늘: 피천득 선생의 시 세계」(피천득 선생 탄생 100주년
　　기념 세미나 자료집), 국제PEN클럽 한국본부(2010년 6월 4일자).

김경수, 『한국 고전 비평: 자료 및 해제(신라 ― 고려)』, 중앙대출판부, 1995.

김기림, 『김기림 전집 3권: 문학개론』, 심설당, 1988.

김남조, 「동화처럼 순수했던 가슴… 그 안에 가득했을 고독이여」(피천득 탄생 100주
　　년에 부쳐), 『조선일보』(2010년 5월 24일자).

김동석, 『예술과 생활』(외) (구모룡 책임편집), 범우, 2009.

김부식, 『삼국사기』(上, 下), 한국사사론연구소편역, 한글과 컴퓨터, 1996.

김소월, 『김소월 시집』, 범우사, 2016.

김억·방인석 엮음, 『김억시선』, 지식을만드는지식, 2013.

김영무, 「문학 행위로서의 번역」, 『현대 비평과 이론』 제11호(1996년 봄여름 호).

김우종, 「수필, 달라져야 한다」, 『수필학』 제19집, 2011.

김우창, 『문학과 그 너머』(김우창 전집 7권), 민음사, 2016.

_____. 『궁핍한 시대의 시인: 현대문학과 사회에 관한 에세이』, 민음사, 1977.

_____. 「피천득 선생의 수필세계」(피천득 선생 탄생 100주년 기념세미나 자료집), 국
　　제PEN클럽 한국본부 외 편(2010년 6월 4일자).

_____. 『다원 시대의 진실: 현대 문학과 사회에 관한 에세이』(김우창 전집 10권),
　　민음사, 2016.

_____. 외, 『산호와 진주와 금아』, 샘터, 민음사, 2003.

김욱동, 『근대의 세 번역가: 서재필, 남선, 김억』, 소명출판, 2010.

김원모, 『영마루의 구름: 춘원 이광수의 친일과 민족보존론』, 단국대학교 출판부,
　　2009.

김윤식 외, 『우리 문학 100년』, 현암사, 2001.

_____.「『산호와 진주』(1969) : 진정한 수필로서 모범될 산문계 예술」, 『대학신문』

(서울대학교)(1969년 3월 3일자)

_____.『이광수와 그의 시대』(1, 2권)〔개정증보〕, 솔, 2008.

_____.『한국 근대 문학사상사』, 한길사, 1990.

_____.『운명과 형식』, 솔, 1992.

김재남 옮김, 『셰익스피어 전집』(3訂), 을지서적, 1995.

김재홍, 「청빈과 무욕의 서정」(피천득과의 대화), 『시와 시학』1993년 여름호.

김정빈, 『인생은 작은 인연들로 아름답다』, 샘터, 2003.

김종건 옮김, 『제임스 조이스 전집』(1권), 어문학사, 2013.

김진석, 『초월에서 포월로』, 솔출판사, 1994.

김철교, 「정갈한 예술가의 한평생: 피천득의 번역시집」, 『시문학』(2017년 2월호).

김학주 엮음, 『시경(詩經)』, 명문당, 1973.

김후란, 「시같은 정감 어린 수필」, 『평화신문』(2003년 5월 11일자).

김희성, 「서정 미학의 정치적 유효성: 드니스 레버토프의 정치시」, 『현대 영미시

연구』(제21권 2호, 2015 가을).

나손선생추모논총간행위원회 저, 『한국문학작가론』, 현대문학, 1991.

남기혁 외, 『한국 현대 시사』, 민음사, 2008.

도연명, 장기근 옮김, 『신역 도연명』(개정증보), 명문당, 2002.

동양고전연구회 역주, 『논어』, 지식산업사, 2002.

두보, 이원섭 역해, 『두보시선』, 현암사, 2003.

라빈드라나드 타고르, 『기탄잘리』, 김병익 옮김, 민음사, 1974.

리영희, 「여덟 권의 책이 맺어준 인연」(피천득과의 대화), 『선(選) 수필』(2003년 가

을호).

마사 누스바움, 조형준 옮김, 『감정의 격동』(1, 2, 3), 새물결, 2015.

문광훈, 『사무사(思無邪): 김우창의 『궁핍한 시대의 시인』 읽기와 쓰기』, 현암사,

2012.

박규원, 『상하이 올드 데이스』, 민음사, 2004.

피천득 평전

_____.『아주 특별한 올드 상하이』, 프리이코노미 라이프, 2016.

박미경,『박미경이 만난 우리시대 작가 17인』, 한국문학도서관, 2001.

박희진,『그런데도 못다한 말』, 솔, 2015.

백철,『신문학사조사』(백철문학전집 4권), 신구문화사, 1968.

밥 딜런, 서대경·황유원 옮김『시가 된 노래들: 1961~2012』, 문학동네, 2016.

샬롯 브론테, 유종호 옮김,『제인 에어』1, 2권, 민음사, 2007.

석경징,「금아 피천득의 시와 수필에 관한 하나의 시론」,『시문학』(2017년 2월호).

_____.「나는 피천득이란 명작의 영원한 독자입니다」,『샘터』(2016년 10월호).

_____.「민족사의 전개와 초기 영문학: 피천득 선생을 찾아서」(대담),『안과 밖』
제3호(1997년 하반기).

_____.「스승 피천득을 말한다」(대담 기사),『서울신문』(2011년 5월 14일자).

성서,『개역개정 칼라 NIV 한영 해설 성경』, 아가페, 2010.

소재영·김경완 엮음,『개화기 소설』, 숭실대학교 출판부, 1999.

손광성,「금아 피천득 선생의 생애와 문학」(대담),『에세이 문학』제88호(2004년 겨
울호).

_____.「피천득 선생의 생애」(피천득 선생 탄생 100주년 기념 세미나 자료집), 국제
PEN클럽 한국본부(2010년 6월 4일자).

_____.「한국수필현대사에서 피천득 수필의 위상」(「피천득」다시 읽기 제9강)
(2016년 11월 3일, 샘터사 5층).

송건호,『한국 현대 인물사론: 민족운동의 사상과 지도노선』, 한길사, 1984.

송명희,「피천득의 수필세계」,『수필과 비평』, 90, 수필과 비평사.

송욱,『나무는 즐겁다』(시집), 민음사, 1978.

_____.『문물의 타작』, 문학과 지성사, 1978.

스피노자, 강영계 옮김,『에티카』, 서광사, 1980.

스티븐 내들러, 김호경 옮김,『스피노자: 철학을 도발한 철학자』, 텍스트, 2012.

심명호.「금아 피천득 선생님의 연인들」,『샘터』329호(1997년 7월호).

_____.「금아 피천득 선생님이 쉽게 풀이한 문학의 영원한 가치」(수요문학광장),

(2002년 5월 15일) 문학의집 서울.

_____. 「영미의 FOLK BALLAD와 한국서사민요의 비교연구」(피천득과 공동연구),
『서울대 교육대학원 연구논총』 제2집(1972년).

_____. 「총론: 금아 피천득의 생애와 문학」, 『문학과 현실』 15호(2010년 겨울호).

아리스토텔레스, 김한식 옮김, 『시학』, 펭귄클래식 코리아, 2010.

안창호, 주요한 편 저, 「안도산전서」(증보판) 흥사단출판부, 1999.

애덤 스미스, 박세일 외 옮김, 『도덕 감정론』, 비봉출판사, 1996.

양소영, 『1930년대 현대시의 아이와 유년기의 상상력』, 푸른사상, 2015.

양수명, 강중기 옮김, 『동서 문화와 철학』, 솔, 2005.

양승갑, 「서정사회학으로서의 톰슨의 『사계』」, 『영어영문학』 21 제28권 1호(2015).

양승무, 「노자의 무위자연사상」(개인원고).

엄영옥, 『정신계의 전사, 노신』, 국학자료원, 2005.

오세영 외, 『한국현대시사』, 민음사, 2008.

오정희, 『이야기 성서』, 여백, 2012.

오차숙, 「금아 피천득의 자취와 수필 세계」, 『수필학』 16 (한국수필학회).

요사노 아키코, 박지영 옮김, 『헝클어진 머리칼』, 지만지, 2009.

요한 페터 에커만, 곽복록 옮김, 『괴테와의 대화』, 동서문화사, 2010.

윌리엄 워즈워스, 유종호 옮김, 『세계평론선』(김용현 외), 삼성출판사, 1978.

_____. 김순희 옮김, 『서곡』, 문학과 지성사, 2009.

윌리엄 버틀러 예이츠, 윤삼하 옮김, 『예이츠』, 혜원출판사, 1987.

요한 볼프강 폰 괴테, 정서웅 옮김, 『파우스트』(1. 2), 민음사, 2001.

유동식, 『풍류도와 예술신학』, 한들출판사, 2006.

_____. 『풍류도와 한국의 종교사상』, 연세대 출판부, 1997.

유종호, 『문학이란 무엇인가』, 민음사, 1998.

유협·최동호 역편, 『문심조룡(文心雕龍)』, 민음사, 1994.

윤덕진, 『전통지속론으로 본 한국 근대시의 운율 형성 과정』, 소명출판, 2014.

윤삼하, 「보석처럼 진귀한 시」, 『마음의 빛으로 가득찬 세상: 윤삼하의 시와 수필과 시평』, 사사연, 1995.

윤오영.『고독의 반추』(수필집), 관동출판사, 1974.

_____.『곶감과 수필』(정민 편집), 태학사, 2002.

_____.『수필문학입문』, 태학사, 2001.

이경수,「피천득 시 세계의 변모와 그 의미」,『비평문학』제45호 (2012년 9월 30일자).

이광수,『이광수 전집』(전10권), 삼중당, 1962.

이덕일,『근대를 말하다』, 역사의 아침, 2012.

이만식,「순수하게 그리고 우아하게 강력한: 피천득의 시 세계」,『문학과 현실』제 15호 (2010년 겨울호).

이명재,「피천득 수필의 기법적 특징」,『한국문학의 다원적 비평』(이명재 평론집), 작가와비평, 2011.

이성호,「순수의 의미를 일러주신 은사님」,『석류의 마음』, 푸른 사상, 2009.

이시카와 다쿠보쿠, 손순옥 옮김,『이시카와 타쿠보투 시선』, 민음사, 1998.

이육사, 김용직, 손병희 편저,『이육사 전집』(김용직, 손병희 편저), 깊은샘, 2008.

이은상,『노산 시조집』, 한국학연구소, 1987.

_____. 정훈 엮음,『이은상 시선』, 지식을 만드는 지식, 2012.

이재호 옮김,『낭만주의 영시』, 탐구당, 1986.

_____. 옮김,『장미와 나이팅게일: 초오서에서 T. S. 엘리엇 시대까지』, 집현각, 1967.

이창국,『문학비평 이야기』, 한국문화사, 2004.

_____.「피천득: 수필가인가? 시인인가?」,『문학과 현실』제15호(2010년 겨울호).

_____.『화살과 노래』, 한국문화사, 2004.

이창배,『포스트모던 시대의 문학의 위기』, 동국대 출판부, 1999.

이태동,『한국 수필의 미학』, 문예출판사, 2014.

임동권,『한국의 민요』, 일지사, 1989.

임마누엘 칸트, 백종현 옮김,『판단력 비판』, 아카넷, 2014.

임정옥, 「피천득의 수필 연구」(고려대학교 석사논문), 2010.

_____. 「피천득과 그 시대에 대하여」("피천득 다시 읽기" 연속 강연 시리즈에서 2016년 10월 13일에 종로 청운문학도서관에서 행한 강연 자료).

임헌영, 「피천득과 그 시대에 대하여」, "피천득 다시 읽기" 연속 강연 시리즈 (2016년 10월 13일 종로 청운문학도서관).

장경렬, 「순수의 눈으로: 금아 피천득의 시 세계」, 『시와 시학』 2007년 가을호.

장규식, 『새로운 한국사 길잡이』(하권). 한국사 연구회 편. 지식산업사, 2008.

_____. 『초월의 상상』, 휴머니스트, 2002.

정정호 엮음, 『인생은 작은 인연들로 아름답다: 영원한 오월의 소년 피천득 추모 문집』, 샘터, 2014.

_____. (엮음), 『피천득 문학 연구』, 푸른사상, 2014.

_____. 「인연, 기억, 여림, 돌봄의 생태 윤리학: 금아 피천득 수필문학과 종교적 상상력」, 『현대 비평과 이론』 14권(1997년 가을 겨울).

_____. 『비교세계문학론』, 푸른사상사, 2014.

_____. 『산호와 진주: 금아 피천득의 문학 세계』, 푸른사상사, 2012.

_____. 『재난의 시대를 위한 희망의 인문학』, 푸른사상사, 2015.

정지용, 『정지용 전집1(詩)』, 민음사, 1988.

정진권, 『한국 수필 문학의 이해』, 학영사, 2000.

정진홍, 「피천득이 그리운 까닭」, 『중앙일보』(2010년 5월 29일자).

조동일, 『한국문학과 세계문학』, 지식산업사, 1991.

_____. 『한국문학사상사 시론』, 지식산업사, 1982.

_____. 『한국문학통사(제5권)』, 지식산업사, 1988.

_____. 『한국시가의 전통과 율격』, 한길사, 1982.

주요섭, 『사랑 손님과 어머니』, 혜원출판사, 1998.

주요한, 『불놀이』(주요한시선), 미래사, 1991.

_____. 편저, 『안도산 전서』(증보판), 흥사단출판부, 1999.

질 들뢰즈, 박기순 옮김, 『스피노자 철학』, 민음사, 2002.

차주환 역저, 『맹자』(上.下), 명문당, 1973.

찰스 디킨스, 원정치·백석영 옮김, 『데이비드 코퍼필드』, 동천사, 2004.

최남선, 『백팔번뇌』(시조집), 태학사, 2006.

최상진, 『한국인 심리학』, 중앙대학교 출판부, 2000.

최종고, 「코스모폴리탄으로서의 춘원: 이광수의 외국경험과 세계인식」, 『춘원 연구학보』 2호(2009).

페터 안드레 알트, 김홍진·최두환 옮김, 『실러: 생애, 작품, 시대』(전4권), 아카넷, 2015.

프리드리히 니체, 정동호 옮김, 『차라투스트라는 이렇게 말했다』, 책세상, 2015.

하길남, 「한국 서정 수필의 현주소: 현황과 전망」, 『수필학』 제19집(2011).

한강, 『채식주의자』, 창작과 비평사, 2007.

황진이 외, 문정희 옮김, 『기생시집』, 해냄출판사, 2000.

황필호, 「피천득 수필이 한국 수필에 끼친 영향」, 『수필집』 12(한국수필학회).

힐리스 밀러, 장경렬 옮김, 「경계선 넘기: 이론번역의 문제」, 『현대비평과 이론』 8호(1994년 가을. 겨울호).

원서 참고 문헌

Abbott, Andrew. "Against Narrative: A Preface to Lyrical Sociology". *Sociological Theory*. 25:1(March 2007).

A. C. Bhaktivedanta Swam: Prabhupada.(Trans.) *Bhagavad—Gita As It is*.(Abridged Edition). Los Angeles: Bhaktivedanta Book Trust, 1972.

Anderson, George and William Buckler. Eds. *The Literature of England: An Anthology and a History*. Glenview, Il: Scott, Foresman and Company,1967.

Bachelard, Bachelard. *The Poetics of Reverie: Childhood, Language and the Cosmos*. Trans. Daniel Russell. Boston: Beacon Press, 1969.

Bell, Daniel. "The return of the sacred? The argument on the future of religion." *British Journal of Sociology.* Vol. 28.No.4.(December 1977): 419~49.

Benjamin, Walter. *Charles Baudelaire: A Lyric Poet in the Era of High Capitalism.* Trans. Harry Zohn. London: Verso, 1997.

Bloom, Harold. *The Anxiety of Influence: Theory of Poetry.* Oxford: Oxford UP, 1973.

_____. *Shakespeare: The Invention of the Human.* New York: Riverhead Books, 1998.

Boswell, James. *The Life of Johnson.* Ed R. W. Chapman. Oxford: Oxford UP, 1980.

Chevalier, Jean and Alain Gheerbrant. *A Dictionary of Symbols.* Trans. John Buchanan-Brown. Oxford: Blackwell, 1994.

de Certeau, Michel. *The Practice of Everyday Life.* Trans. S. Randall. Berkeley: U of California P, 1984.

Deleuze, Gilles. *Spinoza: Practical Philosophy.* Trans. Robert Hurley. San Francisco: City Lights Books, 1988.

Derrida, J. *Of Grammatology.* Trans. Gayatri Spivak. Baltimore: Johns Hopkins UP, 1976.

Eliot, T. S. "Goethe as the Sage." *On Poetry and Poets.* London: Faber, 1969.

Frost, Robert. *Selected Poems of Robert Frost.* San Francisco: Rinehart Press, 1963.

Foucault, Michel. *Language, Conter – memory, Practice: Selected Essays and Interviews.* Ed. and Trans. Donald. F. Bouchard. Ithaca: Cornell UP, 1977.

Hawthorne, Nathaniel. *The Complete Novels and Selected Tales of Nathaniel Hawthorne.* Ed. Norman H. Pearson. New York Modern Library, 1965.

Jakobson, Roman. *Language in Literature.* Cambridge: Harvard UP, 1987.

Johnson, Samuel. *The Lives of the English Poets.* Ed. George B. Hill. (3 vols) New
York: Octagon Books, 1967.

_____. *The Life of Richard Savage.* Ed. Clarence Tracy. Oxford: Clarendon Press,
1981.

_____. *Samuel Johnson's Literary Criticism.* Ed. R. D. Stock. Lincoln: U of
Nebraska. P, 1974.

Kinsley, James and George Parfitt. Eds. *John Dryden: Selected Criticism.* Oxford:
Clarendon Press, 1970.

Korean Centre, International P.E.N.(ed.) *Modern Korean Poetry.* Seoul: Korean
Centre, 1970.

Lacan, Jacques. *Écrits: A Selection.* Trans. Alan Sheridan. London: Tavistock,
1977.

Lukacs, G. *Soul and Form.* Trans. Anna Bostock. Cambridge: The MIT Press,
1974.

Marx, Karl and F. Engels. *Marx and Engels: Basic Writings on Politics and
Philosophy.* Ed. Lewis S. Feuer. Gorden City: Anchor Books, 1959.

McRobie, George. *Small is Possible.* New York: Harper&Row, 1981.

Miner, Earl. *Comparative Poetics: An Intercultural Essay on Theories of Literature.*
Princeton: Princeton UP, 1990.

Montaigne, Michel. *The Complete Essays of Montaigne.* Trans. Donald M. France.
Stanford: Stanford UP, 1965. Princeton: Prince UP, 1978.

Schumacher, E. F. *Small is Beautiful: Economics as if People Mattered.* New
York: Perenial Library, 1973.

Shakespeare, William. *Shakespeare's Sonnets.* Ed. Stephen Booth. New Haven:
Yale UP, 1977.

Shelley, P. B. *Political Writings Including "A Defence of Poetry."* Ed. Roland A.
Duerksen. New York: Appleton—Century—Crofts, 1970.

Smith, Adam. *The Theory of Moral Sentiments*(1759). D. D. Raphael and A. L. Macfie, eds. Oxford: Oxford UP, 1976.

Spinoza, Baruch. *A Spinoza Reader.* ED. Edwin Curley. Princeton: Princeton UP, 1994.

St. Francis of Assisi. *The Writings of St. Francis of Assisi.* Trans. Benen Fahy. Chicago: Franciscan Herald Press, 1964.

Tagore, Rabindranath. *Gitanjali: A Collection of Prose Translations Made by the Author from the Original Bengali.* New York: Scribner, 1997.

Tintori, Leonetto and Millard Meiss. *The Paintings of the Life of St. Francis in Assisi.* New York: Norton, 1967.

Untermyer, Louis. *A Concise Treasury of Great Poems English and American.* New York: Simon and Schuster, 1961.

찾아보기

(번호)

지은이 정정호(鄭正浩)

문학평론가, 중앙대학교 영문학 명예교수, 한국통일문인협회 국제교류위원장, 계간 『세계시민』 편집위원이며, 필명은 정세문(鄭世文)이다.

1949년 서울에서 태어나 인천중학교와 제물포고등학교를 거쳐, 서울대학교 영어교육과와 같은 대학교 대학원 영어영문학과를 졸업한 뒤, 미국 위스콘신(밀워키) 대학교 영문학과에서 박사 학위를 받았다.

영국 리즈 대학교 연구교수, 호주 그리피스 대학교 방문교수, 홍익대학교 전임강사, 중앙대학교 문과대학장·중앙도서관장·스토리텔링연구소장, 국제PEN클럽 한국본부 전무이사, 계간 『현대비평과 이론』·『비평』·『Korean Literature Today』 편집주간 및 편집위원, 문학과환경학회 초대회장, 한국영어영문학회장, 국제비교문학회(ICLA) 부회장, 제1회 아시아인문학자대회 준비위원장(서울, 2008), 제19차 국제비교문학회 세계대회 조직위원장(서울, 2010), 제2회 세계한글작가대회 집행위원장(경주, 2016)을 지냈으며, 중앙대 학술상(2001)과 제3회 김기림문학상(평론)을 받은 바 있다.

주요 저서로는 『탈근대 인식론과 생태학적 상상력』(한신문화사, 1997), 『현대영미비평론』(신아사, 2000), 『세계화시대의 비판적 페다고지』(생각의 나무, 2001), 『탈근대와 영문학』(태학사, 2004), 『비교세계문학론』(푸른사상, 2014)이 있고, 역서로는 『포스트모더니즘』(종로서적, 1985), 『세상 위의 세상들: P. B. 셸리 시선집』(혜원출판사, 1991), 『문화와 제국주의』(공역, 창, 1995), 『현대문학이론』(공역, 경문사, 2014)이 있으며, 편서로는 『한국문학과 포스트모더니즘』(글, 1990), 『인생은 작은 인연들로 아름답다: 피천득 추모문집』(샘터, 2014)이 있다.

피천득 평전

"나이를 잃은 영원한 소년"의 이야기

_____

초판인쇄 2017년 4월 25일
초판발행 2017년 5월 1일

지은이 정정호

펴낸이 최두환

펴낸곳 시와진실
출판등록 1997년 6월 11일 제2-2389
주소 06912 서울 동작구 강남초등4길 14번 시와진실 601호
전화 02-813-8388
팩스 02-813-8377
이메일 ambros2013@naver.com
블로그 httn://blog.naver.com/ambros2013

Copyright ⓒ 도서출판 시와진실, 2017

ISBN 978-89-90890-54-2 03810
*책값은 뒤표지에 있습니다.
*잘못 만든 책은 사신 곳에서 바꿔드립니다.

_____

이 도서의 국립중앙도서관 출판예정도서목록(CIP)은 서지정
보유통지원시스템 홈페이지(http://seoji.nl.go.kr)와 국가자료
공동목록시스템(http://www.nl.go.kr/kolisnet)에서 이용하
실 수 있습니다.(CIP제어번호: CIP2017009269)

오월은 금방 찬물로 세수를 한 스물한 살 청신한 얼굴이다.

하얀 손가락에 끼여 있는 비취 가락지다.

오월은 앵두와 어린 딸기의 달이요, 오월은 모란의 달이다.

그러나 오월은 무엇보다도 신록의 달이다. 전나무의 바늘잎도 연한 살결 같이
보드랍다.

…

신록을 바라보면 내가 살아 있다는 사실이 참으로 즐겁다.

내 나이를 세어 무엇하리. 나는 지금 오월 속에 있다.

연한 녹색은 나날이 번져가고 있다. 어느덧 짙어지고 말 것이다. 머문듯 가는 것
이 세월인 것을. 유월이 되면 '원숙한 여인' 같이 녹음이 우거지리라. 그리고 태
양은 정열을 퍼붓기 시작할 것이다.

밝고 맑고 순결한 오월은 지금 가고 있다.

(수필 「오월」)